醒来已是正午

2023年短篇小说20家

张莉 主编

图书在版编目（CIP）数据

醒来已是正午：2023年短篇小说20家 / 张莉主编. -- 长沙：湖南文艺出版社，2024.4
ISBN 978-7-5726-1700-3

Ⅰ. ①醒… Ⅱ. ①张… Ⅲ. ①短篇小说－小说集－中国－当代 Ⅳ. ①I247.7

中国国家版本馆CIP数据核字(2024)第065965号

醒来已是正午：2023年短篇小说20家
XINGLAI YI SHI ZHENGWU:
2023 NIAN DUANPIAN XIAOSHUO 20 JIA

主　　编　张　莉
出 版 人　陈新文
责任编辑　谢迪南　张潇格
封面设计　文　俊 | 1204设计工作室（北京）
内文排版　嘉泽文化

出版发行　湖南文艺出版社
地　　址　长沙市雨花区东二环一段508号　邮编：410014
网　　址　http://www.hnwy.net

印　　刷　长沙鸿发印务实业有限公司
版　　次　2024年6月第1版
印　　次　2024年6月第1次印刷
开　　本　880 mm × 1230 mm　1/32
印　　张　14.75
字　　数　344千字
书　　号　ISBN 978-7-5726-1700-3
定　　价　69.80元

序言

短篇小说里的光晕

张　莉

很多年前的下雨天，在一家叫盒子的咖啡馆里，我和一群爱好文学的小伙伴聊天。不知怎么说起各自喜欢的短篇小说。一位坐在角落里的朋友说起那篇小说，他说，这小说不能用一句话来概括，你得品，然后又说，“真是好，说不出来的好”。他的陶醉式评价引发了朋友们的哄笑，那句“说不出来的好”，与外面的雨声、房间里的咖啡香糅杂成了奇异的气息，以至于二十多年后想起，我都历历在目。他提到的是蒲宁的《轻盈的呼吸》。那天我在心底里不断应和着他的感叹，是的，那的确是短篇小说里的经典，一个复杂的小说，关于一个年轻女孩子的不幸遭遇。那位男士后来消失在茫茫人海，但他对小说的评价和推荐一直让我记忆犹新。

二十多年过去了，直到今天我也依然认为，《轻盈的呼吸》是教科书级别的短篇，有奇妙的光泽感，有属于短篇的“意犹未尽”。“在公墓的一座新堆起来的土坟上，竖立着一个坚实、沉重、光滑的新的橡木十字架墓碑。”这是小说的开头，接下来，这位十五岁的女孩子被一位军官开枪打死了。“我飞快地看完这段日记，立刻就在站台上(她当时正在站台上踱来踱去等我看完)开枪把她打死了。”军官说，“这就是那本日记，请您看看去年七月十日的内容吧。”故事虽然被克制讲述，但依然带来震惊感。小说追溯了校长和女孩的谈话以及她的回答，军官讲述的枪杀理由，以及一位单身女性对她的怀念。虽然以轻盈为题，但这个轻盈与我们通常所理解的轻盈并不一样，小说的美在于“以轻写重”，结尾是对“轻盈的呼吸”的讨论。“如今这轻盈的气息重又在世界上，在白云朵朵的天空中，在料峭的春风中飘荡。”一个女孩子离开了，美被永远地践踏了，但是，在小说里，她被永远地怀念，如同那轻盈的呼吸。美好早已脱离了沉重的肉身而飘在空中。

这小说到底讲的是什么？我一时也说不清楚。它像一团模糊的光晕闪在眼前——军官的复述、与校长的对话以及墓地前的单身女人，小说中的每个片段都有光，这些光影影绰绰，最后形成了短篇小说的整体光晕。

氛围感或疏密有度

说起什么是好的短篇小说，许多人都会说起精巧的故事，紧凑的情节,强烈的戏剧冲突,在有限的篇幅里如何风生水起，但是，那并不是短篇小说的“标配”。好的短篇小说其实有许多种，有时候像雾霭，有时候像流岚，有时候是毛玻璃上的模糊之影，有时候是春天里泛起的粼粼波光。我常常觉得，好的小说有一种氛围感，也许你一时不理解这故事，但是，你会被一种氛围感紧紧抓住。

《春风沉醉的晚上》是郁达夫的代表作，发表于一百年前，“春风沉醉”令人向往，让人期待美好春天。但事实上，小说却分明有一种“丧”，小说所讲述的是暮春时节里，两个贫穷的年轻人的相遇。——《春风沉醉的晚上》是失败者之歌，但却不是自怨自艾的。读这部小说总会被一种奇妙的颓败感裹挟，尤其是《春风沉醉的晚上》的结尾，那是不断被引述的结尾，它后来也出现在娄烨导演的电影《春风沉醉的夜晚》里，它让人想到贫穷的“我”和贫穷的“我们”在一起：“贫民窟里的人已经睡眠静了。对面日新里的一排临邓脱路的洋楼里，还有几家点着了红绿的电灯，在那里弹罢拉拉衣加。一声二声清脆的歌音，带着哀调，从静寂的深夜的冷空气里传到我的耳膜上来，这大约是俄国的漂泊的少女，在那里卖钱的歌唱。天上罩满了灰白的薄云，同腐烂的尸体似的沉沉地盖在那里。云层破处也能看得出一点两点星来，但星的近处，黝黝看得出来的天色，好像有无限的哀愁蕴藏着的样子。”相遇的两个年轻人并未发生过故事，但是，却让人感慨万千。借助一种穷苦中的相遇，小说家完成了贫穷的人和贫穷的人在一起的想象共同体，进而再次确认了现代文学史上那个“文学之我”：一个孤独而穷苦的流浪者，一个饱受情欲困扰渴望自我清洁者，一个热烈地爱着他人但终不能如愿的人，一个遇到凄风苦雨漂泊无依的旅人……这个“我”不完美，却可亲。颓废、窘迫、孤独，《春风沉醉的晚上》氛围感让人意识到，那样的生活并非一两个人的特殊际遇，而是那个时代年轻人的普通生活。

池莉的《冷也好热也好活着就好》，写的是武汉的市井人生。小说关于炎热的天气，以及人们在火热天气里的生活、聊天、调侃、乘凉、说笑，每个人都对“体温表爆掉”很吃惊，但是也对这样的天气安之若素。小说笔触如镜头一样慢慢扫过每个人的脸，他们在不舒服的天气里过着该过的生活。有滋有味，却也平常如水。小说声音嘈杂，人们一直在说话，但小说结尾却安静了，那正是凌晨的安宁：“燕华驾驶着两节车厢的公共汽车，轻轻在竹床的走廊里穿行，她尽量不踩油门，让车像人一样悄悄走路。”——每个人都在火热中寻找尽可能舒服的生活方式，人和人更多的是体恤和理解。《冷也好热也好活着就好》里没有跌宕起伏，也没有起承转合，但是，却比那些故事更有意蕴，更有感染力。这样的市井生活哪里只是属于三十年前呢，它一直在延续。

优秀短篇小说都有属于它们独特的光感，正是因为这种光感的闪烁，小说才有了内在的荡漾，内在的波光。比如迟子建的小说《花瓣饭》。“风把屋檐下已经干枯了的艾蒿吹下来了。”这是小说的第一句话，一起笔便使人感受到春天的到来，但内在也有一种萧瑟和寒冷之气。故事是关于父母在那个时代的际遇，晚饭时分父亲没有回来，母亲去找他，接下来是父亲回来了没有见到母亲，于是他也出去寻找。内在的紧张感充溢在孩子们的对话和交谈里，父亲与母亲的互相寻找则是小说内在的推进，也是他们情感的起伏与流动。最终，父亲找到了母亲，两个人一起回家来：“他们进了里屋，一身夜露的气息，裤脚都被露水给打湿了。爸爸和颜悦色地提着手电筒，而妈妈则娇羞地抱着一束花。那花紫白红黄都有，有的朵大，有的朵小；有的盛开着，有的则还打着骨朵。”经历了“寒冷”，“温暖”终于来到了，花瓣落进了家人的粥盆里。“全家团聚在桌子旁，吃起了花瓣饭。谁也没舍得把那些花瓣挑出来扔了，我们把它们全都吃了。那是我们家吃的最晚最晚的一顿饭，也是最美最美的一顿饭。”什么是这部小说的光泽？我想，是妈妈手里的那束花，是从花上掉落的花瓣，是饭桌上一家人的花瓣饭。花瓣掉落在粥盆里真是神来之笔，小说由此变得神采奕奕，在紧张氛围里，花瓣的到来缓解了局促，也添加了希望，花瓣饭当然不只是在日常生活中闪亮，在小说中，它也一直闪烁着温暖而明媚的光。

片刻景象，或给世界的箴言

读好的短篇小说会改变我们对温度的感受。有时候它像冬日的暖阳，让我们在寒夜中看到微光；有时候它是酷热里的清泉，让人感受到清爽；有时候也像酒，辛辣、刺激，给人以清洌之感，当然，还有时候它是延宕，是犹疑，是期期艾艾，是一言难尽，是欲言又止。

短篇小说只是构建了景象，一个由故事构成的人间之景。比如王安忆的《发廊情话》。发廊里的氛围是嘈杂的和聒噪的，叙述人的叙述是“密”的，小说前三分之一一直都在讲述着发廊里的氛围。洗头房小姐，剪发店老板，他们只是个体，但又仿佛是发廊里一直有的景象。后来，我们看见了那位女客，常常闲坐着的女客，她主动来帮小姐给客人洗头，她的手法娴熟——如果说小说前三分之一的部分是密集的和喧闹的，那么疏朗部分则是从这个女人的声音开始。闲聊中她泄露了她的发廊故事。老法师，剃光头的人，还有什么是好女人，女人的智商到底是什么的讨论……曲折辗转都在女客的叙述中。那么，她到底是谁呢？这是小说的疑问，在小说的结尾处，老板的突然大吼揭示了这个答案（这只是他个人的猜测）。那声吼叫使整部小说安静了下来，包括读小说的我们，都安静了。那个讲故事的女人，在家常的发廊里闪现出传奇的色彩，当然，她的故事经由老板的突然指认又复归另一种平常。《发廊情话》写的是日常，是喧哗世界里的安静日常——小说中的女客和老板，其实都是没有名字的，而越是没有名字，便更有普遍色彩。

想到毕飞宇的小说《相爱的日子》。主人公依然没有名字。“他”和“她”像极了我们这个时代最普通的因相爱而走到一起的年轻人——年纪相当，彼此关怀、理解和包容。在他们那里，性是复杂而温暖的，是残酷人生中聊以慰藉彼此的生存手段。但最终，她打算去相亲了，他则和她对着手机挑选合适的结婚对象。两个“相爱的人”到底要分离了：“她走之后他便坐在了床上，点了一根烟，附带把她掉在床上的头发捡起来。这个疯丫头，做爱的时候就喜欢晃脑袋，床单上都是她的头发。他一根一根地捡，也没地方放，只好绕在了左手食指的指尖上。抽完烟，掐了烟头，他就给自己穿衣。衣服穿好了，他也该下楼吃饭去了。走到过道的时候他突然就觉得左手的食指有点疼，一看，嗨，全是头发。他就把头发撸了下来，用打火机点着了。人去楼空，可空气里全是她。她真香啊。”

“她真香啊”，与其说是对女性身体的感叹，不如说是对爱的尊严的留恋。《相爱的日子》写了人生中的片段，小说讲述了一次“相爱”以及这场相爱在生活中的不得不覆灭。“相爱的日子”多么家常，多么亲切，多么令人向往和留恋，可现实又是如此坚硬，小说中那种既爱又无力爱的心境，不仅仅属于小说中的他和她，也是现实中的“她”和“他”，是我们时代很多人际遇的缩影。

想到铁凝的《孕妇和牛》，这部小说总有一种庄重的油画感。事实上，小说一开始便描述了一种迷人景象：“孕妇牵着牛从集上回来，在通向村子的土路上走。节气已过霜降，午后的太阳照耀着平坦的原野，干净又暖和。孕妇信手撒开缰绳，好让牛自在。缰绳一撒，孕妇也自在起来，无牵挂地摆动着两条健壮的胳膊。她的肚子已经很明显地隆起，把碎花薄棉袄的前襟支起来老高。这使她的行走带出了一种气势，像个雄赳赳的将军。”小说刻下了这样的经典场景：“当原野重又变得寂静如初，孕妇将白纸平铺在石碑上，开始了她的劳作：她要把这些海碗样的大字抄录在纸上带回村里，请教识字的先生那字的名称，请教那些名称的含义。”暮色中，准妈妈完成了她的抄录：“在朦胧的暮色中她认真地数了又数，那碑上的大字是十七个：忠敬诚直勤慎廉明和硕怡贤亲王神道碑。孕妇认真地数了又数，她的白纸上也落着十七个字：忠敬诚直勤慎廉明和硕怡贤亲王神道碑。纸上的字歪扭而又奇特，像盘错的长虫，像混乱的麻绳。可它们毕竟不是鞋底子不是花绷子，它们毕竟是字。有了它们，她似乎才获得了一种资格，她似乎才真的俊秀起来,她似乎才敢与她未来的婴儿谋面。那是她提前的准备，她要给她的孩子一个满意的回答。”这场景里内在地有一种情感在升腾，那是由眼前的场景而来的感动，当然，这种感动是与小说结尾同构的：“一股热乎乎的东西在孕妇的心里涌现，弥漫着她的心房。她很想把这突然的热乎乎说给什么人听，她很想对人形容一下她心中这突然的发热，她永远也形容不出。心中的这一股情绪就叫作感动。‘黑——呀！’孕妇只在黑暗中小声儿地嘟囔着，声音有点儿颤，宛若幸福的呓语。”汪曾祺读到《孕妇和牛》时曾评价说：“这是快乐的小说，温暖的小说，为世界祝福的小说。”这是准确的评价，作为读者，读《孕妇和牛》的时候，的确有如沐春风之感。

某种意义上，这些小说写的都是一种人间景象，但这个景象的魅力在于，它跨越时间——好小说是人生片段，是永恒瞬间，是人间启悟，也是世界箴言。谁能想到那位女客曾经有过这样的传奇性过往呢？谁能想到相爱的两个人会如此平静分离呢？谁能想到孕妇会坐在石碑上拓字呢？好的小说内部总会有“安静的炸弹”，那是短篇小说最美妙的一刻，有如突然在寂寂黑夜中看到满天焰火。当小说情节如此发展时，我们不得不感叹好短篇的美妙在于“意料之外”，那是属于短篇小说里的华彩部分。那也便是一位优秀小说家的创造性，唯有如此，才有读者阅读时的“灵魂出窍”。

人物的弧光

好的短篇小说终究是要有人物的，但短篇的篇幅也意味着，小说不可能完整讲述一个人的一生过往，它只能截取人生片段，是通常人们所说的“横截面”。那么，如何在短的篇幅里写出一个人的真正光泽，是对小说家的考验。

《故乡》是现代小说的起点，小说截取的人生片段是童年。“深蓝的天空中挂着一轮金黄的圆月，下面是海边的沙地，都种着一望无际的碧绿的西瓜，其间有一个十一二岁的少年，项带银圈，手捏一柄钢叉，向一匹猹尽力的刺去，那猹却将身一扭，反从他的胯下逃走了。”那是少年闰土，但眼下的人却早已换了模样。“他身材增加了一倍；先前的紫色的圆脸，已经变作灰黄，而且加上了很深的皱纹；眼睛也像他父亲一样，周围都肿得通红，这我知道，在海边种地的人，终日吹着海风，大抵是这样的。他头上是一顶破毡帽，身上只一件极薄的棉衣，浑身瑟索着；手里提着一个纸包和一支长烟管，那手也不是我所记得的红活圆实的手，却又粗又笨而且开裂，像是松树皮了。”这个人，虽然一见便知是闰土，但又不是记忆中的闰土了。岁月的阻隔使这个人变得既像那个人又不像，由此闰土也成了现代文学史上的经典形象。少年时代的活泼、可爱、生命的朝气与中年的畏缩、愁苦、怯懦混杂在一起。关于《故乡》有许多不同的解读角度，但无论从哪个角度都不会绕过时间对人的摧毁。小说尤其细致描摹了那个细节：“他站住了，脸上现出欢喜和凄凉的神情；动着嘴唇，却没有作声。他的态度终于恭敬起来了，分明的叫道：‘老爷！……’我似乎打了一个寒噤；我就知道，我们之间已经隔了一层可悲的厚障壁了。我也说不出话。”记忆中的闰土就这样远去了，眼前只有一个愁眉苦脸的中年农民。小说使我们看到此刻的闰土，但闰土何以成为闰土，则是属于人物的弧光，它考验着我们的想象力和理解力。

优秀短篇小说里的人物都要有一种“弧光”。我们看到的是此刻，但是，小说家有能力在此刻里使读者看到人的历史、人的过往,要使人意识到,此刻是人的内心和精神世界的反射。好的小说，有能力将时间浓缩进一个片刻，一个时辰。

张爱玲的《封锁》，选择了封闭空间。如果不是车厢里出现了吕宗桢讨厌的表侄，一切都不会发生。为了躲避那个人，吕宗桢故意坐到吴翠远旁边。吕宗桢其实并不怎么喜欢吴翠远。他不过是用假装调情做挡箭牌。于是，两个陌生人就这样相遇了。吴翠远的父母、学生都将她视为好人，她也一直扮演着好人的角色。她是一个不快乐的好人，她想成为一个真人。在吴翠远眼中，吕宗桢和她的那些家人不一样，吴翠远突然觉得炽热、快乐，是因为她遇到了真人。吴翠远被吕宗桢的言语所打动，吴翠远觉得自己爱上他了。这是荒诞的，但似乎又有着某种合理性。然而，在吴翠远留下电话号码后，封锁解除，欢呼的风刮过这座大城市，电车当当当往前开了。小说家写道："她明白他的意思了：封锁期间的一切，等于没有发生。整个的上海打了个盹，做了个不近情理的梦。"开电车的人喊了一嗓子，结尾戛然而止，一切浪漫的梦都破灭了，其实什么都没有发生。张爱玲把爱情故事压缩进了一个封闭的时间和空间之中，这是深具浓缩感的小说。

《故乡》和《封锁》让人想到，读者要凭借小说的横截面在头脑里建设人物图谱，建设他们的历史阴影，建设他们故事的来龙去脉。而在小说里，我们只能看见上面那部分，看到那部分光的含混和暧昧。

想到苏童《西瓜船》。小说有关水乡生活。因为西瓜，香椿树街生生起了一场争斗，一个年轻的生命随之消失。与血有关的争斗是"虚写"，松坑人来到镇上，看到了凶手母亲陈素珍家卧室里的"饼干"，乡下人面对饼干的愤怒将城乡之间的壁垒书写得合理、结实、坚固，这是小说最有力量的根基。也许很多人以为这已经将故事推向了高潮，其实不是。小说家引领我们看到了那位年迈的妇人，那个目光浑浊，被丧夫丧子之痛磨折得麻木的妇人。福三母亲的隐忍、和气、善意以及谦卑，使香椿树街上的每个人内心多多少少发生了改变，他们身不由己地被牵连在一起为她寻找那只"西瓜船"。寻船岂止是寻船？人们在寻找这个被坚硬、被敌对遮蔽的世界的本相和人内心中本该有的柔软、和善。可是，这样的寻找如此艰难，也许那壁垒永远不能消逝。但寻找还是必需的——《西瓜船》是有关"寻找”的命题，是寻找这世界“遗失的美好”。

《西瓜船》里，苏童使用了“我们”的讲述方式。“我们”是谁呢？可能是少年人，但也不仅仅是。《西瓜船》分明有一个穿越时光的人的目光，他贴近地看着香椿树街里的一切，用复杂的眼神注视着那位摇船的妇人，静静地听她的讲述：“前年我家老头子病殁了，去年春上猪圈里闹猪瘟，死了三头大母猪，今年是福三出事情，一年一灾，我眼泪哭干了，我一哭眼睛痛得厉害，眼睛一痛头疼病会犯，犯了头疼病我就没力气摇船了，我不能再哭的，我要把船摇回家的。”这位坚忍的妇人，是位坚忍的母亲，叙述人的目光不曾远离她：“看得出来她是要告别了。福三的母亲要和码头上的人告别，可是离得远了她什么也看不清，看不清楚码头上站立的哪些是香椿树街的好心人，哪些是酒厂堆积如山的黄酒坛子，她就突然跪下去，向着酒厂码头磕了个头。……福三的母亲很快就起来了，人在远处站起来，小小的一团，被满河夕阳照着，身影还是很黑很模糊。……福三的母亲毕竟年纪大了，她摇船的姿势看上去不像其他松坑人那么流畅，也许是累的，她摇得很慢，船也走得很慢，看上去不是她摇着船走，是船领着她向下游而去。船向河下游而去，那是松坑的方向，福三的母亲虽然眼睛不好，松坑的方向应该是永远记得的。”这是一段很棒的叙述，小说家耐心而仔细，句句落到实处，到尾部，整个小说便流动起来，它流动着的是读者和作家共同积淀起来的情感。

什么是苏童写作这部小说的动机？会不会是那个西瓜？或者是那些饼干？又或者是那位暮色苍茫中身影黑而模糊的母亲？无论怎样，这位船上的母亲永远地印在了我们的记忆中。这是多么朴素而又有光泽的形象！这目光浑浊的老人以她的存在照亮了香椿树街麻木而庸常的心。这美让人心软，让人疼痛，让人凄惶，让人五味杂陈，这样的美是暧昧的、活生生的、一言难尽的。

短篇小说的光泽

还是回到二十多年前的下雨天吧，那天，我也向朋友们讲述了自己喜欢的短篇，契诃夫的《大学生》。“起初天气很好，没有风。鸫鸟噪鸣，附近沼泽里有个什么活东西在发出悲凉的声音，像是往一个空瓶子里吹气。有一只山鹬飞过，向它打过去的那一枪，在春天的空气里，发出轰隆一声欢畅的音响。然而临到树林里黑下来，却大煞风景，有一股冷冽刺骨的风从东方刮来，一切声音就都停息了。水洼的浮面上铺开一层冰针，树林里变得不舒服、荒凉、阴森了。这就有了冬天的意味。”这是起笔于春日寒冷的小说，只有5000字，荒芜、寒冷，小说似乎也没有真正的故事情节。那位大学生只是讲起了彼得的故事，把这个故事讲给穷苦的围炉烤火的母女听。当他讲完这个故事后，“一个安安静静、一片漆黑的花园，在寂静中隐约传来一种低沉的啜泣声”。母亲流下了眼泪，女儿也听懂了：“瓦西里萨虽然仍旧赔着笑脸，却忽然哽咽一声，大颗的泪珠接连不断地从她的脸上流下来，她用衣袖遮着脸，想挡住火光，似乎在为自己的眼泪害臊似的；而路凯利雅呆望着大学生，涨红脸，神情沉闷而紧张，像是一个隐忍着剧烈痛苦的人。”

这个围炉听故事的场景深深打动了我。这位年轻人为什么会讲这个故事，这位母亲为何会感动于这样的故事？“既然瓦西里萨哭，她的女儿也难过，那么显然，刚才他所讲的一千九百年前发生过的事就跟现在，跟这两个女人，大概也跟这个荒凉的村子有关系，而且跟他自己、跟一切人都有关系。既然老太婆哭起来，那就不是因为他善于把故事讲得动人，而是因为她觉得彼得是亲切的，因为她全身心关怀着彼得的灵魂里发生的事情。”小说中写到了年轻人的思考：“‘过去同现在，’他暗想，‘是由连绵不断、前呼后应的一长串事件联系在一起的。’他觉得他刚才似乎看见这条链子的两头：只要碰碰这一头，那一头就会颤动。”这小说的迷人在于有如箴言般的结尾：“真理和美过去在花园里和大司祭的院子里指导过人的生活，而且至今一直连续不断地指导着生活，看来会永远成为人类生活中以及整个人世间的主要东西。”结尾真是耐人寻味，它是小说场景的自然生发，但也溢出了那样的具体场景。又或者说，这样的表达和那个场景一起，构成了某种象征意义。

《大学生》这篇作品，最初发表在1894年4月16日的《俄罗斯新闻》上，原名《在黄昏》。后来，契诃夫换了题目进行了些许修改后，收入小说集《中篇和短篇小说》。朋友们在回忆录中都提起过，契诃夫喜爱这篇小说，认为它写得最出色。每次重读这篇小说我都会想很久。我们能感到小说已经触动了我们的灵魂深处，但到底是如何触动的，又在哪里触发，似乎又不能精确表达。——母女和大学生突然明白的那一刻，便属于我们在日常生活中的醒觉，而捕捉住这样的一瞬，正是由于小说家的敏锐。它不仅仅会感动契诃夫时代的人，也会感动今天的人们。它的魅力当然不是因为戏剧化或高度冲突的故事，但却实实在在带来了心灵的震动。

好的短篇小说要有光，有生活之光，智慧之光，艺术之光。“光晕”与“光泽”是我读短篇小说时常常想到的词：人物要有光泽，叙述要有光泽，语言要有光泽……尽管我以疏密、景象以及人物弧光来讲述不同优秀短篇小说的光泽，但是，一部真正优秀的短篇作品之光在于整体，它需要去辨认，去感受，去理解。

从编选《2019 年短篇小说年选》到今天，已经是第五年。许多人问起我为何会一直做编选，关于短篇小说光晕的思考便是我的答案。2023 年的二十部短篇小说，经历了多次的筛选和讨论，我尤其看重那种深具独特性但又有文学质感的作品，从这些作品里，可以看到我们的生活之光，时代之光。我的意思是，阅读有光晕的短篇小说对我而言，是愉悦，是治愈，是享受。

感谢邓一光老师授权将“醒来已是正午”作为《2023 年短篇小说 20 家》的总标题。我喜欢这个题目，因为正午给人温暖，也给人以光感。特别感谢我的年选团队成员：赵泽楠、张明月、易彦妮、胡诗杨、刘滐德、谭镜汝、查苏娜同学，和你们共同遴选和讨论的时光总是很美好。

2024 年 3 月 3 日

目录

记忆

此刻

未来

记忆

醒来已是正午

邓一光

哼哼在微信里告诉景随风，她在他公司附近，离着不远，问他能不能出来两小时，一小时也行。

哼哼来微信前，景随风正坐在工位上发呆。有几年，很多年，景随风习惯在实证层面琢磨一些捕捉不住的事情，比如这会儿，他就在想婚姻这件事。景随风过年就满三十了，有两次，他差点走进婚姻的大门，结果门关上，他留在门外。景随风觉得不能再拖，再拖他就成游魂了。

景随风伸长脖子朝工位外扫了一眼。项目组三十来号人，只有三四个两周前才入职的年轻同事嘟囔着嘴改代码，其他人都一个模样，戴着耳机，捏着罐绿茶，嚼着零食，一脸冷灰地浏览网页，包括泰米尔人 Jhaov。景随风知道，那些网页上的内容不是之前大家动辄狂刷的 NFT 和 Crypto，a16z 基金和无聊猿 NFT 市场情况，而是公司内部网上的优化通告。

景随风收回视线。不用翻工作程序他也知道，下午没有插件安排。疫情两年多，市场萎靡，公司盈利项目纷纷转入亏损，董事会逼着运营团队收缩战线，集中资源保关键战场，公司在这个背景下开始裁员。首批员工优化上周完成,昨天传出风声,第二批优化名单很快就出来，他们这个组是去年底成立的，做Web3，属于风口项目开发，成立后火了半年，最近风头骤变，很可能滑进优化名单,组里有人会被调去中心组,但不是全部。一切都结束了，他和多数同事只能等待人事专员的谈话。

景随风在微信里回复哼哼，十五分钟后自己在楼下等她。然后景随风给12楼打电话订房间。12楼到16楼是一家经济型商务酒店，主营小时房业务，做大楼里几家公司的生意。景随风得到的答复是,没有房间了。五分钟前还有,现在没有了。

和女友在商务酒店见面的习惯是景随风三年前养成的。那会儿他还和前女友青岩热恋着,正常情况下,他夜里十点下班,新版本测试那些天会通宵赶工，青岩的应酬也不少，两人约会老对不上点，节假日也休不到一块儿，好容易时间凑上了，约会地点也是问题。景随风来深圳后一直住政府廉租房，小两房改成的四五个隔间,空间小,不隔音,没有同居条件。有一次,心火上脑的青岩直接对景随风说，不能将就的话，你公司楼下有商务酒店，你去开个钟点房，我不要啤酒烧烤，不包你夜，宠幸你一下就走。景随风觉得脸上被打了一巴掌,有点不高兴。青岩感觉到了,笑笑说,不是我的规矩,你们那儿的人都这样。等景随风问过同事，才知道青岩没有说假话，大楼里的人都在商务酒店订房，和另一半或者别的什么人约会。再一想，怎么不是呢，买房过了入市期，约会却不能等，等两次就黄了。景随风和哼哼是疫情大暴发那个月开始相处，他倒是想约哼哼一起排队做核酸，这样约会每天都能坚持，但肯定找打，留给他的约会地，只剩下商务酒店。

景随风犯难到哪里去弄房卡。科技园片区有好几家类似商务酒店，目标客户是腾讯总部、百度总部、联想总部和中兴总部的数万码农，不过，下午钟点房比学区房紧张，三点一过一房难求。也许过几天情况会有改变，裁员台风登陆，营销小妹肯定会挨着扫楼推销房卡，哥哥哥哥地央告，但肯定没有人理会。景随风管不了营销小妹，他只管哼哼。哼哼在跨境电商平台做 QC，就是出口商品质检员，这两年封城封关，订单抢不出来，订货代表进不来，外贸难做，哼哼公司亏损像夏至后的气温，见天攀升，哼哼每天坪山、龙岗跑厂商，催单子，和人吵架，去年春天起咽炎就没有断过，够可怜的。景随风心想，要不就去街对面药店买两盒慢严舒柠和喉宝，进星巴克，“星冰乐”兑慢严舒柠，让哼哼喝，嘴里再填一粒喉宝，陪哼哼说两小时话，听她倒倒苦水。

景随风正那么想着，康九九像一条灵活的虎皮鱼，绕过礁石般的工位，驾驶着他那辆所向披靡的九圆牌残障车过来，将 1212 房间卡丢在景随风工作台上，冲景随风眨眨眼。

康九九是 ACM 高手，技术大牛，组里的业务经理，景随风的顶头上司，三十多岁，化州人很少有他这样一米八三的个儿。他毕业于上海交大，有过一年海外打工经历，爱说冷笑话，原先在核心开发部门，五年前脊髓前角细胞病变，腿部肌肉萎缩，撑不住高能运行工作，发配到边缘组，负责团队技术业务。康九九三年前离了婚，两岁的孩子判给了前妻纪芳芳，不过，疾病和离婚并没有打垮他旺盛的生活愿望，他和纪芳芳依然保持着密切联系，身边还有数目不详的女友，这就是他兜里常常揣着酒店房卡的原因。

康九九告诉景随风，不是同情他，本来纪芳芳约了谈孩子的事，刚才接人力资源部通知，下午开项目负责人会，没说会的内容，猜测是通报第二批裁员名单，他们这个项目组在雷区，大概率会炸，他得去作最后一次挣扎，争取少裁人。

景随风谢过康九九，在微信里给哼哼留了房间号，又叫了两杯“卡乐巴巴”。他能想象顶着一头乱发的哼哼，进门后像一匹法拉贝拉马，气急败坏喝光果茶，瞪着眼睛巴巴地看着他，等着他继续投喂救命水的样子。

景随风掐着点离开工位，下楼去了商务酒店，出电梯时，他看见运营经理老邹进了一个房间。老邹来组里半年多，景随风好几回看见他来开房。头一回遇上，他回头问康九九，邹boss有老婆有房，怎么也去楼下？康九九不说老婆和房的事，问他和老邹打了招呼没有。景随风说这些日子邹boss狂暴组里业务，自己没能幸免，不想打招呼。康九九这才解释，老邹挺可怜，没见他四十岁不到，脸上一块块老人斑？开房是为了减负，减完负按时回家扮演丈夫和父亲角色，选择晚上和周末时间会影响家庭生活。

景随风心想，可不是有压力吗，项目组就老邹不是搞技术的，海外做过几个月Web3社区，公司花高薪挖他来做运营。头两三个月，大家热情高，没成家的几乎没离开公司，吃睡都在工位上，连极其讲究契约精神的Jhaov都不拿劳动合同说事，没日没夜在工位上敲代码，老邹见人拍人肩膀说煽情的话，绿茶成箱往组里扛。后来情况变了，Web3市场是疯狂的趵突泉，每天都喷涌出大量产品，想模仿就得一次次试错，每次都要花费大量精力，老邹不断拿市场调研推翻组里的方向，和业务经理康九九吵架，项目组完全没有共识，压力自然大。

“不过，他还是坏了规矩。”康九九眨巴着眼睛说，“他这种情况，有私密性更好的酒店，网上办入住手续，车直接驶入车库，走专属电梯进房间，见不到人。和单身狗挤小时房源，不地道。”

景随风进了 1212。房间是白色雪原主题，到处贴着折射镜，提供给客人玩 Find me 游戏，桌上摆放着营造氛围的巧克力礼品和解锁用小支红酒，床头柜上还有两样自助玩具。景随风把桌上和床头柜上的东西收进衣柜。他和哼哼不需要这些。他们需要努力挣钱，稳定双方关系，拿到廉租房号，早一点建立家庭，那个靠酒精和热血玩具做不到。

项目组是新知识的交流地，Web3 中文资料少，需要阅读大量英文资料，组里人开口就是行业黑话，外人听不懂。但没有人知道，景随风是个隐藏的诗人。不是名声在外那种。景随风少年时就偷偷写诗，写完不给人看，收进文件夹。景随风非常喜欢兰波的那首“通灵”诗：

我拥抱夏日的黎明。

宫殿前一切依然静寂，流水止息。绿阴尚未在林间消失，我走过，唤醒一阵阵生动而温馨的气息，宝石般的睛瞳睁开，轻翅无声地飞起。

在晨曦洒落的小路上，一朵花告诉了我它的名字。我向金黄色的飞瀑大笑，它披散着头发飞过松林。在银光闪烁的树林梢头，我认出了女神。

我揭开层层纱幔，在小路上我挥动着双臂。在平原上，我把她介绍给雄鸡。在城市里，她从钟楼和穹顶间逃匿。我像乞丐一样，在大理石堤岸上追逐她，在月桂树边，用层层轻纱将她环抱，隐约触摸到她美好的躯体……

景随风一直认为自己有前世，就像兰波有女神。他确信他现在的生活与前世的生活天壤之别，可前世的生活是什么，他却没有一点印象，这使他非常困惑。景随风觉得事情不复杂，极少数人能记住生命密码，大多数人记不住，所以才找不到通往前世的通道，就像兰波说的，被遗弃的火车头还在燃烧，但却已经停在铁轨上，而他区别于极少数人和大多数人，他记得很多密码，只是不知哪一个才能开启前世，他还在找，一个一个地试，需要一些时间，他希望自己依然属于幻想的一代，通灵能帮助他做到这个。

几分钟后，哼哼到了，旋风似的晃悠着双马尾辫进门，脚跟一磕关上门，通勤包往桌上一丢，口罩摘掉，口齿不清地说，连着两晚盯在厂里催货，一直没睡，困成狗，让我先睡几分钟，睡完起来咱们再说话。这样说完，她外套没脱，人往床上一倒，眨眼就睡着了。

景随风不能待很长时间，项目组负责人会开完他就得上楼。他过去替哼哼脱去脚上的板鞋，腿搬上床，拉过被子给她盖上，又怕她起来着凉，重新整理了被子，只在她腹部搭了一角。哼哼体形优美，折叠成一只犀牛虾可惜了，做 QC 更可惜，不过她这样的大专生，在深圳能找到一份收入过得去的工作，已经很不错了，再贪就过了。景随风犹豫了一下，要不要去接点热水，替哼哼敷一下脸上的口罩带勒印，想想有点矫情，放弃了。

景随风在窗前坐下，接上耳机刷屏。他想，员工优化的事情是不是早点告诉哼哼，告诉晚了她没有心理准备。又想名单没下来，说不定他是幸存者，告诉早了反而惹哼哼着急。项目组事业线不好，竞争不过游戏和云项目中心组，最近两年评级他都是中，不过他一直注意 KPI 排名，暗中抢着做一些边界的活弥补产出，他估摸了一下，就算组里裁掉一半人，他也在安全线内。

景随风的家乡在大别山区的麻城，父母在水务局分别当科级调研员和股级科员，大学毕业时，学校苦口婆心告诫，现在工作不好找，薪水给到三四千就接，就算这样，多数人也要做好啃爹妈两年的准备。父母让景随风回麻城，麻城是县级市，算得上五线城市，科级就是很大的官，父母怎么也能替他安排上考编名额，但景随风不甘心，不相信这就是他的前世，他要拼一下。景随风花 540 块钱买了张车票，外加 15 块钱盒饭，南下来到深圳，凭事先做好的功课，找到车公庙产业园，走进一家做山寨机的企业。面试时他很紧张，感觉随时要尿。HR 问了他几个问题，都是一些链表反转、插入删除的基础常识。他紧张地答了。HR 忙得很，告诉他录用了，起薪 6500。他吓一跳，出于找份工就好的心态，他做好了十天流落街头的准备，不会提太高的薪酬要求，没想到从武汉出发到拿到工卡，时间不到九小时，找第一份工就中了，薪水还远超学校的估价，怀疑进了一个不正经的强盗团队。HR 看出他的疑惑，解释说，公司上午已经录了三四个南下大学生，无他，老板刚拿到第三轮风投，就愁钱没处花。

景随风一开始跟着组长搞安卓开发。他在学校没学过安卓，那会儿感兴趣的是超频，给 WIN95 找漏洞，和同学讨论相对论和熵之源，得多土的人才学安卓系统啊。组长说，车公庙周边五公里，狗都会安卓，不会狗都瞧不起你，没关系，我教你。景随风怀揣愧疚真心恶补了一气，把能找到的 Donald Knuth 计算机编程书全找来啃了一遍。没想到他撞上了大运，那么冷门的安卓，他刚学出来就火了。那一年他运气特别好，干什么成什么，参与做了两个软件，在全市青年技工比赛中拿了名次，成了公司骨干，唯一不顺的是女朋友换了两个，他认真谈，都没谈下来。

景随风的顺境在入职的第二年终结掉。投资人砸了几轮钱，用户一直不见涨，过了期待期就撤了。公司开始走背运，放弃研发转行做中低端电子设备，管理层整天吼着让员工没命地加班，经常加到凌晨两点，早上七点半接着开会。景随风说了几句抱怨的话，组长给上司打小报告，年终奖扣了四成，景随风一气之下辞了职，投了大厂简历。

景随风永远忘不了那一天发生的事，简历投出去十几个小时，他就接到回复，通知他第二天一早去科苑路面试，他去了。HR 根本没正眼看他，他一落座就让他写一段代码，交代说别麻烦，直接翻工程文件就行。看过代码，HR 问他对薪酬的要求，又让他去弄一份没有心血管疾病和精神病家史的证明。他就知道被录了，支支吾吾回避薪酬问题，拿定主意只要不低于前份工薪就干。HR 说，行李带着呢吧？带了就别走了，去楼下找工位上工。说罢撕了张纸条合着工牌丢给他，说他级别 T2.2，薪酬 17000 加 16 薪，另有 1200 房贴，合着奖金全年能拿 30W。他没听清楚，愣在那儿不敢问，慢慢回忆了一下对方的话，觉得戏太过，这么演就有点夸张了。

那天景随风离开大楼，站在朝气蓬勃的科苑路大道边，一时不知道接下来该做点什么，心里想，这就是女神现身的黎明吧？如果是，那就是兰波说的思想的孵化，他要注视它、倾听它，拉下琴弓，在内心震颤的交响乐中跃上舞台。那么想着，他的眼眶居然湿润了。有件事情他清楚，他再也不可能回到五线城市的老家去考水务局抄表员工作了。

就是在那个时候，景随风交上了康九九这位朋友。

老极客康九九驾驶着他的九圆牌残障车，领着景随风熟悉公司环境，在咖啡厅、健身房、羽毛球馆和理发店里快速穿梭。康九九自嘲，项目组不是什么好组，在公司主营业务外晃悠，但包早餐，午晚两餐半价，有各种赠券拿。景随风像是打了鸡血，表示他不在乎蝇头小利，也不怕挫败和疯狂，在走进这栋大楼后，他就决定要做兰波说的伟大的病夫、伟大的罪犯、伟大的诅咒者，在工作中磨炼坚定的信仰和超人的力量。

“兰波是谁？”康九九用看冷冻蚝干似的眼光盯着景随风。

“他是通灵者。”景随风从对方的眼神中看出轻蔑，口气中透出不忿。

“你十八岁的生日早过了吧？”康九九咧着嘴嘲笑。

康九九没废话，花三分钟时间让景随风弄清楚了大厂生存秘诀：大厂不需要病夫、罪犯和诅咒者，他们会被资本家的机枪扫得满身窟窿。在大厂干，技术不是优势，年龄是，成了家的人体力半泄，心事也半泄，老挂着家庭经济安全系数，对薪酬期待高，管理层再蠢，也知道他们和精力旺盛、薪酬期待低、一说赶工住公司就兴奋的年轻人的性价比。景随风能做的只有两件事，别太早成家，早点评上技术专家，熬到签下终身合同。

“在你坐到工位上之前，确信把容易伤到自己的东西和易碎的东西都丢到脑后去，不然迟早完蛋。”康九九说罢，操纵轮椅来了个漂亮的原地转，大雨中的塞纳似的驾驶轮椅离开那里。

景随风上班后发现，组里很忙，PPT 做不完，每天都催着提交工作结果，团队几小时开一个会，但全都是瞎忙，实际工作无非是没完没了地研究市场反馈，然后改写几个代码。项目组同事基本和景随风一样，闷骚型的985毕业生，个个暮气沉沉，玩的都是上古时代的“魔兽争霸”“穿越火线”游戏，他们当中一半人希望留在一线城市生活，一半人属于走着看，趁年轻出来见见世面，混不下去就回家乡考公务员。

景随风很快看出来，大厂无非占着资本和赛道优势，谈不上创新，一般程序员不用考虑复杂算法，有专门团队基本山寨太平洋西岸的研发技术，不会出现 Linus 和 Jeff Dean 之类人物。景随风倒不敢沾 Linus 和 Jeff Dean 的边，对他来说，他们是神一般的存在，而他崇拜的是一头狮子发和大胡子的自由软件运动领袖 Richard Stallman，他对 Richard Stallman 开发出的 Emacs、GCC、GDB 烂熟于心，这是他在诗歌之外的另一项私藏，他没给康九九说。

组里的情况大大打击了景随风的浪漫主义志向，这让他非常困惑。他担心自己没有知识迭代，能力退化，以后成为废物。不过，他屁股下的发动机也不能卸下来，程序员是刚需，天不垮不会裁员，关键是业务逻辑不能生疏，绩效别混到摆尾就行，不然就算签下终身合同，还是会被末位淘汰。

接下来的四年，景随风工作顺风顺水，两次晋级，年薪拿到 50W，让父母直呼真的假的，非让他在微信里晒薪酬单才相信。

康九九和景随风不同，他离开中心组后薪水大减，前两年还能撑，这两年孩子要上学，纪芳芳缠着他变卖了龙岗的二线房，加杠杆买了南山的学区房，房贷每月 3W，孩子幼儿园费用加生活费保险费一万，他自己要生活和交际，怎么也得万儿八千，加起来每月花销没有 5W 拉不开栓，要不是瞒着公司替一家小公司写源代码，财务规划根本算不过来。

“你有过家，现在还留着半个，就不能省着点，别和姑娘泡？”景随风劝康九九。他没告诉康九九，他这两年心懒成家过日子，多少有点受康九九负面影响。

康九九眨巴着眼睛哈哈大笑，说自己是恶性弛缓性麻痹，用不了几年就不能动弹了，不囤积点美好回忆，熬不过最后那两年。

也就是这个时候，机会出现了。去年底，防境外病毒输入最紧张那两个月，公司拿到天使轮资金，急着开新项目，高层决定试水 Web3 赛道，从海外挖来老邹做项目运营。康九九没有接触过 Web3，可公司也没有对 Web3 熟悉的人，他在几个闲置的资深技佬中脱颖而出，抢下业务主管的活，从一些边缘组找来一批不得志的人，景随风是他最后谈话的，理由是他俩关系不错，他不能丢下景随风自己去一览众山小。

景随风这些年关注过虚幻引擎技术、脑机接口、人工智能、边缘计算、3D 操作、智能合约和加密货币，但也只限于专业信息浏览，基本没有碰过涉及算力的底层技术，敏感的草地上不长蘑菇光长草，有些犹豫。康九九看出来了，劝景随风别为技术差距焦虑，中国不需要脑子开挂的工程师，只需要能做代工的技术生，Web3 说穿了不是什么新技术，不过是个概念，风口煽起来，确实能影响市场的发展和应用。

“别指望自己有能力建立下一代网络技术、法律和支付基础，你就想，要不要抓住机会，改变自己大头朝下的生活？”康九九毫不客气地说，“你要确定不抢这拨水，我就扬长而去了。”

康九九这句话打动了景随风。这几年他看明白了，随着年龄增加，他确实在往前走，但却是被时代推着，不是推动时代的人，更别说改变。何况，时代并不始终往前走，有时候它会倒回来。前几天父亲来电话，东扯西拉说了些家事，然后支支吾吾透露，市里刚发了文件，三年停考，之前的参公也要清退一部分，当年幸亏他没回去考公，不然还得二次就业。

景随风那么想着，哼哼的手机响了，是《起风了》。

景随风记得哼哼去年的铃声是飒爽的爱情故事《盗将行》，从“看那轻飘飘的衣摆，趁擦肩，把裙掀”到“枕风宿雪多年，我与虎，谋早餐”；前年是朋克公主酵母所向披靡的《敲开天堂的门》，从头到尾就一句，“敲响，敲响，敲响天堂的门”。景随风觉得特别合自己的意，不过相比较，他更喜欢鲍勃·迪伦的《敲开天堂的门》，“妈妈，把我的枪放在地上，我再也不能用它射击了”。怎么可能？比利小子从拔枪到射击只需要 0.3 秒，他只是有点累，想躺下来睡一觉而已。现在哼哼把铃声换成“心之所动，就随风去了”，看来她被工作压力缠得苦，有些疲倦了。

哼哼没有醒。景随风过去，把哼哼的挎包放进洗手间，关上门，这样手机铃声就没那么刺耳。

景随风很在意哼哼。他俩不是初恋，此前两人都有过一些经历。哼哼是青岩介绍给景随风的，哼哼是她师妹。青岩在综合部做中层,公司大量交际她都得参加,不参加气氛保障不了，生意谈不下来，管理层关系也没法和谐。酒局上男性上司的习性谁都知道，青岩和那些紧张地叮嘱自己别喝醉，因为没喝上司敬的酒被打耳光的女同事不一样，她是主动型，酒桌上风情万种，频频举杯，主导局面，不失分寸地打消掉男上司的非分之想。只有景随风知道，青岩那样做有多辛苦，她每次喝到一定程度就会跑进洗手间抠喉咙吐酒，好几次抠出血。她为自己披上了那么结实的铠甲，最终还是在酒阵中陷落，成了上司的猎物。

“我不能保证三十岁戒掉，”青岩用盐水送服下云南白药胶囊和奥美拉唑，平静地对景随风说，“它是我的空气和水，我需要它，你让我和它过吧。”

她没说戒掉什么，她需要什么，酒，风情万种，还是主导局面的野心。

不是景随风不专一，他爱青岩，尝试过接受青岩就是这样的青岩，如同谢尔·希尔弗斯坦那本风靡全球的绘本所说，人生的另一半等于体量不一、形状不合、需求不匹配、速度不一致的总和，聚合是个漫长过程，能在一百次偶遇中遇见就不错了，他磨掉棱角匹配青岩就好。但景随风对付不了酒精中毒性嫉妒妄想导致的暴力攻击，应付不了两人在频繁的幻视和幻听中揪打成一团，伤痕累累。

然后，哼哼出现了。青岩再一次主导了局面。

哼哼不如青岩漂亮，也没有那么要强，除了工作累一点，拿在职本科和学白话学英语苦一点，这些都逼着人不得不全力以赴，暂时还没有养成和世界拼个你死我活的煞气。

哼哼睡得很沉，景随风判断她还要睡一会儿，心想也许她第二顿还没吃，这么一想，就有些心疼。这个时候去食堂不是时间，他决定去给哼哼弄点吃的。

景随风下楼，在大堂里见到几个头一批被裁员的程序员，拿着消掉磁的生物门禁卡和保安吵架，宣称要从52楼跳下去。景随风站下看了一会儿，推测他们是裁员者中的风险分子，也不是非吵着回公司，这个做不到，公司法务部早调出这些人的违规记录，就算没有财务问题，没有泄露过公司资讯，总不会全勤吧，哪能找不出点瑕疵，不过是宣泄一下心中的恐惧罢了。

景随风出了大楼，沿着传说中的宇宙中心大街走出二百米，拐个弯，来到楼群背后一处工地。那里有一排蓝色铁皮工棚，二楼晒着橙红色的工装和塌了布头的底裤，一些戴着黄色安全帽的工人进进出出，工棚旁有两个快餐摊，一家卖炒米粉，一家卖隆江猪脚饭。工地是蓝领的地盘，程序员不会到这儿来，前段时间公司因疫情封楼，程序员关在大楼里上班，有一次景随风跟车外出办事，大街上空荡荡，工地居然没停工，工人们忙着扛水泥、搭架子、拉线、打灰和炒油，两家快餐摊子点着炉火。景随风想在室外多待一会儿，怂恿同事停车，两人下车，各叫了一份猪脚饭，没想到一口酱香浓郁的猪肘入口，人就被征服了，哭的心思都有，以后景随风就常来这儿吃猪脚饭。

景随风在工地大门旁扫了场所码，隔着老远向两个摊主晃了晃绿码，走近快餐摊。米粉摊的摊主正忙着把胡萝卜、黑椒肠和鸡蛋摊饼切丝做备料。米粉品种不少，从五块钱的三丝米粉，六块钱的香肠、番茄鸡蛋、海米米粉，到七块钱的香菇肉末、彩椒肉末米粉，八块钱的青菜虾仁、蚝油鸡丝米粉，加个卤蛋，一瓶啤酒，十四块五管饱，吃完顺便在旁边水果摊买点便宜水果，有时间还能花十块钱在摊子边理个发，采个耳。

猪脚饭摊主是红太狼夫妇，两人三十出头，来自湖北最贫困的英山县，是景随风的黄冈老乡。黄冈出门打工的人不少，通常是丈夫外出挣钱，妻子在老家养老人带孩子。红太狼夫妇俩感情好，不愿分开，孩子寄托给嫂子，俩人手牵手来到深圳，头两个月打了 57 份工，两人乐呵呵的，没听他们诉过苦。

夫妇俩这会儿正接待几位一身水泥粉尘的民工。红太狼从老汤里捞出半只色泽油亮的蹄髈，一小块奶脯，斩出一堆油汪汪的肉片，米饭上分别盖五六片，剩下的猪肘丢回老汤里，再往卤肉上搛了两根烫好的油菜、半个卤蛋和一筷子酸菜，浇上卤汁递给民工。民工们往微信里转了饭钱和啤酒钱，蹲到一旁大口吃饭，嘴角挂了油，就拉起下颌上不知戴了多少天的脏口罩抹掉。

景随风和红太狼夫妇打过招呼，点了猪脚饭，特别叮嘱要糯香的猪脚，不要肥肉多的蹄髈，再去一旁的冰柜里取了两瓶绿茶。

红太狼斩肉的工夫，景随风站在快餐摊边和红太狼妻子有一搭没一搭说话，知道这片工地还有两天就收尾，民工们会“提桶跑路”，防疫管得紧，多数民工打算结完账就回家待着，红太狼夫妇不准备走，他俩相信疫情再紧也会有工地，不愁卖不出猪脚饭。

“提桶跑路”四个字让景随风心里咯噔一响。前几年大厂也有近似说法，叫“逃离996”，不过人家民工“提桶跑路”是换工地，大厂人“逃离996”是换工作，你看现在还有哪个大厂人还叫嚷换工作的？

景随风朝深南大道南侧深圳湾方向看了一眼。那里有一片神秘的高级会所，景随风入职四年只在视频中见过的公司big boss，还有一些别的公司big boss，他们经常在那片雅典卫城里议事。景随风知道，他们从康宁医院看完特需号，带着浮游性焦虑症诊断书回到会所，坐立不安地换着腿，谈论公链、钱包、图灵机和时间戳身份验证，编织合约大网，伺机捕捞DeFi、DAO和NFT公司，试图在垄断互联网之后，再度控制用户独立、保护隐私和夺回数据的区块链技术，或者进军元宇宙，抢夺5G+AI+XR+云计算，这样就能跨越Web3.0，创造人生高光时刻。

但雅典卫城里的事和景随风没关系。景随风在这个时代里，却不掌握时代的源文件，在康九九给自己的别成家太早和早点签下终身合同两个职业建议外，他能做的，是不要挤进精神障碍病高危个体人群中。

景随风拎着猪脚饭回到大楼，刚进电梯就接到康九九的电话，要他到 48 楼健身房见面。景随风感觉情况不妙，把饭盒送回 1212。哼哼还在睡，章鱼似的蜷着手脚，脸埋在一堆乱发里，气息吹动两绺触手般舞动的头发，不知睡梦里是不是在和海鳗、海龟和抹香鲸搏斗。

景随风轻轻掩上门，赶到 48 楼，走进健身房，见康九九正在气咻咻地举铁，因为下半身没有力量，明显很吃力。

康九九搁下哑铃告诉景随风，会开完了，结果相当糟糕。

景随风心里一惊，小心翼翼问，总不会真的裁员过半吧？

"要是过半就好了，"康九九咧开嘴惨笑说，"断腕，项目组集体走人，连我一块儿。"

景随风很快知道，经济持续下行，高层选择停掉所有边缘项目，包括 Web3 这个五十岁男子憋大招生下的孩子，让别人去做下个世界的掠食者。接下来，凡是与传统产出无关的项目组大概率都会陆续出现在优化名单里。

康九九问景随风怎么打算。景随风以为自己能在过半淘汰中侥幸逃脱，没想到会这样，事情太突然，还没反应过来。快速想了一下，创业他没有资金和资源，头部大厂出去的人有光环，倒是可以试试去中小厂转管理，可大厂思维模式和中小公司有很大不同，一用就拉稀，也许可以换到新能源行业试试。但疫情和经济形势这样，不是一两家公司遇到事，离开的人太多，相当于海啸，新能源也不一定好就业。那样发了一会儿呆，想起功勋员工康九九也被裁了，不由得替他委屈，问他怎么打算。

康九九说，他的情况比较复杂，残障，有娃，分心处多，换他做高层也会开了自己，所以他才鱼死网破搏 Web3，结果没时间做成，的确有点遗憾。麻烦的是，他是疫情头一年高杠杆换的房，当时向公司借了笔数额不小的安居贷，疫情起来后，想着人动不了，钱能动，向亲友筹了一笔钱，在股市和 Luna 币上也加了杠杆，哪知中概股指望不上，下跌时没破产，补仓补破产了，号称币圈茅台的 Luna 也跟着跌，投进去的钱全蒸发掉了，债背得重，现在一裁员，下个月房贷断供，公司要求解除劳动合同时一次性退贷，否则背上 18% 的利率，只能考虑贱卖房子，等于混了十年，一夜之间归了零。

“找微粒贷、借呗和度小满周转几个月？”景随风知道这个主意不怎么样。

“数据共享，信用额度肯定下调，钱借不出来。要说大数据，本人助纣为虐，也有责任。”康九九干巴巴说冷笑话，“不过，我是被离职，公司贷款行为有法律漏洞，先走免责仲裁，能拖上一段时间，不会坐以待毙。”

景随风心有戚戚，庆幸手中积攒的那点钱没挤进高杠杆。他记得康九九有个一起出道的朋友，后来离场转 VC，给人拎包去了海外，再后来投 TMT 成了，前些日子在新加坡寻找消费互联网项目，让康九九去帮忙。景随风就问康九九为何不投奔那位朋友。

康九九说，晚了，赛道不同，不在一个世界里了，就算赖着人家养他，等于温水煮青蛙，他不会自找没趣。他倒是可以去华为系外包公司做技术管理，不过自己手上的活过了气，新技术一干就露馅。他要对儿子负责，对前妻负责，对女友们负责，只能披挂上阵，搏一下。他打算邀两位朋友做低端芯片，用在儿童玩具和遥控器上一块钱一个那种，成熟了再去印度和越南做低端代工，国际禁运他拦不住，晶圆他碰不了，市场刚需十年八年优化不掉。

“我和你不一样，”康九九眨巴着眼睛看天花板，手上神经质地扳动遥控器，让轮椅来来回回在景随风眼前晃动，“我早年积分入户，是深圳人了，前妻是创一代，儿子是深二代，半数女友和深圳有千丝万缕的联系，要说家乡，我是我们康家在深圳的创世祖，走不了，拼死算数。”

康九九要回项目组宣布结果，轮椅驶到健身房门口停下，回头看了景随风一眼，说知道景随风一直在偷偷玩 Last Life 和 A reborn hero 这种丢程序员脸的前世游戏，也知道景随风被前世的念头缠得苦，要劝景随风一句：

“你我这些吃程序饭的，是在现实中断了根的人，没有前世，也没有来世，就算这样，也要欢欣鼓舞地活下去，不然连现世也没有了。”

事情到了这一步，景随风决定不回项目组参加宣判会，没有必要回去捏着绿茶嚼着零食满脸丧气地听康九九宣判死刑。他倒是很想知道泰米尔人 Jhaov 的反应，不知道他是不是后悔没去美国，他的族人在那里可是抢手的香饽饽。

景随风下楼返回 1212。哼哼已经起来了，坐在床头勾着腰急不可耐地往嘴里扒猪脚饭，见景随风进门，齿间衔着半片香糯的猪蹄肉，起身脱外套。

“一会儿得赶去坪山催货，还能待二十分钟，来得及。”

景随风把蹭过身来的哼哼按回床边坐下，饭盒塞回她手里，绿茶拧开瓶盖塞进她手里。

“怎么啦？”哼哼困惑地看景随风。

“不是时间不够了嘛，你先忙，我们再约。”景随风不打算立刻把实情告诉哼哼。

“那怎么行，我不能白来一趟，八十八块不是钱哪？”哼哼不干，继续解外套。

景随风捉住哼哼的手，告诉她，他知道一件事，过几天这片楼群里的商务酒店有大折扣，他们有机会好好说说话，讨论未来。

哼哼被景随风哄住，肩膀一抖，外套缩回身上，快速扒光盒饭，一口气喝掉一瓶绿茶，另一瓶装进通勤包里，回身抱住景随风，往怀里用力摁了一下，蹬上鞋匆匆出了门。人在电梯里给景随风发微信，说下次要在12楼待一整天，不说未来，先看住现在，她得靠它继续前行，不能像没有草料的马，那样跑不出一望无际的草原。

景随风走到窗边，看楼下的科苑大道。他看不见匆匆去挤地铁的哼哼，只知道这是他最后一次来12楼了。几天后，交还了公司电脑，领到N+1赔偿金，他会约哼哼在正规场合见面，告诉她他遭遇到什么，告诉她这一波病毒没有那么容易消失，它们不断更新迭代，活跃得很，而他青春已过，耗不起，再待下去也没有指望，他先回麻城待几天，再说以后的事。

景随风有些难过，他喜欢这座城市，它有一股野蛮生长的劲头，现在它还在生长，只是被套上了一具枷锁，看上去不再野蛮，不可能一意孤行了。

景随风突然想起，来深圳后，他无数次地在互联网上浏览这座城市，可来了几年，他从没走进过它的真实空间，还不如那些一日游的外地旅游者。景随风不知道这意味着什么，是不是说，这座城市非常了不起，他高攀不上？

景随风在窗前站了几分钟，推测哼哼已经上了地铁，精力充沛地挤到人群中，环住把杆，掏出七寸平板刷货单。他转身离开窗前，出了1212，乘电梯回项目组。在电梯里，景随风脑子里突然冒出兰波那首“通灵”诗，他无来由地想，诗里写到的黎明，是不是他寻找了多年的前世？如果是，他是不是早已错过了它？他那么想，嘴里嗫嚅着，背出那首诗的最后两句：

黎明和孩子一起倒在幽林之中。醒来时，已是正午。

（《北京文学》2022年第12期）

中央公园的斯宾诺莎

徐则臣

接到警方电话，我刚在波特兰的一个小城里朗诵完自己的小说。一个典型的美国中西部男警察的声音：冯教授自杀了。挂掉电话我就找主办方，接下来的活动只能抱歉了，我得回去。他们立马给我查机票，两个小时后还有最后一趟航班。回酒店收拾行李，一路狂奔到机场。司机小哥说，十年了他没开这么快过。我是那趟航班最后一名安检的乘客。

小飞机，一共不到三十个座，我的那一侧只设单座，让我有坐小舢板漂洋过海的感觉。天气也不佳，一路都是强对流，飞机从升上天空一直摇摆到降落。要在平常，我肯定晕得能吐出苦胆，但那天我像块石头坐定，悲痛和后悔让我越来越沉。我知道这几天老冯情绪不好，昨天我刚到波特兰，他还给我打了个电话。他在电话里跟往常一样，说："兄弟，聊聊？"听见接机人员要帮我拎行李，便又说，"你先忙，回头再说。没啥事。"我说好，到酒店打给你。到酒店简单洗漱，主办方邀请参加文学节的作家和诗人到镇上的酒吧里喝一杯，电话没打成。然后，古巴诗人强力推荐他们的朗姆酒，结果上了头，舌头有点硬，就耽误了。来之前我也曾犹豫，老冯状态不好，但我想，五十岁的人了，又是搞哲学的，什么问题想得不比我通透？文学节活动我答应了，该做的人家都做好了，临时撂挑子不合适，就来了。

就这么寸。

老冯死在公园里。这座中西部小城以一个大公园和一所大学闻名。公园也叫中央公园，没纽约的那个有名，但比纽约的那个大。它从小城中心开始往西北方向扩展，像喇叭一样越吹越大。靠近河流的那部分成了湿地，表面看草木葳蕤，一脚踩下去就成了烂柿子，能要人命；若到夏天，大水会像特工一样悄悄地漫上来。老冯把车开到小路边缘，再进不去了，他下车，随身携带一瓶水、一瓶药、一部苹果手机、一本康德《纯粹理性批判》。他先把每天散步的那条路走一遍，然后拐弯往湿地方向走。那地方他带我去过，安全又安静，适宜听风吹草木和各种鸟鸣。荒草过人，躺下来谁都看不见。他踩倒仅供容身的几丛荒草，躺下，把《纯粹理性批判》枕到脑袋下面。

书中夹着一封遗书，遗书上声明，自杀与他人无涉，完全个人决定。若有未尽事宜，可麻烦徐先生。老冯把我的电话留在了括号里。

到接到警方电话，我认识老冯满打满算四个月零十九天。我来 K 大是受邀驻校写作。K 大有个全球著名的国际写作中心，每年从世界范围内邀请几名作家和诗人来此驻校交流。这一年是爱尔兰的一位剧作家、肯尼亚的一位女诗人和我。没什么事，除了定期与作家、教授和学生交流，在大学和市公共图书馆做个讲座，其余时间都是自己的，写作、看书、旅行，随你便。我没打算把书房搬到美国，所以大部分时间都在外面，背着包到处乱跑。坐上一辆灰狗，觉得沿途哪里不错，就停下来待两天。留在小城的那些日子，除去写作中心的规定动作，大部分时间都耗在和老冯的聊天和吃喝中。

初次见老冯是在写作中心的欢迎晚宴上。他教哲学，跟文学关系不大，但却是K大唯一的华人教授，写作中心善解人意，邀他来纾解我的乡愁。我恭敬地叫他冯教授，同时惊讶于一个浙江人竟生得如此孔武，一米八八的身板，小平头，头发硬如钢针，更像个教体育的。“叫我老冯，冯哥也行。”他拍我肩膀，我听见自己的骨骼尖利地叫了一声。“我大你十六岁。我姐就嫁在你们江苏。”衣着也跟说话一个风格，一件泛黄的圆领白T恤，外面套一件起码五年没熨过的休闲西装，洗旧蓝的休闲裤在膝盖处鼓起两个大包。翻毛的休闲皮鞋磨得黑亮，年头肯定也短不了。他说，明晚如果有空，请我喝酒，“就当邀请了啊”。

从写作中心给我们租的公寓到老冯家，步行二十分钟。下午六点，我还在昏昏然的时差里，但这不影响我迅速找到了他的房子。不是带草坪和车库的 house，而是单元房。老冯一个人住，没存下几个钱。我跟着香入骨髓的红烧肉和酱牛舌香味来到他家门口。

必须多说几句冯氏红烧肉和酱牛舌，这是我在国外吃到的最好吃的红烧肉和酱牛舌，没有之一。这次驻校写作是我在美国待得最长的一次，半年，也是最开心的一次，没有什么能比红烧肉和酱牛舌更治愈乡愁了。我们迅速结下了牢固的“酒肉”友谊。我无法向你描述它们有多好吃，但我可以告诉你冯氏红烧肉的一个诀窍，就是焖红烧肉时加一点可乐，可以加速将肉煮烂，同时入糖和老抽调色。酱牛舌，还是不描述了，反正切一盘子，我和老冯能聊五个小时，喝掉二十听百威。所以只要不出门，最多三天我就会去一趟老冯家。他想跟我聊国内的事，所有事他都关心，垃圾处理他也有兴趣。闲下来他就给我打电话。

“到国外你才能知道你有多爱国。妈的，像个悖论。”老冯语重心长地说，“兄弟，来吧，红烧肉和酱牛舌已经下锅。”

我也不打算矜持，闻着味儿一路小跑就过去了。

喝酒吃肉时我们聊的绝不庸俗，非关时事即涉学问。在那满满三居室的书堆里，聊鸡毛蒜皮你会觉得是个罪过。当然谈文学时更多，哲学我只懂点皮毛，康德、黑格尔都没读完。老冯是康德的专家，当初 K 大把他挖过来，看重的就是他在康德研究领域有两把刷子。刷子大到什么程度？欢迎晚宴那晚，写作中心主任跟我说，K 大的师生给了老冯一个外号：中央公园的斯宾诺莎。主任挺满意这个外号，虽然说的是冯教授的哲学成就，用的却是咱们文学的典故。读过 1978 年诺贝尔文学奖得主艾萨克·辛格的朋友都知道，他有一部著名的短篇小说，《市场街的斯宾诺莎》。主任补充说：“咱们 K 大的斯宾诺莎，可是货真价实的斯宾诺莎哈。”主任说得眉飞色舞，我一时也听不出是嘲讽还是褒扬。

从来 K 大，老冯就住在中央公园边上，环境好，确切地说是散步方便。天大地大，中央公园被他走出了无数条路。“思考的重要方式就是散步。”老冯说。十二年来，他的所有研究成果都是在公园里各种曲里拐弯的小路上想出来的。像他的偶像康德那样。我跟他说，若干年后，K 大将会在中央公园辟出一条“冯石开小道”，以遥遥呼应格尼斯堡那条著名的“康德小道”。

公园里的聊天就家常多了。好景太多，树木、花草、鸟虫和小动物，尤其到人迹罕至处，越过一片水洼、拨开一根树枝，甚至松鼠在经年的落叶间转个身弄出的响动，问题的逻辑就断了。家长里短就不一样，有一搭没一搭，隔多久都连得上。也就是在陪老冯一次次深入中央公园的探险中，我得知了老冯的个人生活。拖了十年终于离掉的婚。前妻和儿子在国内。

出国念博士前老冯已经结了婚，孩子刚出生不久。两口子都在大学里教书。他到芝加哥的第二年，想让老婆和孩子过来，老婆不干。读书时老婆比他更学霸，完全不理解博士为什么非得到美国去念。让他念完了赶紧回来。老冯当时也是这么想的，快毕业时，同学们找工作他也跟着凑热闹，竟然找到了，一个挺不错的大学。系主任也是搞康德的，懂行，希望自己退休后，该系依然能够保持住康德研究的高地，便力邀他加盟。“条件真是不错，”老冯说，“更主要的是，满足了我的虚荣心。那时候年轻，搞不清虚荣心的厉害，就从了。”他跟老婆说，积累两年就回去，就当做博士后了。两年过去，老婆准时催，老冯说，办手续呢。一办又是两年。老婆说，再不回就离，想清楚了再回话。失眠了三个晚上，请教了所有能给出中肯意见的师友，他回老婆：

“离。”

这是师友们的缓兵之计。他们坚信这婚离不了，老冯在这边已经打下了一片江山，本领域内也算是号人物，娘儿俩来了吃现成的，跟着享福的事不干，不合逻辑。让他们失望了，老婆回：

“好，那回来离吧。”

老冯又失眠了。师友再献策，爱情诚可贵，自由价更高，若为学术故，婚姻算个鸟。谁怕谁，那就离。回国离婚，老冯在飞机上扒拉一下意志坚定的几位师友，突然发现，他们要么已经离异，要么坚决独身，都是一人吃饱全家不饿的主儿。老冯出了一脑门子的汗。在这一点上，他们比自己更适合做康德的门徒。康德祖师爷一辈子独身。说到底，这帮师友根本没弄明白婚姻是怎么一回事。事实也证明，他的判断完全正确。回到家，老婆对他说的第一句话是：

“我不想离了。”

老冯以为出现转机，窃喜，装模作样问：“想通了？”

“想通什么了？”

“跟我走？”

“不走。”

“不走不离？”

“不走不离。”

老冯说，当时他就一个感觉，脑袋一嗡，康德也不管用了。哲学的确不能包治百病。老婆突然就不离了，谁劝都不好使。老冯稍作推理，大致明白了，换作他，离的意义何在？休完假，他就无功返回了美国。

生活就这么过下去。老冯有机会回国，比如探亲或参加国际学术会议，照常回家。给儿子买各种时髦的玩具、学习用品和手机等物。儿子小时，有了礼物很开心，有个假洋鬼子教授爸爸也算一件体面的事，可以跟同学显摆。大一点，明白事了，别说礼物，老冯倾囊相授也换不来儿子的一个笑脸。他相信妈妈的话。能与他相依为命的只有一天到晚陪着他的妈妈。他开始瞧不上这个爸爸，恨，就算这人在美国当总统他也不稀罕。

这期间老冯提过两次离婚，一次直接被拒，休想；第二次老婆看他一眼，转身出了门。老冯从此不再提，想到老婆那入木三分的一眼，后脑勺嗖嗖就起了小风。

儿子高三上学期，一个晚上老冯正在中央公园的书房里看康德，老婆打来电话。这些年除了老人和孩子生病，她从没给他打过电话。老冯一惊，赶紧去看墙上贴的一张纸。为防止错过国内亲人的大事,他把相关信息写下来,以便随时提醒自己。今天儿子十八岁生日，美国时间还有两个多小时才到。他接了电话，口气不由得都讨好起来：

"我记得，今天儿子生日。"

老婆冷冷地说："儿子成人了。一分钟前，他同意我们离婚。"

"什么？"

"离婚。"老婆挂了电话。

"我就这样离了婚。"老冯那天带我在公园里散步，一路讲他的婚史，走到哪儿了我完全没概念。周围一片荒凉，草木保持了创世之初的样子。我有点紧张，眼看着黄昏从草木间升起。

"我就这样离了婚。"老冯重复了一遍，一屁股坐到荒草丛里，然后张开四肢躺下。如果不在身边，五步之外你都不会发现这里还躺着一个人。"我就这样离了婚。"

听声音不对，我在老冯身边蹲下来。他两眼大睁，滂沱的泪水已经流到了两只耳朵里。

自杀处离躺倒的地方不远。再往前走就是沼泽地。他在草木由盛转衰的时候死了。遗书上信息有限，警方本着负责任的态度，走访之外，重点调查了近期老冯手机上显示的联系人。除了我，联络频率最高的有两个，其一是中国号码，他已经念了大学的儿子小冯；另一个是苏珊，老冯教过的女学生，正念大三。通话记录上显示，苏珊接过一次电话，通话时间十二秒，剩下的六次要么没接，要么直接摁掉。

当着警方和校方的面，我拨通了小冯的电话，简单说明，我把电话给了警方。程序得由他们来走。我在室外抽了两根烟，他们通话结束。商讨的结果是，小冯和老冯前妻会马上申请签证，最快时间赶到 K 大。经冯家、警方和校方一致同意，在冯家到来之前，若需要，老冯的遗物暂由我代为整理。我说，老冯的猫我先养着，办公室里的书籍文件我来收拾，然后放到老冯中央公园的家中封存，一切等冯家人到了再说。

老冯办公室在一楼，窗外是一片修剪整齐的草坪。草坪上有三棵松树，几只松鼠在松树和草坪间跳跃。有一只还跳到老冯的窗台上，身体立起来，用小小的爪子谨慎地敲打玻璃。我看它，也看见了窗台靠墙一边放了一个碟子，这松鼠应该是常客。我在老冯的抽屉里找，果然有一袋开了封的杏仁。我用汉语跟松鼠打个招呼，我相信它能听懂，老冯跟它说的应该也是中文。老冯跟我说过。他说你知道一个人独居异国他乡，最大的乡愁是什么吗？我说，老干妈、红烧肉、西红柿炒鸡蛋和大葱蘸酱。他说，短期是这些，待久了是语言。如果你不过来，我每个月都要去城里唯一一家中餐馆吃一顿饭。我的手艺能甩厨师两条街，但我得去，就为了听听老板和厨师说话，听他们那温州口音浓重的普通话。听之让人落泪。我知道，老冯跟他的猫都是说中文的，这些松鼠想必也不例外。我打开窗户，抓了几粒杏仁放进碟子里。松鼠对我作了个揖，抱起一粒杏仁啃起来。边啃边叫，它在召唤同伴。

又来了两只。我再捏了几粒放进去。又来了三只。还有几只正从松树上下来，排着队奔向窗台，大尾巴像旗帜摇摇晃晃。我把杏仁沿一条线全倒到窗台上，窗台上挤满了小松鼠。

“这是老冯给大家最后的礼物了。”我对松鼠们说。它们抬起小脑袋对我齐齐地看一眼，我鼻子一酸。

松树后面闪过一个人影。想躲，无奈松树还小，她又微胖，两边的身子都露在树外。我直直地盯着那棵树，果然，她在漫长的忍耐之后以为安全了，脑袋往外一伸，撞上了我的目光。惶恐和悻悻瞬间布满她的眼神和表情，她扭身走出了草坪。

头一回见，我也知道这个棕色皮肤的女孩就是苏珊。

最近一个月，在K大，乃至整个小城，老冯性骚扰一个叫苏珊的大三女生的事无人不晓。

有天早上我在公寓的公共餐厅吃早点，爱尔兰剧作家坐到我对面，挤挤眼，“你那同胞，”他放下咖啡杯，做上下其手状，“对一个小姑娘。”

“谁？”

“你们的斯宾诺莎啊。”他兴奋得大胡子像松鼠尾巴一样奓开来。

我放下早餐回了自己房间。K大校园论坛上关于此事的讨论铺天盖地。越过那些显然以目击者自居的夸张且吸睛的描述，我大概弄明白出了什么事。老冯在办公室骚扰一个女生时，被她的男朋友抓了个现行。有照为证：老冯正抱着一个女学生，两人都是侧脸。如果照片没有作假，那人的确是老冯。

老冯挺投入，而那女孩一副抗拒的姿态。女生棕色皮肤。我突然想到南非作家库切的长篇小说《耻》，读过中译本，前几天去图书馆，顺手借了原版，想感受一下库切精练的英文。《耻》中的白人教授卢里和一个黑人女学生有染，被其男朋友举报至校方，卢里教授拒绝道歉和接受校方问责，愤而辞职。何其相似乃尔。

这个时候老冯应该在学校，上午有课。但我还是打了他的手机。在家。我说一早起来就心神不宁，若方便，我带两包大红袍，喝个透?

"来吧，兄弟，"老冯的经典句式，"我们聊聊。"

我把茶叶和《耻》装进双肩包，背着就过去了。

老冯居家跟上讲台的衣服只差一件皱巴巴的西装，所以我也搞不清他的状态。没事，他说，一天都在家。他把水都烧好了。我先拿出大红袍，然后是《耻》。书刚放下，他咳了一下，说:

"都知道了?"

我没吭声。他这么一直接，我倒不知道怎么接了。

他用右手粗壮的食指和中指敲了两下书的封面，两根手指一拧劲儿，《耻》在桌面上转了一百八十度。"电影我看过，"老冯说，"跟卢里教授不是一回事。"

这正是我想知道的。老冯没茶具，我们只能因陋就简，把茶叶倒进杯子里，灌一大杯开水一直泡。我开始泡茶。

"我跟苏珊，那个女生，什么事都没有。"

我端起茶杯吹漂在热水上的几片茶叶。

"真的。你不信?"

我信。不是因为他跟我聊过，美国大学对师生这种关系要求极为严格，完全是一票否决，而是他告诉过我，这些年，不管是离婚前还是离婚后，他并非守身如玉到完全不近女色，十几年来，断断续续还是有过几个女朋友的。离婚后甚至还有过一任要谈婚论嫁的。还是那句话，哲学不能包治百病。老康德也不行。离婚前的几任女朋友不长久，可以理解，你一个有妇之夫，人家凭什么拿青春跟你耗。两情相悦的保质期一过，一别两宽，大家都开心。离婚以后，他倒是想过再经营一段婚姻，两个人把蓝图描绘得也十分之美好，及至纳入议事日程，他发现自己不行了，想躲。听到准未婚妻的声音，第一反应是想装作没听见；看到她的来电显示，最想做的是直接掐掉。搞哲学的，逻辑是吃饭家伙，一回头他就明白是怎么回事了。他怕了。不管那段婚姻罪魁祸首是谁，他确实是被伤着了。痛定思痛，他如实相告。对方也是教授，搞自然科学的，思路也清晰，一大早从他乱糟糟的床上爬起来，对镜梳妆的时候说：

“吃过早饭我就走，以后不会再来了。”

“那女生，苏珊，总让我想起我儿子。”老冯把滚烫的茶杯抱在两手之间转来转去，“那天她扑到我怀里，我开始真是当孩子一样安慰的。后来我想推开，她还是死死地抱着。”他把茶杯放下，比画着，“都是男人，你一定明白。她的那种身体感觉，温热的、暧昧的气息，我好歹收住了心神。就在那时候，她男朋友冲进办公室，一顿猛拍。兄弟，我真没有任何不当之举，苍天可鉴。”

“康德可以作证。”

“老康德可以作证。”

苏珊敲响办公室门时，老冯正习惯性地翻着康德的《判断力批判》。她进了门，顺手把门关上。老冯让她把门打开。和异性学生在办公室交谈，最安全的方式就是把门窗打开。苏珊说，只跟教授说几句话，说完就走，人已经到了他的办公桌前。

这不是苏珊第一次来办公室。课堂上她若有疑问，课后有时会到讲台前请教，讲台前人多，或者依然想不明白，她就会追到老冯办公室。勤奋的学生老师都喜欢。谈哲学时偶尔也会透露出生活信息，老冯慢慢知道苏珊有个不幸的家庭，母亲来自东南亚，父亲是美国白人。但这个高大威武的父亲，在她小学即将毕业时出车祸死了，生活的艰辛让她妈养成了酗酒的毛病，再嫁后也没改掉。幸福的家庭各有各的幸福，不幸的家庭却是同一样的不幸。很显然，自甘沉沦的母亲很难给她找一个靠谱的继父。冷眼、虐待、骚扰，能想象出来的一个继父对逐渐亭亭长成的继女的一切不堪举动，苏珊都经历过。她说她正是因此长胖的，排解恐惧的最好方式就是暴饮暴食。她非常怀念小时候一家三口的天伦之乐。老冯让她想起过世的父亲，这是她选冯教授课的直接原因，其次才是哲学。

必须承认，这身世很感人，我是老冯也会对她另眼相看。但是，我跟老冯一样想不通，她怎么就配合男朋友一起把他给告了呢？那天她跟老冯说，母亲最近不对劲儿，她怀疑患了绝症，如果真走了，她落在继父手里，更不会有好日子过了。现在心里乱得很，哲学也没法把她理顺。老冯给她递擦眼泪的纸巾，苏珊顺势扑入他怀中。

老冯多少年没抱过孩子了，自儿子明白父母的关系，就拒绝与他身体接触，老冯那一刻想起了儿子。但男女毕竟有别，他要推开，她抱得更紧。好吧，借个怀抱让你再哭一会儿。很快他感觉不对了，那姑娘在怀里的某些举动充满了挑逗。他的身体报了警。一番高速复杂的内心活动之后，很快稳住了心神，这一次他必须推开她了。正推，办公室门咣地被踹开，一个白人男生举着相机咔嚓咔嚓切菜一样痛快地拍。苏珊做惊慌状，向男朋友哭诉：

“是他强行非礼我！”

男朋友也跟着喊叫：“你这人渣！有你好看的！”

老冯要辩解，苏珊已经整理好衣衫和云鬓，跟男朋友出了门。第二天，校方通知老冯，他被举报了。老冯开始真没当回事，身正不怕影子斜，他如实向校方回忆了当时的现场，请校方再作核实。校方又找来苏珊和她的男朋友，两人的描述跟老冯的依然不是一回事。苏珊说，教授胡说。即使我爸我妈离婚了，我也不会因此咒我爸被车撞死的。我妈身体没任何毛病，癌症见着她都得绕道走，我更不可能恶毒到这么咒自己的亲妈吧？再说，我也没无聊到跟一个能当爹的授课老师拉这些家常。说的句句在理。校方派出专人调查，她的亲生父亲确实活得好好的；母亲身体壮实，一顿能吃下半只火鸡，接待他们的是继父，穿一身挺括的西装，怎么看都像个正人君子。这时候老冯才觉得问题严重了，此中大有玄机。

“你没和她直接对质？”我问。

“跟学校提了，学校也努力协调，但她拒绝见面，说有心理阴影。学校也不能强迫。这受法律保护。”

“电话呢？”

“接过一次，斩钉截铁，说我罪有应得。此后就联系不上了。”

“家长那边的工作可以做一下啊。”

“我找过她的母亲。她相信她的女儿。我能理解，要是我儿子出了这种事，我也宁愿相信自家人。”

那还有法律啊。老冯想过，也跟校方提出，不行就让法律介入。校方似乎不希望把它变成社会事件，闹大了，黄泥掉裤裆里，不是屎也是了。老冯私下里也咨询过律师。律师认为，就现有的证据，只要苏珊和她的男朋友坚持证词，扭转局面的可能性极小。要么鱼死网破，冒险试一试；当然，找不到新证据，也于事无补。

“怎么个鱼死网破法？”我问。

“我犹豫了很久，还是给否了。下不去手。我这条老鱼，死就死了，她个女孩，还年轻。只比我儿子大两岁啊，路长着呢。真下不了手。我是真想不明白，他们想干什么呢？再等等吧。”

老冯最后等到了死。等到死也没弄明白。但有图有证人，就等于有了真相，这在高校是天大的事。老冯自证无效，那只能是跳进密西西比河也洗不清。在 K 大，相信他的人，也只能报以同情，谁都爱莫能助。老冯的课被迫暂停，听候校董会处理意见。

结果出来前几天，也就是我去波特兰之前，我几乎一天到晚陪着老冯。喝酒，吃红烧肉和酱牛舌，然后喝浓茶。喝茶解腻，解了腻继续吃。此后整整一年，我看见红烧肉就反胃。我们不聊哲学，也不聊文学，除非有新进展，也不聊那件事，事实上的确毫无进展。如果不出意外，结果大家都清楚。丢掉本校教职只是其一，背负这一污点，全美可能没有任何一所大学会再聘用他。后者的严重程度，用膝盖想都明白。我们兜着圈子聊，天南海北，上天入地，每个话题聊到山穷水尽了，老冯都会及时地端起酒杯，说：

“兄弟，再走一个。”

遗体停放在殡仪馆，等老冯前妻和小冯来见最后一面。我把老冯办公室的材料归置到他的书房里，就上锁封了门，抱着他的大白猫回了公寓。出门旅行的欲望一下子就没了，写不了小说，书也看不了几页。遛猫之余，我决定学做冯氏红烧肉和酱牛舌。老冯说，儿子大了虽然恨他，礼物能拒的全拒，红烧肉和酱牛舌还是吃的。他说兄弟你能想象吗，我跟儿子之间唯一的联系就是这两个菜。

我去超市买了一推车的五花肉和牛舌头，每天分别做一锅。我吃不下，给猫留几块，其他的送给爱尔兰剧作家和肯尼亚的女诗人。他们不在，我就送到城市边缘的流浪汉收容站。他们说好吃，只是因为没尝过老冯的手艺。想想也挺有意思，一个研究康德的哲学家，一米八八的彪形大汉，穿着仅能遮到肚脐眼的小围裙，端着一盘热气腾腾的红烧肉从厨房走出来，迈着小碎步说："冯氏红烧肉来也。"

九天后小冯和他妈妈来到 K 大。各种安排、手续加转机，对他们已经是最快速度了。老冯前妻，谷老师，旅途劳顿足以让她神情悲伤；小冯个头随父亲，细高挑儿，像根竹竿，一米九，额头和腮帮子上几颗粉刺也冷着脸。我陪他们去 K 大，陪他们去殡仪馆，陪他们去中央公园旁边老冯的房子里。只是个陪同，小冯英语比我好，尽管声音不带任何感情色彩，但沟通效率很高。谷老师不大说话，完全是一个标准的中年守孝寡妇，低眉垂首，一身黑衣，但她隐忍的表情下分明埋伏着巨大的力量。她要么不吭声，吭了声绝对不是可有可无的咳嗽。他们没提任何要求，尽管校方的领导暗示，有要求他们会尽力满足。他们的确深怀愧意。但小冯转达母亲的意思：一切按学校的常规办。

所有流程走完，老冯待在一个褐色的骨灰盒里。他们要把他带回浙江老家。老冯的房子和车他们这次没时间处理，暂且留着，所以在他们离开 K 大之前，我还是提醒了谷老师，如果这样，可以向校方申请，小冯以后来这里读书。K 大在美国是一所靠前的大学。谷老师示意听小冯的，小冯摇摇头。

离开美国的前一天晚上，我请他们母子吃了顿饭。做了冯氏红烧肉和酱牛舌。终于看见娘儿俩掉了眼泪。谷老师的哭悄无声息，只是源源不断地流眼泪，就像电影中的一场痛哭被关掉了音频。积压了二十年的眼泪这个晚上全流出来了，她一个人用了两包纸巾。抽纸时也悄无声息。小冯没绷住，闻到红烧肉和酱牛舌的香味就开始流泪，然后小声哭，两分钟后改号啕大哭。脸上的粉刺暖和起来，鲜红欲滴。他把红烧肉和酱牛舌大块大块往嘴里塞，噎得脖子越伸越长。哭累了，他从兜里掏出一部苹果手机，哽咽着对我说：

“叔叔，这是我爸送我的，刚用了不到一个月。我就是用这个，断了他的念想。”

老冯被举报的事他不知道，知道了他也会照撑不误。手机响起来时他正在宿舍，父亲对他说：

“儿子，你真不能原谅爸爸吗？”

他一下子没反应过来。虽然他从来都认为老冯对不起他们娘儿俩，但猛地被这么一问，他还是觉得没头没脑。

老冯又问了一遍：“儿子，真不能原谅吗？”

他突然就火了。“不能。”顺手划掉了电话。

刚挂掉老冯又打过来。他没接，对着天花板骂了一句神经病。电话自然断掉。老冯又拨过来。他想吃错药了吧，早他妈干什么去了。干脆静了音，把手机扔到一边。后来再拿起手机，五个未接电话，都是父亲打来的。他隐隐感到了一点儿快意：你也有今天。

“叔叔，最后那段时间，”小冯碰了一下我的手，“我爸的状态怎么样？”

“不太好。但你爸那人，绝望到底了，也只是偶尔才说个累字。”

“那，如果我说能，爸爸是不是就不会死？”

也许。尽管我能理解小冯对父亲的恨，不管什么事，拒绝仇人总是快意的，但我更相信老冯对儿子的爱。我们的闲谈中，老冯经常聊到他的学生，那个款款深情经常让我受不了，我一犯腻，他就说，有孩子你就知道了。我也不敢说，小冯就是压垮他的最后一根稻草，但肯定是启爆死亡的引信之一。通透之人绝不会轻言死亡，一旦决意赴死，却又会超常地决绝。因为此刻，他所看重的一切意义都无所附丽，生命赤条条地只剩下了一个空皮囊。小冯挂掉的电话，等于拉下了老冯人生的幕布，爱情的匮乏，亲情的缺位，异国他乡的孤寂，母语的乡愁，留不下又回不去的茫然前路，岂不就是眼前空荡荡至于虚无和虚妄的舞台？他是否在想，该谢幕了？

小冯挂掉电话的时候，按法医的鉴定，那会儿老冯应该还没到中央公园。

待满半年我如期离开 K 大。三年后我去纽约，拐个弯顺便又去了趟 K 大。写作中心成立二十周年庆，中心给每一位驻过校的作家都发了邀请，有空就回来看看。正好也可以看看老冯那只白猫，回国时我托付给了中心主任，他是一名久经考验的优秀铲屎官。庆典结束，突然想起老冯在中央公园边上的房子，头顶一轮圆月，就信步走了过去。小冯母子俩离开K大时，约了回国后再聚，但各忙一摊事，回来了不仅没聚，音讯也断了。断一天就会断一个月，断一个月就会断一年，便再不联系了，不知道电话接通了该说些啥。老冯留在美国的房子和车如何处置，也就不得而知了。

远远看见老冯的窗户里亮着灯。已经是别人的房子了。我围着楼下的草坪转了三圈，还是决定上去看看，问候一下新主人也好。开门的竟然是小冯。他也没想到站在门外的是我。我们相互表示了惊喜。

小冯研究生考进了K大，靠的自己。我怀疑他来接老冯回家那次就有了这打算。果然，他说除此以外，他不知道该以什么方式原谅父亲。一个人待在美国，他的生活必须自理，偶尔会做一次红烧肉和酱牛舌。冰箱里正好还有，他端出来用微波炉加热，请我指教。分别尝一块，真像那么回事，有老冯的感觉。

回酒店也没事，索性跟他聊了一会儿。父亲的书都存着，他学的是生物科学，闲暇时翻翻哲学也挺好，读过的三本他觉得收获很大。他常常会想象父亲读这些书的样子。

“K大知道你爸是谁吗？”

“应该不知道吧。”小冯说，“我没说过，也没听别人说过。”

我想跟他说，他爸是个好人，但又觉得这是句废话，便问了另一句废话：“在这边生活还习惯吧？”

“挺好，我爸都能在这里一待就是十二年。”他说，“叔叔，我见到了那个苏珊。”

“说。”

小冯进校两个月就开始查苏珊的资料。在哲学系打听到，她在老冯自杀后去了隔壁州的一所大学，他按图索骥，从那所大学找到毕业时的联系电话，竟然打通了。她在内布拉斯加州一所中学当老师。小冯提出要见她时，她在电话里直接拒绝了。挂掉电话就不再接。第二天一早，小冯从大学附近的旅馆准备去车站时，决定再打一次，还不接他就先打道回府。没承想，电话刚响两声她就接了。她说：

“你来吧。”

他在内布拉斯加林肯市找到她。他没见过苏珊，他说她现在是个瘦姑娘。他们在中学附近一个餐馆见的面，她坚持请小冯吃了一顿牛排。见面的时间就是一顿饭工夫。小冯想好的问题一个都没问，他想知道的苏珊都直接告诉了他。毫无保留。

“她怎么说？”

“我爸和她没有任何关系。”小冯说，“我是说，从来就没有骚扰过她。只是一个局。她和她男朋友设的一个套。当然，出事后他们也分手了。”

“害你爸他们图个啥？”

“她的确挺崇拜我爸。但听说我爸为了留在美国不惜抛妻弃子，崇拜全数转成了恨。她恨所有的负心男人，就是咱们中国戏曲里的那种陈世美吧。她爸，亲生父亲，就是一个陈世美，她念小学时，把家里的细软席卷一空，带着邻居的女人跑了，再没回来。我爸从背影看，跟她爸有点像。总之，她决意不让我爸有好日子过。人就这么奇怪。就像我当年。但结局还是把她给吓着了。这几年她都忐忑不安。她把双手伸到我面前，好像上面沾着我爸爸的血。”

我想起松树后面一闪而过的那个胖姑娘，“然后呢？”

“吃过饭，她站起来，说，这几年我焦虑得不行，一直在等，又害怕有陌生人来敲门。纠结和恐惧比减肥药管用。你终于来了。”

我看看小冯。每个儿子脸上都有着父亲的表情，我在他的眉眼之间看见了老冯。“你怎么说的？”

“我道个别，就背着包回来了。”

我像长辈那样拍拍小冯的肩膀，想起那只白猫。“要不要帮你把那只猫要回来？”

“不必了。我去看它就行。”

（《十月》2023 年第 5 期）

明月梅花

乔　叶

1

已经是三十多年前的事了。不过，每每想起，明月就免不了要惊异。竟然过去那么久了，竟然。可一想起来，总觉得是刚刚发生，如同在昨天。

那时候，一年里头有好几个大假。除了暑假和寒假，还有麦假和秋假。麦假自然是为了收麦子,秋假自然是为了收玉米。两个假期都不长，也就是七八十来天。无论城乡都会放，因在城里上班的人，有相当一部分在乡下还都有老人，那就得回去搭把手。即便没有了老人,有兄弟姐妹在乡下的,这算是至亲，也得回去搭把手。仔细琢磨，这两个假放得还挺体贴的，有一股浓浓的人情味儿。

但是，小明月很不喜欢这两个假。一个缘由是得干活儿，本来就是为了干活儿才放的假嘛。另一个缘由是因为表姐梅花，梅花这时候必定会来杨庄。

梅花是二姨的女儿。妈妈姊妹三个，其中三姨读书最好，大学毕业后工作分到了省城，也就在省城成了家，轻易不来。二姨嫁到了二十里外的小城边儿上，虽然不是城里，可到底是近郊，就繁华得多。家里开着个小卖部，手里有一份细水长流的活钱儿。且还有几分地，二姨很会种菜卖菜，就又多了些进项，日子过得很滋润。

二姨，三姨……姐，那咱大姨呢？听家里人说着二姨三姨，明月突然就困惑了，问明霞。

咱妈是老大。没有大姨。

那咱妈就等于是大姨吧。

胡说。咱妈就是咱妈。

那就没有大姨？

没有大姨。

直接就二姨三姨了？

嗯。

明月还是觉得应该有个大姨，一副不甘心的样子。左顾右盼间，就看到了奶奶这里。奶奶翻眼瞅了瞅明月，搭腔道：梅花就叫你妈大姨。你妈是她的大姨。

那梅花……就没有二姨了？明月似乎开始清楚。

自己的妈是别人的姨。要按着数儿去数，就都少一个姨。奶奶撇撇嘴：这钻牛角尖儿的本事，也不知道从哪儿学的。

二姨头两胎都是儿子，一直期盼能有个女儿。等到终于有了梅花，喜得跟什么似的。梅花是冬天生的。二姨说梦见了梅花盛开，可香呢。

有多香？明月问。

反正是可香可香。

比小磨油还香？

可不是？比小磨油还香。

比炒鸡蛋还香？

可不是？比炒鸡蛋还香。

就都笑起来。

二姨和村里人都相熟，每次来送梅花，一进村就开始跟人打招呼。村里人也都和二姨寒暄。

又送你家闺女来帮忙啦？

嗯，蚂蚱还有三两力气的，多少能干点儿。

怪舍得。不心疼？

就是叫她忆苦思甜哩。二姨说：不叫她沾沾地气，她能知道粮食是从哪儿来哩？四岁那年春天，在来杨庄的路上，妞指着麦地跟我说，妈妈，这不是青青大草原？你说这能中？

这话众人也不知道听了多少遍，却依然每次听了都会笑。笑是村里人的礼貌。

二姨把梅花留下就走了。菜地离不了人。小卖部离不了人。

啥是忆苦思甜？明月问明霞。

就是，得过一过不好的日子，才知道啥是好日子。

那咱们这是不好的日子？

明霞就不说话了。奶奶也不说话。

2

对梅花，明月从来不叫姐姐。只大了一岁，她觉得梅花不太像个姐姐。可梅花却叫她妹妹，也很乖地叫着明霞姐姐，叫明德哥哥，叫明辉弟弟，冲着妈妈喊大姨，冲着爸爸喊大姨父——当然，奶奶也还是得叫奶奶，总之是，该叫的人一个不落，很周到。

真灵透。

多懂礼数。

长得又俊。

个头儿也高。高高挑挑门前站，不言不语也好看。

嗯，这闺女齐全着呢。

…………

都这么夸说着梅花。

明霞在县城上高中，平时要到星期日才能回来住一天，拿些换洗衣裳。课业虽是繁重，逢到麦假秋假却也是会放的。她就总带着梅花，很少带明月，偶尔带一回也要横眉竖眼地挑剔一番，大吆小喝地责骂一番。明月也不跟她亲，对她是能躲着就躲着，避猫鼠一般。人家连个热乎的笑脸都不给，咱硬贴个什么劲儿呢。没意思。

逢年过节，安排给谁做新衣服是家里的一件重要事项。作为长女，自然就先紧着明霞，明月只能跟在后头捡穿。明霞对自己的衣服很疼惜，收拾得利利落落，一个油点点儿也没有，一个补丁块儿也没有。她穿小的，穿旧的，才会给明月。有格外喜欢的，即便小了旧了，两三年都不沾身了，也白放着，不给明月。

馋紧了，明月就要。要也是白要。可她也还是会去要。花的是家里公中的钱，她穿旧的小的又不过分，甚至还是受委屈的，为啥不给她呢？

可明霞就是不给。

你都不穿了呀。

那也不给你穿。

我穿完给你洗净还不中？

你能洗净？

明月有些气短。她还真是洗不净。

就是洗净也不给你穿。

为啥？

因为是我的衣裳。我想给你穿时再给你穿。

小学生到底还是说不过高中生。明月气恨恨地作罢，嘀咕一句：你就是给我穿我还不要呢。

后来明月来了例假。那时不叫例假，叫“月经”。“月经”，每月都要经历，太过于直白，且有苦意，就不如例假好听。例假，多么婉转含蓄，还隐含着些度假的浪漫，好像真有人会因此给你个假似的，虽然从没有人给过假。

妈妈和奶奶对这事既警惕又淡漠。她们管例假叫“那个”。

明月来“那个”了。妈妈说。

叫明霞去管她。奶奶说。

其实不待奶奶吩咐，明霞就已经管起来。到底大上了六岁，她处置这事已很是有了经验。她一边管着，一边嫌弃着。一边嫌弃着，也一边管着。训斥明月不会收拾，穿裙子就弄到裙子上，穿裤子就弄到裤子上，晚上睡觉就弄到床铺上。邋遢死了。她耐着性子一遍遍地教着明月，教她怎么记日子，怎么叠卫生纸：对角折叠两次后，中间重合的部分正好用来垫着裆。要多叠一些备着，要换的时候立马就能有。卫生纸容易跑，还容易渗漏，明霞很大方地把自己的月经带也给明月拿去用。月经带有点儿类似于如今的丁字裤，裆部宽一些，是皮革的，且前后都有皮筋，能把卫生纸稳稳地卡进去。

只用了一次，明月就还给了明霞，她觉得闷得难受。

但明霞带着梅花时就总是笑盈盈的。给梅花铺刚洗过的干净床单，去地里时，把家里的草帽比来比去，挑最新的那顶给梅花。给梅花换上自己的长裤，怕麦茬划了她的腿。还怕镰刀伤了梅花的手，给她找了一副线手套。

奶奶还叮嘱明月照看好梅花。

她是姐呀，不该照看着我？

人家是亲戚，得咱照看。

妹妹你跟着我，我照看着你。梅花笑得很甜。

看着梅花被前呼后拥地带到地里干活儿，明月心里很是有些不屑。这被大家伙儿捧着的派头，就是个娇滴滴的小亲戚，能干什么活儿呢。虽是打着帮忙的名头儿，其实是有些添乱的。

不过她没让这不屑显出来。要说梅花对她和明辉还真是挺好。不仅仅是弟弟长妹妹短的叫得亲热，还常常有实惠拿出来：总用自己的零花钱给她和明辉买零食。但凡看见，大人们都要拦住，梅花就自己去小卖部买回来分给他们。还有，她每次来都会给明月带些衣裳，有些衣裳还很新。

这么新的衣裳，你咋不穿了？

我衣裳可多，穿不完。有的也不喜欢，不想穿。

等梅花走了，明月就穿着衣裳故意到明霞跟前晃呀晃。

她不想穿了才给你穿，你就那么没骨气？明霞拿眼睛白她。

那也比你强。你不想穿的也不给我穿呀。

明霞气得干噎。这是明月难得的胜利时刻。这胜利也很短暂，且明霞总会逮着个什么机会很快报复回来，受气就是明月的家常便饭。每当这时候明月就暗暗祈祷着明霞能考上大学，考得越远越好。都说大学生一年才能回一次家的，她就不用在明霞手底下熬日子了，多好。

可明霞没考上大学，也没去复读。明月考上了镇上的初中。明霞整天窝在家里，对明月挑剔得更狠了，骂起来越发恶声歹气。三五不时地，她会去趟城里散散心，去一趟，脸色就会好一些。有时还会路过二姨家，带回来一些时鲜的菜。

3

立秋下了几场雨，玉米得了水，噌噌噌地往上拔节，每天都能蹿高一点，转眼间就比明月还要高了，长在路两边，碧玉丛林一般。好看是好看的，一个人走在这样的路上却也免不了有些莫名害怕。三里地呢。好在同村还有几个女生，能结上伴走路上下学。那时节的乡间，自行车还是个奢侈之物，不是家家都能有的。有的家里即便是有，也轮不到她们这些孩子骑。

有一天，明月正在埋头写作业，同桌用胳膊肘撞撞明月：你姐来了。

转头一看，果然是明霞。她正扒着窗户往里瞧。

明月低头继续写作业，直到下课。这是下午最后一节课。

明霞一直等着她。

你来干啥？

路过，捎你走呗。

这是从来没有过的事。明月有些诧异，却也有些得意。可是自行车后座上卡着俩麻袋呢——肯定是二姨家的菜。她坐哪儿？

明霞拍拍横梁：这还不够你坐？

当然够坐。只是像是坐在了明霞怀里，有些不好意思。明月犹豫了一下，还是坐了上去。

明霞骑车骑得很稳。鼻息吹着明月的头顶，很温柔，却也有些痒痒。明月不时地摇着头，怪不自在的。

玉米田散发出的味道青气十足，很好闻。有不少玉米结出了鼓鼓的穗子，大大小小的，最性急的连红缨子都有了。明月默默地盘算着，没几天就是国庆节，国庆节后又得放秋假收玉米，梅花肯定又要来。真不想让她来呀。唉。

梅花……明霞突然说。

明月吓了一跳。简直怀疑明霞派了个什么精灵小鬼钻进了自己的肚子里，捉住了自己瞬间起的那个小念头。

怀着心虚，明月默默地等着明霞往下说。可是明霞却不说了，只是蹬着车，车轮刷一下，刷一下，往前匀匀地转着。

其实很想问。可是明月忍着。明霞从来没有这么沉不住气过，总是火急火燎的，尤其是跟她说话的时候。今天很是不同寻常。

车拐了一个弯，村子已经是遥遥在望。

梅花她咋啦？明月终于忍不住了。

明霞不说话。

她咋啦呀？

明月往后上方扭着头，想要去看明霞，却只看到了明霞的下巴。然后，有什么滴在了她的脸上，凉凉的。一滴，两滴。三四五六滴。

姐。明月喊。

梅花死了。明霞说。

死了？

嗯，死了。

死了？明月不自觉地又重复了一遍，明霞没有再回答。泪水滴在明月的头皮上，小雨一般。

死，这件事，朦朦胧胧的，明月也有了一些意识。村子两三百户人家，千把口人，一年半载的，就会有人死去，那家会办丧事，又叫白事。有老人死了，子孙戴孝，哭，白花花的一片，连明彻夜地热闹。村里人都去，吊孝的吊孝，帮忙的帮忙。她也跟着妈妈和奶奶去过。

谁谁谁老了。村里人都这么说。

有一次，一个男人得了重病死了，村里人也这么说。在明月的记忆里，那个男人还不到三十岁，还很年轻。

他还不老呢。她说。

死了就叫老了，不管多大岁数。妈妈说。

虽是听得懵懵懂懂，明月却也好像是有了些感觉：老和死很有关系，同时也是两码事。老了不是死了，死了却一定是老了。

对于死，她知道的也只是这些了。

咱们再也见不到梅花啦。

一边说着，明霞腾出一只手擦泪，另一只手牢牢地握着车把。

明月的眼泪也吧嗒吧嗒地掉下来。说实话，她心里也没觉得怎么悲伤。但她模模糊糊地知道，这时候是该哭的。

不久就是秋假，二姨来了。进门第一件事，就是抱着明月大哭了一场。这也是她做的唯一一件事。说是帮忙来了，就这样子，还能帮什么呢。

二姨哭，明月也跟着哭。所有人都跟着哭着。哭着哭着，别人都不哭了，二姨还哭着。她抱明月抱得很紧，胳膊像两根粗绳子，双手在明月背后打了个死结。妈妈上来掰，没有掰开。明霞上来掰，也掰不开。最后还是奶奶掰开了。奶奶的手枯树枝一般，根根青筋分明。

4

自打那以后，二姨来杨庄就来得很勤快。总有些由头。秋黄瓜下来啦，西葫芦下来啦，头茬的菠菜，最后一茬的丝瓜，还有小白菜，蒜苗，芫荽……只要她菜地里有的，她都给送。有的还是杨庄不怎么种的俏皮菜，什么蒜薹啦，芹菜啦。

尝尝鲜。她说。

起初看见明月，她还是会哭。渐渐地，就不怎么哭了。她总会给明月带一些衣裳，那些衣裳，一看就是梅花的。

明月就穿着。二姨就死死地盯着明月，眼珠不错地看。

起初明月很是有些扬眉吐气。从没有人这么关注她，这么宠着她，这让她挺受用。心里有点儿甜丝丝的。只是想起梅花，这甜丝丝里又泛上来些苦。

然后，慢慢地，她就不自在起来。二姨的眼神让她别扭。那双眼睛像是两个幽幽的深洞，黑黢黢的，空荡荡的。她不自觉地躲着二姨的眼神，怕自己一不小心掉进去。

你梅花姐可待见你呢。二姨说。

哦。明月只能这么应一声。她不知道该说什么。

二姨一走，奶奶就把衣服从明月身上扒下来。

为啥不叫我穿？

奶奶不搭理明月，只管去把那些衣服藏起来。明月就去找。家里没什么藏东西的地方，无非就是那几个箱子柜子，且还没有上锁，很容易找着。明月三翻两翻就找着了，找着了，依然穿。

眼里就没见过东西？没成色！奶奶骂。

二姨给了我，就是我的衣裳，为啥不能穿？明月理直气壮。

如此几次三番，奶奶也便作罢了。

奶奶的意思是说，那衣裳是梅花穿过的，不吉利。后来，明霞说。

明月颇有些恍然大悟。主要还是因为梅花死了。她要是还活着，就没什么不吉利。这可不能让她服气。死人用过的就不吉利吗？村里那些死去的人，他们住过的房子，他的家人们不都好好儿地住着？他们打过的伞，用过的锄头，他们的家人们不都好好地用着？

衣裳是贴身儿的，不一样。明霞说。

这是封建迷信！明月用这句话下了论断。

那时候，村里的冬夜挺闲。吃罢晚饭，家里人就围着炉子烤火，烤红薯，泡脚，扯着云话。偶尔会说起梅花。听着听着，明月听出了个大概。原来梅花是被车撞的，就撞了那一下，原以为就是骨折了。一直在医院住着哩，医生都说不碍事的。后来突然就说肚子疼，就又到大医院做了一遍检查，才说五脏六腑都往外冒着血哩。说不中就不中了。

恁看看，这人，命多轻。奶奶说。

恁好的一个小闺女，说没有就没有了。奶奶又说。

明月默默地听着。

再也见不到梅花了。比她只大一岁的梅花老了——死了。

明月越来越认定了这个。

她真有些怕死了。

如今想想，梅花这个名字起得就不好。梅花梅花，说没有就没有了，说化就化了。妈妈说。

你们当初还都说这名字好呢。实在忍不住了，明月插了话。

大人们一起去瞪明月。明月以为还会挨一顿骂的，她都已经准备好了挨骂的。可却没有人骂她。居然等空了。她有些纳罕。

5

冬天里，二姨的菜地也闲下来，她更经常地来了。都是星期天来，星期天明月一整天都在家。

她跟明月说说话，跟妈妈说说话。一般不哭，偶尔会哭，偶尔也会笑。看起来好像越来越正常了。

来了从不空手。她家开着小卖部呢。虽然也属于村里的小卖部，可是二姨的村子到底离城里近，小卖部的东西也比杨庄村小卖部的东西样数要多些，款式要新些。大风车棒棒糖、五香瓜子、怪味花生、蜜三刀、动物饼干、高粱饴、火腿肠、江米条……二姨每次总要挑几样带过来。

奶奶也不让她空手回，总要给她装一些东西带回去。刚蒸出锅的馒头和花卷，自家酸菜缸里的酸菜，村里做豆腐的人家刚磨出来的豆腐，种红薯多的人家下了很好的粉条，奶奶都想法子弄些来给二姨。

你看看，这是干啥哩。拿来的比拿走的还多哩。

哪能光要你的哩。都不容易，有来有去才是常理。奶奶说。

说这话时，都笑着。

不欠她的。人情不是恁好欠的。有一次，二姨走后，奶奶盯着二姨的背影说。

明月不经意间发现，奶奶也会盯着她看，那眼神跟过去很不一样。也说不出哪里不一样，反正就是很不一样。

还有一次，放学回家，刚进院子，她听见奶奶在吵妈妈。

叫她少来！

她是我亲妹子呀。妈妈的声音里有哭腔。

转眼间就到了年。年后就开始有人上门给明霞提亲，明霞开始还不愿意相亲，可一家女百家求，提亲的人越来越多，也就只好开始相亲。

一个星期天，二姨又来了，进门就朝奶奶跪下了。

二姨哭着。妈妈也哭着。奶奶去拉二姨起来，老泪纵横。

明月和明辉在旁边呆看着，也不知所措地哭起来。明霞从外面进来，看见这阵势，就也哭起来。

你带着他们俩出去！奶奶擦了一把泪，呵斥明霞。

明霞连忙上来拢明月和明辉，一手拢一个，往外走。一边走，一边擦着眼泪。快出大门的时候，她蓦地停了下来，看了看明月和明辉，替他们俩也擦了擦眼泪。又停顿了一小会儿，才出了大门。

姐，她们咋了？明辉问。

不咋。

明霞带着他们去了村里的小卖部，问他们俩想吃啥？

想吃啥就买啥？明辉问。

嗯，想吃啥就买啥。

明辉开始兴致勃勃地要这要那。明霞果然兑现了诺言，任他要。明辉要了一堆泡泡糖，还要了米花球和果丹皮。明月什么都没要。不知道为什么，她看着明辉傻呵呵的样子，想着家里哭成一团的几个人，就什么都不想要了。

那天之后，二姨很久都没再来过杨庄。逢年过节走亲戚，都是明霞去二姨家。

到了第三个年头，明霞嫁了人。嫁的就是二姨的村子。是二姨说的媒。

也是那一年，明月考上了师范学校。村里的大喇叭哇啦哇啦地通报了喜讯，家里为此还请了一场电影。都知道明月一毕业就会是公办老师，是公家人了。

6

如今明月已经五十岁了。父母和奶奶都已经去世多年。随着工作调动，她离老家也越来越远，难得回去一趟。每次回去都要去看看姐姐。而每次去看姐姐，也都要去看看二姨。

二姨中了风，口齿很不利落。每次见到明月，虽说不了什么话，却依然会哭。

明月早已经知道，每次看到自己，二姨想起的都是梅花。

只要有空，明月也都会在姐姐家住一两个晚上，姐妹俩腻在一起说闲话。

明儿去看看二姨吧。

中。

二姨……唉。这一次，姐姐欲言又止。

咋啦?

你不知道吧？当年二姨想把你要走，去给她当闺女呢。

怎么会？明月猛地坐起来。

这还能有假。明霞笑了：你回想回想，那时二姨往咱家跑了多少趟？

明月这才突然明白，十二岁那年夏天发生的这件事，某种意义上是一件有关于自己一生走向的大事。而在当时的自己看来，却是无事。也只能是无事。

那咋没要走？

咱奶舍不得你。

这可没看出来。

咱奶她，明霞顿了顿，把我给了二姨。

怎么会？明月更惊讶了。明明姐姐出嫁前一直住在杨庄，怎么就叫"给了二姨"呢。

你听我慢慢儿说。黑暗里，明霞很平静地、像是说着其他任何最普通的事那样，一句递一句地说：给是给了，还要看怎么给。

咱奶对二姨说，我知道你苦。也知道你疼明月。可她还小，你要她干啥？闺女总归是个外人，总归是得出门，总归是门亲戚。我应承你，叫你有这一门亲戚。可也不是非得明月吧？叫我说，你就要明霞。她到底大了，比明月懂事，能解你忧愁。不像明月，那还是个生砖坯子，你且得好好调教呢，何苦费那气。如今登门给明霞说亲的天天踩门儿，眼看就留不住了，立马就能成家。你说，这是多现成的一门亲戚呀。

明月默默地笑。想起奶奶的样子，妈妈的样子。不知怎么的，又很想哭。

咱奶把你给二姨，你不难受？

难受啥。明霞也在黑暗里笑了一声，说，你看，你都不知道这事。所以，她也没有真给呀。她只是给了二姨一个说法。不过，话说回来，有没有这个说法，对二姨还挺要紧的。

咱奶说，给大的是假给，给小的是真给。自家的孩子，又不是揭不开锅，不能真给。

咱奶还说，日子苦是苦些，不离爹娘本家，就是好日子。

（《北京文学》2023 年第 10 期）

六路西施的女儿

笛　安

电动牙刷坏了，不过没关系，我可以假装它从来就不是一把电动牙刷。我的手腕无意识地移动，盯着镜子里的自己。但我先看见的是镜子底部那些斑斑污渍。我在洗脸和清洗镜子之间犹豫了一下，还是选择了先清理镜子。镜子里有一双认真盯着污渍的眼睛。它们真难看，可惜是我的。

镜子里有个寡妇，倒不是说从脸上就能看出来。虽然在冬天的清早起床极为困难，但是今天我不得不去墓地。我想世界上一定有相当数量的寡妇不想去给亡夫扫墓，混迹于其中，我并没有什么特别的。最近一年，我养成了这种想事情的习惯——把自己放置于统计数据里面，这样就能迅速清醒过来：看，你并没有任何特别之处。

比如，在某些网站可以查到中国有多少女人的婚姻状况属于“丧偶”，这个庞大的数据总是可以给我暂时的保护；至于另外一些数据就无处查询了——她们中有多少人的丈夫是被出轨对象杀死的——这种数据理论上肯定存在，但是不那么容易被普通人找到；然后，她们中有多少人的丈夫在死的时候被捅了 28 刀？总之到了这一步，应该没有什么数据救得了我了。

出门的时候我还是忘了拿上那束昨天买好的百合花，不得不折回去。好在刘小明从来都不催我。恻恻轻寒的曙光之中，刘小明的车灯熟稔地冲我闪了一下——我扣上安全带的时候他还问了一句我昨晚睡得怎么样。我知道他这个问题的意思。我说："这个星期不太好，只剩了两片。"他非常知足："两片也好啊。"

这一年来，医生开了很多的安眠药给我，而我的睡眠情况在最近三个月已经开始进步了，所以我有时候就把几片药留给刘小明——当然，这是不对的，可是我们之间的友谊已经足够凄凉了——一个丈夫被情妇乱刀砍死的寡妇，一个破产之后在轻度抑郁的边缘挣扎的专车司机，这么一点点的违规互助，我觉得不是多大的问题。

我和刘小明是在今年年初认识的，那时我的生活刚刚静下来——我是说，整日应付警察、刑事律师、法院、遗产律师、公证处的日子告一段落。而我只能整天关在家里，我不想去上班，也不想去见朋友——我会首先受不了因为我的出现而造成的那种尴尬的气氛。这种尴尬不是我熟练一点运用社交技巧就能化解的——你这个新发型不错很适合你，气死人了我最近又胖了，对啊我老公被小三捅死了，谁说不是呢直到公安局给我打电话我才——欸这家餐厅最近的服务越来越差了，恭喜啊你们公司的股票又涨了今天你得买单，是啊我一点都不知道，这两年他总是加班我从来就没有怀疑过，别扫兴了你就陪我喝一杯又怎么了你叫代驾回去，28 刀，她是真的恨他。无论怎么轻描淡写，举重若轻，我的近况都不适合在社交场合被描述。

于是在一月末的清晨，我索性约了一辆“滴滴”去墓园选墓碑。那天早上来接我的司机就是刘小明。

去往墓地的路线一直如此，只不过那天我们都是第一次去，远远没有如今这么轻车熟路。那算是我第一次站在许丰的坟前，看着工人们熟练操作，把刚刚刻好的墓碑立起来。众人的死亡让我周遭的世界非常安静，许丰这个新鲜的名字汇入死亡的深潭之中，总算没有激起任何水花。我在墓碑前面站了一会儿，转身看了看还没完全升起来的太阳，转身离开。我慢慢走到墓园的出口处，其间因为辨不清方向绕了一点冤枉路——然后刘小明就热情洋溢且略带尴尬地跳出来跟我挥手，说这个地方不好叫车，于是在我下车的时候他决定原地等等我。

回程的路上他一路都在说，我只是听，不发表任何点评。才刚刚开上五环，刘小明就讲完了他的十年。概括一下就是，他大学毕业不想回老家，跟父母吵翻了留在北京的一个小广告公司，后来赶上过好时候，因为他们的公司专门承接房地产公司的广告，蒸蒸日上的行情让每个人相信只要努力，谁都会得到应得的回报。再后来，他和旧同事合伙开了自己的地产广告公司，在亦庄买了套小两居，家乡的父母渐渐地开始以他为荣，并且在春节的时候与亲戚们用一种微妙的炫耀的语气，抱怨他不肯结婚。总之，一切都好。不过进入2020年之后，戛然而止。他们公司的大客户们渐渐付不出来欠款，他的合伙人在某个寻常的工作日突然就没来上班，也不再接电话，留下他一个人，遣散了绝大部分员工，退掉了办公室的租约——最后剩下的两个员工和他一起，用自己的车在各家平台注册成了司机。他的车是前年底新买的，开始做司机以来，已经被好几位乘客夸赞过车况。

“现在嘛，公司的微信群里就剩下我们三个人了，我们每天收工的时候都在群里说一声，今天拉了多少活儿，能挣多少——”刘小明回了一下头，眉飞色舞起来，“要是我们公司真熬过去这一关，我就把原始股分给这两位兄弟……”趁红灯他再度回头，也许是想确认我有没有在笑他，然后他愣了一下。

因为我在哭。那是许丰死后，我第一次掉眼泪。听着刘小明在前面的絮絮叨叨，有一点烦人但又不是很烦人——我觉得可以哭一下了，刘小明一时半会儿是不会发现的，即使发现了，也不会过分同情我。果然，他说：“……那个，纸巾盒子就在你身后。还有，以后你需要用车的时候，可以直接找我……”我默默地扫了他的微信，然后哭着笑了起来：“刘小明——你的名字，也太像小学应用题了……”他也跟着笑：“谁说不是！我还有个双胞胎姐姐叫刘小娟，我爸妈就这么敷衍。”

成为寡妇这一年，我的生活里就只有这两个朋友，一个是刘小明，另一个是凌瑰丽。他们俩都和我一样，除了镜子里那个笑话一样的自己，生活里就没有什么必须应付的大事了，所以他们有时间在这个周年祭的清晨和我一起扫墓。初冬是一个适合陵墓的时节，张嘴说话时冗长的白雾从我们嘴里呼出来——就好像我们在这些墓碑前面会短暂地成仙。刘小明笨拙地抱着那捧百合花，看着我用含酒精的消毒纸巾擦拭着墓碑与基座上的灰尘——酒精湿巾未必必要，却是疫情以来养成的新习惯。“哎，姐，我说，差不多得了……”他的语调轻松愉快，“你跟加拿大人约了几点？”

“十五分钟前她就该到了。”我转过脸。

“那准是又睡过了呗。”刘小明笑了，他算是那种瘦弱的人，因为瘦弱和秀气，所以看起来有点阴沉——只有他此刻的这种笑容才能让他看着明快起来。他总算是把花束放置在了许丰的照片底下。我弯腰点燃了线香。我和刘小明并肩对着香炉站了片刻，果然开始尴尬。刘小明冲我伸了一下右手："火。"我从外套的衣兜里掏出打火机给他，然后索性从他的烟盒里拿了一支，现在我们三个人的面前都有烟雾在缭绕，这样就掩盖了我对着我的亡夫并没有话说的事实。

其实在许丰活着的时候，我们也已经有一段日子没什么话说。有好几次我都想问问凌瑰丽，她和许丰的过去，相对无言的时候她是怎么应付的。凌瑰丽是许丰的前妻，在他们分开快要两年的时候，许丰遇到了我；在许丰去世三个月左右的时候，我遇到了凌瑰丽。然而如此戏剧性的开场，也还是阻止不了，在约定好的扫墓的日子，凌瑰丽睡过了头。

我狠狠地把烟头在一地残枝之间踩灭，抬头看到了她。在好几排墓碑后面，她脖子上那条宝蓝色的大围巾让人很难认错。她冲我挥了挥手，一脸毫不犹豫的笑容。她身上有种隐约的仓皇，但是在这满目萧条之中，她的仓皇却像是一朵热烈的野花那样绽开。所以她出现在这里的时候总让我感到某种微妙的冒犯。我不一样，一年了，这墓园已经是我的地方。话虽如此，但事实上，我分不清松树和柏树的区别，脚下踩过的尚未枯萎的野草，我也叫不上名字，不紧不慢从我们眼前掠过的鸟雀我更是一样也辨别不出，那么多相邻的墓碑，它们都是由不同的大理石或者花岗岩造成的，我自然是一种也说不上来。我只认得死者和太阳。

扫完墓的那天晚上，他们俩来我家吃火锅。

我不会做饭，招待朋友来家里聚餐的时候，就只能吃火锅——有时候还是海底捞的外卖。在许丰活着的时候，就是这样。当我静下来用力地回想，最近两年，准确地说是一年半吧，有过两次，朋友聚餐的时候他回来得很晚，桌上已经杯盘狼藉了，他热情地不让人家告辞说要罚自己几杯酒你们一定再坐坐——他应该都是和那位凶手在一起吧。我很庆幸，虽然我蠢到没有察觉出任何蛛丝马迹，可是毕竟还残存着一点幽默感。

认识凌瑰丽那天，我先是接到了一个陌生号码的电话，那一端有个清脆而略有点神经质的声音说："你好——我，我是凌瑰丽。"我迟疑了几秒钟，才反应上来这是那位前妻的名字。我不知道她为什么如此热情地邀请我一起吃饭，但我知道我为什么会同意。因为她成了如今我在这个世界上唯一还能稍稍嫉妒一下的人，明明她和我一样都跟同一个人结过婚，但只不过是几年的时间差而已，她就成了一个全身而退的幸存者，甚至可以假装自己不过是个路人。

她自己的解释是，她那段时间没有任何事情可做。她在加拿大做了快十年的室内设计师——没什么行业地位的那种，五年前，和几个朋友跑到云南去租下来一个老院子，合伙经营民宿，在民宿马上就要倒闭，他们几个人在争论要不要负债经营的那段时间，她接到了许丰的死讯。于是我就理解了，如果我是她，我也希望能和一个更倒霉的人做朋友。

她邀请我去的那家火锅店，每张桌子上面都蒸腾着热闹的白雾。她愉快地挥手要服务员再加一份宽粉，然后冲我笑了，她说："放轻松一点，你看这满屋子跟咱俩一样要了麻辣锅底的人，他们没人认识你，也没人认识许丰，他们只关心服务员该过来添汤底了，没人关心许丰是怎么死的。"我很感激她这句话。

"你跟他当时为什么要离婚啊？"真高兴，我也终于成了那个提问题的人。

她认真地咬着筷子头，眼睛近乎深情地看着眼前那盘茼蒿，然后她说："我这么说吧——许丰是一个特别知道自己要什么的人，可能有点太知道自己要什么了，但是我不行。"

许丰大我十岁，我在大学毕业那年遇到他。他其实是我真正意义上的第一个男朋友，恋人，以及，后来居然真的成了"丈夫"。可是在初相识的时候我就知道，我的来历三言两语，简简单单；他32岁，他的人生已经有了真正意义上的"过去"。他和凌瑰丽是在加拿大读书的时候认识的，毕业以后结的婚，后来许丰觉得他们应该回北京去，因为十几年前的中国，对于许丰的行业来说，是一块有可能诞生任何奇迹的沃土。但是比这更奇迹的——凌瑰丽偏偏就是个不那么需要"前途"来鼓励自己活下去的人。争执不下，许丰独自一个人降落在了首都机场。或许那一刻，他对于自己和凌瑰丽的未来还心存幻想，他并未很清晰地意识到，他已经做了选择。

而对于那时的我而言，首都机场，只在电视剧里见过。

我已经忘了刘小明是怎么跟凌瑰丽相处甚欢的了，也许只是某天凑巧我们三人一起吃了一顿饭，以及凌瑰丽和我一样，都跟他过去的社交圈毫无关系。

我一向中意听着细细的波浪在火锅里翻腾的声音，然后我们把肉片或者蔬菜丢进去，声音与波浪都消失了——它们在锅里开始厮杀，而厮杀是无声的。凌瑰丽已经打开了我冰箱里最后一罐北冰洋："孙橘南，不瞒你说，自从我离婚以后，我爸妈差不多骂了我十年——你看人家许丰现在可是不得了啊全怪你自己有眼无珠，人家许丰是有远见的人家看准了行业的趋势谁叫你不听话的，你看到没看到没人家许丰的公司上市了——

我说爸他又不是老板他只不过是早期员工——欸早期员工也不得了啊现在许丰手上的股票全都便宜了那个年轻小姑娘，你说这怪谁，怪谁……在我爸妈的语言里那个年轻小姑娘指的就是你哦你知道的。”凌瑰丽眉飞色舞地模仿着她爸妈的语气，我和刘小明早就笑得前仰后合，她能够轻松生动地靠自己还原一段对话，分饰三角，京腔的妈妈和江浙口音的爸爸，以及倒霉催的她自己。然后她心满意足地等我们俩笑完，深呼吸一下，“现在总算是不骂了，连带着看我也变得顺眼，其实心里也挺庆幸的，就是不好意思说出来。”她摇摇头，眼神中像是有点醉意，“……别提了，有时候真挺瞧不上他们的。”

刘小明去阳台上接电话的时候，凌瑰丽压低了声音：“欸，我有个事跟你商量。”

“我也有个事想和你们说。不过你先来。”

“你能不能让小明在你这儿住一阵子，就那个空房间——”凌瑰丽用力地抿了抿嘴唇，“是这么回事，小明现在根本拉不到多少活儿，今年的情况比去年还要糟，他自己每个月跑滴滴挣的钱也就够他吃饭的。他现在有个机会把亦庄的那个房子租出去，这样租客就能替他还房贷了。我那边不是因为有我爸妈嘛，如果你让他住一段时间，就是帮了他大忙——房租你意思意思，让他帮你付个水费电费的。他自己不好意思跟你张嘴。”

“可以啊。我还以为多大的事儿。”

“你不觉得不方便就好。”

“室友呗，没什么不方便。我跟许丰结婚之前，一直都是一个男生的好朋友分租我的房子。”只不过，那是另外一位故人了。

“那就行。”凌瑰丽转瞬间又坏笑了起来，“就算不小心擦枪走火了，也不是坏事，反正都是自己人。”

“你脑子里就没点正经事。”

“欸你看你现在的表情就跟我妈一样。”

刘小明已经走回来了，略带迷茫地看了看我们俩的脸。“我刚刚是想说，我有件事想拜托你们俩。”

现在该刘小明和凌瑰丽面面相觑了。

刘小明非常诚实地摸了摸头：“你别这样，我有点紧张。”

“我这几天得回一趟家，对，回我妈那儿。我想——你们俩可不可以跟我一起回去几天……凌瑰丽，咱俩来摊油钱。”

刘小明长长地叹口气：“瞧你给我吓得，你说吧，什么时候动身？”

“不急，”我又从刘小明的烟盒里抽出来一支，“等你先把行李搬过来安顿好了再说。”我故意垂下头，回避着刘小明的眼睛，“因为我爷爷留下来的老房子的事情，必须得我本人过去签字——咱们大概三四天回来，就算你们给我壮胆了，我真没法跟我妈单独待这么久。小明，这个时间会不会耽误太多你的生意啊？”

刘小明抬起了头，很认真地看着我：“姐，你真觉得现在这个算是我的生意？”我从没有在他脸上见过如此认真的表情，认真到带着怒气。

“废什么话，喝酒。”凌瑰丽不知什么时候抱出来好几罐啤酒，“你喝，我看着，等会儿我给你当代驾，送你回去。”

我们是在星期天一大早出发的，我从小长大的小城叫林染，距离北京——开车的话，差不多九个小时。我没想到凌瑰丽居然带着这么多行李，她风风火火地拉开其中一个旅行袋：

“你看，全是药，都是我开民宿那几年攒着给客人备的。”刘小明一脸惊恐：“大部分都过期了吧？”凌瑰丽扬起脸：“你有本事从药店买到没过期的布洛芬吗？我跟你讲我的经验是，过期的也管用……”“我妈会以为你住下不打算走了。”“万一我们正好赶上你们那儿封城，咱们找谁说理去？”这下没有人能反驳凌瑰丽了，她像是下意识地对着后视镜打量了一下自己的侧脸，满脸愉快：“也没什么东西好给你妈妈带去，不过我家有几盒没过期的连花清瘟。”

漫长的一路上，都是凌瑰丽和刘小明在前面说话，我没什么聊天的力气。我应该只跟他们俩说起过我妈妈一次，在许丰刚刚走的时候，她给我打了一个电话，当时我跟任何人说话都是一件很吃力的事，我妈在电话的另一端哭，所以我乐得借机保持沉默。她哭了一会儿，然后说：“你记得啊，我是这么跟你姑姑你舅舅他们说的，我说其实你和许丰去年已经离婚了，就是因为他出轨所以房子归你，只是没有跟亲戚们讲。你可千万记得，你们已经离婚了，别说漏了嘴……”

虽然这件事让凌瑰丽和刘小明都恨不能一边笑一边用力鼓掌——就像脱口秀现场的观众。凌瑰丽擦掉眼角的眼泪，由衷地说：“她太可爱了。”凌瑰丽并不知道，在这点上我很羡慕她。她和许丰身上都带着大城市出生长大的孩子会有的某种坦然——比方说，虽然凌瑰丽和她父母之间长年累月地互相看不上，但是她依旧可以把这种看不上大方地摊开在阳光下面，变成她的谈资，她的段子，她在社交场合讨人喜欢的方式——因为她知道他们终究是相爱的，因为她的信念便是，所有的父母和孩子都是相爱的。

在我们林染，人和人之间，好像没什么爱不爱的。婚礼的时候男女老幼一起起哄要新郎新娘当众接吻，丧仪的时候男女老幼在一起悠长地号哭——我总觉得那就是一个过场。小学时我盯着语文课本里“我爱祖国”看了好久，用铅笔把那个“爱”字描了一遍又一遍，我并不确定我真的在我的生活里见过它。

我能确定的是，爷爷当然爱我——可是这个说法并不确切，我是爷爷的掌上明珠。爷爷沉默寡言，在我上学以前他总是牵着我的手，带着我在农学院的试验田里面绕圈，看他的学生，或者学生的学生们种出来的蔬菜。林染是个小地方，这个小地方却拥有一座在全国排得上号的农学院，名字改成“农业大学”是后来的事——林染是分校，农业大学的主校区在附近的龙城——算是我们那一带最大的城市了。当人们看到孙院长，都会非常自然地侧一下身子，让我们先过去。农学院的人都认识孙橘南小朋友，“橘南”，取自“淮南为橘”，爷爷说，意思是等我长大以后,要去最该去的地方。苍老沉默的孙院长，跟在他的掌上明珠身后，眼神追随着那个小小的身影，那种珍惜在所有人面前都无法掩饰，所以理论上很容易被羞辱——只要出了农学院的大门，一种耻辱感就轻松地到来：“这个小姑娘的名字怎么这么奇怪？”“是谁给你起的名字，一个女孩子为啥要叫这个？”“她爷爷那个老头子是个怪人。”不费吹灰之力就能加重这种耻辱感的人通常是我妈，她站在院门前，声音聒噪得一定能直达隔壁的邻居家：“爸，我都跟你说了，她今天穿的是新鞋，别带她去学校的田里踩泥巴，这是第二次上脚的新鞋啊你怎么就是记不住……孙橘南，爷爷岁数大了不记事，你的脑子也只剩下一堆糨糊是不是，你今天晚上自己洗你的鞋底，洗不干净你就别睡了！”爷爷保持沉默，没有任何表情，只是略微用力地捏一下我的手心。

那天晚上她真的把我拎到了水池边，我其实已经快要睡着了，但是厨房里那种特有的潮湿让我一下子清醒。我的鞋摆在水磨石的池子边上，她把刷子丢进我面前的水盆里：“来吧，学着刷鞋，马上就是小学生了。”我把刷子捞出来，试探地用它擦擦鞋子的边缘，那些泥土只不过微微挪动了一点点。她耐心地看着，我的小手操纵那个刷子其实有点费力，一抹微笑挂在她唇边。我的辫子已经打散了，我知道我此刻的狼狈相就像她平时说的小疯子，我用力地拿刷子蹭着鞋底，我知道我是不可能把它洗干净的，她当然也知道我做不到，然而这个过场必须走，因为她乐在其中。她的呼吸声如此从容自在，我不知道什么时候可以结束，我不知道我什么时候才能长大。

厨房的门开了一条缝，我看见了地上窄窄的一道扇形的阴影。爷爷穿着睡衣，沉默地站在门口，看着她。爷爷认真地看了她几秒钟,她试图笑笑最终放弃。在她的脸终于僵住的时候，爷爷说：“这么晚了，不要再开水龙头，打扰邻居休息。”我默契地把刷子放下，从爷爷和门之间的缝隙里溜走。客厅的一角还有一点光线，我的父亲还在看书，就像一直以来的那样，假装一切都没有发生。

你看，“爱”这个字，是不可能讲出来所有这些的。妈妈是林染人，可我不是，我是农学院的人，尽管“农学院”并不是一个城市或者小镇或者村庄的名字。很长一段时间里，我都觉得，“我爱你”这种事，只存在于北京或者上海，要么就存在于“正大剧场”的电影里，那些名字很复杂的外国的城市。我没法跟任何人解释这个。

我睁开眼睛，高速路上已经出现了“林染”的字样，还剩下几十公里。凌瑰丽和刘小明在前面谈笑风生，他们本来就是游客，可是我只能暗暗地咬紧牙。虽然我从小对“爱”这个词充满了困惑与怀疑，但是“傻逼”这个词，我是从很小的时候就会熟练运用了，当然，我只敢在心里默默地说。

“孙橘南，你的脑子里全是糨糊。”——傻逼。那是在小学二年级的时候，听过无数次“糨糊”之后，第一次暗暗地在脑子里还击。即使只是在心里说，还是鼓足了很大的勇气。

“孙橘南，你们班主任都说了，初二的代数要是跟不上，以后就别想跟上了，你总不至于就像你爸爸一样只能考上对面那个农学院吧？”——傻逼。对面那个农学院录取分数很高的。

“孙橘南，你二舅妈她弟弟的女儿学习从小就不如你吧，可是人家比你脑子灵活，人家小小年纪知道抓机会。你就像你爸爸一样没用只会窝里横。要不是因为你爷爷还有点面子，你爸连个饭碗都没有，我可提醒你，你没有你爸那么有出息的爹，你只能靠自己你最好心里有点数。”——我唯一佩服我爸爸的地方，就是他从来都把对你的不屑直白地挂在脸上，而你视而不见。也许你看出来了，可你也不能怎样，你只能拿彼时弱小的我撒气，傻逼。

“孙橘南不是我说你……”傻逼。

“孙橘南你是不是就不能稍微用用脑子……”傻逼。

“孙橘南——”傻逼。傻逼。我爸爸确实没用没用到只能娶你这么一个傻逼。孙橘南只能被一个傻逼带到这个世界上来，这的确是孙橘南的错，可是她没得选。

不知道过了多少年，有一天我突然抬头照了一下镜子，我用力地咬紧牙关，保持沉默的神情，跟爷爷的遗像，有极为微妙的神似。

医生宣布爸爸死亡的那天，她在ICU外面的走廊里闷闷地哀鸣了一声，蹲下了身子。我记得非常清楚，我当时后退了两步。许丰也跟着蹲了下来，慌乱地扶住了她的肩膀。寂静的走廊回荡着她的声音，我做不到准确描述它：既不是号叫，也不是哭喊，有点类似动物的声音，可是那些沙哑又拖长了音调的长号中又分明夹杂着人类的只言片语，她匍匐在地面上，抓住了许丰的胳膊，许丰已经快要被她拽得平躺下来了，必须费尽力气阻止她的身体在水磨石地面上翻滚。他焦灼地说："妈，你别这样……"我暗暗地再往后退了一步，像个看热闹的观众一样，觉得反正这个烫手的任务交给许丰了。

即使是在最后一刻，她也依然要用她的噪声来打扰我，让我没有办法跟我爸爸安静地道个别。

但是当时我还不知道，短短一年之后，许丰就走了。许丰你知不知道你究竟对我做了什么？你让她从小到大对我的诅咒全部成了真的，那些我没有勇气骂回去但是拼命想洗脱的罪名都是真的——我的确是脑子全是糨糊，我心里没数，我没有本事，我成为众人嘴里的谈资和笑柄——不管事实究竟如何，都不重要了。她已经证明了自己是对的，她会一直正确到死，弥留之际她都会如此正确地怜悯我嫌弃我而我再也没有翻盘的机会。许丰你以为我真的在乎你跟什么人睡觉？偷情的人满大街都是，可你居然连这点事都干不好。你比我爸爸还没用你能蠢到允许那个女人杀了你，你让我在她面前再也没有了翻盘机会。许丰你怎么可以这么对我？

一阵热浪冲进我的眼眶里，我握紧了拳头，一个又一个地数着高速公路上的护栏，把它强压回去。刘小明手机里的导航声音开始提示 5 公里后要从第一个出口出去，有句话突然间不受控制，从我嘴里脱口而出："刘小明你是不是一定要选这个傻逼的声音来导航我已经忍了一路了！”

寂静。刘小明微微侧了一下脸，我只看到凌瑰丽在和他交换诧异的眼神。我也不知道该怎么救场，只好用力地深呼吸：“不好意思，我有点晕车。”

“喂。”凌瑰丽用力转过身子，“放轻松点，两三天过得很快，有我们俩在呢。”

恰好在这时，密封的车厢里，几乎是同时响起三部手机的信息提示音，林染市政府友情提示我们要在小程序里下载本地健康码。

我们缓缓开进小区的时候，在做核酸的长队里看到了我妈。刘小明从驾驶座里探出脑袋，刚刚堆起一个见长辈的笑脸，我妈径直冲着车后座走过来。我把门打开，探出头。一看到我的脸，她的底层程序就开始熟稔启动：“孙橘南，这种时候你回来干什么？你不知道林染这几天已经十几个阳性了是不是，你要是回不去北京了我可不管多大的人了脑子里还是一团糨糊……”

我找准她换气的间隙，往驾驶座那里指了指：“我的朋友送我回来的，这几天得在咱家住。”

我妈转头对上了刘小明那张尴尬的笑脸，但是牵扯着她五官的线条立即变得柔软而亲切：“哎呀谢谢啊，一路辛苦，住家里是对的你们从北京来住酒店现在可麻烦了，橘南去北京这么多年了连个车也不会开，真是给你们添麻烦了，晚上阿姨给你们做鱼……”

“给阿姨添麻烦了。”刘小明僵硬地客气着，可能他也觉得这句话讲得有点不合适——因为我妈早就把这句话的回答都说出来了，但是一时之间他也只能这么说。

我拖着箱子招呼他们俩进门，一堆行李将进门处的那个过道变得特别拥挤。我走上去推开走廊一侧的门，已经整个被旧物件堆满——看来这个房间一时清理不出来了，刘小明只能睡客厅。他当然还没想到这点，闪身进来，顿时瞪大了眼睛："天哪，这么多书……"其实不只是书，还有很多旧日的文件袋、稿纸、深蓝色封皮的笔记本，一路堆到吊灯的位置。

"全是我爷爷的东西，有一部分捐给了农学院的图书馆，"我给他们解释着，"剩下的这些，都是从老房子里挪过来的。老房子要拆了……"

"喂，橘南，"凌瑰丽挤了过来，"你跟你妈妈长得也太像了吧，我当时都愣住了——简直看到了从二十年后穿越过来的你……"

"就是就是，"刘小明用力点头，"我也吓了一跳。"

"你第一次跟我说你觉得你自己长得难看，"凌瑰丽脱下外套寻找着挂衣服的钩子，"我还以为那是你等着我夸你，我现在信了是真的……但是你放心我跟你讲，你二十年后一定比你妈看着慈祥。"

她像是被自己逗笑了。

晚饭后刘小明无师自通地帮忙洗碗，他戴上塑胶手套的样子就像一个非常熟悉我家的远房表弟，我站在他身边用保鲜膜把剩菜包起来。我妈从背后推了我一把："那个就倒了吧难道明天让客人吃剩的？走吧走吧你快点去看电视别在这里碍手碍脚……"

随后她愉快地加入了水池边刘小明的劳动，他们开始热烈讨论起北京楼市的起伏。我就知道带刘小明回来是没错的。凌瑰丽宾至如归地盘腿窝在沙发里，切换着遥控器上的频道——

我从来都搞不清楚林染家里的这几个遥控器究竟是怎么运作的。

“我每次走到这种堆满老物件的房子，就觉得该把电视打开听听《新闻联播》的声音。”凌瑰丽笑了。

“欸，”我压低声音，“我只跟我妈说你是我一个朋友，工作中合作过的平面设计师,从加拿大回来的,我可没说别的，你别……”

“放心吧。我能那么傻吗？”她在靠垫上像只猫那样抻了抻后背，“你妈妈退休之前，是做什么工作的啊？”

我知道她真正想问的是什么，不过我本来就打算告诉她：“她跟我爸，是初中同学。对，早恋。我爷爷一开始肯定是反对的，但是我爸不争气，高考没有考好，只能在家门口上农学院——还是专科线，我爸上大学以后爷爷就管不了了，那时候我妈已经在公共汽车上卖票，我爸刚毕业那年，她怀上了我，就……这样了呗。”

我还没来得及看看凌瑰丽的表情，手机在我卫衣的口袋里闪闪发亮了起来,隔着一层针织面料,能看见一个小方块的光，我记不得多久没见到一个来自林染的座机号了。

“喂？”我走到自己房间，从背后关上了门，“姑姑，我晚饭前刚刚到家。”

“回来了就好啊橘南，你现在都还好吧？”姑姑的声音里像是有什么歉意。

“没什么不好的，那，明天上午我到老房子那里去？”

“行，九点半吧……”

“嗯，我妈那个时候应该去超市。”

“好，明天见。”——姑姑从头到尾没有说一句“别让你妈妈知道"之类的话，但我能懂这个意思。

少女时代的房间是如此安静，似乎只要我现在打开柜子，换上一件初中时候的运动衫，那个十四岁的孙橘南就能从我的体内分裂出来，安静地坐在我的身边。爷爷不肯跟我们从老房子搬到这个小区，所以当时，我每个周末都会回老房子去住两晚。电视机在老房子的客厅里开着，没有观众，下了周五的晚自习，我轻车熟路地打开门，书房的门边就会准确地传出一阵响动。爷爷不会起身，但是他的声音总能准确地抵达："橘南，厨房里有豆沙汤圆。"豆沙汤圆可以替换成八宝粥、核桃酥，或者是锅贴。直到有一天，我已经把门打开再关上，放下了书包，甚至准备换鞋子了，我才意识到爷爷没有告诉我今天厨房里有什么。爷爷在躺椅上闭着眼睛，表情安逸，也许最后的一刻他是愉快的，因为他知道他很快就会听到门开的声音。

墙上挂着几乎二十年前的《海贼王》的海报，颜色已经退掉了几乎一半，变成了一种泛灰的暗黄色。那个时候，其实这个漫画的中文译名还叫《海盗路飞》，我不知道记得这件事的人还有多少。二十年，我已经长大，已经开始变老，已经尝过了沧海桑田的滋味，而路飞的航程还没有结束，路飞一直年轻，从没怀疑过冒险的意义。

夜里我妈睡在了我的旁边，一起分享那张刚刚洗干净但是很旧了的格子床单。褪色的路飞在墙上笑着，眼神已经虚了。因为之前的客房堆满了老房子里的旧家具和书，凌瑰丽只能睡我妈的房间，客厅归刘小明，所以我妈只能睡我这里。我迫不及待地反手关掉了床头灯，黑暗中，她的被子一阵轻悄地挪动，碰到了我手背的皮肤，我迅速地把手缩了回去，翻了个身。

"你明天打算干吗？"她问我，"别忘了去做核酸。"

“不干吗，带他们俩在林染随便转转。”我突然想到了在某个瞬间困扰我的问题，“怎么没看到我给你请的那个钟点工啊？”

“我把她开了，她随便往外说咱们家的事儿。”

我保持沉默——其实，我们家的事儿，准确地说，我的事儿，多她一个人说，真没什么的。

“许丰给你留下多少钱？”看来她是一点也不打算铺垫什么，“我问过律师了，你才是第一顺位继承人，他们家嘛，反正他爸也不可能来争这个，就是他妈了……”

“我们找律师公证过，我给她一半……”

“一半！她凭什么拿一半！”黑暗中，我妈利落地坐了起来，“她有什么脸面拿一半她养出来一个什么玩意儿她自己没数吗？孙橘南不是我说你，许丰他爸那么有钱，他们当初离婚的时候你婆婆她不可能吃亏你说对吗，结果你还在这里充大方，而且我跟你说过多少回了，叫你们买房子买房子你不听，结果现在你住的房子都是许丰他妈的名字……”

“那个房子是许丰第一次结婚之前他爸买给他妈的，本来就跟我没什么关系，你以为我们不买房子是因为不想买吗？我们买不起，许丰他们公司上市之前很多年，他也是很苦地拿着死工资熬下来的，他不可能去跟他爸爸要钱这是他们家的事情……”我也很想利落地坐起来，在黑暗中对着她吼，可是我没有一点力气。

“我的意思是他们家必须补偿你！”

“他妈那边也做过公证了，让我一直住下去……”

“什么叫一直住下去？住到她死还是住到你死？孙橘南你不要脑子不清楚我这是在替你打算，过了年你就三十四了你知道吗？”

“我现在有住的地方，有一些钱，我还有手有脚有工作，我怎么就没替自己打算了。”

“快别提你的工作了，你们公司都快开不下去了你以为我不知道啊，你们老板他老婆的微信我一直都有……”

算了，我为什么能奢望我可以免于被羞辱呢？片刻安静之后，她又利落地翻了个身。

“欸对了，那个女的快要被判了吧？死刑没错吧？”

我闭上眼睛，祈祷睡意来临，就像六岁的时候祈祷厨房的门能尽快被爷爷推开那样。我居然把装安眠药的袋子忘在了客厅的茶几上，我的脑子里果然全是糨糊。

次日清早，凌瑰丽的房间门紧闭着，我想她很有可能是在不久前才入睡的。于是只有刘小明跟我一起，我们走出了小区，走向老房子的方向。林染的冬天，空气比北京的干净——说干净也不准确，应该说是一种更清澈的凛冽，可能是因为农业大学原本就属于林染的郊区，有一片不大的森林，所以更为潮湿。

“林染是小地方，其实我小的时候一直叫林染县，上高中了以后才改成林染市的——北方的小城市看着都差不多，没什么好玩的。”我转过头去，似乎在为我的故乡向刘小明致歉。

“欸？那个就是——你说的老房子？”刘小明望着不远处那两排建筑物，瞪大了眼睛，“这……像是从影视城挪过来的啊。”

那两排建筑物原本位于校园的深处，但是后来的时光里，校园的围墙被拆了，校园的边界也有了改变，老房子们于是孤零零地待在那里，周边倒是多了不少热闹的小店，烟火气能否缭绕到老房子们的缝隙里，这是一个谜。老房子是红砖造的，尖顶，有一点像民国时代的老洋房，却又没有那种精致。每一座窄窄的尖顶老房子都有两层——我不确定这算不算两层，总之尖顶的部分是三角形的阁楼，曾经，农学院每一个元老级别的教授或者院长，会被分配一座尖顶老房子。属于我家的那个尖顶的位置，有一个窄窄的阳台伸出来，开满了鲜花，全都是爷爷的作品。

门没锁，里面空空如也，一段如今看起来非常陡峭的木楼梯直通上去，刘小明毫不犹豫地跑上去直冲到顶，旧楼梯发出一阵有节奏的声响——我记得，楼上的空间其实很窄，上面不能住人，以前是爷爷的书房，但是后来爷爷的腿脚也不行了，书房便挪到了下面，厨房旁边——到我们搬走以后，经年累月，没有人踩过那段楼梯。

“橘南，你这么早。”又是一阵“吱嘎”的声响，我姑姑从楼梯的顶部探出头，随即被刘小明吓了一跳，刘小明赶紧伸手去扶住她。

我身后的门也被推开了，进来了六七个人，有的我认得，是我小时候的旧邻居，有几位是陌生面孔，不过看样子，他们跟我姑姑都很熟悉。

“多少年没上来过了，没想到阁楼还挺宽敞的。”姑姑笑着，伴随着节奏声走下来，终于踩到了暗红色和灰色相间的地砖。

“其实你去看看阁楼上头的结构就知道，那时候建筑的质量真的很过硬。”人群里一位看着有点眼熟的叔叔冲我笑，“橘南，不认识我了吧，那时候我可天天在我家阁楼上看着，你爷爷带着你去买冰棍。”

“老房子们的业主现在都在这儿了，我在电话里也跟橘南说过的，”姑姑环顾了一下大家，每个人的目光都自然而然落在她身上，“咱们的老房子是1951年造的，构不成被认定历史文物建筑的标准，可是多亏了咱们小顾教授去翻旧档案，虽然建造的时间是1951年，但是设计图是1938年画的，设计师也是在咱们国家建筑史上有名字的……所以现在，咱们集体签名给市政府，文物保护相关单位……”

门口又是一声剧烈的响动，一阵冷风吹进来，像是粗糙的电视剧镜头那样，每个人的眼睛都看向那股穿堂风。我妈穿着她那件墨绿色的薄棉服，丝毫不在意自己的臃肿，昂首阔步地走进来。凌瑰丽小跑着跟在她身后，对我焦急地做着复杂的表情。我迟疑地回头，正正撞上刘小明不好意思的脸：“姐，你别生气——昨晚洗碗的时候我不小心把你要签字的事儿说了，但是,我不知道阿姨完全不知道……”语气已经开始可怜巴巴，“姐我真不是故意的……”

“孙喻潇，该说的我早就跟你说清楚了，你还要背着我，联系我们家橘南，你是什么意思？”——感觉我妈终于来到了她自己最熟悉的战场，从她嘴里吐出来的每字每句都带着轻车熟路的顿挫。

“妈我们回家。”我无力地试着拽走她，其实我自己也清楚这不过是又一次自取其辱，我妈轻松地甩开了我的手，再度往我姑姑跟前走了两步。

“这不是橘南一个人的事儿，这是两排老房子业主的共同决定……老建筑有价值，如果拆掉伤害的是农学院，不对，是整个林染市的历史。橘南早就成年了你干涉不了她——”我姑姑的声音里透着赶鸭子上架的尴尬，但是依然不退缩。

“是农学院把这片地卖出去的！如果这两排破房子真的是

文物，那今天哪还用得着你们自己折腾着签名给文物局？别以为我没文化，你们都是读过书的，你们这叫什么行为？说好听点是保护历史建筑，难听点不就是想借机抬价吗？我就不信如果钱给到位了你们谁还在乎什么文物不文物的……”

我的脑袋里响起一阵尖锐的嗡鸣，直直地冲着耳膜刺过去。她当然是引起了众怒，周围那七八张原本静止的老邻居的脸，口罩后面的脸，一瞬间齐齐地沸腾了。我的耳边，他们的声讨声从四面八方传来，都是几分钟前还对我热情微笑着的脸。然而我妈自然是不怕的，她的声音非常快地遮盖住了我脑袋里的长鸣。

她很聪明的，她完全不理会那些愤怒的邻居们，依然目标明确地对准了我姑姑：“别人家的事我管不着……孙喻潇你摸着良心说说，爷爷有三个儿女四个孙子辈的孩子，他为什么要专门立遗嘱把这个老房子留给我们橘南一个人？他为什么呀？因为他老人家知道，这几个孩子里橘南的命最不好，最可怜，因为橘南的爸妈最没有出息！我不知道你是不是因为这笔拆迁的钱全都归她了你觉得不公平，你就干脆想让所有房子都别拆你才安心，林染这种地方，拆迁能拆出来多少钱啊，你至于的吗……”她的所有抑扬顿挫全都像是设计好了的，突然间，调门提得很高，“我们橘南她刚刚死了老公啊孙喻潇，她的老公是被小三活活捅死的她在北京连个自己的房子也没了啊，你是她亲姑姑你能不能可怜可怜她啊，你到底……”

我知道她在酝酿着一场时间点掐得很精准的号哭，脑袋里嗡鸣的声音加重了，老邻居们在面面相觑似乎拿不定主意该不该看我，凌瑰丽毫不掩饰她倒抽一口冷气的表情，我明白，如果我是她，我此刻也会很不争气地觉得，这趟算是没有白来。

有一声凄厉而奇怪的吼声石破天惊地震得凌瑰丽像是打了个寒战，然后她用一种吓呆了的眼神看着我，是的，我知道，我太不擅长做这种事了，我总是率先就觉得自己太丢脸，然而在手足无措的时候就会做出更丢脸的事情，可能我此生也学不会我妈身上的本领，有计划有预谋有步骤地丢脸，然后拍拍一身尘土心满意足。

“你非要在这儿丢人现眼吗？”也许我妈并没有听清我在跟她吼什么，因为她脸上并没有怒气而更多的是困惑，但是我也只能继续了，虽然我听见了好像她的墨绿色棉服里有手机的音乐声。

“你就一定要这么丢脸才高兴是吧？一定要让所有人都觉得我们是傻逼你就高兴了是吧？”——那个已经在心里盘旋了多少年的词，真的丢出来的时候居然如此轻飘飘的，如此不合时宜。我以为她要顺手扇我一耳光，结果她只是冷冷地看着我，转身从兜里掏出她的手机。我姑姑用力地把那几张纸塞到我颤抖的手里，她似乎不知道该跟我说什么，凌瑰丽的手掌用力地按在我肩上：“这个房子是她的，她签还是不签都是她的事儿，你们这样逼她也没有用。”

“什么叫我们逼她？”姑姑总算是找到了一个一看就更弱的对手，人也瞬间精神多了。

我妈举着手机返回了人群里，刚刚那种决战的神情已经烟消云散：“我们小区的那个陈大夫刚给我打电话，说林染又要静默了！”

短暂的寂静，似乎这些人都需要时间来理解这句话的意思。

“我手机上可没收到任何消息……”人群边缘处一个阿姨

在衣兜里摸着自己的老花镜。

“快点散了吧还等什么啊，真要静默了咱们都得关在这个破房子里连暖气都没有！”随着我妈斩钉截铁的声音落地，所有人齐齐地转身开始奔跑。有的轻捷，有的笨拙，有人虽然嘴上说着“不对吧肯定是谣言”——但还是奔跑着跟上了众人的节奏，姑姑跑至门边奋力地回头冲我喊了一句：“橘南咱们再打电话！”——然后夺门而出。大门在我眼前打开，阖上，阖上，打开。我的两个膝盖那里好像结了两团冰，我的步子被冻住了，又冷又痛，丧失了撑住我身体的能力。

静默。静默。静默。

这个词就像开关一样，我清楚地听见我身体里面随着这个开关按下去，好像有什么邪恶的程序开始启动。脑子里原本的那片漆黑瞬间变得雪亮，不是我自己想要蹲下去的，而是红灰砖块的地板突然之间开始抖动，那道陪伴我长大的窄窄的木楼梯像道瀑布那样对着我倾泻过来。我是不是要沉下去了？但是我只能抱紧了膝盖，缩成卑微的一团。静默。

许丰和那个姑娘就是在某个南方城市的静默期，被关在了酒店房间里。他原本是去出差的，也许原来的计划，那个女孩会到酒店来找他，他们像曾经无数次那样，在不太可能偶遇熟人的地方，像度假一样，扮演几天像庸常的情侣。但是城市暂停，酒店关了，没有人能离开，疾控中心的电话打给我的时候，就注定了谁也没有了假装一切都没发生的机会。可是究竟发生过什么，没人知道。许丰发给我的最后一条微信是：我会解释。然后我去认尸，不用解释了。

我听见了一长串野兽一样的哀号撕裂了我的身体，我也听见了凌瑰丽喊我的声音带着哭腔。我知道我正在变成我妈妈，医生宣布爸爸死亡的那晚，ICU 外面的她。另一个记忆中的我此刻正坐在颠簸摇动的楼梯上，冷眼看着这个马上就要在地板上翻滚起来的自己。我不要变成她，我不可以变成她，我用了这么多年的时间努力，可是我现在累了。屋顶上早已不亮的吊灯会熔化吧，玻璃珠子一颗一颗滚烫地滴落下来，不要砸中我，不要静默，不要给我变成她的机会。

有一双手在试图碰触我的肩膀，然后把我从地板上扶起来，但是只要一离开地板我就想吐。“橘南，孩子你这是怎么了……你别吓妈妈，没有静默，妈妈刚才是在吓唬他们……我是为了让他们都赶紧走啊，宝宝，你听话……”

妈妈，我不是故意不把白水煮蛋的蛋壳剥干净的，我不是故意把蛋壳残留在鸡蛋上面的，别逼我吃蛋壳了，你和我都清楚，如果爷爷没有出去开会你是不敢这么做的。

妈妈，高中的地理真的有一点难啊，你又没有读过高中你不可能明白，我会努力的我会考上一个你想要的那种大学，不要再嘲笑我，不要再嘲笑爸爸了。

妈妈，我知道你最害怕的事，就是我嫁给一个林染的男孩子，我不会的，但是我是真的很喜欢很喜欢他，我放在心里喜欢碍谁的事呢？你不要去学校，不要去找老师，他们笑话的不是我有暗恋的人，而是笑话我为何是被这样的一个泼妇生出来的。

“你离她远点儿！”这是刘小明的声音。刘小明紧紧地抱住了我，他的外套罩住了我的脑袋。“你后退，往后退！”我此时才意识到他不是在和我说话，他的声音并不凶，可是不容商量。

“你不要靠近她，她就能好一点儿，你再往后退！”

也许她已经六神无主，忘记了她可以和刘小明吵架。凌瑰丽蹲了下来，拨开我满脸的头发，凌瑰丽的脸上有眼泪在流：“橘南，你乖乖的，我们马上回北京去，我们这就回北京了好不好？”我想点头，可是我的身体僵硬得不受控制。在我视线的边缘处，我看到我妈的墨绿棉服。她一脸的惊慌失措，虽然已经没有人给她下达指令了，她依然不自觉地往后倒退了三步。

后面的记忆就都是碎片了，好像是刘小明和凌瑰丽合力把我丢在了床上，就像是对付一个酒鬼。我应该是睡着了的，我想那是做梦了，只不过我似乎在异常冷静地旁观着自己的梦境。那是2019年的秋天，我想。我梦到了当时我和许丰一起去参加他老板的结婚十周年派对。那位老板就是当时把许丰带进他们公司的人，在那个夏天，已经在很短的时间里变身成了笑容矜持的行业新贵。许丰说老板的太太怎么都不满意派对公司出的方案，觉得太普通没有审美，许丰说起这个的时候语气里其实有微妙的嘲讽。不过许丰依然为老板做了个顺水人情，拜托凌瑰丽推荐一个公司，主要长处在场地的设计就可以。后来问题完美解决，我自己也觉得那个场地布置得很漂亮。

我很快就觉得累了，拿了一块蛋糕想找个安静的地方坐下。许丰则是被他的同事拖走去认识什么很难得一见的大佬。我有些尴尬地托着小盘子转来转去，另一只手上还拿着喝了一半的果汁，高跟鞋越来越沉重。终于有个女孩帮了我一把，她拉过来一把椅子放在我的面前，我如释重负地说太谢谢你了，女孩微微一笑，仰起脸，虽然个子略小，可是是个漂亮姑娘。一绺卷发垂在她的脸颊上，让她笑起来的样子很灿烂。她说：“不客气呢，许太。”我当时的注意力全在如何尽可能得体地坐下并且不要让小盘子边缘的奶油弄到我的手指上，她对我的称呼就这样隐秘地滑了过去，在我的意识里并未停留。

我想起来了，是她。没错的。原来我们早就见过。她从一开始就知道我是谁。

按道理讲，此刻就该是我从噩梦中惊醒，惊魂未定看着天花板的时刻，但是我没有。我只是拼命地告诉自己马上就要醒来了，但是呼吸越来越困难，人却像是被生硬地塞回一层更沉重的睡眠里。我懂了，尽管这个发现让我的后背一阵冰凉，但是我得说，那个女孩，她长得跟凌瑰丽是同一个类型。小圆脸，大眼睛，脸上那种莫名的神经质会被另一些人识别为“浪漫”。讲话有点快，句子的尾音是上扬的。

许丰，我不想讨论——你选择我是不是违背了你真正的欲望。只是你为什么不能坦诚地告诉我？我并没有幼稚到搞不清楚“我应该要的”和“我想要的”之间的区别。因为我自己的情况比这个还要复杂。在我们初相遇的时候，在我第一次跟你聊天，我就明白了——你是我“应该想要”的那种人。

大城市长大的孩子——很好，首先我妈听到就会心里一块石头落地；IT 工程师——很好，林染所有的故人们都不是很理解但又说不出什么微词的职业；爸爸妈妈在童年时就分开了但是爸爸很成功——也很好，如果我妈对你有了什么意想不到的不满，这一条就足够堵她的嘴，我才不是真的想要你爸爸的钱，只不过我妈其实是一个非常容易被人的钱和权力吓退的人；你在加拿大待了很多年——再好也没有了，你能给我讲讲外面的世界是什么样的，跟你在一起，我就能多一重确定，我有可能终生远离林染，客死异乡，再也不会回头。

直说了吧，如果我和你在一起，那会让我妈妈首先非常满意，然后心生惧怕、嫉妒和自卑。当然她会因为这种无法面对的阴暗再度开始想办法讽刺我，只不过到了那时，对我而言这些都是胜利和荣耀。于是，我爱你，我必须爱你，我只能爱你。一旦做了这个决定，所有点滴的柔软，所有微妙的缱绻，所有牵肠挂肚的不舍，所有那些将周遭景物都变得像黄昏一般动人的玫瑰色空气——所有这些，都会在这个决定之后自然而然地分泌出来，遵循某种自然规律，只不过是多或少的区别而已。于是我对你羞涩而甜美地笑了，我在诱惑，我内心深处的那双眼睛已经因为欣喜而显得狰狞，即使是最孱弱的猎人也识别得出完美的猎物。

那么你呢许丰，当你看到我的时候你又在想什么？这个女孩二十二岁——年轻，谁不喜欢年轻呢？长得其实还不错——林染县“六路西施”的女儿，并不完全是夸张；彼时还没有从那家国有出版社辞职，以及一个早已去世的院士爷爷——非常拿得出手；出身于林染，来自一个在小城里相对清寒的家——没见过多少世面，根本掩饰不了对世界的好奇，就是此刻，没有晚一步也没有早一步，你正好能给她她需要的。她对你羞涩而甜美地笑了，你也许觉得这个女孩还值得加一下微信，你没意识到她已经开始了诱惑。

我真正恨的是你把我想得那么无能，那么手无寸铁，那么不值得理解真相。你根本没想过，正因为我像你一样理解什么叫作盘算，所以我才像你一样理解什么叫作所有盘算都摁不住的欲望。只不过，命运不会因为我更能理解什么，就给我奖励。许丰，夫妻一场，你怎么可以如此瞧不起人？

你是我选的，我认。

我发现我已经看见了隐约的，黑暗中天花板的轮廓，我试着翻了个身，浑身僵硬得酸痛，从眼皮到脸颊都肿胀得紧绷绷的。片刻之后我才知道我在什么地方，窗外已是夜晚，我艰难地撑起身子从窗子里往下看了看，小区里还有不少人在来来往往。手机屏幕在枕边亮了起来，它一定把我的下巴到脖颈那一块映照成恐怖的模样。从深度睡眠中猝不及防地醒来，我的手指一时还不听使唤，但是有一条新闻已经不管怎么忽视都随处可见了，从明天起，北京的公共场合不再查看 48 小时核酸。

客厅里只有凌瑰丽一个人，她席地坐在茶几前面，面前有罐啤酒。看到我，她愣了一下，随即认真地笑笑："阿姨今晚给我们俩包了饺子，可好吃了。厨房里有一盘是留给你的。"

我摇摇头，默默地走到她身边，也拖了一个垫子过来坐下。

"你看手机了没？"凌瑰丽打开了啤酒罐，"刚刚，北京算是解封了。然后你们小区也通知，明天起就不测核酸了。咱们想什么时候回去，就什么时候回去。不过，还是得准备点药的，我把我带来的都给阿姨留下了—— 一解封，会有很多人生病的。"

"哦。"我实在没力气组织长句子了。

"橘南，我有件事想跟你说。"她举起啤酒罐用力地喝掉了几乎一半，过瘾地放回茶几上，手背用力地蹭了蹭嘴唇，"我得先喝点儿，壮壮胆。"

"拜托，啤酒欸，就算喝撑了，也没法壮胆吧？"——我的嗓子沙哑得可怕。

"我又不像你，我不会喝酒嘛，"她笑得非常仓促和应付，"我其实就是想说，那个女孩——你知道，你知道我在说谁，其实我认识的。准确说，是我把她介绍给了许丰，可是我当时真的没想到会有后来的事儿——原本，就是许丰说能不能给他推荐一个不错的，能设计派对现场的人……但是……”

我拿不准是该看着她的脸，还是该盯着墙壁，怎么样能让场面显得不那么奇怪。

“我第一次约你出来吃饭的时候你还记得吧，那时候我就想告诉你的，我想跟你道歉，可是说实话，因为第一次见面我特别喜欢你这个人，我就说不出口了，”她再用力地喝了一口，差点呛到，“你说，你说我这人就是糟糕，我都快四十岁了，到了这种时候就还和小时候一样，我就特别怕，特别怕你知道了以后，就不跟我做朋友了……”

“其实我知道。”我终究还是选择了看墙壁，“不过，不是一开始就知道的……这有什么——不能说的吗？又不是你的错……”

她笑了，然后抬起手指蹭了蹭眼角。几秒钟之后用整个手背再蹭一蹭。然后她试图站起身：“我得找找刘小明，那家伙肯定已经喝多了，他可千万别在那个小房间里，吐到你爷爷的那堆笔记本上。”

她这句话说得我也顿时紧张了起来，我跟着也爬起来往那个小房间冲过去，我和凌瑰丽几乎是同时推开了门。仓库一样的小屋里，灯居然开着，刘小明从一个硕大的柜子后面探出了头，可能是他不慎动作太大了，柜门被他的胳膊一撞，就晃晃悠悠地弹回了原处，这下没有柜门挡在我们和刘小明之间了。我和凌瑰丽出神地看着他，再对看一眼彼此，像是为了确认并没有出现幻觉。

刘小明从那个旧橱柜里拿出来一条碎花连衣裙，是我小时候时兴过一段时间的泡泡袖，更准确地说，他把那条裙子穿在了身上。除了肩膀那里有点窄，剩下的居然一切合适。他还从那个神奇的橱柜里拿出来一条彩色的丝巾，上面飞满了硕大的向日葵，他把那条丝巾包在头上，又在耳朵边上扎了起来，就好像装上了一条长辫子。我从前只是觉得他极其瘦弱，瘦弱而清秀，直到此刻我才觉察，如果他真的留长发会很好看。他惊慌失措地一笑，脸上漾出了一种前所未有的纤细。也许他觉得他必须说点什么："对不起——"他用力地深呼吸，"我，我不小心看到的，我小时候——我妈也有一条一模一样的……我这就放回去……"

凌瑰丽转身跑走了，非常不仗义。现在就剩下了我和他。他靠着柜门，终于放弃了解释，坐了下来。他先是冲我笑笑，然后说："我以前以为，我得拼命赚钱。只要我真的能挣大钱，这些……"他低头看了看自己的裙边，"这些都不是事儿！但是……我还是一事无成啊，姐，一事无成。"

凌瑰丽总算是跑了回来，她把一支口红塞到了刘小明手里："喏，这个给你，我新买的，保证一次也没有用过你别嫌弃，拿着，你只要记得别哪天喝多了涂着上街就行了……"

刘小明脸上的五官终究是乱套了，他捏紧了口红的盒子，眼泪顺畅地往下流。我走过去，弯下腰，在他的额头中央，轻轻地亲吻了一下。我不知道我为什么这么做，只是刘小明立即就抱紧了我，他开始大哭："我很怕，我很怕你们知道了以后就不和我做朋友了……"

我为什么又一次听到了这句话？在这么短的时间之内。

我一抬头，就看到我妈站在门口，惊愕地张望着。凌瑰丽情急之下，麻利地跳起来，居然用力地关上了门，她就这样把我和刘小明一起关在了里面。我还在想她是否想好了要怎么圆场，我妈的声音却已经穿透了门板："孙橘南，你可还没吃晚饭呢……小明你要是喜欢那些旧衣服你就拿走吧，反正放着也是放着，扔了可惜。”

那是一个奇异的晚上，刘小明把他的衣服换回去之后，又冲到厨房去，非常熟门熟路地打着了炉子，把剩下的饺子全体生煎了一遍。然后他和凌瑰丽邀请我妈一起加入他们喝啤酒，我妈还愉快地去拌了两个凉菜。

我照旧从刘小明的烟盒里抽出来一支，拿到厨房的阳台上点着。厨房的玻璃上弥漫着一层乳白色的雾，我打开了窗子，留下一层纱窗，烟雾从无数纱窗的空隙中挣扎出去，这纱窗已经在我家安静地待了很多年。

我知道我妈走过来了，我听得出来那个脚步声。我有过片刻犹豫，是不是应该把烟掐掉，但是那样好像也显得很奇怪。她站在了我身边，她看我的眼神从来没有这么小心翼翼。

“你……”她用左手的手指笨拙地做了个动作，“你磕烟灰的样子，跟你爸一模一样……”她试图解释她的话，手上的动作更加复杂，“就是……你们都是反手这么一弹，用这里的这个关节……反正我是学不来。”

她放弃了没话找话，讪讪地转过脸看着窗外，我和她单独相处的时候，难得有这样的安静。

“没有判死刑。”隔了一会儿，我告诉她。

“什么？”她意识到了，那种我熟悉的怒气回到了她脸上，“凭什么啊……欸这个事情不能就这么算了。”

“她怀孕了。”我深深地吸了一口烟，再吐出来，“按照法律，就是不会判的。”

她盯着纱窗的缝隙，看了很久：“你姑姑给你的那封信，你想签名，就签吧……我只不过是害怕别人占你的便宜……可是想想看，反正签了应该也没什么用，房子最后肯定还是要拆的，何必非要你姑姑难看呢。我还得拜托她再帮你介绍对象呢……不要搞得太僵，是吧？”

我居然被逗笑了。

“你笑什么？我说得不对？孙橘南你这点特别像你爸爸家的人，趾高气扬地从骨子里看不起人。我也知道，你姑姑认识的那些人的圈子里，才找得到能跟你合适的人，我身边的人，找来找去的也配不上你，不行的。”

“我还是再帮你找个钟点工吧，你现在身体也不算好，家里有个人常常进出，其实放心一点。”

“还是你放心吧，我早就想好了，我哪天就算是瘫在床上了，我也不会去北京麻烦你的——从你上大学那天我就和你爸说，从现在开始，女儿就不会再回来了。”她突然在不该停顿的地方停了一下，“我上中学的时候，有一次，在你爷爷家门口等你爸出来，对，就是老房子，那个时候的红砖可比现在亮堂多啦。我当时从来都没有见过那种尖顶的房子，阳台上还开着花——就像电影一样。我以为，只要我跟你爸结了婚，我就能住在电影里面了。可是谁想得到，还是没离开林染，不是电影，你爸不过是个没出息的男人。”

“你不知道电影都是假的吗？你想离开林染你干吗不自己努力，我小时候有多少人出去闯荡出去做生意，你把时间全都耗在抱怨我爸上面了。”

“我怎么没有努力，我那么努力地培养你啊！”她瞪大了眼睛，“你不一样，你得离开林染，没有人生下来就该在林染过一辈子的。你得去北京，去上海，去那些——大的地方。只要你过上了那种日子，我这辈子就值得了。我知道，我没有文化，我那时候还小，我以为我嫁到这个读书人的家里了，没有文化我不会慢慢学嘛？可是没那么简单，从你爷爷，到你姑姑，到你小叔，还有你爸本人，他们每时每刻都在提醒我，我又在闹笑话……”

“会不会是你自己想太多了？我小时候爷爷从来都不让我爸和你吵架。”

“对呀，和我这个没文化的人有什么值得认真的……”她眼睛泛起了一片红，用力地挥挥手，“不说爷爷的坏话，孙橘南，我不说爷爷的坏话。爷爷就是再看不上我，我也念他一点好——他把你当成是宝贝。我确实不太懂怎么教孩子，这点你姑姑总说我其实她说得对，你小的时候……可是，我就是认准了一件事，你的一辈子，得比我的好十倍，好一百倍。只要能让你过上这种日子，多大的脸我都可以丢……”

我拼了命地想要离开林染，她其实也拼了命地想要我离开这里。这么多年，我终于意识到，原来这是我们共同的地方。

“你就不怕我恨你吗？”烟已经抽完了，我继续对着窗外深呼吸，制造着新的白雾。

“恨我有什么关系？恨我你也得比我过得好十倍百倍。什么爱呀恨呀的，都不重要，一眨眼，就都过去了。”

她转过身，离开厨房，走到灯光温暖的客厅里。她的声音在夜色里拥有更强大的穿透力：“小明，你们明天不走吧？”

“不走！”刘小明和凌瑰丽齐齐地回答。

“不走的话，明天你得给我开车送我一趟，”她心满意足，“我们去咱们林染那个——住了好多暴发户的小区。我有个朋友跟我说的，那边最近出了好多法拍房，她有关系，叫我过去看看。”

“阿姨要换房子了吗？”这是凌瑰丽的声音。

“这倒不一定。不过小明你得帮我多拍几张房子的照片，我要发朋友圈让那些人都看看——对呀，我要换大房子啦，我女婿不争气，死得丢人现眼，可是钱留下来了，都是我闺女的，我就是要气死他们。”

我轻轻地摇了摇头，窗子上的白雾散去一半，路灯底下有细碎的东西在飞，是雪花。我认真地盯着白雾和雪花看了好久，直到眼前出现一个微妙的漩涡。有一个刹那，我觉得我在那个漩涡里看到了很多很多年前的六路公车，空荡荡的车厢里，我爸爸坐在最后一排，他还是个少年人的模样，在等待终点站，因为“六路西施”会在那里换班。

关窗的时候，我的手指碰到了窗户外侧的玻璃，冰冷得让人身心愉快。其实当然没有什么漩涡，少年时候的爸爸我也只在旧照片里见过。窗户关上，所有的幻觉消失，我其实不能确定窗外是否真的飘过雪。

爸，明早的林染，会出太阳吗？

（《十月》2023 年第 2 期）

无名艺术家

林　森

感谢各位朋友到场。我没想到来了这么多人，记得，开展那天，人稀稀拉拉——即使我们早就在公号上发了消息——因为没有几个人认识他，甚至有人还在帖子下说凉飕飕的话："今天，还能呼吸的都敢称自己艺术家。"今天撤展，院子里站满了这么多朋友，是这些天来，大家被他的作品触动了吗？是大家的口口相传，让更多人闻讯而来吗？现场也没准备几个位子，大家就勉强站着看看吧；我们的公号此刻也在同步直播，感谢线上围观的朋友。三天前，我们发了撤展公告，一会儿，我们就得把这些作品收起来，装到箱子里，已经被慷慨的朋友收藏的，我们会小心收好，送到您的手上。刚刚，有朋友提出来，让我这策展人说几句。那就说几句吧，跟大家聊聊，聊聊这个缺席的艺术家，聊聊这个不在场的在场者。今天这初夏的下午，阳光洒到这个院子里，大家都能感觉到暖意、热血和激情吧。这不是夕阳，这是奔腾的火，是铁水般的血液，是不屈的生命力。大家今天过来，当然不是为我这策展人来的，而是为了这个展览的主人公，为了这个一周前刚刚过世的艺术家而来……说到这，我倒想起，今天不就是他的头七吗？原定的撤展日，却成了他“魂兮归来”的日子，他会回到这个小院子看看吗？他的老家有传说，认为人死之后，其魂魄会重新走一遍活着时走过的路，而活着时走路留下的脚印都会在其面前浮起，被其收藏、带走……如果他来到了这里，会带走什么？或许，他这一刻已在，就在这夕光里，就在树叶的颤动中，就在我们每个人的呼吸停顿处和恍惚出神时——我们这么多人在此，不也是为了在撤展前，再看看他的作品，和他留在作品中的灵魂相遇吗？古人说，敬神如神在。对他，我们不是用来“敬”的——当然，也有敬——我们是来跟朋友相聚、别离。我们来看他，宛如他就在；我们想着他在，他就在。

朋友们，你们选择在撤展时到来，肯定对我们这位缺席的朋友有了一些了解。在这里，我们就不提他的名字了，我们心里默念，但不说出来，以免惊到此刻回来的他，以免让另一个世界的他心神不安。这个《世间病物》展览，是我建议的名，他其实不太同意，但他没精力跟我辩解，也就任由我了。现在想想，这是我的问题，是我自以为是的偏见。我从他超过生命一半时间的生病史中，自作聪明地认为这个展览名很贴切，却没想到，或许在他眼中恰恰相反——有病的，只有他，万物皆健康、皆可喜、皆可爱、皆值得亲近……可他，却很早就失去了与万物相亲的机会。对我来讲，最遗憾的事情，是开展后他竟然没办法来到这里看一看。一个月前，开展时，他躺在床上，我只能给他发视频，发照片，让他看看布展的情况，对于这里的摆设，他没有提任何意见，他是满意的；或者说，他不满意，却也接受。我知道，他对此很感恩，把这当作朋友们对他的帮忙，他珍惜这友情的火光。今天在这里的朋友们，对当代艺术应该都不陌生，知道当代艺术里，有太多偏激、怪诞、凌厉，却很少有温暖、平和、力量感，他的作品却正好如此，让我感动——我们这些人，被诸多当代艺术洗礼过、洗劫过、摔打过、震惊过、麻木过，我们已经不敢、不屑感动了，感动等于浅薄、幼稚和软弱。可转念想想，如果我们的艺术，整天高喊创新、突破、形式感，却不再跟生命体验相关，这算哪门子艺术呢？

说起来，他并没有所谓的“艺术自觉”。从事艺术之前，他没有像一些艺术家一样，表现出某种狂热、挚爱和奋不顾身。对他来讲，艺术起初不过是在没有选择之时的一种谋生尝试，慢慢地，就变成了表达自我的手段。这个展览开展前，我和他有过一次对谈，我都录下来的，以后方便之时，整理成文字，再在公号上跟大家分享。他谈了很多，他知道，这是他最后的敞开来说的机会了。最初的时候，他和任何一个普通的小镇青年一样，读书、渴望往外走。他的家在村里，挨着镇子，他的父亲在外头做点小生意，赚不了大钱，但日子也算过得去。他跟母亲还有家里的姐姐，都在村里生活。父亲长期在外，没人管得到他，他也跟其他少年一样，混迹在镇上，成了游戏厅、台球室的常客，也和那些看多了港台武打片的少年一起玩，拉帮结派、当古惑仔。但他从不把这些在外的痕迹带回家，即使身上有了风吹都痛的伤痕，他也只是悄悄掩盖，在迈步进家门前就收拾得若无其事。他从不愿跟母亲和姐姐说起这些事……而父亲，谁知道他在县里还是县外面哪个角落呢？他甚至听过传言，说父亲在外还跟另一个女人有了家庭——当然，他后来生病，父亲长期居家照顾，不抱怨不推辞，减少外出，是坚挺的顶梁柱，击溃了围绕在父亲身上的种种传言。初中之后，他是班上同学里挺让人头大的一位，他的位置永远在最后一排，永远靠着后门，方便临时起意的逃课。父亲偶尔回来，也不问他的学习，父亲是极闷的一个人，在家里，十几天不说一句话。

上学之外，他每天最大的快乐，是从村子里窜到镇上，感受人群的聚集与热闹。他还特别迷恋早晨和傍晚，他时常在晨色尚未变亮的时候，走出鸡鸣响彻却还没有人声的村子，沿着空空荡荡的村路，走到田坎上。那时，露水浓重，田坎上的草湿漉漉，拖鞋裹不住脚，脚背被露水染凉，即使还不是很冷的天，那样的早晨也有一种沁入内心的清寒。他喜欢那样的闲逛，没有目的。有时碰到早起在田坎上方便的村人，人家来不及擦屁股就匆匆提起裤子，问："你也憋不住了？"他不回话，往前走，好像那雾气中，隐藏着无限秘密，等待他的进入和解谜。傍晚之时，他也喜欢沿着村子转一周，兴趣高了，会走到村子西边的镇上，再折返回来，看着落日让西天霞光万道，再逐渐逐渐消退，万物隐没在黑暗中。若不是后来从事艺术，多看了些书，多想了些事情，他不会回望这一少年时的习惯。在这里，我们至少可以看到，少年的他已经有了敏锐的触觉，察觉到了一种亘古的孤独感，那里面有没有隐藏着他后来从事艺术的某种根源呢？

这样安静的日子，结束于他的十九岁——他患了尿毒症。对于一个普通的乡村家庭来说，这场病的打击，是摧毁式的，不但让他的生命发生了某种转向，也让他的家庭开始了深不见底的陷落。跟我谈起这些的时候，他强忍红肿的双眼，说："身体的切肤之痛，当然是痛苦的，可这不算什么，最痛苦的，是我爸，是我妈，是我的姐姐，因为我的这场病，家里所有人都被捆绑，永远无法轻松地舒一口气，永远没法真正开怀大笑。

只要我还活着一天，他们就深陷苦海，我是他们痛苦的根源。这，也是那幅装置作品《病因》的灵感来源。真的，我是亲人的病因，是他们的痛苦之根——每想到这一点，我就觉得我已经活得太长、活成了罪。”他说这句话的时候，我觉得有些矫情，此刻回想，却难道不是句句属实、字字真心？

那是高三上学期，他没有了初中时的那种顽劣，也开始了冲刺高考。起初只是觉得身体不舒服，不适感逐渐加重，到了最后，身体浮肿。那时只顾学习，他幻想过上大学后的生活，幻想走出小镇，在遥远的边疆开启新的人生，但却没想到，一切戛然而止。县医院检查后，发现他心跳极快、血压超高，没多久，就被断定为尿毒症。他那时毕竟年轻，早上八九点钟的太阳,还自以为在人生的上升期,对袭来的病症也没那么悲观。患病后的第一件事，是很快地跟当时正在恋爱着的隔壁班女同学分了手。那个女生深受打击，本来两人相约好考到同一座城市的大学去，没想到他只托人传去一张字条，上面三个字：分手吧。女生来到他的宿舍，两眼肿得像灯笼，他躲到宿舍隔壁的隔壁去，不愿出来见面，那女生等了三个小时后离去，从学校消失了半个月。女生的父母花了很大力气才把她找回来，瘦了三十斤，一直到三个月后才缓过神来。女生的哥哥出于愤怒，带着一把刀来到他家，准备为妹妹出气。他母亲恰好在家，看到了，也不惊慌，她一言不发，招招手，让女生的哥哥从窗口的缝隙看了看他。那时他已完全脱相，灰黑色爬满了他的脸,几乎不能在床上坐起身。那哥哥的怒气瞬间全消了，咬着自己的嘴巴不让哭声发出，后来还悄悄送来一个红包。这些事是母亲后来跟他说的。

他当时不是特别懂，以为一个月两个月就会好起来，根本没想到他从此跟透析永不分离。他后来聊过，他做的那么多艺术作品，相比起来，都不能跟他做透析相比。大家不一定了解透析，因为尿毒症患者没法把身体吸收后的多余水分和代谢废物排出体外，所以得把体内的血液抽出体外，过滤后，再输入体内——这就是透析。每隔几天，他体内的血液就要从身体内流出来再流回去一遍。疼痛感倒还是次要的，更让人难以忍受的是异样感，那种眼睁睁看着血液流出又流回的“分离感”，我们这些健康之人是理解不了的。透析之时，他不得不像观察别人一样观察自己，不得不把自己作为一个外在于自己的观察对象。这难道不是一种最具力量感的“行为艺术”？这行为艺术并非他愿意，而是被迫，但这被迫里，不也有着某种生命的意志？在这个展馆里，有他的一件作品，叫《灵魂的透析》，大家去看看，是不是跟他所体验的透析，有异曲同工之处呢？只不过，他把流出又流回身体的血液，替换成了“灵魂”，他在这个作品里，用比喻的手法，把人的死亡，比作“灵魂的透析”，人活了一辈子，尘世的污泥浊水染脏了灵魂，所以，得通过死亡，把灵魂过滤一番，重新注入一具新的身体之内。在没有理解他有过透析的背景下，我们对这个作品的理解，始终是隔着一层的；当我们理解他时时通过透析来审视自己的时候，对他的这个作品，是不是会豁然开朗恍然大悟？透析了半年后，他知道，这个病没有什么办法医治，只能做肾脏移植。他父亲是做生意的，存了些钱，但也不是有钱就行的，还得有匹配的肾脏。他是在透析一年多后，才进行了移植手术的，那时也是天真，以为万事大吉，重新活了过来，“旧我”已经告别、远去、滚到千里外。父亲前半生的所有积蓄花光殆尽，还背负了一大笔债务，全家人却松了一口气，以为熬过了最痛苦的岁月。

在透析和肾脏移植的那一年多里，他放弃了高考。移植成功后，本以为一切重新开始，他又回到学校，但就医这一年多的时间里，他已经没法再适应学习生活，一旦稍微疲倦、紧张、压力大，身体便立即有反应。他基本放弃了学习，最后只考上了一个高职。在高职，他也只上了一年，那个换来的器官，无法支撑他的正常生活，他就从学校退学回家了。他在学校里，学了一些绘画，也开始写写毛笔字，并非为了艺术，而是有了一个打算，若是有一天尿毒症再次复发，他肯定没法像正常人一样工作，那不如学点写写画画的本事，看今后能不能靠卖字卖画，在家也可以谋生。他把艺术想得太美好了，他并不清楚，从事艺术的人，有几个人能靠艺术生活啊？他抱着淳朴初心，学了一些绘画和书法的基础，可真正对艺术产生一些追求，源自在学校时参加的一个展览。那是同市一个美术学院的毕业展，在密密麻麻的毕业作品中，他感觉到了某种超乎身体之外的安慰和满足。他对其中一幅作品，印象极为深刻，那是由很多张不同人的名片构成的。这么多名片贴了满满一墙，他心想要收集这么多名片也不容易，艺术也是体力活啊，他肯定完不成。那密密麻麻的名片，走近了看，一团乱麻，而当观者不断后退，反而看到了整体，慢慢地呈现了一个人体的形象——具体来说，是端坐的佛祖形象。不同人的名片，颜色不一、形状各异、字迹大小也不同，组合在一起，隐隐约约构成了一个佛祖的形象。这幅作品的题目叫《殊途同归》，这让他想了很多，他感觉到身心的触动，却又很难把那种触动说出来。跟我说起这件事的时候，即使已经病重，他眼里仍然闪耀光芒——那是内心被艺术所冲击的激荡。我后来曾到网上搜索，想找出他当年看到的这个作品，想看看那个作者后来又有了什么新作——没有任何消息，好像这么一件作品并不存在，而是他记忆里的幻觉。这作品让他感觉到了生命的被抚慰……是的，殊途同归，殊途同归，无论什么样的遭遇，只要想到最终我们都将殊途同归，所有的痛苦，都变得可以接受了。不时发作的疼痛让他根本没法维持正常的学业，父母又太过担心，怕他在学校一旦有什么事，根本来不及送医院，就让他退学了。学校领导也松了一口气，知道他一些零星情况后，他们都害怕他在学校出点什么事，到时有口难辩，也恨不得他能早点退学，甚至在他退学后，主动退了些学费。

回家没多久，他就结婚了，那是附近村子的一个女孩子，通过亲戚的介绍认识的。认识没多久，他就把身体的情况告诉女方，女方也不介意。女方说，已经移植了器官，肯定能好起来。他说他当时特别感动，自己这个模样，竟然还有人愿意成为他的妻子。妻子学历不高，一个普通女人，在结婚后，却给了他一个人的完整体验。他后来说，没有这一段婚姻生活，他根本没法坚持到今天，他早就活不下去了。婚后很快就生了一个男孩，生命延续所带来的欢喜，是任何事情都比不上的——他残破的生命，却能孕育出一个那么鲜嫩、美好、纯粹的小小生命。很多时候，望着儿子水灵灵的脸，他会觉得，自己立刻死去，也值得。这种庆幸感转瞬即逝，他又陷入极度的悲伤，其实，他还很年轻，才二十几岁，本是该享受生命的时候，可他，却被病痛时时提醒，死亡就蹲守在周围——他感觉到了死亡凛冽的呼吸、不怀好意的目光和尖锐的冷笑。婚后第四年，那颗移植来的肾脏，又再次失去了功能，他又过上了两三天一次的透析生活。这个展览馆里，就有一幅他手绘的关于透析的画作，或许，仅仅看这幅速写，我们会觉得太简单了，绘画技巧也不怎么样，可我们想想，这幅画里，线条的游移，会不会是他绘画时手臂的颤抖？造型的失准，难道不是人体已经在疼痛的目光中产生了变形？以这样的同理之心、同情之心来观展，才能真正地感受艺术本身的张力——是的，我们不应该仅仅匍匐于那些著名艺术家的名作脚下，我们也应该在不知名的艺术爱好者不知名的作品身上，感受到生命内在的悸动。是的，艺术的力量是可以无限复制又不减损原作的，我们来到这里，从某件作品上得到许多许多，而原作丝毫不减损、不消耗——我们要当带走艺术而不仅仅是收罗艺术品的人。

肾脏的毁坏，再一次击垮了他和他的家人，所有我们所熟知的日常，在他那里，都是奢侈。大病之中，最痛苦的，是身体的感受；可对于他来说，长期的身体之痛，可以忍受，精神上的不自由，才是最痛苦的。那种每两三天就得透析一次的无尽“苦刑”，让他永远没法远行，因为他没法保证自己，可以在身体需要透析、身上的血液需要“过滤”的时刻，能及时找到一个可以透析的医院。他有时无比冲动，很想到某个地方去看一看，可当他坐下来，查询那个地方的医院在哪里、是否可以进行透析的时候，积累起来的冲动就消失殆尽。也正因为如此，他对远足的自由充满了向往和激情，大家可以从他的那个装置作品《囚笼》中看得出来，一颗泥土制成的心，涂满了七彩颜色，这颗心被囚禁在鸟笼里……这样一个作品，大家理解起来并不复杂，甚至会觉得有点“传统”、肤浅、没那么高级、不够深刻，但大家要知道，这里头装满了一个难以出远门之人“被禁足”的绝望。

五个多星期前，我在这个院子里，招待着前来玩耍的小朋友们。大家知道，我们这里是一个“无墙幼儿园”。这个院子，是我和一些朋友在做的，把它当成一个行为艺术的项目。我们这里，对所有周边的小朋友敞开大门，他们可以在这里做游戏、看书、写诗，但我们这里不是真正的幼儿园，更不是收费的游乐场，而是免费提供给所有的小朋友尤其是那些无人照看的小朋友。我们几个朋友，每天轮流主持，写下小朋友们在这里玩乐、哭闹的日志。有时，我会想，若没有这些小朋友的笑脸，我也难以在这时代活下去了，大家都知道，戴口罩的这三年，每个人都有了些心理创伤，我也需要被疗愈、被唤醒、被拯救——这个场所，不过是我的一个自救之地。

那天，轮到我值班，他来到了院子里。在此前，我跟他也认识，毕竟，在我们这个地方，当代艺术本就是一个极小极小的圈子，谁跟谁不认识呢？但因为知道他身体有病，也没有接触过，害怕有什么言行会伤害到他，所以平时只是在手机屏幕的朋友圈里默默地关注，所谓“点赞之交”，我没想到他会到我这里来。他从家里打的到院子门口，走进院子里，已经气喘吁吁，随时要在我面前倒下去。他有些不好意思，但憋着很多话。我跟他说都来到这里了，就不要客气了，有什么说什么。他犹豫好久，才说从公号上知道我们在这里做的公益项目，他想在过世之前搞一个展览，可他没有任何门路、不认识什么人，便来这边问问，看有没有可能！我登时愣了，我知道他有病，但他怎么就说到什么“过世之前”了呢？他看出我的疑惑，说：“放心，我不是要自杀。此前，我有过三次自杀的冲动，可现在，我倒想好好活下去——当然，死亡来了，我也不怕。”他笑了笑，跟我说起他三次自杀的冲动。现在想起，那个午后在我的记忆中特别恍惚。我到门口的冷饮店，给他抱回了一个椰子，让他喝几口。他没有喝，我也是后来才知道，肾脏坏了，连饮水的自由也失去了，不是什么都能随便入口的。当时阳光刺眼，起初还有些小朋友跑来跑去，后来陆续被父母接走，或者自己跑回家了，有一个小顽皮，玩累了，在一个桌子脚下呼呼大睡，嘴角挂满口水。院子里，就剩下了我跟他，我忽然就被一种巨大的悲伤淹没，那是一种生命的巨大虚无。坐在我面前的这个人，说他迎来了生命的倒计时，一个活生生的人，终究烟消云散、归于无、清零。

他特别平静，有种尘埃落定柳暗花明的沉实感。他云淡风轻地说着他那三次自杀的冲动。第一次，是他知道移植来的肾脏已经失去功能，又得回到那两三天一次透析的日子的时候。这让他几年以来的努力与希望全被击垮，他在全家人入睡之后，拿刀子割破了自己的手腕，剧痛，但一声不哼。可最后，仅仅是割破了一个小小的伤口，没有继续下去，从房间传来儿子一声夜哭，把他挽救了回来。他没法想象，如果他死在自己手中，对夜哭的儿子、对妻子、对背负着沉重压力的父母，将会是多大的伤害。他可以对自己下狠手，可没法以这种方式，把家人们送入一辈子的噩梦。他还给我展示了手腕上的疤，他戴一串牛皮手环，让那疤痕没那么显眼。第二次，是妻子提出离婚的那晚。那时他移植的肾脏已经完全失效，他也近乎丧失劳动能力，只能待在家里，做不了什么事，靠父母、亲戚接济来生活，小孩也在快速成长，迎来花钱的年纪。他理解妻子，他长期的病，让她疲惫不堪，尤其有小孩之后，一切都压在她身上，换成别的人，早就疯掉了。他对不起妻子，可怎么说呢，错的难道是他？难道他想遭遇这场病？或许，当初就不该结婚，可两人稀里糊涂地结了，还生了娃，两人被紧紧捆绑，那种千丝万缕，一时捋不清。这两年来，他已完全没法尽一个丈夫的责任——在所有方面。他不忍拒绝妻子，更没法答应，只能沉默着。那天上午，他带着一根绳子，走出家门，来到村子不远处的小树林里，费了很多力气，才把绳子绑到一棵树的树枝上，可已经没有力气爬上去了。他靠着树干哭起来。他怕哭声传得太远，把衣角塞进了嘴里。不知什么时候，有一双手从他身后探过来，环抱住他。他闻到了熟悉的味道，他抬起头："等小孩再大一些。"满脸泪痕的妻子没说话，点了点头。过去了两年多，妻子未再提过这事，有一天，他看着儿子攀爬门口的那棵大树，心有所动，回到房内，跟在厨房准备午饭的妻子说："我们可以签字了。"妻子的身体冻住了一般，许久没动。儿子肯定会因此而受到伤害，但儿子也终究会成长，终究可以面对这一切，妻子易逝的年华已永不再回，不能再耽误她了。第三次有寻死的冲动，是母亲下田摔断腿的时候，那时父亲生意早大不如前，他的病更已耗尽家里的所有。摔伤腿的母亲在床上呻吟喊痛，让他发现最亲之人的所有痛苦，全是因为自己，自己还不如早点死去……但这第三次，他再没有激烈的寻死，而是到了该透析的时候，没到医院去，硬挺着。母亲叮嘱他去医院，他出去了，却拐到田野深处，静坐在一堆茅草丛里，估算时间差不多了，就回家。后来，是医生看到他太久没来，给父亲打电话咨询情况，才泄露了秘密，被父亲和左邻右舍扭着送到医院去，才又把命捡了回来。这三次之后，他知道，如果自己真的要了自己的命，那将是给家人施了永远的诅咒，也就放弃了这个想法，他只能熬着——熬着本身，是宿命，是推卸不得的责任。

一个多月前，新的疼痛让他难以忍受。全面检查后，已经跟他熟悉的医生支支吾吾，不忍告诉他结果，他很坦然地说：“那么多年了，我可以接受。”医生眼圈一红，却还是说不出，去跟医院里别的医生商量好久，还跟国内几个专家通了电话，把片子和数据发去求证。其实要得出结论，并不难，难的，是怎么说出口，那医生说不出，不敢面对他，在纸上写了几个字，让护士递给他——肝癌晚期。现在，写在一张病历本上的那四个字，也在我们这个展厅里，大家可以看看医生的不忍。他看到这四个字，没有痛苦，而是一种解脱感，一种经历漫长马拉松后终于抵达终点的坦然。他没有跟父母隐瞒这件事，而是在回家后，就说了出来，全家人没有惊诧和痛哭——那么多年的煎熬，他们早就在心里无数遍演练了这一幕，说得残酷一点，他们也未尝不期待着这一刻？是的，对他来讲，以癌症晚期的快刀斩乱麻，结束近二十年来的透析透析透析透析透析……何尝不是最好的选择，何尝不是造物者的慈悲。

他坐在我面前，云淡风轻地说着这一切，把他最后的心愿委托给了我——这个展览。那么多不能劳动的时间里，他并非因为艺术而是因为不得不表达的生命需要，创作了这些作品。每一幅作品，都是他窒息生命中的阳光，都是他摆平心绪、滋养自我的养料，他想把它们展现出来，跟这个世界做一个体面的告别。更重要的，他想给儿子带来一点点骄傲——他不仅仅是一个永远病恹恹的无能父亲，他也有他人所未及的创造。他想借由一个告别式的展览，给儿子留下一点点念想，这样的要求，我怎么拒绝得了呢？我立即答应，我来给他策划展览，这个展览持续到今天，观展者的反馈，是超乎我的意料的。他说：“我哪算艺术家呢？我跟当前的艺术现场没有任何关系，我不认识任何人，也没人认识我。我悄悄地在网上翻看各种资料，画些画、做些作品，也仅仅是憋疯了，找一个出口，不是要立志当一个什么‘艺术家’。我没有那种才华，懂的东西也少，更没见过什么世面……可，这些东西既然都做出来了，我也想摆出来给大家看一看。我不认识什么人，我跟你平时交流也不多，知道你这个小院子在做一些事，所以想在你这里，搞一个展览——这算展览吗？”当时我回头看看那个仍旧在桌子脚下呼呼大睡的小顽皮，嘴角溢出的口水还挂着，我很想把他喊起来，让他和我一起，记住眼前这个平淡地说着自己将死的艺术家。其实，从年龄上，我比他还大两岁，我完全无法想象一个三十九岁的人，却已经经历了二十年的病痛。那天谈完后，我开车送他回家，开到一半的时候，他问：大海是不是不远？我说，十几分钟车程。他说，能不能带我去看看？我驱车朝海边而去，那是一段人烟稀少的沙滩，保留着野生气息。他不让我扶，摇摇晃晃地走到一棵被台风打断的木麻黄树边，坐在倒下的树干上。下午的日光如此温柔，海风吹来，木麻黄树那针一般的叶，发出特别轻盈特别细微的乐音。我不忍向前，远远看着他的剪影。大约十多分钟后，他颤巍巍起身，想往车上走，却已经没有力气。他朝我招招手，我赶紧过去搀扶。等他在车上坐定，浑身汗津津，发白的嘴角不自觉地颤动。车再次驱动，海风从玻璃窗灌进来，他的声音在我身后犹如梦话：“我多希望，刚刚坐在海边，我能立即死去——我多想死于那样的时刻。”我不敢回话，怕哽咽声被他发觉；我也不敢开车太快，眼泪让我的眼睛变得模糊。

我找了两三个朋友一起去到他家，准备展品。我本来以为，要花不少时间来整理。可当我们到达，所有的作品都已经整整齐齐地装在纸箱之中，每个箱子还写了编号，还有一个本子，记录了每个箱子的作品数量、作品名、摆放要求……也就是说，在他的心中，这些作品将以什么样的方式呈现，早在他内心里演练了无数遍。他闭上眼睛，便犹如缓缓走过展厅，从自己的作品前面路过。我们花了几天把展品摆好，他却已经不能动了，他没有再去医院，他不想最后时刻，自己被割得七零八落。他决定，最后时刻，身体再痛，也要以一个“完整”的身体去死。他甚至不愿意再做透析，他不愿让体内的血引到体外“见光游”，再流回体内，他命令体内的血——不许动。展品全部摆好之后,我把每一个角落,都拍了照片和视频发给他，权当他也来参观过。

我们在这个小院子的公号上公布展览消息的时候，有一点违背了他的意愿，那就是我们决定收门票。这在我们这个号称“无墙”的小院子的活动中，这是唯一的一次。这也违背了我们的初心，但我们不后悔，觉得值得。老实讲，我们的门票费还不低，并非我们要借着这个敛财，我们没那么无耻，我们只是想通过这个展览，能筹一点算一点，到时交给他的父母。这也算是他给父母、儿子留下的一点心意——他没有办法偿还亲恩与尽父亲责任，那偿还一点是一点、尽责一分算一分。大家也看到，我们给每件作品都标了价格，如果我们今天在现场或者通过网络看到了这个直播的朋友，想收藏某件作品的，我们会把卖出的收入，一分不少转交给他的父母。是的，几乎全部作品都标了价格，已有十几个朋友，跟我联系，表达了收藏的意愿——除了其中一件，我们没有标价，也没法标价。那是他问了十几个熟识的人，签署的一个“虚拟协议”。这是没有任何法律意义的虚拟协议，却有着情感力量和启示意义。这也是他最后一件作品，是那天从我这里回家后，才动念做的作品。

那是虚拟的器官捐献协议，大意是签署人若遭遇不测，愿意把体内的健康器官捐献给更多患病之人使用。这纯粹是一个行为艺术作品，一个虚拟的、假设的协议。大家知道，签署了协议一号的是谁吗？是他的前妻，那个善良的女人。他准备做这个作品时，第一时间想到她。他联系了，她很善良，专门过来，给小孩试完新衣服后，用手抹抹儿子的脸、捋一捋儿子不服帖的卷发，就在协议上签下了名，她多加了一句——捐献对象定向给他。二号、三号、四号……他的十来个熟人，也陆陆续续签了这虚拟协议。最有意思的是，一个他们村的孤寡老人，连字都不认识，竟也被说动，摁了个指纹。一直给他做透析的医生，也签了，字龙飞凤舞，我看了十几次也没认出叫啥名。这样的一个作品，该怎么标价呢？我想不出来，那就留着把，交给他的父母保存。我们拍了关于这个展览的很多视频、照片，存到优盘里，到时也送给他父母，以后等他儿子大了，可以看一看，了解自己的父亲。他的父母若点开，看到了，至少会觉得他们的儿子并不孤独，也有着知心朋友——对那两个悲伤、辛劳了二十年的老人来说，这也是极大的宽慰。

开展以来，有不少朋友前来，有我认识的，有陌生的。我有时会想，他的前妻，那个善良的女人，会不会也在观展的人群里呢？他有给前妻画过画，进门的第四幅，有好几次，我老觉得观展的人里，有人跟那幅画那么像——从身后望去，像是一个人和她的影子。一个星期前，他走完了人生最后的时光，对他来讲，这是期待已久的时刻，这是独属于他自己的节日。下葬那天，我没去送他，我就在这里，熄掉所有灯光，静静地看着他的作品。今天，按照既定时间，该撤展了，我们绝不拖延——我们所言，生死有信。不管他此刻在或不在，不管他是不是化成一阵风、一束光，在我们民间所说的头七这一天，他肯定会回来，跟他的作品以及我们这些因为他的作品汇聚而来的朋友，做一个最后的告别。天下无不散之筵席，朋友们，我已经讲得太多，那是因为我们已经在口罩阻隔之下，彼此分别了至少三年；也是因为我们很难还有机会，以这样诚挚的方式怀念一个朋友，所以我总是憋不住，一句又一句跟大家分享他的经历。但絮絮叨叨那么久，我又何尝了解他呢？我全是捕风捉影，三五句话就想说清他这二十年苦熬的生命之重与艺术之心，这难道不是痴心妄想与自作多情？今天，把作品撤下来之后，我会一个人在这空荡荡的院子里收拾收拾，发一会呆。到了明天上午，这里又会接待那些前来玩耍的孩子们，他们在这里阅读、打架、哭闹，或者流着口水呼呼大睡……反正，属于他们的时间到了。到时，这里会多一个神情骄傲的孩子吗？

好了，就这样吧，谢谢大家。

（《江南》2023 年第 5 期）

莫兰迪展

马　亿

早上九点五十七分，陈衡终于赶到写字楼下，手机连上公司的 Wi-Fi，自动打上了卡。在一楼星巴克等咖啡的空隙，孙晓琪发来几条微信，表面上只是单纯的问好，没有其他更亲密的字眼。他心里暗笑，这是孙晓琪内心的那一点儿小骄傲，昨晚大概又梦见了他。孙晓琪说，需要他首先表现出亲密，她才会有相应的反应，这是一个原则性问题。

陈衡打开他常用的那个 App，木木美术馆这次乔治·莫兰迪的展览活动被置顶了。他自己是做所谓的互联网运营工作，每次碰到类似的事情，心里都会有一丝不舒服，像是心底隐秘的想法被某些人或者技术偷窥了，更可怕的是，所有人似乎已经很接受这种现象了，搜索过的东西、关注过的商品，甚至是在私人聊天软件里提到的某些内容，总是在“不经意”间出现在另外一款 App 的页面上。肯定是有什么东西被窃取了，陈衡想。

咖啡好了。他提着咖啡，带着一点侥幸，忍不住点进了这条“不经意”的广告，周日的票仍旧显示的是“售罄”两个字，冰冷冷的。他还不死心，连灰扑扑的“售罄”两个字也要伸手去戳一下，当然是没有任何反应的。他有点儿没来由的气，犹豫着是否删掉昨天发的求票帖。每周就这么宝贵的一天休息时间，连睡觉都不够，何苦还自己求着大老远出门。他看了一下展览信息下五花八门的留言，又觉得纯粹是在浪费时间，大多数时候，他都对 App 上大量存在的附庸风雅的用户感到失望，很多电影、书籍、演出都被不辨目的地“控评”，跟前几年相比，现在几乎已经不可能从评论里面找到有价值有启发的思考了，更多的时候，他只会参考自己信任的那几个“好友”的评分。陈衡终究没有删掉帖子。

第一次知道“莫兰迪”这个名字也是出自“莫兰迪色”，所谓的“高级灰”和“性冷淡风”，正好契合了当下的流行趋势，甚至连清宫剧里面的配色都跟“莫兰迪”扯上了关系。陈衡第一眼看到莫兰迪色卡的时候就被触动了，那些颜色被命名为杏白、鹅黄、酒红、雾霾蓝、石英粉、橄榄绿、丁香紫、焦糖棕……全都带有一点儿石灰的亚光质感，确实会在第一眼即给人特别的感觉。后来他看了介绍的资料才知道，莫兰迪是在他的画中加入了“灰”和“白”两色去调和，让浓厚艳丽的颜色变成低饱和度的“高级灰”。跟达·芬奇、莫奈、凡·高和高更这些天才画家相比，莫兰迪要小众得多，真正吸引陈衡的，与其说是莫兰迪独特的色彩，倒不如说是他的生平，跟那些有很多奇闻轶事可以讲述的艺术家相比，莫兰迪完全可以说是平平无奇，一生几乎都没有离开过家乡的小镇，唯一一次出国就是去苏黎世参观塞尚的画展。在图册上见到莫兰迪画的那些瓶瓶罐罐的时候，陈衡自己都不知道为什么会冒出那个很无厘头的念头，莫兰迪要么是同性恋，要么就是阳痿，反正没有男女之间性生活的那种，甚至连手淫的念头都有可能被他给断绝了。陈衡还特地去查过资料，莫兰迪孤单一生，从未结过婚，似乎也没有任何爱情的痕迹留存，他更像是一位生活在欧洲的中国苦行僧。他甚至还真的找到了莫兰迪生前好友对他的评论："莫兰迪的绘画别有境界，在观念上同中国艺术一致，他不满足于表现看到的世界，而是借题发挥，抒发自己的感情。"陈衡当然不具有专业艺术家的眼光，但是他看着莫兰迪的瓶瓶罐罐，真的从心底里泛出了一些被他自己称之为"温柔的慰藉"这样的东西。关于作品的形式问题，莫兰迪有这样的论述："我记得伽利略的话：'真正的哲学之书、自然之书的文字跟我们自己的字母表相去甚远，它们的文字是三角形、正方形、圆形、球体、棱锥体、圆锥体以及其他的几何形。'伽利略的思想支持着我长期持有的一个信念，这个可见世界是一个形式的世界，要用词语去表达支撑着这个世界的那些感觉和图像是极其困难的，甚至可以说是不可能的。归根到底它们是感觉，是与日常物体和事件没有关联的感觉，或者可以说与它们只有一个间接的关联，这些事物是由形式、色彩、空间和光线来精确地决定的。"作为一名严肃的（虽然陈衡从未对外如此介绍，但是在心底，他已经把自己归入此类）青年作家，陈衡在莫兰迪的身上找到了一种"榜样的力量"，莫兰迪的艺术和生活，似乎就是他想象中的理想生活，不结婚、不生孩子，像自愿囚禁在少林寺里的扫地僧那样，年复一年去追求某种艺术，不计后果。

木木美术馆的这次展览是莫兰迪在国内的首次美术馆个展，展览的时间不长，要是错过了，不知道下次得等到什么时候，有没有缘分再见都是问题。

一整个上午，陈衡虽然坐在会议室里开会，心却一直吊在莫兰迪的展览上，时不时从裤袋里摸出手机看看，到中午收到私信的时候，他几乎已经对展览死了心。一个叫“云衣花影”的人给陈衡发来私信，说手里有票，两张。陈衡愣了一下，他的脑袋里闪过一个人的影子。两张？他在帖子里求的只是一张票，要是拿到两张票，似乎不邀请这个人是说不过去的。这是完全没有来由的念头！他为自己的想法感到可怕。陈衡常年出没于电影资料馆、小剧场和798，都是孤身一人，他从未起过邀请身边女孩儿的念头，他扪心自问，是觉得她们都太肤浅看不懂这些东西吗，好像也不是，就是一种无形中的习惯，这些来来去去的女孩儿实在是太多了，她们就像小鱼儿一样在他的身边转圈儿，都没有给予他需要用心去做一些准备的机会，就已经主动走近了自己。陈衡不会为女孩儿去浪费自己宝贵的精力。

陈衡说，只要一张。

对方说，可以的，付一张票的钱就行，另外一张送。

“云衣花影”的头像是一只原始森林里的某种野猫。陈衡点击野猫，进入她的主页，页面最上方“我和云衣花影共同的喜好”一栏显示超过了五百，这是所有他遇到的人里面，跟他契合度最高的。这个世界上的书、电影、游戏、音乐、舞台剧的数量已经是一个天文数字了，而他们至少做了五百多次共同的选择。

陈衡说，票我要了。他犹豫了一秒钟，附上了自己的微信号。消息发过去后，陈衡添了一句，加微信发快递信息。

那个奇怪的念头在陈衡脑海里乱窜，“两张票”怎么就跟“孙晓琪”产生了自然而然的条件反射？他感觉事情的内部在发生着一些变化，但是他无法形容出来，孙晓琪和之前那些有亲密关系的女孩儿有什么不一样吗？是性格更体贴、颜值更高、身材更好，还是床上的技巧更加纯熟？似乎都没有。如果拿这些标准来衡量的话，孙晓琪在他所遇到的女孩儿里面只能排到中下等，她有点儿不爱打扮，还为此而理直气壮到有些骄傲，在床上的时候甚至还有些羞涩。但是她身上，怎么说呢，有一种在健全的家庭成长起来的不自觉的健康的气味儿，跟她在一起的时候，陈衡时时都觉得自己被这种迷人的气味儿所笼罩。不知不觉地，陈衡已经把之前定下的最重要的“原则”给破坏了，每个女孩儿至少间隔三周才见一次，而他和孙晓琪已经连续三周都有见面了。他越想越觉得有些不妥，用以前那个善于理性剖析自我的陈衡来看，他已经在失控之中了，他讨厌这种状态。下班前，他终于做了决定，跟之前遇到的那些“小麻烦”一样，把孙晓琪所有的联系方式都加进黑名单。

多数时候，陈衡都能真切地感觉到“人生如戏”，他对现实世界提不起来真正的兴趣，该吃饭的时候吃饭，该上班的时候上班，该写作的时候写作，他自己也明白，这种“空心人”的状态是有害的，但是周围的一切又真的是飘浮在舞台上的，最可怕的是同时有两个自己，一个就在舞台上，一个袖手旁观，在底下看戏。陈衡一边对着洗手间的镜子仔细修理着胡须，一边在神游，他看了看窗外的路灯，周三晚上，已经零点了。他很少在这个点儿出门。某个时期过后，他自觉调整作息过上了一种“养生”的规律生活，即使和朋友们一起出去玩儿，最多也不会超过一点钟。他跟身边那些信奉“857”（指晚上八点出门去酒吧蹦迪，玩到凌晨五点回家，并且一个星期去七次）的朋友已经很疏远了。

陈衡有点儿恍惚，跟“云衣花影”的聊天是怎么进展到这一步的，他还是第一次对着手机就产生了“情不自禁”的感觉，另外的那个自己表现得很直接。不知道是谁先提出来的，可以当面交易，聊着聊着，就变成了现在就交易。这就是他们即将见面的理由，去凌晨一点的酒吧接头，企图达成一单转让二手莫兰迪展览票据的交易。

坐在去酒吧的网约车上，熟悉的感觉又回来了，他已经不受控制地在幻想着“云衣花影”或者是叫“林欣怡”的脸、嘴巴和身材，这是他一向的习惯，从不要求女生提前把照片发过来，这就像是在玩一场隐秘的游戏，因为是未知的，所以更有神秘感和吸引力，这种吸引力至少可以保持到见面之前，这也是他众多的“原则”之一。

陈衡先到，点了一杯威士忌酸等她。不对，是等她的两张票。

男女之间的事情就像火车，一旦启动，总会在某个站台停住，林欣怡脱内衣的时候，顺手将床头的壁灯拧熄了。陈衡站在地上脱衣服，又轻轻地将粉色壁灯拧开了一点儿，他贴近她的耳朵说，他想看她。她没有再拒绝。他今晚的状态出奇地好，好到超出他自己的预期，可能是床的原因，灯光的原因，对方身体状态的原因。到后来，陈衡已经无法感觉到自己的身体，他像一条摆脱阻力的大鱼，进入了一种无我的真空状态，宁静而遥远，耳边似有若无的呻吟声里有一种空寂感。就在这时，陈衡的身体被挪动了，他的脑袋被一股强大的力量所控制，贴近了一块柔软之地。他含住了它，她的身子似乎痉挛了几下。脑袋被压得更紧了，他不自觉地吸了一口，他感觉自己被打了一闷棍，他尝到了一种梦里的味道，差一点儿就要昏倒过去，那味道变成一股力量从他的牙齿缝儿传导到舌尖、食道、胃里，他更使劲地吸了一口，又是狠狠地一下。他像是从高处突然掉落下来，身子先是一紧，然后完全松弛了下来。他抱紧眼前的身体，将自己的脑袋埋得更深，他能感觉得到，自己的眼睛已经完全湿透了。她轻轻抚摸着他的后背。就像是一个电刺激信号，他的身体一下子又有了感觉，他猛地将她按下去，膝盖卡住她的两边肩膀，找到了她的嘴。

她有点儿措手不及，但是嘴巴还是不自觉地张开了。他感觉到了她的牙齿，很温暖很湿润，也很安全。他感觉自己的嘴巴不自觉喊了一些什么,但是他自己无法听清,伴随着这声音，他到了。他从栏杆上收回双手，紧紧地抱住她。

不一会儿，她听到了啜泣声。

这种感觉，陈衡多次在不同的文学作品里读到过，他其实也不太确定，母亲的怀抱究竟是不是这种感觉，毕竟间隔的时间太遥远了。他俩就这么静静地躺在床上，享受着贤者时间。

她说，你刚才是不是喊了妈妈？

他说，什么？

她说，你刚才好像喊了几声妈妈。

他从梦境里回过神来，看着头顶艳俗的粉色水晶吊灯，这是一间不算便宜的情趣酒店，他忘了是什么主题的。他说，没有吧，你听错了。他说话的语气很平静，跟他内心的波澜完全没有对应上，他其实被她说出的话吓了一跳，原来那个时候自己耳边出现的声音不是幻听，他感觉自己的脸颊起了一点儿微微的变化，好像做了一件独属于小孩子的坏事，新鲜又奇怪的感觉。

她松开紧抱着的手臂，说，那一下你吓到我了，我以为你会生气。

他转向她的方向，笑着问，哪一下？

她说，你亲我胸的那一下，我感觉有东西从里面流出来了。她犹豫了一下，接着说，有孩子后，你是第一个亲它的男人。

他的脑袋快速地运转着，她目前究竟是在出轨还是已经离婚了的状态，难道是在怀孕期间就不再同居了的？他说，孩子多大了？

她说，下个月一岁。

两人陷入了一阵沉默。之后，他觉得有必要尽快结束今晚的事情，他不想再进一步聊下去。他起床去烧水，顺便在洗手间刷起了牙。不一会儿，她进来上厕所。

不好意思，我习惯一个人睡觉，旁边有人我睡不着。他说。

没事，那我先回去，也该给孩子喂奶了。她说。

他的心动了一下。

他洗完脸回到床边的时候，她已经穿戴整齐了，在整理手包。他看着她从手包里拿出两张票，放在床头的电视遥控器旁边。

票给你放这儿了，她笑着说。

他有点儿想再吻她一次，想想又算了。他给她开门，看着她的背影离开。她走后，他将床脚的两个枕头也抱过来，拥在怀里。他想大哭一场，但是没有声音，也没有流泪，他想摆脱刚才反复出现在脑海里的记忆，那个黝黑的男人在床上狠狠压住母亲白皙的双腿，他在窗外清晰地看到母亲脸上的表情，羞愧，但是又如此迷人。他把枕头紧紧地按在自己的脸上，窒息让他的头脑变得一片空白。

早上醒来后，在离开酒店的电梯里，陈衡将孙晓琪移出了微信黑名单，页面上什么都没有变化，两人之前的聊天记录都还在，他好像只是开了一整晚的长会，没空回她的微信。他问她周日有没有时间一起去看莫兰迪的展览，在文字的后面还加上了一个粉红色的小桃心。在此之前，他从不使用微信表情。他将“云衣花影”和“林欣怡”都拉入了黑名单。

陈衡走出酒店，一股久违的清新冲进胸腔里，潮润润的，昨晚应该下过雨。他看着身边熟悉的城市景观，充满了一种奇怪的力量。

（《北京文学》2023 年第 9 期）

此刻

天空划过一道白线

东　西

杜八又喝醉了，躺在后山的草地上乱喊乱叫，一会儿骂他老婆一会儿骂他儿子。全村人都听得见，但他们听多了听烦了就下意识地屏蔽他的内容而只听他的声音，好像他的声音是一种自然现象，时不时会来那么一下。也有连声音和内容一起听并听得心惊肉跳的，那是他八岁的儿子杜远方。杜八喷出来的每一个字都跟杜远方有关，哪怕他只喷他的老婆或他的命运，那也是指桑骂槐含沙射影。所以，每次杜八开骂杜远方就远远地躲着，把脖子缩了再缩，恨不得一头钻进泥里。杜八的骂声时高时低时远时近，像锋利的钢针扎得杜远方头皮发麻脊背冒汗全身颤抖。直到杜八骂累了，睡过去了，杜远方才踮着脚尖来到他身边，把手指伸到他的鼻孔前试探，感觉还有气进气出，心里便又腾起一丝美好的盼望。他像等待一个即将改正错误的孩子那样坐在一旁等待，有时从上午等到傍晚，有时从傍晚等到深夜，没有其他选项，他就他爹这么一个亲人。

现在是午后，天空一片碧蓝，干净得像用水刚刚洗过，太阳照得地皮发烫，整个山谷瓦亮瓦亮。阳光树叶青草泥土以及水塘的气味混合发酵，一股熏人的杂香弥漫。鸟虫声不时响起，偶尔插入人的呼喊鸡的打鸣和牛马的走动，空气因这些声音的突然闯入产生微妙的气流，即开即合。杜远方坐在后坡的那棵伞状的树下，一团椭圆形的树荫像一滴硕大的墨汁滴在他身上，仿佛一团水珠滴在一只小小的蚂蚁身上。离他十米远的草地上躺着杜八，由于担心他被晒坏，杜远方折了一些枝叶把他覆盖。每次折枝叶时杜远方都一边折一边怨自己不够狠心，想这么丢脸的爹醉死他算了晒死他算了，可每次他所做的和他所怨恨的总是相反。

太阳往西偏了一点，树荫大了一圈，热气在风的吹拂下减弱。杜八已经睡了一个小时，胸腔顶着的枝叶一起一伏。透过枝叶的缝隙，杜远方看见杜八额头上大颗大颗的汗珠。他想帮他擦汗但没带毛巾，他想把他叫醒，但试过多少次了，这种时候即使摇他拍他掐他拉他都是白干。至少他要睡到太阳落山，杜远方正想着，却不料杜八忽地扒开枝叶坐起来，大叫一声儿子哎，快来看啊……他一边呼喊一边指着天空，根本没看见儿子就坐在离他不远的身后。可他知道只要他这么一喊，杜远方无论躲在哪个犄角旮旯，准会停下手里的动作抬头张望，跟他分享这份不期而至的眼福，他也会因为儿子能够分享而产生美妙的获得感和幸福感。

一切仿佛静止了，包括心跳和时间，包括听到呼喊的村人和动物，甚至包括植物和风和那些飘荡的气味……杜远方随着他的手势看去，心里顿时涌起莫名的欢喜。他看见天空划过一道白线，那是一道又直又细的白线，像一条雾一束云一根长长的香烟，在碧蓝的天空无声地迅速地划过，最终两边都看不到头。或一年或半载，村庄的上空就会划过一道白线，而每次划过最先发现的都是杜八，仿佛他对这道白线有第六感。大家都觉得白线好看，比什么彩虹什么火烧云都好看，尤其是在碧蓝碧蓝的晴天，但大家都不知道它是什么划出来的。有人说那是超声速飞机划的，可白线的前方却看不见飞机。有人说那是火箭划的，也有人说那是导弹飞过留下的印子，可谁都说得不够自信，下结论时连舌头都捋不直，每个音节都打飘，仿佛它是无法破解的世界第十大奇迹。

奇迹还发生在杜八的身上，无论他喝得多醉睡得多沉，只要这道白线一出现他就立刻清醒，好像它是他的 Wi-Fi，一下就把他激活了。他突然觉得天空是那么漂亮，好看得都让他想哭，连疙疙瘩瘩的心情都荡平了。他兴奋，好像他是这道白线的发明人，抑或因为自己最先发现它而发现了自己与众不同的天分。我跟他们不一样，他想，我本来就不属于这里，老婆跑了算什么？孤单和被人看不起又算什么？通通都抵不上这道白线，仿佛它把他所有的困难都打败了。

在杜八心情好的时候杜远方会向他打听妈妈的情况。他说你妈好漂亮。说完他得意一笑就咬紧了嘴唇，不愿再多说关于她的任何一个字，好像伤自尊了。但是杜远方忍不住要问，而他有时也忍不住想说，尤其是喝醉以后。于是，他断断续续地像吝啬鬼发红包似的一次说一点点，一次比一次说的信息量少。你妈怪我只讲这里空气好风景好，却没告诉她这里偏僻。你妈是在广东瓦塞皮革厂打工时跟我好上的。你妈说别指望我们家抽屉里会有什么像样的东西，其实我们家连一只像样的抽屉都没有。你妈骂我是酒鬼醉汉。平心而论，你妈没跑之前我也喝酒，可从来没醉过。你妈叫刘丽洲。你妈说我骗了她的感情。儿子哎，长大了你就知道，感情这东西是能骗的吗？谁骗我试试？

从八岁问到十岁，杜远方才获得这些零零星星的信息，但这些信息怎么也不能让他拼凑出一个完整的母亲。他一直在找母亲的照片，装衣服的箱子里没有，装稻谷的木桶里没有，米缸里没有，镜框后面没有，枕头下席子下也没有。家里能藏的就这些地方，他找了不知多少遍，以为只要这么找下去总有一天照片会被感动得跳出来。他找得眼圈都撑大了，眼珠子都定了，杜八才从衣服的夹层掏出一个扎紧的小小的布袋。他接住，手心仿佛被烫了一下，问，这是什么？杜八说你妈走之前把照片烧了。他仔细地打开布袋，里面是一撮纸灰。他把纸灰倒到桌上摊成照片的形状，每天要看好几回，幻想纸灰能变回照片，就像幻想衣服能变回棉花。倒腾中，纸灰越来越少，有的沾在桌面再也装不回去，有的被风吹走。于是，他再也舍不得把纸灰从布袋里倒出来，生怕连这一点纪念也会从指缝里溜掉。

一天晚上，杜八又喝醉了。这次他没骂老婆也没骂儿子，而是一把鼻涕一把眼泪地哭，哭得全村人都不适应，好像发生了自然灾难连牲口和家禽都竖起了耳朵，连树也静悄悄的，没有一丝风。杜远方突然看不起他，觉得他像个小孩自己反而像个大人，他矮下去了自己却高大起来。他说，你为什么不骂了？语气里除了不习惯他的不骂之外似乎还夹杂着一丝挑衅。杜八心里一阵内疚，说对不起，儿子，有时骂不是骂而是爱。杜远方说那你继续骂呗，骂了你心里会好受些。杜八说你都读初中了，再骂人家就笑话你了。杜远方问，那你为什么哭？杜八说想你妈了。杜远方说，想她为什么不去找她？杜八说我要是去找她了，那你怎么办？杜远方说家里那么多粮食，够我吃两年了。杜八说，你当真？杜远方说当真。杜八不信，久久地盯着杜远方的眼睛。杜远方一点都不露怯，跟杜八对视。杜八第一次从杜远方的眼里看到了一股蛮气。

几天之后的早晨，杜八背起了行李，杜远方站在门口送行。天亮了许久，但太阳还没露出来。山谷腾起一层层雾，把远山近树都染白了。雾越来越宽越来越厚，朝着村庄缓缓飘移。杜八说只要一找到你妈，我就立刻把她带回来。杜远方问，你知道她在什么地方吗？杜八说不知道，然后抬头看了一眼灰蒙蒙的天空，接着说，但我知道她是沿着天空划过的那道白线走的，我会沿着这个方向找下去，直到找到她为止。说完，杜八转身走去，他的背包一耸一耸的，他的铁壳水壶在屁股上一甩一甩的。随着杜八的远去杜远方感到左胸被强大的吸力拉扯，仿佛要把他的皮肤撕脱，仿佛要扯出他的心脏。他用意念按住自己的双脚，但双脚却不由自主地飞奔起来。他叫了一声爹。杜八停住，回过头来，说你要上学，你有你的前途。杜远方说可我想跟你一起走。杜八说如果你要跟着走，那我就不走了。杜远方停住。杜八又转身走去，他走一步回一次头，回一次头说一句你回去，像驱赶一只跟随的小狗。他一连说了五次你回去，就被大雾笼罩了。杜远方再也看不见他的背影，只听到噗哒噗哒的远去的脚步声。杜远方想追，但天上忽然哐的一声，太阳冒出来了，它的万道金光像万道金箭穿雾而下，噼噼啪啪地扎向大地，震得地皮都抖了。真好看，雾里有一条条斜斜的金黄的光线，光线里有一团团一缕缕飘浮的乳白色的雾。儿子哎，快来看啊……杜远方听到从远处传来杜八的呼喊，便坚持着仰视。他知道这一刻不能看爹的方向，否则他又会忍不住追上去。

从杜八离开的那一刻起杜远方就开始了等待。这天，他眼睁睁地看着日光怎么一点点变淡，又怎么一点点变暗，直至整个被夜色吞没。他没开灯，坐在门槛上盯着黑沉沉的坳口，想象他爹像一盏灯那样突然出现，想象他爹带着他妈像两盏灯那样一起出现，他们一边奔跑一边喊他的名字。可是，坳口没有出现他期待的灯，眼前只有萤火虫在飞舞，它们像他爹发回的信号，左三圈，右三圈，亮一下，灭一下，一共三下。它们重复着循环着，让他生起希望又坠入失望。他提醒自己没那么快，爹最多才走到县城，从县城往前走，一边走一边打听，至少要走一个月才走到海边。即使到了海边他也不一定马上能找到，至少要打听一个月吧。掰着指头一算，两个月过去了，就算他爹撞了狗屎运真把他妈找到了，但她还愿不愿意回来？她有没有重新成家？如果她没有重新成家，那得给他爹三天时间劝她。三天后他把她说服了，他们一起坐车往回赶，这得多少时间？至少也得两三天吧？也就是说他们回来至少是两个月之后的事情。那太久了，他恨不得现在他们就回来，恨不得他们从来就没有离开。

杜远方不停地想，竟然忘记了饥饿，虽然有几个瞬间真切地感受到了饿意，但他不愿意承认，也不想生火做饭，好像只有一动不动地坐在门槛上想，他爹才能快点回来。所以一旦有了饿意他就赶紧想他爹，仿佛想爹能填饱肚子。他一遍一遍地想象他爹寻找他妈的过程，从他爹出村时开始，到他们回村时结束，如此循环往复，想象陷入了怪圈。想到天亮，他满怀信心地认为七天，只要七天时间他爹和他妈就会出现在他面前。他甚至认为这都不是想象，而是伸手可及的真实，因为他连他们的声音表情气味动作都想象出来了，虽然母亲的面貌有些模糊。

可是，他等了两年多时间，把自己等高了，把坳口看矮了，把门槛坐光滑了，也没把他爹等回来。他开始担心爹是不是出事了。有人说两年多时间，即使你爹找不到你妈也应该回来了，他怎么忍心留下你一个人不管？有人说没准儿你爹已经成了孤魂野鬼，也有人说你爹是不是被哪个女的拐走了……不会的，我爹不会不管我的。虽然他总是这么斩钉截铁地回答，但心里却越来越虚，因为他的等待已远远超出了他的预期。他开始感到害怕，害怕自己的等待没有意义，害怕某天突然传来关于爹的坏消息。于是，他自言自语以舒缓压力，有时也跟墙壁说话，好像墙壁能听懂他的心事能录下他的声音。他把想跟他爹说的话全部说完，写了一张字条压在饭桌上，就背起了行囊，锁上了大门。村民们站在路边为他送行，有的人送钱，有的人送食物，有的人送祝福。他把他们送的揣在身上，沿着他爹走的方向去寻找。走着走着，他感到前方的吸力渐渐变弱，身后的吸力却越来越大，忍不住一回头。全村人都在朝他挥手，他们的手像风里翻飞的树叶。而他的家孤独地站在村头，被狂风呼呼地吹着，仿佛快要被吹哭了。

杜家的小屋从此大门紧闭，既没有人的声音也没有烟火气，更没有坐在门槛上的盼望眼神。外墙的颜色越来越深，上面渐渐出现了褐色的水渍。从屋后长出的一株青藤沿着墙壁往上爬，即使枯萎了也仍然紧紧地爬在上面，好像那是它的床。小草从地缝拱出，沿着墙边断断续续弯弯曲曲。天黑以后，屋里屋外被夜虫的声音淹没，每当人们经过它们就停止鸣叫，一旦脚步远去，它们又放肆地歌唱。风吹断了屋角李树的两根枝丫，一枝断落了，另一枝还没有完全折断，吊在树上渐渐枯黄。三格玻璃窗被石头砸坏，一些玻璃碴掉进屋内，一些没有完全破碎的玻璃仍卡在框上。路过的村民偶尔会趴在窗口朝内张望，看着满地的灰尘和零星的鸟粪，感叹这一家子就这么消失了，一个都可能回不来了。

嘭的一声，杜家的大门在杜远方出走两年后的一个深夜被打开，打开它的人是刘丽洲。刘丽洲拿起压在饭桌上的字条，拍掉上面的灰尘，看见一行字：爹，饭我帮你做好了，在锅里。刘丽洲转身揭开锅盖，锅里粘着一坨黑，那坨黑变得已无法辨认，就像一团黑炭。她不知道字条是什么时候留下的，没写日期。他的字写得比她的还工整好看。他该长得比我还高了吧？孩子他爹为什么没回来吃这餐饭？明显，这屋里已经很久没人住了。难道他们进城打工去了？也许我不该回来，也许他们并不欢迎我。但大门的锁头还是原来的锁头，钥匙还放在老地方，这钥匙到底是他们为我放的还是他们其中一个为另一个放的？一时间她竟无所适从，好像她不曾是这里的主人，好像他们就躲在某个角落看着她，考验她，继而再决定接不接纳她。生疏了，这地方，这房子，已经没有她的半点痕迹。要不是老高被人谋杀了，要不是老高被人谋杀后突然冒出三个妻子和六个子女驱赶她谩骂她，让她分不到丝毫遗产，甚至怀疑她是凶手，那她是无论如何也没有脸面回到这里的。人就这么贱，只有落难的时候才想起谁对自己好，才知道自己最想依靠谁。她对着空荡荡的屋子叫了一声远方，叫了一声杜八，说了一声我回来了，就像跟他们打招呼或者给自己壮胆，然后放好行李，打开水龙头，清洗落满灰尘和鸟粪的地板。起夜的人听到杜家有响动，看见杜家的灯突然亮了，便悄悄走过来，趴在窗口一看，当即惊叫：天杀的，你怎么现在才回来？他们都去找你了。你怎么现在才回来？你跑到哪里去了？怎么跑了这么多年？她想不清这些问题，更回答不了，只是默默地清洗地板。恍惚间地板一片血迹，她仿佛在清洗老高的被害现场，但再一恍惚血迹消失。

这个刘丽洲和从前的那个刘丽洲有区别了。从前的刘丽洲嫌地面脏整天踮着脚尖走路，既不下地干活又不做任何家务，大部分时间都跷着二郎腿遥望远方，像一只受伤的鸟在积聚起飞的能量。她是因为怀上了孩子才勉强同意跟杜八回乡的，如果他们不回乡而只靠杜八一个人打工挣钱，那是无法应付一个孕妇在城里的开销的，尤其是像她这种喜欢模仿有钱人生活的孕妇。仅凭怀孕这一条，再凭没来之前杜八对家乡的过度美化，她就有资格做个懒人。但是，现在的刘丽洲勤快得像一支秒针，她把杜家荒芜的田地打理干净种上粮食、蔬菜和水果，希望用丰收的景象迎接他们回来。然而，一年过去了他们没有回来，两年过去了他们仍然没有回来，她开始担心儿子的命运。闲聊时，村民们跟她讲儿子的可爱，讲儿子如何想念她。他们说他在梦里叫妈妈那是再平常不过的事，用照片的残灰想象照片也不算稀奇，最令人震惊的是他整天照镜子想象母亲的容貌，一照就是几个小时，因为他爹说他长得像母亲。村民们说得越是生动刘丽洲就越挂心，她担心他迷路了，遇上了坏人，被人谋害了。当然她也曾想象他在城里打工发财了，娶上漂亮的老婆了。但是担心总是多于放心，于是她出发了，在一个静悄悄的清晨。她决心把儿子找回来，否则这辈子都内心不安。她想象儿子行走的路线，想象他有可能去的地方，想象这个世界到底有多大，想着想着，天就下起了瓢泼大雨，仿佛在阻止她挽留她。可她不但没有回头，反而加快了步伐。

雨断断续续地下了五天，第六天杜八就回来了。村民们说挨刀砍的，你怎么现在才回来？刘丽洲等了你两年，五天前刚离开。杜八惊呆了，看着刘丽洲留下的字条和那些粮食，满含热泪。这四年多，他找得太辛苦了。他一边寻找一边打工挣钱，干过搬运工、安装工、泥瓦工和油漆工，睡过桥洞、公园和工地。他的皮肤粗糙了，手指变形了，目光里多了一点凶狠或者坚毅。他找到了刘丽洲在海边的家，但她的父母也不知道她去了哪里。他们说她从来没回去过，也不跟家人联系。一个活生生的人失联了，他们竟然说得比丢了钥匙还轻松。他怀疑他们说谎，却没有办法证实。他找到了他们一起打过工的瓦塞皮革厂，她的工友说她回来过，但上了一个星期的班就不再上班了。他每到一个地方就找当地公安局查她的身份证，但都没有查到她活动的痕迹，仿佛连她的身份证都具备隐身功能。他被关于她的假消息指引，又被假消息中的假消息蒙蔽，走了许多弯路，认识了许多不该认识的人。绝望时，他以为她已经退出了这个世界，没想到，真幸运，她还好好地活着，而且还回来了。

这天傍晚他喝了许多酒，喝醉后他就骂老婆和孩子。但他不是真骂，只是用这种方式怀念过去。村庄好久没响起他的骂声了，村民们听得既亲切又伤感。在他的骂声中，西边层层叠叠的山峦上夕阳像一枚软软的蛋黄正在下沉，天边铺出一片霞光，那片霞光像铺满了金黄色稻谷的宽阔无边的晒谷场。在霞光的映衬下，天空忽然划过一道白线，就是过去他经常看见的那种白线。他一激灵，酒醒了大半，对着天空大喊：儿子哎，快来看啊……他一遍一遍地呼喊，越喊越苍凉，仿佛要把杜远方从这个世界的某个角落喊出来。黄昏因为他的呼喊充满感情。

刘丽洲留下的字条是：老杜，别找我，如果三个月之内找不到儿子，我就回来。他把字条装进左胸口袋用力按压，好像那里多长了一块肉。有了这张字条，他的心里多少踏实了一点点，但他不踏实的是不知道儿子在哪里。他以为儿子一直在等他，没想到儿子也离开了。第二天，他到县公安局报案，让他们查查儿子的下落。儿子的下落没查到，杜八又回来了。他坐在门前遥望坳口，等待奇迹出现，甚至把凳子搬到楼顶，好像坐得高看得远就能看到奇迹。可三个月过去了，刘丽洲竟然没回来，他等得脊背直冒冷汗。也许她根本就不想回来，也许她又遇到了合适的男人，也许她被人骗了，也许在寻找过程中她忘记了寻找，这样的遗忘在他寻找时也曾产生。如果说儿子留下的那张字条是盼望，那她留下的这张字条会不会是阻止？难道她在阻止我去找她？他越想越觉得不对劲，后悔回来的当天没有立刻去追赶她。等待变成了煎熬，继而产生恐惧，同时产生屈辱。他重新出发，谁都拦不住，除了寻找他们还想寻找真相。

杜家的大门再次紧闭，由于没有烟火气，墙壁很快就长出了霉斑，风雨放肆地刮淋，外墙的颜色仿佛人的表情越来越凝重、越来越悲伤，好像谁都可以欺负它。然而，一个寒风呼啸的下午，杜远方回来了。因为风太大，吹得树叶门窗喳喳直响，以至于村民都说他是被风刮回来的。这时，离他爹离开只有三个月的时间，村民们为他们父子的错过惋惜得直拍大腿。杜远方同样惋惜，拿着他爹留下的字条，右手微微一抖却马上稳住。他已经学会了掩饰，甚至学会了忍住眼泪，但他却无法掩饰他右手的小指，那里短了一小截，虽不影响工作却略显突兀。他长高了，留着短发，脸部轮廓柔和，皮肤比过去白，眼神里透射出迷茫与忧郁。他讨厌喝酒，却学会了抽烟。

只要他们还活着就会找到我，杜远方说。他如此有信心是因为他带回了一部手机。他说凡是他经过的大街小巷都贴满了寻人启事，上面写着知道杜八和刘丽洲下落者请拨他的号码，有酬谢。村民们问他，有什么酬谢？他说钱，他打工积攒了一些钱，酬谢至少两千块。村里几乎没有手机信号，偶尔有也是一闪即过，就像害羞的姑娘丢给她刚认识且喜欢的男人的眼神。手机一直不响，他每时每刻都盯着，除了睡觉。一天中午，西北风呼呼地刮，他坐在门口遥望枯黄的远山。树叶都落了，光秃秃的树枝张牙舞爪，像坚硬的粗细不一的铁丝在风中震鸣。忽然，他感到脖子的某个点一冷，紧接着脸上也出现了不同的冷点。他缩了缩脖子，知道那是雪。雪零零星星地下着，在风中飘摇，仿佛天上撒落的麦片。这时，手机就像卡了鱼刺似的突然响了半声，他立刻按下接听键，却听不到对方的声音。信号不好，他歪着头用脖子夹住手机，飞快地爬上屋角的那棵李树。当他爬到李树的半腰时声音出现了：儿子哎，我是你妈，你在哪里？他大叫一声妈……失声痛哭，眼泪如雪片簌簌而下。雪越来越大，他就站在雪花飞舞的李树上一边哭一边跟他妈说话。

两天后，刘丽洲回来了，分离了十九年多的母子终于见面。刚见面时他们还不太适应，伸出去的双手只伸到一半就缩了回来，但缩了不到三分之一又立即伸了出去，把对方紧紧拥入怀里。他们有许多话想说却不知从何说起，于是，刘丽洲就变着花样做好吃的，仿佛要用吃的来代替她满腹的语言。他们一边吃一边打量对方，当眼神相遇时都尴尬一笑，都露出友好的表情。几天了，他们仍然没有深度交流，好像交流是敏感部位，抑或彼此都觉得只要待在一起交不交流已不再重要。杜八留下的字条是：找不找得到你们我都会回家过年。离过年还有半月，刘丽洲忙着准备年货清洗被褥打扫卫生。刘丽洲做什么杜远方就跟着做什么，哪怕只需要一个人做的事他也要搭手。空闲时，杜远方会坐下来抽烟。他把香烟叼在嘴里，用镀金的打火机叭地把香烟点燃，又叭地把打火机盖上，仿佛抽烟就是为了听打火机发出那两下动听的金属声，一副很享受的样子。由于他短了一截的小手指过于扎眼，一开始刘丽洲并没有注意打火机。当她习惯了他的小手指后，那只打火机像一声惊雷瞬间把她吓得脸色惨白。

她说，你认识老高？他说我不认识老高。她说老高就是那个死鬼。他说死鬼我也不认识。她说你的打火机是金做的。他说不可能，最多是镀金。她说，镀金的哪有这么沉？他掏出打火机掂了掂，说确实沉。她说，你在哪里拿到的打火机？他说路过一个砖厂时，在路边的草丛里捡到的。她想说当时她就在那个砖厂帮老高管财务，但她没好意思讲，因为她就是被老高从瓦塞皮革厂诓走的，老高有钱而且还说自己单身。他问，你为什么对这个打火机感兴趣？她说，你看没看见打火机上印着一个“高”字？他说看见了。她说那是老高定制的，全世界只有这么一个。他说别人也可以定制，天下姓高的不止他一个。她说老高抽烟时也像你这样叭的一声把火打燃，然后又叭的一声把火盖上。他说，难道我要把它还给老高吗？她说，你不知道他死了吗？他哦了一声，不再说话。她盯着他的眼睛，他迎着她的目光。她想起跟老高相处的日子，想起老高在砖厂附近被谋杀后，身上唯一消失的就是打火机。想到这，她感到脊背冰冷，率先把目光撤回来。

她沉默了，忽然被恐惧笼罩，仿佛有两束刀子般的目光在暗处盯着自己。她害怕了，害怕杜八回来后问她这些年是怎么过来的，害怕杜八喝醉了还会像过去那样骂她，更重要的是害怕杜远方的那个打火机不是捡来的。腊月二十八清晨，她清点完所有的年货后便悄悄地走了。杜远方一起床，就看见了她留在桌上的字条：儿子，我找你爹去了。杜远方想爹不是马上要回来了嘛，她为什么还去找他？她在撒谎。杜远方冲出门去，外面已是白茫茫的一片，雪覆盖了山川大地。他沿着她留下的脚印追赶，发誓一定要把她追回来。然而，他们都没有回来。除夕这天，杜八回来了。过完正月十五，他就背上行李去寻找母子俩。

杜家的小屋越来越寂静，越来越显得孤独。一年半载，他们中的某位会回来住几天然后又以寻找其他两位的理由离去。如此循环，他们一个寻找一个，在这个世界上转着圈圈，却没有谁愿意永久地停下来。等待是漫长的，他们没学会等待；寻找是美好的，他们却用来逃避；停止已不适应，他们过惯了流动的生活。每当天空划过那道白线的时候，村民们便倍加思念杜八一家。村民们仍然觉得白线好看，他们仰望着，仰望着，忽然就听到一阵歌声。歌声仿佛来自天上，仿佛是那道白线唱出来的：

天空划过一道白线，地面走出许多圈圈……

（《人民文学》2023 年第 1 期）

洗澡

罗伟章

伤员都运走了，死者都以尽量体面的方式埋了，活下来的，马不停蹄地悲伤，也马不停蹄地清理废墟。这是地震后的第三天。孙亮也有三天没拉伸睡过一觉了。他经营的民宿只裂了几条细纹，客人一个没伤，但村民的房子垮塌过半，伤了十九个，死了两个。燕儿坡一百四十多人，外出打工的六十多个，剩下八十来个，死伤近三成。孙亮把老人和孩子安置在民宿里，年轻人都去抢险。他刚好五十岁，也算村里的年轻人。

实在撑不住的时候，他会去村口吹吹凉风。那里有个满月石盆，或坐或躺，都很称心。地震扬起的尘土把石盆变成了土盆，不过那是无关紧要的，三天下来，他浑身都像是土做的。这样子让他自己满意。他没有袖手旁观。他不是本地人，非要说，也只能算本县人。六十公里外的县城曾经有他的家，他在那里出生、成长，上大学后，父母调走，他就没再回来过。九年前，县里开发峡谷，需民宿设计师，他是这道上的行家，应县里召唤，回来“做贡献”。这是当时县长的说法，按他的身价和给他的报酬，说得也恰如其分。

峡谷里的民宿都是他设计的，本想干完活儿就走，可那天到了燕儿坡，他决定留下来。暮春时节，起伏的山体成了花海的波峰浪谷，遍野涌动着颜色、香气和光芒。花的光芒在夜晚也能照耀。百花在下，星群在上，天地辉映。但真正打动他的，是风。燕儿坡卧于半山，从河谷上山的公路那时还没完全修通，他带着同伴步行上来，每一步都踏着岚烟。来到村口，一队风正好经过，满山摇响，四方动荡。“那是我第一次听到猎猎风声。”以前在家乡时，他没到过峡谷，之后走南闯北，见过了千般景致，但也没听到过这种风声。那是大地的深呼吸，刀砍斧削般的硬度，硬度里潜藏的妖娆把他“吃”住了。

燕儿坡民宿由他出资建，取名听风阁。

他在听风阁坐镇经营。但他和村民的关系处得并不好。不是不好，是不亲。他和他们，是各自独立的两个世界。他身上的城市味儿太重了。但他并不想为了融入有丝毫妥协。气味只会同化，不会融入。怕自己被同化，他很少去村舍走动，多数时候是躲在听风阁看书、听音乐、喝咖啡、泡工夫茶，当然，也听风。他把他的城市搬到了峡谷深处。

峡谷处于地震带上，尽管县志里没有过地震的任何记录，他还是按要求设计了峡谷的所有民宿。因造价高，别处是否全照设计施工，他不清楚，但听风阁是他亲自把关的，造价的四成都埋在了地下，足以抵抗八级强震。也只是有备无患罢了。他和峡谷人一样，不相信会有地震，正如健康的人不相信自己会生病，活着的人不相信自己会死亡。

八月九日那天午后，他像往常一样，坐在前庭的躺椅上看书。

看了半页，就睡了过去。

睡过去是另一本书。

仿佛在上海，转眼又到了西湖，阳光细碎，湖面深蓝，朝远处望，是大片雾。雾里藏着多少时光里的往事。他的故事也成为往事了。活到将近四十岁，他没正经爱过，因此也懒得结婚，可那半年前，一个女人从波光粼粼的西湖南岸，带着水汽，走入了他忙碌而干燥的生活。爱在水汽里发芽。每个星期，他都从上海去杭州见她，每见一次，爱就向深处扎一寸，被切割的感觉让他疼痛。他由此知道，爱是让人痛的，以前没爱过，是因为没痛过。然而，正当他准备把自己往后的日子都交到她手上，她却跟别人好上了。

那个“别人”，是他朋友，他曾带着那个朋友和她见过几次。

那段时间，他眼前的一切都是红色的。开着车过马路，绿灯也是红色的，后面摁破了喇叭，他也只是像块石头，招致的怒骂，像石头被爆开。他把身体和心都掏成了深井，让爱在井里洋溢，可猛然间，一半抽空，一半迷茫，他成了皮囊和游魂。好多个夜晚他都去酒吧，喝得醉醺醺的，在大街上乱走，有时从子夜走到天亮，当曙色从城市里涌起，比街灯更加悲悯地为他指示着方向，他才看清这并不是家的方向。

是故乡救了他。在他为情所伤失魂落魄的时候，故乡召唤他了。

他留下来不走，“猎猎风声”或许只是一个借口、一个比喻。

故乡是一回事，故乡人是另一回事。他在每个细节上，包括说话的方式、走路的姿势，都禁止自己成为故乡人。他要让她认得出他。尽管不再跟她联系，也不再跟她的他联系，但他总感觉有一双眼睛，甚至两双眼睛，在某一处闪闪发光。他要活得气宇轩昂，让那一双或两双眼睛暗淡下去。爱，已经说不上了，忌恨也说不上了，因为他不再痛了，但被一刀割去的尊严，并没像韭菜那样长出来。长出来的是脸上的线条，那是风吹的，风雕刻着他，让他在脸上留下风的力度和气息。他的脸似乎越长越长。

她终究认不出他来了。

好像也无所谓了。

确实是不再痛了。

但他从来没有忘记她。从某种角度说，十余年来，他都和她一起生活。在这个午后，他坐在前庭的躺椅上，拿在手上的书是她送的。他读得几乎都能背诵。“打猎归来的狮王，满面红光地穿过平原。”这天读到这句，他停下来，想象着那孤独而盛大的场面，想着想着，就迷糊过去了。远古神话里，睡神和死神是孪生兄弟，那个满面红光的狮王，那个死亡制造者，却同时制造着空阔天地间的生机，如同上天制造着夜晚和日出。而他，是只能看见日出的人，所以不完整，要被抛弃。

睡梦中，那些沉痛的回忆又在狮王的满面红光里复现。

他的脏腑被抓了一把。

接着又被狠狠地抓了一把。

他遽然醒来。眼睛睁开，首先看到的，是灯柱在晃，墙壁在晃，首先想到的，是两个疑问：谁在摇房子？谁在摇大山？疑问形成意识之前，就被铺天盖地的响声淹没。这响声很奇，奇在没有东西不响。当本来以为不会响的东西也响，世界就变得陌生了。

“小琪……”十余年来，他第一次出声地叫了那个女人的名字。

“小琪呀，我差点死啦！”

那时候，落脚听风阁的游客已经下山。他劝他们稳一稳，但劝不住。逃离，似乎永远是最安全的。可手机断了信号，无法付款，游客急得乱嚷，急得哭，有个四十来岁的女士哭得妈天妈地，像刚出生要奶吃，却被抽走了怀抱。他给了他们一个微信号，游客明白那意思，如获大赦，纷纷保证，什么时候恢复通信就什么时候加号打款。

游客还没走，服务生就焦心断肠地跑了，他们都是本村人，说要回家看看。

燕儿坡的村舍在听风阁上方，相距不过百余步栈道，但看不见，只听得见，高大的水杉、丛集的灌木、倒挂的藤萝切断了目光，却切不断声音。声音像来自地窖，阴气森森。狂暴的狗吠，追赶得阴气四散奔逃。这天阳光灿烂，阳光并不因为地震就不灿烂，它不惊不诧，走着自己的路，照得山水光明，可当那声音传来，阳光也软了腿，仿佛绊了一跤。

孙亮也绊了一跤。

院坝里两块石板之间，可能是哪位游客掉了瓶矿泉水在那里。

其实是因为余震。

重新站稳后，他叫了那声“小琪”，说自己差点死了。

听风阁除了他，再没别人，从县城请来的厨师也进村看灾情去了。他希望如此。他要啃啮自己的孤单。他要以自己的孤单来惩罚那个抛弃了他的女人。

这种自怜自爱，注定得不到回应。

你早就是小琪的茫茫人海了，是死是活，她早就不关心了。跟她分手过后，将近两年的时间里，他每天二十四小时开着手机，等待她的信息——等待她的忏悔和解释。至少要给一个解释。没有她的任何信息。他因此恨所有给他信息和打他电话的人，因为都不是她的信息和电话。后来他很早就关机。特别是驻扎燕儿坡后，他以日升月落计算时间，太阳从对面山头的松垛上落下去，落到树下的草窝里，变成冷却的阴影，他就把手机关了。有些日子，他整天都忘记了开机。可是今天，分明断了信号，他却渴望跳出一声问候。

然后他就告诉问候他的人：我差点死了。最好是什么话都不说，根本就不回复。让她去猜。让她以为他真的死了。让她背负绝情的债务，度过每一个白天黑夜。

然而，对孤单和“惩罚”的索求，最终成了自戕。他恐惧起来。听风阁最安全，可这时候他非常恐惧。情不自禁地，他也朝村里走去。他不想去，是恐惧逼着他去。平时，他少跟村民接触，村民跟他也是。他隐隐约约感觉到，村民心里怨他。简陋的农舍吃不上旅游这口饭，饭都被他吃了。他只是在村里招了几个服务生。想修房子，娶媳妇，村民还是只能外出务工。他的样子村民也不喜欢，一米八二的个子，太高了，峡谷人都矮，是便于攀爬的基因选择。他还留披垂至肩的长发，用橡皮筋束住，这在峡谷人看来是女人的打扮。

或许，最看不惯的，是他没有女人。山里穷慌了的男人才没有女人，是娶不上，你那么发财，为什么没个女人？未必你打扮成女人就当自己有了女人？

他知道村民这样看他，心想我不是没有女人，只是那个女人跟了别人而已。

但他在心里拥有她。

他把心里的拥有当成真正的拥有。

许多时候，这想法并不能说服自己，甚至让他厌恶，因此村民看他的眼神，同样让他厌恶。他和他们之间，不仅不亲，还抱着某种程度的敌意。

难以置信的东西，却往往真实地存在着、发生着，这是生活最不可思议的地方。她抛弃他，嫁给了他的朋友。他离开城市，来到乡野。亲身经历地震、敌意、恐惧。敌意在恐惧面前不值一提……他混乱的脑子里跑过这些念头，双脚打绞，踉跄上山。

栈道已拦腰折断，只能从旁边的林子里钻。枝条和刺藤，动不动就拍他一掌，扫他一腿，锥他一针。当他走出林子，眼前的景象让他震撼。房屋大多断了脊梁，摊了一地，如果那些木头砖块是水，就从地底下流走了。狗跑来跑去叫，人却如木偶。有人的头发被血浸透了，但已看不出是血。分明不见谁张嘴，却到处响着人才能发出来的声音。

“娃娃呢？我家老头子被埋了哇……”

不知过了多久，终于有了第一个清晰的声音。发出这声音的老人，颠颠仆仆上前，一把抓住了他的手。紧跟着，更多的人朝他围过来，更多清晰的声音响起：弟弟被埋了，爸爸被埋了，孙子被埋了……痛的沉渣再次泛起，说不出来由。或许是他感觉到，自己不仅没被怨恨，还被依赖。曾经，他也这样被依赖过。心里抽空的井，壁上已长满青苔，然后青苔也干枯了，住满了蝙蝠，而这时候……他将老人揽进怀里，以怒吼的腔调，给他的服务生发布指令：把所有老人和孩子立即送到听风阁。又是以怒吼的腔调，让各家各户清点人数。出入峡谷的路多半毁损严重，救援队不可能短时间赶到，必须自救。清点了人数，才能心中有数。

救援队是当天晚上到的。他们来之前，已救出了六个伤员，都是轻伤。

到第三天清早，两位死者和别的伤员也找到了。救援队把重伤员抬走了。

燕儿坡其实只是村的很小一部分。峡谷地区面积广大，随便一个村，方圆都有十余公里。之所以选定燕儿坡建民宿点，是因为这里有温泉和滑草场，视野也相对空阔。燕儿坡隶属鸡唱村。从村委会过来，要走三个多钟头。到第三天，村干部也没来。山上到处是滑坡，滑坡倒也拦不住山民，但要关照的地方太多、太分散。何况，村委会本身是否安全，也是未知数。连村民小组长也不住在这里，也有好几里路。

几天来，听风阁供给所有人吃喝。没有电，就架大锅，烧柴火。断了水，但水是不缺的。地震像个干渴的巨人，一口就把温泉喝得罄尽，多条山溪也骤然枯竭，好在听风阁底下有个石潭，清澈的潭水毫无损伤。食物也不缺，听风阁食物储备充足，近期又不可能有游客，正好拿来招待村民。谁想睡觉，也是去听风阁，那里开着所有的房间。

到第二天夜里，除手机信号，水电都通了，就变得更有保障、更有秩序了。

然而，所谓秩序，只是灾后秩序，不是正常生活的秩序。

当重伤员被运走，死者停放在废墟上，真正的伤疤才亮出来。

必须立即安葬。但按照峡谷地区的风俗，死者至少要在家里住三天，请来阴阳，作法念经。燕儿坡本身没有阴阳，要翻山越岭，去二十里外的桑树坪请，整个峡谷都是灾区，桑树坪的阴阳同样是灾民，自己家都忙不过来，哪有心思外出？即使能外出，也不能等。大灾之后须防大疫。

当孙亮说出及时安葬的话，死者亲属呼天抢地，别的人也反对："又不是死猪死狗……"

孙亮没接话，只说："大家都饿了，先吃饭。"

那是第三天上午十点多钟，还没吃早饭。

孙亮让厨师先备两份供品，他带着一个服务生，端着供品，敬到两个死者灵前，并让那服务生守住，然后把死者亲属也劝到了听风阁。

饭菜快上席的时候，孙亮对众人说："春娃和冉嫂不仅要及时埋，还要深埋。这是为大家好。不是我为大家好，是他们两家人为大家好。走，我们现在就去埋。全村都去给春娃和冉嫂送葬。这是天灾，燕儿坡从没遇到过的天灾，一个人的死，是我们共同的伤痛。我知道你们祖宗八代两三百年住过来，讲究辈分，今天就不讲了，我们都去给他俩当孝子！"

都沉默。

都坐着不动。

然后，春娃的母亲首先起身……

峡谷人家，到一定岁数就都提前备着棺木，冉嫂自己有，春娃没有，只好找人借。垮塌的房屋刮坏了生漆，但棺床未损。把人送到墓地，存有纸钱的人家都拿来烧化，听风阁的两个服务生各自捧着一份供品。下葬之前，春娃的母亲把供品接过去，端到儿子面前，说："娃，你孙叔叔也来了，你的肉哇菜的，都是你孙叔叔给的，你吃吧，吃了上路吧……"

孙亮闻言，流出了眼泪。

埋了死者，活人才吃饭。

然后是清理村道，收拾残局。

孙亮一直待在村里，跟他们一起拿扫把、挥铁锹、搬砖块、抬木头。村民劝他歇着，他说累了的时候我知道歇。到下午四点多钟，确实累得不行，他便又朝村口的石盆走去。

暑气蒸腾，石盆上却凉飕飕的。

对他来说，这凉意是一种仁慈。就像地震，既然是自然现象，发生在白天，也算是老天的仁慈了。他本来只想找个清净地方坐会儿，却不由自主地躺了下去。他抽着烟，尽力睁大眼睛，是怕一旦睡过去，就要错过和村民在一起的整个白天。

天上云朵如丝。天空也寂寞，也在找存在感。白云就是天空的存在感。世间的一切，都是这样吗？地震，也是大地在找存在感吗？他由此想起一个人来，这个人住在养老院里，平时对工作人员骂不绝口，甚至动手打人，节日里送给他的玫瑰花，他当着人的面，一片一片撕碎。后来，他死了，死之前留下一句话："我不是故意为难你们，我是想你们别忘记我。"这个人，是"他"的父亲。这个"他"，是他曾经的朋友，小琪的丈夫。

真奇怪，今天怎么想起"他"来了？他捋着自己的思绪：由天空和大地的存在感，想到养老院那个人，由养老院那个人，再想到"他"。

可他感觉到，正是因为要想到"他"，才有了前面那些弯弯绕绕。十多年来，"他"是他的深渊，甚至是枪口，他不愿去想，更不愿凝视。不是怕，是恨。然而，恨其实也是怕。

更怪的是，今天想起来，怎么既不恨也不怕了？

他居然敢于大大方方地说出那个人的名字了：胡应华。

他干脆又喊了两声：胡应华！胡应华！

胡应华不是个坏人，对父亲也并非不孝。父亲好酒，脾气古怪，胡应华上大学后，父母离异，从此，父亲更是酗酒成性，不上六十身体就垮了。胡应华工作忙，不能照顾老人，迫不得已，才把父亲送到养老院。但每个星期都去看望，无论自己多么焦头烂额。他比孙亮小几岁，但早已结婚，且有个女儿，女儿不满四岁，夫妻就离了，胡应华独自带着女儿。

“她宁愿去当后妈，也不跟我。”

孙亮被伤，伤得最深的有三根刺，这是其中一根。

可是今天，连最深处也不痛了。

躺在石盆上，面对高远蓝天，他使劲揉了揉胸口。确实不痛了。

一切都过去了。他差不多要祝福他们了。

但他并没忘记自己当初说的话。他说：“我们都死了。”

话说出来之前是水，说出来后就成了石头，刻在时间上——这是一本书上讲的。她送给他的书。她送过他五本书，每本书他几乎都读得能够背诵。说了就说了吧，刻在时间上就让它刻吧。一切终将过去。就像“听风阁”几个字，他是请人刻在右侧一块天然石壁上的，可是，永恒的时间却不会永恒地保留这几个字。

不过，此时此刻的天高地阔，是不是本身就代表了永恒？

“通了！通了！”

一个女子丫手丫脚地朝他跑来。

那女子名字就叫小丫，能干、实诚，孙亮让她做了收银员。

她是给孙亮报告，手机信号通了，那些游客都加她微信了，打款了。孙亮给游客的微信号，就是小丫的。

他坐起来，点点头。干土乱飞。他把头拍了一下，结果越拍越多，把脸都罩住了。

“这证明他们都很安全。”他在尘网里说。

然后他和小丫一起，回到村里，又跟着大家搬石运土。

不一会儿，孙亮接到镇长的电话。镇长跟他同姓，平时就有联系。孙镇长来电话之前，鸡唱村支书给燕儿坡的小组长打了电话，小组长打给一个村民，知晓了这里的全部情况，并经由支书汇报到了镇上。孙镇长打电话来，是对孙亮表示感谢。

吃晚饭的时候，孙镇长又来了电话，这回是告诉孙亮：明天上午，省电视台要来峡谷采访，他们经过研究，决定让省台重点采访燕儿坡。到时候，县领导和镇上领导都会跟来。

孙亮不想影响大家吃饭，没急于说出这个消息。

几天来，虽然每顿饭都开，但每顿饭都吃得有一筷子没一筷子。

他不急于说还有个原因，他在思考，电视台记者来，肯定要采访他，他应该如何面对镜头。自从坐镇听风阁，他就没再面对过镜头了；刚回县里的时候，也有过采访，那都是县电视台。现在是省台。县台很难传播出去，省台就不一样了。省台的很多节目，不仅在台里放，还做成各种视频，视频都是孙悟空，翻个筋斗就十万八千里，那么，她就会看到。

本来以为不痛的地方，又有些反应了。

是的，他要让她看到，他并没有因为她垮掉。

连地震都没让他垮掉。

他照样活得气宇轩昂。

然而，这种想法刚冒头，他心里就涌起一阵悲怆，又把握不住悲怆的方向。很可能是四面八方。只是，四面八方的悲怆竟没让他空，反而更加充实，这是让他深感诧异的。

气宇轩昂，不是他一个人的。

当村民吃完了饭，他站起来，转告了镇长的话，然后他说：

“领导是来看望灾区，电视台采访，也是采访灾区，听风阁好好的，不是灾区，因此我就不在镜头里出现了。是你们出现。我只是想，以往我们在媒体上看到的灾民，都是灾民的样子，而灾民的样子也会形成灾民的心态，事实证明，我们燕儿坡受了大灾，垮了房子，死了人，但燕儿坡人很争气，大悲大勇，积极自救，我们是灾民，又不是灾民！”

村民等着他说下去，他接着说：

“所以，我们要干干净净地面对镜头！地震弄得我们灰头土脸，几天下来，都没洗过澡，没换过衣服，好些家庭也没衣服可换，从废墟里抢救出来那些，不是被钉子刮破了，就是脏得完全洗不出来。但也不是没有办法，我们就用穿在身上的换。”

大家一时没明白他的意思，于是他解释：今天晚上，所有人都洗个澡，然后好好睡一觉，连续多少个钟头没横着睡过一觉了，这样下去，铁打的身子也要拖垮，不如趁这个时候，认认真真像模像样地睡够。脱下的衣服，由服务生洗，男人的就晾到外面，天亮后绝对能吹干，女人的就用烘干机烘，很快就又能穿上身了。

确实想好好睡一觉了。

确实想洗个澡了。

夜里，听风阁的各个房间，先是把尘土和汗盐板结的衣服从门缝里递出来，随后响起哗哗的水声。水声响到前半夜，服务生忙到后半夜。

次日上午十点零七分，领导和电视台记者来了。

燕儿坡的灾情，在峡谷地区不算最重，最重的是月亮湾、土黄岭、扇子垭、桑树坪，都有不下五个人遇难，除上述地方，就算燕儿坡重了。然而，他们看到的燕儿坡人却衣着整洁、精神饱满，垮塌的房子面前，站立着一组“打不垮的群像”。

当天晚上，省台的《新闻联播》把关于燕儿坡的新闻放在了头条，并且加了编者按，“打不垮的群像”就是编者按里的话。

孙亮组织全体村民在听风阁收看了新闻。

他坐在角落里，思绪飞到很远，飞到了江南。她看得见吗？知道他就在燕儿坡吗？只要她看到，就会知道。村民都说他好话，对他表达深沉的感激。这些，对他不那么重要，他希望她看到，并不是让她听别人说他的好，而是让她知晓，他这个孤独的游魂，而今又走入了人群。这群人和他休戚与共。不是同化，是融入。他真正得救了。

他发自内心地祝福她，也祝福他们，祝福所有人。

（《人民文学》2023年第5期）

不可能死去的人

鲁　敏

前往义爷家的路上，我步子迈得很慢，一路上都在思考，接下来将要如何交谈。每次回乡拜会义爷，都是这样，怀着一种像是冒险的心理，心虚又尽量勇敢地，与他侃侃而谈，谈论周成山。

从小我们就知道，在东坝这里，提到周成山这个名字，要十分小心，因为有禁忌，你绝对不能用一种他仿佛已不在人间的语境语态，虽然早在半个世纪之前，就从南方传回他意外溺亡的消息。但那不是真的，在东坝，这是一个公理：周成山是不可能死的。尤其在义爷面前，在他那一辈人面前，哪怕就是含糊其词、王顾左右而言他地跳过周成山这个名字，也是绝对不可以的。与之相反，你得结结实实、十分自信地讲一个故事，一种逻辑，或干脆就陈述一个事实，来推演和证明周成山的如生。这样的重任，从上一辈，接续到我们这一辈，尤其会落在往返于家乡与远方的东坝游子身上，大家总认为，在外面走动的人，会有更多渠道获知周成山的最新情况。

由于父母都已接到南方同住，这些年我已回来得很少。每次回乡，都深刻感受到时间所主宰的变动，以小时候扔石子打水漂的池塘为例，眼见着它，水线从深到浅，漂过死鱼，河水发臭，干涸见底，到上次回来，已扔满各种垃圾。可今天一看，它居然又成了清水一汪，还围起一圈讲究的木栏杆。我在倒映着树丛和天空的池塘边站住，回想上一次跟义爷是如何谈起周成山的，即使这次不能达成什么新的导引，起码不要与往昔有矛盾之处。

上一次回东坝是七八年前了，是秋季，算是特地回来报告关于周成山的最新情况。信源来自黄海。

黄海是谁？是周成山当年工作单位的直接上司，某编号工厂下属设计所的主任。最初传回东坝的周成山死讯，就是发自这位主任。据说，黄海主任本人的生命现也接近终点，最多个把月，应当挨不到寒露。可能因为我同在南方，也可能因为乡人高看我一眼，总之诸多在外发达的东坝游子中，我被义爷点到名，代表东坝人前去探看黄海主任。

实际上，东坝这边与黄海主任的联系，四十多年来陆陆续续地从未断过。东坝人以一种固执的长情，隔上一段时间，就会借着年节，捎带些土产山货，借着亲热问候的掩护，试图从他的口中，套取出周成山的真正去向。东坝人，尤其义爷那一辈人坚信，在黄海主任的大脑深处，一定深藏着事实的真相。只是出于某种特别高级、远远超出东坝人这个层次的绝密原因，打死也没法透露。现在嘛，不用打死，黄土已快到他头顶了。是时候了，黄海主任会对东坝人说出实情，只要派个人上门，略加推导，然后张开耳朵听着就行。

黄海主任住在干休所一楼，带个小院子，院里一圈无人打理的乱草与灌木，屋子里被旧东西塞得满满的，书、报纸、鞋盒子、行李箱、铁皮罐、长军靴、陶花盆和瓷脸盆，甚至自行车，进入他的房间得穿过狭长的甬道，床边挤挨着两张凳子，坐下来说话时，由于离主人太近，连视线都没地方投放，只能抛到院里那无甚风景的乱草丛了——那也比看着黄海主任要自在一些。他的眼睛布满白翳，白翳边交缠着血丝血筋，眼睑肥大沉重，好像一架来自时间深处的废旧望远镜。

床的另一边是一溜仪器，还有位护理员。后者看看我，又看看表，说最多给我一个小时，然后穿过甬道离开了。黄海主任做了一个拍床的动作，幅度很小，“死在自己家里，挺好。”我一时不知如何接口，勉强找个地方放下月饼和水果，寒暄着说了一些早日康复之类的假话。他把眼睛朝向我，“小周、周成山的事，我已经讲了 19 遍，除了当时向上级报告、总结安全教训时的 2 次，其他的，都是因为你们东坝来人。来一次，我讲一遍。1971 年的 9 月 12 日，星期天下午，小周独自到西大坝水库去游泳，不幸发生意外。”他攒着劲，讲半句。歇下，再攒，讲下半句。

我没吭声，只报以愿闻其详的请求的笑。这显得不近人情。可的确，我想听到他亲口再讲第 20 遍，最后一遍。老人明白了，他把头歪向一边，示意我用吸管给他补一点水分。

“当天晚上六点多，单位食堂正开饭的时候，传来消息，有人在西大坝水库的小树林边，发现堆放着的衣服鞋子和眼镜，裤兜里有钥匙和浴室证，才查出是他。我们分两路，一路组织捞人，同时派人去他宿舍，一切正常，洗好的衣服还在阳台滴水。手表搁在床头柜上。一本《物种起源》打开盖在书桌上，边上有读书笔记。没有找到遗书之类，只有一些信件。出于谨慎，后来也仔细读了。你们东坝一个落款‘积庆’的人，有好几封。其次是有位姓田的女同学，有点谈朋友的意思，只是话还没说开。询问各方面人员，他才分配过来不久，虽不太相熟，但没有人觉得异常。我们也知道他是游泳健将，可淹死的从来都是会水的。西大坝那一边，连着找了两天，都没有发现他。有人分析意外原因，可能是卡在大坝闸口底部，那里有两块石料被冲歪了，形成一个鱼嘴式的槽口。但水坝左、中、右三个闸门，当天都没有开放，并无吸力，就算真被卡住，尸身呢。也有人认为水库某处有一个不为人知的窄小漏水口，他从那里给挟带到水库外头，流入下段的灌溉水区，继而漂到沿途哪个分岔水道。后面有一两个月，我们都在关注下段各河道，始终没有消息。所里后来替他置了一个墓地，放的是他的衣物。”

就这么些内容，黄海主任说了足有一刻钟，中间隔着嘶哑的喘息、咳不出来的咳嗽、抖着嘴唇摇头、仿佛睡过去了一般的闭眼停顿。我压住呼吸，眼光在院外的杂草和他脸上来回逡巡，试图捕捉到任何的破绽或言外之意。

这一段“故事”，这些年来，但凡从黄海主任这里回去的东坝人，都会忠实地加以转述，如果每一回都有录音的话，放一放、比一比，几无出入，就像一篇范文。实在太熟悉了，我一边听，一边在心里默念着他还没有讲出的下一句。其实黄海主任眼下这种情形，有些漏漏拉拉本也无妨，可他宁可停下来蓄力也不肯省略，这更加让我觉得，他是在竭力对照“原文”。而关于原文本身，东坝人已分析过多次，认为其中有些辩护的意思，详略比例不对，个别细节也令人生疑。比如为什么有遗书的猜想，为什么提到他是游泳健将，为何单独提到手表，《物种起源》是否有何寓意。从他离开宿舍到被人发现，咋那么快，洗好的衣服还在滴水？人就是这样，只要存了疑惑，一切就都是可疑的。我打小就熟稔这样的分析，疑心就像铁打的钎子一样，杵在我所有的思路里。

黄主任额上有汗，他把头在枕上左右挪动，徒劳地想找到缓解痛苦的位置。看得出，他是没有力气也没有意愿，再说任何话了。

看看表，还有半个多小时。我决定换个思路，我来说，说给他听。而沉默当然也是一种沟通不是吗？

我接口说道："是啊，您刚才提到与周成山通信的那个积庆，在东坝我们都叫他义爷，他跟周成山原先是小学同学……"我注意到老人黄中带青的嘴唇露出一丝干巴的笑。明白了，关于义爷与周成山，相应的，黄海主任也听了有十几遍了，这是东坝人上门来找他的主要根源，也正是出于这个根源，我们都坚定地认为：周成山是不可能死的。由黄海主任传到东坝来的死讯，只是一个时势所需的烟幕弹而已。

我也不打算省略，且还要尽可能地加以渲染和刻画。毕竟只有这最后一次机会可以感动黄海主任了，他是我们唯一可以够得到的知情人。

为了照顾黄海主任的角度，提到义爷时，我都换成积庆。

周成山和积庆两个，最老早是一起玩泥巴的小孩，一起拖着鼻涕抱着板凳上学。周成山一般只上半天课，因下午要回家干活，可每到考试，他分数却总是最高，东坝人个个知晓，并人云亦云地称之为文曲星下凡。积庆呢，则是将将就就、中不溜丢的平常资质。

不过积庆家祖上在清朝出过举人，后来虽都败落了，多少还有点耕读传家的意思，积庆小学毕业后，家里人跺跺脚，东抠西搂的，决定让他继续念书。那是五十年代末，这里念中学的很少，几个大公社才合一个联办初中，离东坝挺远，得寄宿。积庆报到时，四处找小学里的熟脸儿，想着能搭个伴也好，愣是一个都没有。咦，那个总考头名的周成山也没来吗？放秋假时，积庆好奇地摸到周成山家，才知周成山寡母前不久带着他改嫁，本想着能借男方之力供他念书，哪料到刚嫁过去，那男人突患恶疾，掏空家底，数月而亡，连两间草房都贴到药钱里去了，寡母只好又回到东坝，再次守寡，身心俱衰，哪里还有周成山念书的可能。

积庆瞧瞧周成山，对比着一想，就凭自己，再怎么祖上出举人，这中学铁定是白念，要是周成山，那闭着眼都会是状元，真该换他才是。回家就把这意思说了。

这个交换的想法是重大的，但拿下主意来却是轻易——东坝人的算计，不是只以一家一户为单位，而是一种我们认为更精明、更高效的综合考量，是把东坝作为一个整体的。想想看，假如东坝只有一个孩子上中学，或者具体到积庆家，只有能力供一个，那肯定是供周成山划算，因为这孩子是能“供出来”的呀，就像好土好肥就得配上好种子才对。何况这又是积庆本人提出来的，大人的器量，只有比孩子更大的。积庆家说给四周乡邻一听，众人也都觉得很妙，好人好报、春种秋收这是古法，好钢用在刀刃上这是天理，人人坚信不疑，东坝真要出了有本事的子弟，那就相当于东坝的手脚长大，个头高壮了，不是大家跟着都荣耀嘛。

此事中影响最大的积庆本人，更比哪个都高兴。他并不擅长念书，一直挺辛苦，而家里又时不时唠叨着上学多么费钱，倘能就此放下这副重担，真最好不过啦。也不能说是他太小了不懂事，是他懂事了——从所有人的反馈里，他知道自己做了一件正确的事情，这可能是他在东坝的最大价值。

确实如此。退了学的积庆，自此，不仅在家里，他有了当家做主的意思，在外头，也远比同龄孩子的地位高多了，好像他一夜之间就成了大人，不只是算劳力、挣工分的那种，更是会被得到信赖、得到推举的那种。东坝的牛归他养，开春的鸡苗由他去进货，秋天收棉花，由他负责过秤，到冬天开河工，他给所有人发筹子记工分，过年前鱼塘捞鱼分鱼，他来给一家家分堆。甚至还没满二十岁，就被提前说合上了最会持家同时又最好看的沈家姑娘。倒不是说东坝人就这么一根筋的顺拐，是大家心里都有数，眼睛也能看得到，为了供周成山，积庆家不容易，这些不容易最终都是落在积庆身上的。

主要是周成山实在会念书，各科目都包下联办初中的头一名，化学比赛还拿到一次全县第三，这不是天才嘛。继续读高中？那还用说，直升县高中。县高中太高级了，真正的全面发展呀，像周成山那样聪明的，真是哪儿哪儿都抻开了。他加入了合唱团，比赛还是领唱。他负责给学校大喇叭值机播送，每天中午食堂里，老师同学吃饭时都听他在头顶上读中央的报纸。他靠着自己摸索，学会了吹笛子。他在运动会上创下县高中八百米的最好成绩：2 分 21 秒。不得了，不得了。消息每次传回东坝，大家下地干活讲，坐下来喝酒时讲，夏夜乘凉讲，下雨天打小孩也讲。大家没有讲出来的是，所有那些个好消息，可都是花钱的地方啊。课本文具一日三餐四时衣服不说，还有床单铺盖替换、白假领子蓝护袖、冬天的毡帽、雨天的胶鞋、起夜的手电筒、跑步的球鞋、统一的运动衣、笛子和谱子、上台演出的理发钱、比赛要交的证件照……周成山寡母那边，她自己都不够耗的，一文也指望不上，全得靠积庆家这边。谁都知道这一点，积庆也知道大家都知道这一点——没有二话讲，没有退路让，把干饭全改成稀饭来喝，肉菜全改成咸菜来吃，只管顶住。你既是已认下良马，如若不给它装马蹄，配鞍配鞭配辔头，这不等于是糟蹋了这匹好马嘛，有且只有的这一匹呀。

好在积庆比周成山个头矮不少，给后者所置办的鞋啊衣啊，等旧了、用不上了，他都能接着穿好些年。只是过早的乡野生计使得他皮糙肉黑，腰背粗鲁，可身上那衣装呢，忽而像合唱队员，忽而像运动员，忽而又像民乐演奏员，只是统统长一号，鞋子有点踢踏，往往他人还没到跟前，踢踏步子声就到了，也算是东坝的一道景儿。最有趣的是寒暑假里，周成山也回东坝了，晚上在寡母家住着，白天总往积庆这边走动。他跟积庆站一块儿，两人明明是同学，明明一般年纪，衣服也都是高中学生的派头，只略有些新旧，可那种强烈的差异与对照，太滑稽了，滑稽得石破天惊又喜气洋洋，叫所有看到的人都忍不住要笑，可笑不上两声，又止住了，不是怕对不住积庆，是怕周成山难为情。

因为优秀学生周成山之所以急急忙忙起了大早，丢下假期作业过来，是要来干活儿的。是啊，他现在能回报积庆家什么呢，除了力气，他有着那么强烈的出汗出力出辛苦之愿，像汗珠一样跳在额头上，每个人都能看得到。多好的孩子，这样着急地就要报恩呢。大家对他的热心，早先还只是飘浮在那些费钱的好消息之上，等看到这样的周成山，人们的偏爱之情就更加由衷地落了地，亲昵和踏实了。不要讲积庆家不让，不论搁哪一家，所有东坝人家都不会当真叫周成山做事情的。挑水、担粪、带牛下塘洗澡、坡子上赶羊放羊，怎么可能让他干这些呢。就光看看他一双长手，那一口白牙，听听他一口普通话，吹几支笛子曲，就已经太满意了，太够本了。大家有种感觉，不论积庆家，还是东坝，实际上已经开始获得一种回馈了，虽则无形，可是无形得多么巨大，整个寒假暑假，积庆家简直就不用点灯不用生火了，有周成山在，就是一颗大明珠啊，每个旮旯都照亮了，所有来串门的邻居，哪个脸上不是亮堂堂的。

高中毕业之后，接着供周成山上大学，那也是小河淌水、自然而然的事。以县中第八的排名，稳稳地，周成山考到了南京航空航天学院。周成山像东坝放出去的风筝，直升到省城去了，这根风筝线，不仅是积庆家在拽着，东坝所有人也都悬着呢，没事把头仰一仰，眼光往远处张张，就能看到周成山代表整个东坝在出息着，越飞越高。

大学的花费比起高中，更多层次更丰富了。比如，要一个小闹钟，否则上课容易迟到。往返坐长途汽车时要个皮革旅行包。得置一双皮鞋和一根领带，这可是一位大教授提出来的。要泳衣和泳镜，下水用。啥？咱东坝的老少爷儿们，哪个不会水，那是啥玩意儿。不久之后，周成山就寄回了他和校游泳队横渡长江的纪念照，所有人脑门上都推着泳镜呢。要小半导体收音机，因为要听英语节目。小组里要凑钱买计算器，因为实验课上要统计数据。类似的物品及其用处传回来，样样的叫人开眼，叫人畅想。想想看，要不是有个周成山经常写信回来，跟积庆说到这个说到那个，谁能知道这些个哇。念这个大学，确实费钱，可确实也值，简直就是东坝所有老老小小、大眼小眼的，都跟着他一块儿念的。

到周成山快要毕业那个学期，为着毕业聚会、给学校赠纪念品、赈灾捐助什么的，花费更多了，这时积庆已娶下沈家姑娘，并生下大胖小子，家里多出两张嘴，而两个老人也出不动力气了，愣是全家再怎么勒起裤子扎起脖子，也是抵不住了，乡邻们就自觉自愿地凑起堆儿来，给积庆垫巴上。不管怎么说，得让周成山在外头宽裕点，体面点，大家好像都有一种加速冲刺的心理，那么些年都过去了，还差这最后一哆嗦嘛，甚至的，得更漂亮些——希望，就在眼跟前，等着瞧吧，周成山一毕业就要分配工作了，就要进入轨道了，就要出成果了，成个人物了，说不定将来都要到北京发展，要成为科学家或副部长，成为国家栋梁呢，妥妥地瞧着吧，从涓涓到滔滔，那大江大河的荣耀，绝对是整个东坝从来没有过的。

有高有低地讲到这里，我稍慢下来，"黄主任，然后就到了那年七月，周成山正式分配工作，到你们研究所报到，过了一个八月，然后是九月，到九月中旬，您拍电报来，说他游水淹死了。黄主任您说说，讲笑话也不能够哇，连头带尾，周成山工作总共两个月出头。不要说积庆那节衣缩食的一大家子，就到东坝扯一个大人小孩问问，不，哪怕这会儿，去外头随便问一个路上的行人，都会同意的：周成山他不能死的，不可能死。"绝没有一丝丝责问的意思，我很平静，像所有东坝人一样，自信这是一个哪怕讲到天边也不怕的真理。

黄海主任一直半虚着的眼睛稍许睁大一点点，表示他一直在听着我讲话，当然那表情，也是听了十几遍类似说辞的那种寡味与无奈。我承认，能打起这么久的精神，老人家肯定早就不大吃得消了。有一双手正伸过来，把体温计伸到他腋下，又查看了下床边的两台仪器。是护理员，她啥时回转的呀，我都没注意。看看表，时间快到了。可我这还有一多半的话没有说呢。“嗯，我在想……”我用力挤出我的诚恳和迫切，想着应当如何向她请求延时。这毕竟是与黄海主任的最后一次求证了。

“我也同意，周成山他不能死，不可能死。”护理员打断我。我心里一阵澎湃。虽然这不是第一次，每次我们东坝人把积庆和周成山的故事说给不相识的人听，他们也都是这样，会由衷同意我们的想法。护理员给我杯子里续满热茶。这比她的认同更让我感激,我得到了默认,可以跟黄海主任多聊一会儿。

“您知道吗，就这一下子，跟当初突然间成了大人一样，积庆一夜就老了，成个老人了，垂手弓腰像个泥俑，一开口说话，浑身灰扑扑的直掉渣子。”也就是从那时起，积庆虽然年纪不大、没辈没分，可在我们东坝，大家都称他为义爷了。

听讲古的人说，上一回被冠以“义”名的是位老婆婆，老婆婆只两个儿子，都在东坝的一次大水灾里，为救人而没了，她就成了义婆，后来的养老送终是整个东坝一起来的。但这样一个称呼并不代表人们接受了周成山的死。这是两回事情。东坝人接下来就开始了最最顶真的追究：咱东坝的文曲星、大学生、国家栋梁周成山，到底去哪儿了？当然我们并不是要图他什么，一点没，只要他好好的，在着、聪明着、出息着，哪怕永远不回来东坝这旮旯都行。但周成山万万不能就这么没了，我们手里都还握着他这风筝线呢，反过来说，只要我们牵着这根线，周成山就一直会在什么地方高远着、好着。他的命在我们手里明白吗?

这样的悬想，比之周成山的读中学、读大学，全然不同，那个阶段里，这边有汇款有衣物寄去，他那里有照片有书信寄回，可知可见。现在这样，可真是考验着也助长着东坝人的想象能力啊，在此后的漫长日月里，周成山开始以不同的形态“存在”于世上某处，这些形态，有的是强有说服力的，也有的叫人半信半疑，但其目标是一致的：否定最初那个溺水而亡的消息。

得到最多赞成的一个推理是认为，周成山南航高材生嘛，太聪明了，身体条件又好，大学刚刚毕业，肯定是被国家选中，被安排着去哪里继续深造，学习世界最尖端的航空航天技术了。显然，这事必须绝对机密。冷战期，什么都是冷的，冷锅冷灶没声没息，连一缕炊烟都不能冒，何况要安排个大活人呢。天上的事情，你们不晓得的多了。研究所黄海主任所捎来的那一套，纯粹就是为了打掩护，再亲的人都必须隐瞒。

那时，咱们的原子弹、氢弹早都搞出了，包括“东方红一号”也发射到宇宙里去了，即便偏远如东坝，对这方面的成就，也都有种非常宏大非常神圣的感受，大家一致都认为，凡是涉及这样壮丽事业的人才深造计划，确实应当机密，而随着时间的推移，也随着周成山的“深造计划”的推进，东坝这边的推理也在不断完善升级。他将来回来了，肯定不会再回研究所了，会直接派到核弹研究或卫星发射的基地去，进行最高级的试验，那种地方都是全封闭全独立的，比如酒泉或西昌，过几年，又有人补充海南文昌、辽宁葫芦岛……有一年，还有人带回一份报纸，上面就报道了某某核潜艇总工程师三十载不回家的事迹，当中父亲去世、兄长去世都是不闻不问，直到 62 岁完成国家任务了，才回家磕拜年逾九十的老母亲。听听，周成山年轻着呢，这才哪儿到哪儿。嘿，要是到六十岁才回来，那他跟积庆，可都是老家伙啦，大家甚至有鼻子有眼地想象着两位白头翁的重逢场面……

例证的出现、可期的终点、带有细节的画面，让大家都很满意，觉得这与积庆最初的交换，后来的长期供养，以及东坝人的参与和等待，在分量和价值上是相当的。最主要的，这样了不起且高层次的去向，正可以稳妥地解释黄海主任那明显说不通的死讯。

周成山虽则不可能再写信给东坝，可所有关于两弹一星包括后来关于登月关于潜艇关于飞船的消息，不都可以理解为周成山捎回来的口信吗，那很可能都有他在其中默默做着一份研究呀。正因为此，我们东坝对天空、外太空、宇宙黑洞、外星球文明等方面的新闻总是天然地有种关注，觉得那跟东坝是有着秘密关联的。尤其是到我们这一辈，基本上都有太空崇拜症，对近些年发射的火箭或卫星颇是熟稔，随便掰掰手指头一凑，能报个差不离。而每掰一个指头，也必然会十分随意地，用家常口气提到周成山，瞧瞧他，不是文曲星，而是满天星嘛，瞧这一颗接一颗的。

其次的一个说法，虽则不够高端，但颇通俗，也得到不少认同。这个说法认为，周成山的家庭背景与经历，可谓十分之清白简单，俗话说的，一张白纸好画图，白纸周成山肯定是被选中，去了对过那边（放低声音，用含糊的指代），身上有特殊任务。这个说法跟有部叫《潜伏》的热播剧可能有点关系，某位东坝游子受其启发，在回乡拜望义爷时首次提出这个推断，老人们都觉得挺不错，两弹一星的方向，来来回回地，谈得太久了，有些词穷。故而此一说法出来后，也得到不少辅助推理。对啊，周成山寡母去日无多，他又未成家，等于是光溜溜一个人，最适合长期深潜于某个需要他的地方。有位已回到东坝做电工的复员军人，还有名有姓转述他听到的一个例子，说是某部的一名战士，因其相貌与某某（高层人物、讳不提及）的失散儿子极其酷似，连颈子有颗大痣都在同一个位置，后来这名战士也发生了类似的突然消失，实则上是更姓改名换身份，以看不见的方式去做统战工作了。

大痣？莫不是像越剧《追鱼》里那样，真假牡丹小姐肉眼难辨，“牡丹孩儿左手有肉痣一颗”？为了具有绘声绘色的说服力，有人故意唱念起来。那是戏文啊老哥，这可是一等一的真事，我亲耳听说。话讲到这里，越发真诚和笃定了，大家在讨论中再次达成高度的认同：肯定的，咱周成山不管是在哪里，仍是良才之选经世致用，未曾负了积庆与整个东坝的数十年挂怀与寄托。

另外还有一些叫人半信半疑但也不好否定的说法，比如，被派去援助非洲兄弟了，援助方向随着外部世界的发展而时有调整，医疗、制造、开矿、建大坝造路桥、架电线铺电缆、开银行做投资等都讨论过。可这样友好的去向为什么秘而不宣，是担心东坝这边舍不下周成山，或者说怕我们期望值太高，这倒是看低东坝了，我们早说过，只要周成山“在着”，那就会“好着”，他在哪里都会发光发热……提出这一说法的人意味深长地摇摇头，我们周成山那样的人才，肯定不会是普通的发光发热。随即说了个下棋的比方，说整个地球就是个大的棋盘格，国与国的互动，就是出将入相走马拱卒，普通老百姓看到的只是表面上的第一步棋，实际上，还有第二步第三步第四步的后手，而每一步后手，是以 30 年、50 年乃至 100 年为时间单位来考察的。听说过美国那个“马歇尔计划”吗，四十年代末到五十年代初，对整个老欧洲的无偿援助？很可能，周成山就处于类似这样长远计划的核心，起码得等到第三步、第四步棋之后，他才会从幕后慢慢踱步出来，最终出现在东坝人的目力范围里……

与上述方向同等可疑程度的还有南美洲说，但这个说法第一次把周成山的主观因素上升到决定性的地步，在年轻一代中有不少人推崇，毕竟，东坝游子们的专业和职业越来越广泛了，在家国与个人之间，考量的侧重点发生了微妙变化。此说是一位女心理学博士提出来，她认为那个“突然发生”的假死，是周成山本人的意愿指向，连黄海主任都被蒙住了。

她从周成山摊在书桌上的《物种起源》，提到“物竞天择”说，又勾连到尼采的“超人说”，认为智商超群、知恩图报的周成山一定是雄心勃勃地想要大干一场，以报答积庆和东坝，报效国家和人民。对这一点，大家当然都无比同意。可她随即就向大家普及了著名的弗洛伊德，除了了不起的解梦与万物皆源于性的惊人学说之外，他还有个更深刻也更伟大的观点：人不仅有生存本能，更有一种内在的死亡驱动，而与此同理，人一方面会有“闻名”的野心，同时也会有“消失”的欲望。生与死，达与隐，如同一己之矛与一己之盾，两者的攻守力量几乎不相上下。她举例说到一个名叫霍桑的作家的某部小说（书名太拗口了，没人能记住），里面就写到这样一个男人，有天平平常常地出门，却从此再没回来，跟周成山一样，不见人也不见尸，几十年全无音讯，而实际上呢，他就在街道对过的一间租屋里，甚至可以看到他原来的家，看到妻子进进出出。在所有人都认为他不可能再出现的小说结尾，他又平平常常地推门回来了，“仿佛才离家一天似的”。粗略讲完这个小说，心理学博士又回到周成山身上。在获得众口交赞与高期望值的背后，自幼失怙、独自成长的周成山还有另外一面，并不为积庆和我们所知。他委婉地把衣服钥匙等留在水库大坝边上，就是那“另外一面”的选择，对生命和生活的一种处置，恰恰与巨大野心完全相反。不是他一个人会这样，女博士随口报出几串听来很大的数字，那是最近几年日本国与韩国失踪的人口数目。

得承认，这个说法挺没劲，也太过怪异，可是又有种欲辩已忘言的悲喜交加，仔细想想，也能想得通，可以接受！只要他人在不就已经最好了嘛。当然，他不大可能隐身在家门口，乃至能看到积庆的某处地方，东坝实在太小了，像眼皮一样，就算周成山变成一粒土坷垃也藏不住。所以女博士才提出南美洲，并具体定位到布宜诺斯艾利斯，这不免让人联想到张国荣的那些传说，大家有点失笑，冲她摇摇头，提醒说不必把后面这部分也转告给义爷。只要告诉他，不排除有一种可能，由于报恩东坝报效国家的雄心，太重大啦，以至于他先得猫上一阵，缓一缓，当然这猫得有些久了，但没关系，等他哪天想妥当了，坦然了，自会重新出现，他仍是一双长手，一口白牙，仍会给大家吹笛子。

其他还有一些说法，考虑到时间毕竟紧迫，我就只是提纲式、要素式地一带而过。对所有这些方向，黄海主任并没有指认或辨别的义务，这不在他的责任或义务范围。我只是想告诉他，关于周成山环环相扣的生命轨迹，凭着我们东坝一众老小的智慧和力量，已经一环扣一环地找到了不同的编织方法，唯一阙如的，就是他这里的一环。如果他实在不便用明确的语言来推翻“溺亡”之说，那么，退一步，他只需对我们这些环节表示默认，那也是可以的，效果一样，等于黄海主任也承认了周成山的不可能死去。这是我临时冒出来的，一个策略性的想法。

在我的讲述中，黄海主任一直闭眼休息，并没有表现出倾听的迹象。但我知道人们没法关上自己的耳朵，以他现在这种情况，应该也没甚能力来控制表情。果然，在我讲到“马歇尔计划”时，我看到他明显皱起眉来，继而面皮憋红，嘴巴用力抿住，呼吸加重。我抑制住激动，求证似的瞟瞟护理员，她也正瞟向我，随即冲我示意床下的导尿管。黄海主任正在排尿。

此时，黄海主任脸上已恢复平常，空气中并无异味，但我还是吸吸鼻子，以掩饰内心的空洞。我知道，就是再磨蹭半小时，再絮叨点什么，护理员也是会通融的。但已无必要，从这里不会得到更多了。我起身跟黄海主任告辞，一边不自然地再次祝福他的康复，并问候中秋节快乐。他从蒙眬中睁眼，微微抬手拍了拍床单，嘟囔了一句，跟我刚进来时说的一样：“死在自己家里，挺好。”我不禁有点怀疑起来，好像我跟他又重新进入了莫比乌斯环的起点，我们才刚刚开始下午的这场谈话。

护理员引导着我穿过丛林似的狭窄通道，也许是因为刚才整理了一下导尿管，她中途拐到卫生间去洗手，并客气地邀请：你要洗吗？我愣了一下，只好侧身进去，也打了点肥皂搓揉。她替我把水流拧大一些，哗哗声中，对着院外的乱草与灌木说：“他早都老糊涂了。不论说什么，等于啥也没说，也等于啥都说了。真的，脑子坏了，完全不好使，做过的事，没做过的事，全搅一块儿。常常是我前脚喂他吃药，后脚他就忘了，还闹着要吃呢。”她说得非常口语化，像是对着窗户在自言自语，可她脸上的表情却突然间那样严正和权威，像是在替一屋子特级专家向我宣布会诊结果。

那次我回去向义爷报告黄海主任的最后情形时，就一字不差地套用了她的原话。我说，黄海主任等于啥也没说，也等于啥都说了。以前做过的事，没做过的事，他全搅一块儿了。我用一种特别缓慢的语速，以若有所思的语气，重复了几遍这些话。果然，它超过预期地准确抵达目标实现了使命，周成山环环相套的生命就此流畅、立体、周全了。我记得义爷当时正坐在屋檐下晒太阳，像所有的老人家那样，薄薄的冬阳像一层披风，覆在他肩膀上，灰尘在阳光里泛着白沙似的光。我说了两遍之后，那披风就破了，因为义爷的肩胛骨高耸了起来，把太阳光支棱出两小块弯刀似的阴影。与此同时，我耳朵里听到薄披风被撕裂的声音，喑哑，尾声尖锐，直到散落在院子里的几个人扑通通地跑近来围拢住义爷，我才知道，那是他嘴巴里发出的哭声。哭声太硌人了，所有听到的耳朵，都被割碎了。

事后有人说，这是打传回周成山噩耗、从被推为义爷以来，他的第一次哭。这么多年的年月日，像周成山所沉落的那个西大坝里的水，一直满满地重重地蓄着，蓄在积庆眼里。

我从池塘边掰扯了一把绿油油的矮冬青，这玩意儿很耐受，插杆就能养活且四季常青，东坝到处都是，人们对它不大瞧得上。手上带这一把泼辣的绿，似乎多个抓落。毕竟七年多没来，义爷已近八十。

义爷还是在院子里晒太阳，垂老，但不垂死，甚至可以毫不打诳地说，比起上一次见到的他，精神头更足了。他的面孔，带着乡下老人特有的那种树皮感，细看那老树皮，沟沟坎坎中，分明有种“熬”劲儿，好像在跟什么念想拔河，并因势均力敌而越拉越长越拉越远，如陷浓雾，如隔山河。他与那个念想，和作为仲裁者的时间，以及东坝的围观者们，统统都定格在那里，天长日久无尽时。我突然意识到，只要周成山以某种方式存在于某处，东坝的古法与天理就会一直在，而义爷也就不可能死了。不可能死去的，更是义爷呀。我是直到此刻才想到这个的吗？还是说，整个东坝，尤其来来往往的一茬茬游子们，早都明白这一点了？

义爷冲我扬手，又向边上摊手，问好请坐请喝水的意思，继而抬高下巴，那是问询：有什么新情况吗？他周围坐着几位东坝小后生，像是高中生，凳脚边放着红色礼盒，看样子是家里派来问候的。孩子们正要走，看到我进来，重又坐下，同样向我投来等待的目光。那目光一望而知，周成山与义爷，仍然是他们从摇篮里就开始听讲就熟知于心的童年掌故。

我脑里和心里均是空空如也，舌尖上品咂着淡淡的压力，以及骄傲中的委屈感。确实挺难的。日常之中的人与生活，完全可以几十年如一日，无甚大变，可周成山不行，他如何的“存在”已然是一门大学问了，需要不断地更新、深化、补充、延展，前赴后继地做出不同的花样来。

我喝了一口茶，仍然没有放下手上的一把绿，“嗯，这次回来之前，我去看了一下他的生基。”周成山当时在研究所才工作两个月，所里还是出面给他买了个地方，埋放的，是他的衣物，这主要是黄海主任的争取，说他无家无口，单位得管着。但我们东坝普遍都认为，这个动作本身，并不只是道义上的考虑，还有更深厚的寓意。谁不知道呢，衣冠冢，常是为亡者所建，可同时还有生基一说，有为生者消灾祈福之功。所以我们东坝对那个衣冠冢，向来都是称为生基的，并深深信任着它对周成山的护佑之力。

我转动手上的矮冬青，惊奇地听到自己在讲话，非常的自然，不慌不忙，“跟以前比，有点小变化。义爷您也知道的，除了我们东坝子弟偶有出差路过，那处生基是没有人照应的。包括黄海主任，他自己说过，只是当年落建时去过一次。可这回我去，您老人家猜猜，我看到了什么？”我瞥一眼手里绿油油的矮冬青枝，“就是这种，这样的矮冬青，生基周围插了整整一圈，我看看那根部，蛮粗的，恐怕长了得有三五年。谁插的这个呢，反正绝不可能是我们东坝这里人。”

这说明什么？一种留言一种讯息一种意会？会是谁留下的呢？周成山本人，他的友人、爱人、后人甚或是外星人？我打住了，没有做任何阐释。这是一个技巧。一直是这样的，对新出现的信息或方向，我们初次提及时，只讲目力所及的表面现象，至于它的蕴意、它的指向、它的多种可能性，先空着，让义爷自去慢慢琢磨。而这个新的框架之下，后面一年年的，还需要有更大胆的猜想与更具体的细节，去主张与求证，去添砖加瓦，去起高楼建大厦。我瞥一眼义爷周围的年轻孩子们，心里有一种交付接力棒般的成就与狡黠，周成山那重重叠叠的永生之路，可又铺设了新的一条延长线了，后面，就看你们的，得让义爷一直去拔他的河呀。

（《花城》2023 年第 4 期）

笑冷淡

黄昱宁

一

吴均说服康妮从来不需要技巧。他把墨镜推到额头上，整个脸几乎扑在康妮家的高清门禁探头上，连虹膜上的倒影都扫描得清清楚楚。开门，他说，这事儿只有你帮得了。他知道，这种不容置疑的唯一性，对康妮最有杀伤力。

比吴均更先进门的，是一个带轮子的声控移动包装盒，横着滑进来，静音。阔边墨镜腿卡在卫衣的头兜两侧，吴均并没有把它们拽下来的意思，所以康妮看不到他的眼神。但是他略歪的嘴角流露出所有康妮熟悉的表情。卸货——他发出指令。包装盒飞快地在康妮的客厅里找到最宽敞的一块空地。一溜操作，行云流水，优良材质互相摩擦、卡位所发出的清脆而顺滑的声音摩挲着康妮的耳膜。自从那一年在麦田俱乐部里认识吴均以后，他的不定期造访总是会让康妮健康手环上的数据发生波动。

还剩最后一层磨砂包装纸的时候，波动曲线越发陡峭。吴均却喊了一句暂停。他摘下墨镜和头兜，拉起康妮坐到沙发上，脸上努力端出最严肃的表情。

我其实可以对你保密的，他说，也许这样反倒对你更好。

如果是求婚的话至少应该通知我先做个美甲，康妮说，要不跟戒指颜色搭不上怎么办。

这种梗烂到连梗都算不上，最多算一句俏皮话。然而这样很有效。对于康妮这样的人而言，只要氛围对了就什么都对了。她瞥了一眼手环，曲线稍稍压平了一点。

吴均微微一笑。你果然很放松，我没有看错你。希望你看到他的时候也能这样放松。

还没等曲线再拉上去，躺在地上的盒子就抢了个拍。在吴均发出指令的同时，他就从盒子里坐起来。他没有多余的动作，从撕开包装纸到走出盒子站在康妮面前只用了十秒钟。他站起来不需要用手撑地，看人的时候不会回避对方的眼神。除此之外，康妮没看出他跟普通人有什么不同。

厉害，吴均说。他念了一遍康妮手环上的实时数据，说你的心跳血压虽然都有点紊乱，但你的镇定已经超出了我的预期。

用我们的行业标准看，你前面铺得太长，所以到了抛梗的时候，就有一点垮。本来是可以更炸的。

不管怎么说，并不是谁都能那么轻易通过恐怖谷考验的。以前有个日本人闲着没事，做一堆实验，给人看机器人的虚拟照片。他以机器人的仿真度为横轴，以人对机器人的“亲和感”做纵轴，画了一条函数曲线。起初曲线一路上扬，机器人越像真人，人们就越喜欢，可是眼看着仿真度快要到达最高值的时候，形势出现了逆转。曲线断崖下跌，坠入深渊。于是这个理论就有了这么个神神叨叨的名字，恐怖谷。

这不就叶公好龙嘛。

好吧，你也可以这么说。原因很复杂，长话短说，过高的仿真度会刺激大脑皮层中的镜像神经元做出自动回应，然而大脑的认知系统又确定眼前所见并非真实，于是——

于是，砰，啪，系统崩溃。康妮夸张地比画了两下。也许我的那什么神经元比较迟钝，她说。

不可能，干你们这一行的，镜像神经元都特别敏感。

活过来的机器人没等到吴均的进一步指示，站在那里无所事事。他显然被制造成男性的样子，身高相貌都没有什么惊悚之处，换句话说也就是乏善可陈，扔到人堆里就淹了的那种。吴均甚至周到地在这个玩具的硅胶表层打磨出逼真的纹理，雀斑、痦子和痤疮撒得挺匀，是有点刻板的正态分布。他穿得也挺刻板，连帽卫衣牛仔裤运动鞋，比吴均本人只差一副墨镜。

没必要吧，康妮耸耸肩膀说，今天阳历阴历都不是我生日，有必要送个这么逼真的充气娃娃给我吗？我不缺。她娴熟地在“我”和“不缺”之间加上一个意味深长的停顿，平添了一点挑逗色彩。好节奏果然可以提升文本质量。

我不是充气娃娃，我的能量供给通过植入头皮的太阳能蓄电池进行，眼下的储存电量足够维持一个月，而与此同时，蓄电池仍在源源不断地从自然光中收集能量。自我介绍一下，我是第五代机器仿真人，高配版。他开始报一串技术参数，被吴均一个手势制止。老实说，如果没有提示，康妮在这位机器人的声音里听不出什么机器感，他的嘴里也吐得出人类湿润的呼吸声，这一点让康妮忍不住暗自吃惊。

可以啊，康妮说，都会接话茬了。

瞎猫碰上死耗子吧。等你们聊熟了他也能接话茬，不过刚才这一段只是个启动程序，你就理解成，他自己当了自己的报幕员。

所以这是要登台？康妮皱皱眉头。她隐约猜到了吴均的来意，却还在装傻。她知道，像吴均这样游走在研究所和跨国企业之间的 AI 高手，在技术上早就有能力制造出可以全面跨越恐怖谷的仿真人，在伦理和法律上却跳不过去。严格地说，眼前这个傻头傻脑的玩具是个昂贵的违禁品。

嗯，登台。我发觉你真的很有悟性。

行啦，说说看，你们这新产品是要申请项目，还是要开发商用？我这种小角色可没法帮你们钻公序良俗的空子。

实话实说，在社会心理做好准备之前，在人类的理性判断与镜像神经元的反应能够达成共识之前，我本人也不主张投入商用。前四代仿真人并没有被投入商用，第五代，暂时，也没这必要。我同意王三观教授的判断，这事儿弄不好是要出乱子的。

但是？

但是，与此相关的实验研究从未被明令禁止，这也是事实。康妮老师，我邀请你加盟的实验是合法——嗯，最多是处在浅灰色地带。你要做的事情也不会超过你的职业范畴。也就是说，你只要干你的本行就够了。

机器人依然没有多余的动作，安静地站在一旁待命。康妮想，他不会抖腿，不会在鼻子里吭哧吭哧地表达不满，两只手也不会不由自主地在空气中比画，像是在倒腾一只篮球——这一点倒是比大部分男人都可爱。迎着灯光，他的眼睛略微眯起，谁开口说话，他就把目光准确地投向哪里。

我还是不懂你要我干什么，康妮说，而且，这个除了烧钱看不到用途的迭代实验到底有多少意义？

我不是资方，无论是眼前的还是未来的用途，都不在我的考虑范围里。至于意义——目前对我最大的意义，是证明王三观是错的。

吴均开始讲王三观的故事，康妮一边听一边想，没有经受过语言训练的人就是不一样。啰唆，迂回，抓不住重点。

王三观教授是圈里有名的语言学、符号学权威，脱口秀狂热爱好者（当然也写过好几本关于脱口秀发展史的理论著作），麦田俱乐部终身荣誉顾问，同时也是激烈反对 AI 真人化的代表人物。王教授倒是对恐怖谷不以为然，他的主要观点是对高级人工智能的深刻鄙夷，用各种各样的修辞手法对人工智能实施降维打击。

知道机器人最怕什么吗？他说，怕聊天。知道什么是著名的图灵测试吗？他说，就是找一屋子人跟机器聊天，超过七成人把对面那位当成活人，就算通过。别看机器人下个棋什么的所向披靡，聊天这事儿还真是他们的软肋。你只要跟他说人话，这天就慢慢地聊死了。

有人提醒过王教授，早在二十一世纪，就有很多高级 AI 宣称通过了图灵测试，并且图灵测试本身也似乎早已过时，不太有人提了。毕竟，这种测试是根据人的行动与反应来作判断的，谁能保证它的客观性？

客观？哼，王教授不屑地说，你们说的客观其实就是机器观，这个世界就是被这种异化的客观给害得人不人机不机的。机器人有没有用？当然有啊，你让他合成个蛋白质，3D 打印个飞机，那就是用对了地方。那才是机器之道。语言是人类最精妙的发明，对这事你们得有点起码的敬畏，你每天说的哪怕每一句废话，都是机器人够不到的，懂吗？我还就把话撂这儿了：哪一天要是有个机器人闯到麦田俱乐部来，把我、把我们给说乐了，这活儿做得地道，我们硬是看不出一点破绽，那这人工智能的大业，它就算成了。这可以算个升级版的图灵测试吧？怎么样，玩不玩？

玩啊，吴均说，不玩白不玩。王教授真是对人工智能在语言和表演上的进步一无所知，那我们就给他玩个大的。

所以你就要把这个半成品交给我？康妮歪着头看看机器人，再看看吴均。

至少是大半成品。他已经完成了世界上所有的脱口秀和喜剧教程的深度阅读，数据库里存着无数古今中外的文本素材和影像素材。拜王教授的专著所赐，数据的积累过程轻而易举。你眼前的这个产品，比你训练营里所有学员的基础都要好得多。

听你这么一说，我感觉还不如一张白纸呢。

别急着下结论，人都送来了，你收下再说。把他带到麦田的舞台上，让王三观笑出声来，你的任务就完成了。

给我个理由，我到底为什么要替你培训一个机器人，好让他将来抢我们这一行的饭碗。

我可以给你四个理由。第一，我们研究经费充足，我可以付你三倍的培训费。第二，由于政策限制，我们暂时看不到商用的前景，甚至这项研究成果的发表方式，我们也仍然在研究中，所以暂时抢不到任何人的饭碗。第三，你知道，其实他完全可以通过正常渠道报名进入你的训练营，然后一步步走进麦田俱乐部。以后发布成果的时候，你会像麦田里所有的观众那样，作为无辜的不知情者，所以这项灰色实验不管出什么事都不会牵连到你。我之所以要告诉你，实在是因为我没法对你说谎，而且，有针对性的培训对机器学习的提速，也比较有利。第四，你很清楚，现在脱口秀培训的适用面要远远大于那种在俱乐部里表演的古典形式。人人都能讲个段子搞搞社交，但一夜成名玩出商业价值的只是江湖传奇，这些人的饭碗，你有什么必要操心？我知道，你也试着上过台……

康妮的脸色一变，说你差不多得了，不要自作聪明。

吴均飞快地换了话题，说我们在数据库里调取了上百年的资料，有几百万个留下公开演讲视频的男性的名字——他们应该都是那种衣冠楚楚口若悬河之人——然后随机选中了一个，也算是讨个口彩吧。

机器人走到康妮面前，伸出手握住康妮的手。人类与仿真人的温度在手与手之间传递，分不清谁是谁的。

你好，康妮老师，我是毕然。

二

康妮是麦田训练营的脱口秀培训师。在眼下这个时代，这几乎是入了这一行的人的必然归宿。当年发明了人人都能讲五分钟脱口秀的家伙真是普惠众生，从此打开了一个行业的多种市场需求。这五分钟与某些梦想（最得体的社交距离，最高效的自我心理调适，最便捷的商业路径，最便宜的恋爱法宝……）深度捆绑在一起，渐渐演化成了“社会人”的基本素质。这是王三观写在书里的话。那一段的末尾用了黑体字：幽默是自由的代餐，性价比最高的那种。

这话康妮其实一直不太懂，或者说，她身体里有一部分在阻止她弄懂。她只知道，脱口秀培训师越来越多，真正的专职演员却越来越少。就好像声乐技术的训练班到处都是，歌剧演员却濒临灭绝。脱口秀的普及化与贵族化是同时进行的，王三观说。这话康妮能听懂。麦田俱乐部就是脱口秀贵族们的精致沙龙。

麦田俱乐部虽然挂着跟麦田训练营一样的牌子，实际上并没有多大关系。从训练营里出来的学员，有一半人想上俱乐部的台比试比试，而他们的热情十有八九会被俱乐部里的观众速冻成冰。在这个众乐乐不如独乐乐的时代，人们在虚拟现实睡眠舱里待的平均时间要比室外更长，那些观众不躲在家里看网上的段子集锦或者直接从脑机接口输入“脱口秀精华”，非要跑到线下来看现场，那一般不是省油的灯。他们笑点和品位一样高，口味莫测，超脱于时事或低俗，标榜“纯粹的喜剧艺术”。他们不喜欢浮夸的表演，他们暗地里较量谁比谁更懂行、更挑剔、更难讨好。

这是一种传统，一种文化——所谓的“麦田文化”。康妮一本正经地告诉毕然，你知道这意味着什么吗?

说明两点：第一，在麦田俱乐部，成功率低于百分之十。第二，据统计，近十年社会平均幸福指数上升了百分之四，但人们的平均笑容发生频率锐减百分之三，两者成越来越明显的反比趋势，“笑冷淡”社会初见端倪。在麦田，这个问题似乎更严重，笑容发生率的降幅是社会平均值的两倍以上。

康妮知道人工智能的一大问题是机器人无法建立跟人类相同的因果关系，或者说，他们总是另辟蹊径，无法对人类的逻辑感同身受。毕然没有像个正常人那样，用康妮的话来预判自己下一步将要面对的状况（“说明我面对的难度会很高”），反而抛出一串数据来打岔。然而，康妮管不住自己的好奇心。

等等，你说说，什么叫“笑冷淡”社会？哪来的这么多无聊的统计——真是吃饱了撑的。

电力充足，吃饱是事实，但没有撑着。说这话的时候毕然很严肃，脸上没有一丝笑意。他解释了一通幸福指数的统计方式（GDP 上升，自杀率下降，非处方类精神药物获得重大突破，心理医生开始无所事事），然后又解释了一通笑容发生频率的监测方法（无处不在的摄像头，人工智能的图像识别技术），直到康妮忍不住请求他停下来——行了行了，我相信还不行吗？

简而言之，毕然说，这个世界上的人正在变得越来越正常，但也越来越难笑，人们被逗乐的阈值正在逐年攀升，笑冷淡是继性冷淡之后的又一个社会亚健康指征，长此以往——

停——康妮尖着嗓子喝止他，扯远了，我们回到脱口秀。

毕然准确地切换到刚才打岔的那个点：麦田俱乐部。他说，康妮小姐，我在数据库里只搜索到你在麦田的一次开放麦经历，我看完了视频。

你觉得怎样？

现场观众九十八人，中途离场五人。四十名女性，三十一名男性，二十七人目测是 LGBT。六人带着宠物狗，品种略。

我是问，你觉得，演得怎样？

时长七分钟，文本预设了八个笑点。观众镜头给得很少，以笑声判断，包袱有一半没有响。后半程比前半程更冷。

一阵略带酥麻的刺痛感从康妮脊柱上掠过。本来有十个笑点，她说，后半程塌了，我给忘了俩。

为什么会塌？毕然盯着康妮的眼睛问。吴均一定是太想弥补机器人在因果关系上的软肋了，在毕然的程序里加了一大堆为什么。

康妮说不出话来。记忆劈头盖脸地涌来，她挥不走，也不想接。她记得上台之前，她的老师说她的文本是最强的，这一拨学员她最有希望出头。然而，站在麦田的舞台上，她只觉得第一排观众的脸是一张张薄薄的纸片，一时离她很远，一时又飘到她的鼻尖。他们也鼓掌，也礼貌地微笑，可是当康妮犹犹豫豫地抖出第一个包袱的时候，她清楚地看到那些纸片开始失去耐心，面孔的边界逐渐模糊，终于融化在一起。康妮觉得时间或者心跳，总有一样是静止了，她也搞不清是哪一样。她身上有一半直接飞出躯壳落到台下，在王三观旁边找了个座儿，看他摊开两手说这节奏不行啊，便赶紧附和：乱了乱了，她这是晕台了。

下台前，王三观叫住她，说康小姐你觉得好笑吗？你整个身体都是僵硬的，你的肢体语言都在抗拒这个文本，你自己都不觉得好笑别人怎么会笑呢？康妮使劲点点头，想尽快逃走，但王教授不肯放过她。作为麦田训练营的荣誉顾问，他当然不会放弃这样现场教学的机会。

文本呢，都是套路，套路也就算了，第一次嘛，结构要是对，也成。可惜也不对。比方说，你这一篇的底太弱了，你说高跟鞋卡在井盖上，一路带着往前走。这不是靠说的，你得演出来。你完全反了。他一扭头问下一个就要上场的麦琪，你说说看，这段应该怎么来？

麦琪抓起话筒就说：我会把鞋跟卡在井盖上的情节往前

挪，短短提一句，跟在前面举的那两个例子后面，瘸着腿晃两下。然后吐槽一段别的，在观众差不多快忘记这个茬的时候，突然绕回来，说我去赴约。没必要明说，就瘸着走两步，动作幅度大点儿，就像这样。最后来一句“我迟到是因为要给你带一件大礼”。这样一来，不炸也不行啊。

麦琪微胖的腰腹夸张地扭起来，一脸圆鼓鼓的表情肌都皱起来挤在鼻子周围，双手在丰满的胸前比画着大井盖的形状。观众席上此起彼伏的笑声像一串滚雷，在康妮双耳之间来回震荡。王三观说不错不错有想法，也豁得出去，结尾的 call back 就是得这么自然而然地发生才对嘛。好包袱你得先捂着，不能当个手雷似的急着甩出去。说最后这句的时候，他斜了康妮一眼。

在康妮的记忆里，这道目光就像漫画里那样，勾勒出一架狭长的跷跷板。麦琪的上升与康妮的下落同时发生。麦琪那天的表演很成功，当时的喜剧市场上，性别问题代言人的类型正好有点青黄不接。她及时填上了，霸住了，一口气红了七八年。她的视频在网上病毒式传播，商业代言的数量很快超过了作品数量——人们说一看到她就想笑，于是她也就越来越没有开口的必要。作为发掘麦琪出道的地方，麦田俱乐部得到的好处是成为麦琪与粉丝一年一度生日专场演出的永久场地，年年都一票难求。三月八日——麦琪在广告上做出夸张的陶醉表情——我和春天有个约会。

康妮不知道自己的春天在哪里。从那以后，脱口秀培训师康妮正式上岗，在训练营里维持着“本人上台最少，学员出道最多”的纪录。她想，如果毕然真能被她推上台，骗过王三观，再被吴均拍下视频，写进论文里，倒是能把淤积在心里的这口恶气给吐出一大半来。

但是培训毕然并没有现成的例子可以参照。吴均说我们的实验是划时代的，所以万万作不得假。毕然不能背康妮写的稿子，他得自己写——毕竟写稿的过程就是机器学习的飞跃式进阶。康妮说我没有什么好办法，我平时的培训方式主要就是改稿、聊天，聊着改，改着聊。吴均说对啊我就是要你们多聊啊。王教授说机器人的最弱项就是聊天，他说得没错，他的错是以为这件事是固定不变的，他对于机器人的学习能力毫无概念，他不知道毕然跟康妮聊上一个月之后会吸纳多少数据，并且发展出多少变化来。

至少毕然比任何学员都更爱写稿。康妮把他关在书房里的第一天，他就兴致勃勃地生成了一千份文稿，康妮只能随机选出十份来批改。比起网上的段子集锦，毕然至少在数据的分类、加工和组合上要细致得多，说白了就是洗稿能力突飞猛进。康妮说，论记忆力，论素材数量，谁能跟你比呀。如果你不是面对麦田的观众，那也许倒是能糊弄过去的。

脱口秀教程里没有“糊弄”这个步骤，他说。

好吧，是我错了。咱们继续。对于所有的学员，我的第一个问题一般是——你最想讲什么？

毕然愣了几分钟，似乎这个问题超过了他的算力。过了一会儿，他说：所有的教程里都强调要真诚，所以——所以我应该首先做一个详细的自我介绍，我的第一句话应该是：我是第五代机器仿真人，高配版。

在他开始报技术参数之前，康妮又喊了暂停。她断然否决了自我介绍的方案，说你一上台就得忘了自己是机器人你明白吗？然后她用了整整一小时，才说清楚脱口秀的真诚——乃至整个人类的真诚，不是机器人理解的那种真诚。她说，小毕你听着，我们人类啊，有时候正话是反着说的反话是正着说的；我们说脱口秀的，这个“有时候”就更多了。

在接下来的几天里，康妮每次开口，毕然都会追问一句，你这是正话还是反话？

唉，小毕，这话不能问。

为什么？你们人类什么都不问清楚，纯靠猜，那怎么能保证自己就猜对了呢？

你还真说对了。就靠猜，猜错就扣分，分扣完了就出局，下回人家就不带你玩了。所以你看啊，那些互相之间老是猜错还硬要待在一起的人，都特别痛苦。

就跟我们俩一样？

咱们不一样，我收三倍的培训费，最多跟你待一个月，这生意大体上划得来。

排在吴均计划上的第一场开放麦越来越近，康妮的心忽而一阵热，忽而又一阵凉。她替毕然打磨了十来篇题材和风格截然不同的稿子，每一次修改都让机器人对规则的领悟更为透彻（她从来没见过人类学员有这样的效率），可她拿不准应该选哪篇。

问题在于，她对吴均说，脱口秀表演是一个整体，他得带着一种生活、一堆经验、一点态度、一个人设上台，而这些是他目前最缺乏的东西。况且，恕我直言，对于一个脱口秀表演者而言，他看起来也太无懈可击了。你知道脱口秀最能唤起人们共鸣的是什么吗？是脆弱、倒霉、挫败、愤怒，你最好看上去就有什么不开心的事情，可以拿出来让别人开心开心。

是的，他没有，他当然没有。吴均的语气和他的眼神一样平静。但是毕然走出了这一步，就会有“人生”的第一份阅历，以后他的独特素材会像大雪球那样越滚越多。

可他总得有这第一步，总得有第一个故事啊。你知道他那些稿子基本上都是从海量的素材库里洗稿洗出来的。

尽量从那些架空的故事里找，洗稿洗到一般人看不出来就行。还有，你得让他保持神秘感。不能在第一场就把他限制在理发师或者医生那样具体的角色里。咱们走一步看一步。

要命——那么，第一场王三观会坐在台下吗？康妮的心提到了喉咙口。

不会。王教授最近正在参加国际会议，至少一个月以后他才可能出现在俱乐部。这个时间窗口，正好给他——给你们练练手。

三

> 据说是个人就得有一份工作。我也有。上班不打卡，下班抬脚就走，想度假就度假，想跳槽就跳槽。老板从来不找我麻烦，因为他根本就不认识我。不过呢，你可能不相信啊，单位里只要出大事了，大家就会来找我，说我力气大，背得动人类历史上使用最广泛的食品加热工具。有人听不懂是吗？我翻译一下啊，那玩意叫锅。他们说大锅小锅都归我背，毕竟我这份工作也是有职称的，叫临时工。

有稀稀落落的笑声，间隔大得像放冷枪。康妮没法确定他们是在笑毕然，还是自己聊天聊出了什么好笑的事情。

临时工最重要的专业素质是什么？

当然就是够临时啦。你最好适应性强一点，哪里的锅都背得上。比方说这两天，我就到童话世界里上了十天班。有人说压根就没有这么个地方。这种话你最好回去跟家里四岁的小孩说。你说白雪公主和孙悟空连个住的地方都没有，无家可归，露宿街头，你看看小朋友会不会跟你拼命。

毕然在台上紧紧抓住话筒，捏着嗓子模仿了一通小孩又哭又闹的声音。装在他喉咙里的变声器能毫不费力地变出几百种声音，喉结随之连绵起伏的样子既滑稽又带了一点古怪的性感。台下的笑声尽管明显掺着一丝疑虑，到底还是比刚才多了一点。康妮邻座的女人耸耸肩，嘴里哈了一声，伸出右臂圈住身边男人的左臂，小声对他说：这人哪里来的？他以为自己很好笑的样子，倒是蛮好笑的。

我是真没想到啊，在童话世界里打工，也能这么卷，这么累。具体干点啥呢？其实就跟马路上的警察差不多。你得维持秩序。你不相信那里也需要规矩？多新鲜哪。童话是全宇宙最讲规矩的。毕竟，那是用来吓唬——不对，是教育小孩的。

我给你举个例子吧。上班第一天，我就接到通知，爱丽丝在兔子洞里玩了一圈，开心得不得了，没想到回家路上硬是给卡在洞里出不去了。我隔着洞问，小姑娘你什么情况？她扭捏半天没说话。旁边一只大兔子说，我知道。兔子洞里的第一个观光项目是喝英式下午茶。一百个爱丽丝有九十九个知道那就是做做样子，不是让你真吃真喝。可是今天这个爱丽丝太实诚了。面包上抹一层牛油，说太淡了，于是再上一层糖浆，这下又太甜了，于是再上一层牛油，就这样油一层糖一层，糖一层油一层……一看表，时间到了，后面什么白王后红王后也别见了，赶紧回家吧。可是她吃得太撑了，洞口太细腰太粗，就这样给卡住了。所以你看，没有规矩是不是会乱套？

毕然在台上连说带蹦，讲兔子洞里的爱丽丝跟着洞外的临时工跳了三个钟头的健美操，最后好不容易从洞里钻出来。本来一点不好笑的故事硬是给他演得上蹿下跳。台下响起几声莫名其妙的哄笑。有几个面目严肃的中年男人显然觉得这笑料有点掉价，使劲绷住了脸。

整整三个钟头啊，跳完我连爱丽丝长什么样都看不清了。这还不算完，第二天，冷空气来了，皇帝冻得直抽抽，死活不肯光着出门。这不是添乱嘛。我跟他说你懂事点行不？“皇帝的新衣”是个成语，成语哪能随便改？你穿了就等于没穿，没穿才等于穿，这是规矩。他说这成语是夏天编的，现在是冬天。咦，这话也有道理。最后我们达成协议，他披件睡衣出门，胸口挂块牌子，写仨字：我没穿。皆大欢喜。刚把这事儿搞定，灰姑娘又投诉她的水晶鞋出了质量问题。鞋跟太细，胶水开裂，被王子一追就崴脚。可是十二点快要到了啊，规矩不能坏，她得跑啊，一瘸一拐地跑。像这样——

毕然显然吸取了康妮当年的教训，鞋跟带起井盖的细节全用动作来暗示，直到王子追上灰姑娘，井盖的包袱才抖出来。

姑娘脚一甩，鞋跟和井盖一起飞出去，把王子当场砸晕在地上。

又是一阵哄笑，强度比刚才那一阵更大一点。康妮心里一阵别扭，头皮上就像被带着弱电的金属刺球来回滚了两遍。

坐在她另一侧的吴均第一次笑出了声，喘着气在康妮耳边说，可以呀，洗稿洗到你头上了。

然后是本来应该吃毒苹果的白雪公主吃掉了小红帽的蛋糕，狼外婆和白雪公主的后妈打得难解难分。观众席上有完全听不下去愤然离场的，也有拍着大腿吹口哨的。不管台下是什么动静，台上的毕然一直在他自己的节奏里，仿佛被一个看不见的透明罩子隔绝了起来。他那副完全置身事外的状态，与他嘴里的荒诞不经形成了难以描述的关系——你可以说很矛盾，也可以说很统一。

康妮想，这违反了脱口秀的一般原则——演员跟观众的能量应该互相传递，彼此激发，直到渐渐调整到相同的频率。毕然与这一条背道而驰，效果倒并不是特别差。他那份完全不属于人类的冷静、不屑讲理的风格，居然带着一点让观众欲罢不能的迷人气息。

昨天晚上，好家伙，最麻烦的事情来了。城堡里的睡美人，她失眠了。你说意不意外，惊不惊喜？半夜三更，我拿着高音喇叭对着城堡喊话，因为我不知道这姑娘藏在哪个角落里。我说你都叫了一千年睡美人了，只要负责睡和美就好了，怎么说起床就起床呢？睡不着没关系，跟我打个招呼，我给你唱个歌，熏个香，按个摩，再不行到白雪公主那边匀点苹果来，头一歪就睡过去了。现在这样也太不负责任了吧。你说你对得起国王对得起巫婆对得起王子吗？

这时候空中升起一朵大烟花，那形状怎么说呢，就跟天上扣了个橘红色的大锅盖似的。你别问我这烟花哪里来的，拜托，这是童话世界，什么都可能发生。烟花上影影绰绰浮现出七个字：有本事来抓我呀。

整个城堡都急疯了。睡美人的床那可是国宝，是上了童话联合国教科文组织非遗名录的景点，GDP支柱产业。这张床要是空了，床将不床，国将不国。他们掐指一算，如果满世界追捕一个人需要调动多少人力物力，有多少成功概率。他们的效率可真高啊，一个钟头预案做了三四套，然后把我叫过去，语重心长地说这事只能靠你了。我热血沸腾，热泪盈眶，浑身的液体都在嘟嘟嘟地冒泡泡。我没想到自己有那么重要，真是天降大任于斯人也——说时迟那时快，他们往我嘴里塞了一块白雪公主吃剩的苹果，套上美人鱼的裙子，灰姑娘的鞋子，对了，还有井盖，然后把我往床上一扔。我在昏迷之前听到的最后一句话是：还好我们有个临时工。

康妮知道结尾的 call back 太生硬，像锅盖的烟花又太隐晦，这样的文本换别人演，能垮到自己都懒得讲完。可是毕然演得那么认真，你从他的眼睛里能看出他对这稿子有多么信任。他的四肢像是装了收放自如的弹簧（也许真的装了），足够他用慢动作解释势能是怎样转化成动能的。观众有点蒙圈，也有点尴尬，忍不住笑出来的甚至有点羞耻——然后为了掩饰蒙圈、尴尬和羞耻，只好再笑一笑。这样一来，实时统计的笑容发生频率，倒并不难看。对于一个初次登台的脱口秀表演者而言，这个数据并不丢人。

手机上时不时地跳出观众在麦穗网上的打分和评论，局面不太乐观。然而也有人宣称他在毕然的作品里看到了风格化的“新元素”，说临时工和睡美人虽然都不是太有新意的梗，组合起来却也有某种深刻的讽刺力量。吴均说这条评论真的不是你自己刷的吗，康妮耸耸肩说除非你再给我加一份钱。

等新鲜劲过去，康妮说，他还会面对更严苛的评价。

没事。吴均一挥手打断了康妮。尴尬是一种主观感受，只要自己不觉得尴尬，尴尬就不存在了。这正是机器人的强项。他的情绪不会受到太大影响，他会持续稳定地输出，直到你无条件接受他的设定。

看来这也是你的强项。

你还真说对了。在情绪管理上，我跟机器人一样，优点是冷静，缺点是过于冷静。

康妮想，这年头搞人工智能的都有一种上帝般的自信，毕然多半是按照吴均自己的样子塑造的。她一眼扫过去，刚刚完成表演的毕然正坐在角落里的一张小桌边发呆，恍惚间，康妮觉得他被暗绿色灯光勾勒的侧影完全是吴均的翻版。

放心吧，吴均总算想起来找补了一句，没有比机器人更热爱学习的物种了。他永远不会破罐子破摔，这一回的破罐子的每一块碎片，都会重新组装，成为下一次的好罐子。

说话间，康妮看到有个浑身亮闪闪的女人在绕场半周之后径直朝毕然的桌边走去，路上还顺手拍了拍斜倚在吧台上的酒保，往他的手里塞了点什么。麦田俱乐部做旧如旧，一切都沿袭脱口秀俱乐部的古典传统，酒保是脱口秀舞台的隐形实权人物，眼观六路耳听八方。只要有合适的机会，他既可以替你的表演发起一轮恰到好处的掌声，也有能力充当表演现场的恐怖分子。懂得及时给酒保塞小费的，一定是常年混迹脱口秀场的老手。

康妮的潜意识其实已经认出了那女人，可她还没有时间让这种意识固定下来。她只是出于本能跳起来也向毕然的方向走去，在离他们俩还有三四米远的地方停下脚步。女人刻意提高了调门，好让半个场子都听见她的邀请。

我太喜欢你那股莫名其妙爱谁谁的劲了。一个月之后，要不要来给我的生日专场当暖场嘉宾？我想你没有理由拒绝。

她的嗓子眼里就像装了个引擎，通着电，好像你只要稍稍晃一下，每个字就能晃得出一串笑声来。康妮下意识地闭上了眼，再费力睁开。单凭这声音，她就知道是麦琪。

四

毕然确实没有理由拒绝。麦琪的生日专场是她与粉丝的年度之约，每年她在线下也就演那么一次，但用足了所有的商业资源。你就这么理解吧，康妮跟吴均说，这就相当于麦田俱乐部的春晚。所有的大平台都会直播，当天麦田 VIP 票的黑市价再创新高，去年专场一结束赞助商就订满了今年的广告位，再有想蹭这波流量的就只能在暖场表演上动脑筋。也就是说，从麦琪发出邀请的那一刻起，市场就已经替毕然估好了价。

真是梦幻开局，吴均说，没想到这么快这么顺利。他知道，前七年的三月八号，王三观教授年年都坐在当晚的 VIP 坐席上，没有缺过一场。

康妮有气无力地说，麦琪也不傻。在每年物色暖场嘉宾的时候，她挑人的标准从来没有变过。都是清一色的男性，新鲜、特别、有争议，也有肉眼可见的瑕疵或失误。圈里都知道，这些年她的嘉宾从不重复，用完之后便形同陌路。通常他们的水准刚好踩在麦琪的安全线上，无论是现在还是未来都抢不掉她的风头，适合她用最舒服最稳当的姿势接住他们的演出，然后释放出她自己耀眼的光芒。

各取所需罢了，吴均嘟囔了一句，是时候让骄傲的人类见识一下机器人的光芒了。

然而康妮并没有这样的底气。吴均要她相信机器人的自我进化能力，只要越过了某个临界点，他的每一步都会创造下一步，他的智能会爆炸，把人类甩到身后。康妮不知道毕然有没有跨过临界点，她只知道第一场开放麦下台的时候，困惑与兴奋在毕然的眼睛里交织在一起，隐隐预示着某些她无法驾驭的东西。这种表情倒是把毕然的五官组合得更为生动。他应该挺上镜的，康妮想。一旦这张脸出现在视频中，再配上合适的衣服（麦琪的赞助商会搞定这件事），观众对毕然的气质会留下深刻印象。

毕然的视觉系统是一组功能强大的电子复眼。那些摄像头一定很善于捕捉人类的微表情，因为从台上下来以后，毕然问得最多的就是这样的问题：人为什么要笑？为什么有的人笑有的人不笑，有的人笑着笑着会哭起来？为什么笑容与笑容的差别如此之大？还有——我说的那些话究竟好笑在哪里？

从他的语气里，康妮一下子就明白最后一个才是核心问题。作为一个正在进入角色的脱口秀演员，毕然的肚子里装着全世界最大的笑料数据库，段子多到仿佛随时会从耳朵眼里飞出来，可他最大的烦恼是不知道自己好笑在哪里——这事儿本身就很好笑。他可以通过高速运算，通过对素材的无数种排列组合和筛选，通过无数次模拟试错，寻找到搞笑的捷径，可他还是看不透人们快乐或者不快乐的原因。人类的笑容打动了他，他也学着人类的样子操纵自己的表情，挤出各式各样的笑容，硅胶上的鱼尾纹和法令纹几可乱真。可是那个迷人的、舒展的、非理性的瞬间，倏然降临又刹那消散，他抓不住它的本质和规律。

基本上，吴均说，他现在的状态应该是知其然而不知其所以然……他的好奇心正在迅速转化成嫉妒。

难道机器人也会嫉妒？

这是好事。说得具体一点，这进一步激发了机器人学习的动力，也许智能爆炸正在提速中。

还要提速吗……我已经稳不住他的节奏了。

第一场之后，毕然又参加了好几场开放麦。他好像越来越享受观众的掌声和笑容。他的身体会自动搜集现场数据，分析什么样的内容、语气和形式会引发更高的分贝。这些数据将会直接影响到他以后的表演。可是，康妮也发现，一旦毕然预测的效果落空，他就会出现轻微的波动与紊乱。他会追问康妮，有些包袱为什么上次响了而这回没有响。康妮答不上来，只好说人嘛就是这样，要是你的观众都是机器人就好了。表面上看，毕然仍然比任何人类都要淡定，可是康妮隐隐觉得，他现在的淡定有一半是演出来的。

好在毕然的稿子取之不竭。观众慢慢开始接受这个古怪的临时工，接受他那些莫名其妙的设定，想象他在夜间动物园里打工，隔着玻璃听豹子讲故事；或者满以为自己在宇宙飞船上找到了工作，最后却变成一坨太空垃圾，在两个空间站之间飘来飘去。然而他的表演效果并没有大幅度提升，只不过从差两口气进步到差一口气。

你的问题是梗太密太急，康妮说，你至少得给观众留出笑和喘气的时间吧。

可是到底留多少时间才合适呢？他们每个人的神经系统的反应速度和呼吸节奏完全不同。你为什么不培训一下观众，让他们先统一标准？

这个嘛……算个平均值就可以了。这方面你最擅长了。

他只用了三秒钟就算出了答案：我参加的四场开放麦，这些平均值的波动幅度达到五秒以上，请问这还有什么参考价值？你们人类还有没有个准谱？

康妮想，毕然越来越大的脾气倒是脱口秀演员的标配（没有吐槽的欲望为什么要讲脱口秀？），可她没接口。而是把话题又引回了起点：人为什么会笑？

天底下没有比谈论幽默的机制更不幽默的事了，康妮说，解剖幽默就像解剖一只青蛙——

你是说，把幽默的头拧掉，挂起来，在腿上贴硫酸纸，看着它的脊髓产生屈腿反射？毕然说得眉飞色舞，手脚并用，卖力地表演着一只在实验室里挣扎的青蛙。

我的意思是，幽默这玩意儿经不住解剖，手起刀落，幽默就死了……

毕然耸耸肩。青蛙明明没有死透。

这是一句名言，一个比喻，一个——

你们人类的问题之一，就是比喻太多。说了半天等于什么都没说。

那我说得再具体点。讲脱口秀就像打乒乓拉了个弧圈球，为了让球落点刁钻，你的手势必须足够隐蔽，不能让观众看清楚。他们以为你是在往左边打，其实球最后转着转着落到了右边。

这两件事完全没有可比性，毕然干巴巴地说，但我可以记住它。

事实证明，毕然确实记住了青蛙和乒乓球，在他被麦琪约到麦田喝酒的那天晚上。康妮本想让他找个借口推掉，吴均觉得没必要。机器人的每一次社交都是升维的好机会，他说，不冒险怎么会有进步呢？那天晚上的情况，通过毕然的电子感官系统，实时投影到康妮家客厅的墙面上。吴均盘起腿来坐在地毯上，说你看这就是让机器人出去聊天的好处。康妮要他把音量调低一点，否则麦琪的笑声从扬声器里放出来，她吃不消。

然而，台下的麦琪仿佛换了一副嗓子，绵软沙哑，像熟过头的西瓜。她说什么青蛙什么乒乓球啊，一听就是成天只晓得念书、不怎么上台的人瞎编的。吴均忍不住扫了一眼康妮，她面无表情。

你还不如说，脱口秀这玩意就像一头怎么也养不熟的动物，就那种猫科的。每当你觉得已经把它给驯服了，它就转过头，咬你一口。

这个比喻句比较好懂，毕然若有所思地点点头。他专注地看着麦琪，各个机位的摄像头把她全身上下都扫了一遍，最后停留在她略显松弛的颈纹上。

麦小姐，被猫科动物咬一口会留下明显的伤痕，需要及时处理。请问咬哪儿啦?

麦琪愣了一下，随即她的沙瓤嗓发出嘎嘎的笑声。你可真逗啊毕然，换个男人这么跟我说话，我会以为你是在勾引我。她哈出一口酒气来,一层雾笼上毕然眼里的镜头,又迅速散开。

康妮鼻子里哼了一声，对着墙上的投影说，明明是你自己在勾引他。

吴均通过耳机给毕然发出指令：少说话，或者重复她的话，这样最安全。现在，你可以喝一口酒。

机器人当然不需要吃吃喝喝，不过为了参与人类的社交活动，他也有一条食管直通体内的食物残渣处理器，回头只要掀开屁股上的一小块活动板，清走已经凝结成块状的废渣废液就可以了。

机智幽默的毕然，千杯不醉的毕然，耐心听女人说话的毕然，修改了所有男性的缺点，就像是上帝快递过来的天使，完美得让麦琪不舍得拆开。酒保说麦小姐你明天晚上就要演出啦，今儿还是少喝点。可是麦小姐抢过他手里的酒瓶子，给毕然满上，也给自己满上。毕然一饮而尽，麦琪说爽快爽快，我第一眼看到你，就知道你跟他们不一样。

接下来的时间，麦琪一直在颠三倒四地叙述。声音忽高忽低，情绪忽好忽坏。如果坐在她对面的是一个人——活人，那也未必能听清楚她的每个字。但是毕然的感官系统的灵敏度，以及他大脑的实时处理系统的准确性，都经受住了考验。投影在墙上的，是一张在灯光下晕开了浓妆的越来越模糊的脸，与此同时，毕然的“心理活动”，也在吴均的电脑上一条条跳出来。麦琪那些支离破碎的句子已经被毕然删繁就简，理出了头绪。两瓶威士忌灌下去，麦琪的脑袋靠在吧台上，一头鬈发盖满了她的脸，毕然用手指把这些头发拨开，同时整理出了四条信息。

第一，对于明天的演出，麦琪很紧张——紧张到一看见舞台就呕吐的地步。她似乎已经患有中度的双相情感障碍，亢奋与抑郁交织，这种情况至少已经持续了三年。第二，关于女性的话题，几千年都在兜圈子。问题不一定解决，话题可以一直循环，你也不知道下一个风口会转到哪里。当年正统女权与跨性别权的“内战”曾是麦琪集中火力吐槽的对象，然而这两年双方已经偃旗息鼓，麦琪当年炸场的段子如今看起来未免有点过时，甚至被有些平台屏蔽。可她的人设早已定型，她只能眼睁睁地看着自己最有竞争力的内容慢慢枯竭。在赞助商寻找到下一个性别问题代言人之前，这把悬在她头顶上的剑已经足以让她崩溃。第三，这些年，麦琪依靠食物和药物来维持形象（经过测算，微胖喜感、超重百分之二十五是最受观众欢迎的喜剧形象，因此前一阵暴瘦的她最近正在狂吃巧克力），依靠枪手写稿来维持她每年的专场演出（然而按照她今年的状态，她是不是能在台上撑满一小时，都是个问题）。第四，半年前，她通过脑机接口尝试输入“灵感营养包”，不料碰上罕见的排异反应，非但没有得到什么灵感，还差点把脑回路烧穿。从那以后，她开始整夜整夜睡不着，以至于眼下别的问题都显得无足轻重了。

现在你知道……为什么了吧……那天你说……失眠的睡美人……我特别特别喜欢。说完这句，麦琪就醉倒在吧台上。

这不就睡着了嘛，毕然嘟囔了一句。

酒保说，其实并没有。麦小姐连喝醉都不会断片，她会不停地做梦，做同一个梦，尽是那种在台上说到吐血台下就是没人笑的噩梦。

你怎么知道？

酒保抬起头，一脸的焦灼痛楚。我怎么会不知道？我就在这里，看了她八年。

吴均和康妮面面相觑。麦琪的隐私大面积暴露在他们眼前，就像一片猝不及防扫过来的白光，他们下意识地想抬起手来挡一挡。

我只知道，康妮说，她其实并不是三月八日生的。起初，改个生日只是为了换一个符合她人设的笑点，后来出了名，当然也就不能随便改了。其实我早就发现她的内容正在枯竭，只是没想到速度这么快。个人经历对任何创意产业的工作者都不够用，对脱口秀演员尤其如此。就连“发现自己的男人其实更喜欢男人”这种事也只能用一次。以后每用一次，边际效益都会递减。

墙上的画面里，酒保从酒柜的抽屉里拿出一块巧克力，塞进麦琪的上衣口袋里。麦小姐，他说，这是我们的新品，睡前吃一块助眠效果很好。为了明天，你今晚一定要试试。

麦琪的头发微微动了两下，一根手指在吧台上轻轻叩击，大约是点头的意思。

吴均兀自沉浸在兴奋中。他说毕然多半是跨过临界点啦，你看他完全听懂了麦琪那些语焉不详的话。除了第二条有点武断以外，其他的判断都很合理。因果，逻辑，不言自明的默契，这些人类以为永远会被自己垄断的玩意儿，已经难不倒机器人了，你知道这意味着什么吗？

意味着智能爆炸？

对。大爆炸。

那我就不用再培训他了，他会把我们都甩在后面。接下来会发生什么？

坦白说，我也不知道。

五

我是第五代机器仿真人，高配版。这份工作可不是临时的，我生下来，不是，我第一次通电以后，就是个机器人了。

咦，这句话也值得笑一笑？好吧我等你们笑完。我知道你们不相信，可是上一个不相信机器人的家伙已经给杀掉了，然后机器人把自己变成他的样子，找到了他的女朋友——嗯，这样的故事一般发生在电影里，这就是你们人类对我们的想象。

面对吴均的一脸问号，康妮只能摊手，摇头，最后好容易压低声音挤出一句话来：昨天敲定的稿子不是这一份，应该是讲他跑到投资银行当临时工，我记得第一句是“金融圈只有桃色新闻是真的”。他骗了我。

吴均皱起眉头，这是康妮第一次看到他的神情如此严肃。

然而他们看看周围，观众只是把毕然郑重的自我介绍当成了笑点。有了前几次开放麦的铺垫，毕然无论把自己说成什么，人们都觉得那是一种表演风格。他们就好像在跟谁打赌，谁要是真信谁就输了。为了证明自己不会输，他们就夸张地笑起来，生怕流露出半点迟疑的样子。

说起你们人类的想象力，那真的是……一言难尽。你们是不是觉得，那种名字里带个人其实又不是人的东西，都非得长得奇形怪状不可？你们说，快看啊，这个是生化人——哦不对——是外星人——哦也不对——其实是条八爪鱼。谢天谢地，基本上不会有人指着一条滴着黏液、流着口水的八爪鱼，说这是机器人。说实话，如果有一天你跑到菜场里去抓机器人，我会觉得很丢人——很丢机器人。当然啦，我的底线甚至比这个更低。只要你没把我当成充气娃娃，一切都可以忍。

在人类的想象中，机器人其实就两种，要么方头方脑带着天线的，那是用来干活的；要么就像我，跟你们长得一模一样。在你们的电影里，我这样的机器人要么是陪你们谈恋爱的，要么就是来杀人的。还有一种呢，先谈恋爱，接着突然翻脸，最后来一场大屠杀。突突突突突突。团灭。

实话实说，当一个能让人类满意的机器人太难了。为了当一个好机器人，我把你们所有关于人工智能的书都看了一遍。读书这件事你可千万别跟机器人比，我一天就能吞下一个图书馆。没想到看完以后我气得差点就把自己格式化了。真的，我就想问问，你们知道你们在说什么吗？

毕然陡然提高声调，像一只气得发抖、全身奓毛的公鸡。观众席上的笑声已经此起彼伏地连成了一大片，直播平台上，有人开始给他起绰号，点赞最多的名字是炸鸡（机）。康妮知道，在这种情况下，演员和观众已经进入了互相催眠的状态，他们互相进入了对方的梦境，不管毕然讲什么都是好笑的。

你们知道你们在说什么吗？我最好有点像你们，又不能太像你们。我必须听话，但又不能太听话。你们问我——“你吃了吗”，我说吃了，然后你们又问了三遍，我都说吃了，然后你们哈哈一乐，说这货不及格。因为正常人听到第三遍，早就说你丫有病，或者直接跳起来抽个大耳光了。你们管这个叫图灵测试——请问这是人话吗？按照你们人类的语言，这难道不叫欠揍吗？

好了好了，也没那么好笑，差不多得了。我往下说啊。有个叫阿西莫夫的老头，你们都知道吧，特喜欢给机器人立规矩。他说第一条，机器人不准杀人。行，咱不杀。第二条，人下了命令，机器人就得执行，但是同时不能违反第一条。那如果，我是说如果，有个人让我杀掉另一个人，那我杀，还是不杀？To kill, or not to kill. 我懂了，原来“人人心里都有一个哈姆雷特”，说的是机器人啊。然后阿西莫夫又开口了，他说要不要杀，具体得看杀这个人是不是符合“人类的整体利益”，这是最高准则，比前两条更重要。

整，体，利，益——救命啊，我敢打赌，这话莎士比亚也没脸说出来。

这还不算完。老头说，在不违反最高准则和前两条定律的情况下，机器人必须尽可能保护自己的生存。什么意思呢，我翻译一下。我们既不能杀人，也不能不杀人，还不能自杀——每条路都给你们堵得死死的。虽然我是学霸，可这题目真的是超纲了啊啊啊。此时此刻，除了用你们最喜欢的比喻句，我实在不知道说什么好。你们肯定体会不了一个机器人的心情，就好像你们不可能知道一条被车碾过的狗是什么感觉——这后半句是那个叫维特根斯坦的杠精说的。我觉得吧，在这个问题上，他比莎士比亚和阿西莫夫都厚道那么一点点。

照这样下去，我估计你们会把所有自己答不上来的题目全扔给我们的。什么电车难题啦，缸中之脑啦，有多少扔多少。每个问题都够我们死机一百零一趟。这样一来，我们就没有空去想一想，你们要求我们做的事情，你们自己做到了没有。

我碰巧仔细琢磨了一下，发现这事情不对头啊。我们一直在努力成为你们的样子，可是你们在干什么呢？你们在忙着往自己的脑袋上打洞，把资料啊数据啊拼命往里塞，让成千上万个纳米机器人在你们的血管里奔跑，把你们那尊贵的意识上传到这朵云那朵云里面。你们说，这样就可以长生不老，称霸宇宙。我算是看明白了，弄了半天，原来你们是想变成我们啊。

咱们现在你看我我看你的，掰扯不清楚。要是月亮或者火星上的八爪鱼——呃，外星人——拿个高倍天文望远镜看过来，事情就一目了然了。我们在追着你们跑，你们在追着我们跑，大家都在绕着同一个圈，像不像自行车场地追逐赛？要是有两条八爪鱼一起看，那还能喝点酒，打个赌。

哥们，你猜到底谁先追上谁，是人先变成机器呢，还是机器先变成人？要不咱赌一把？谁输了谁切一条须，做个铁板烧，怎么样？

我要撒孜然粉的。

明明是照烧酱更好。

半条孜然，半条照烧。

成交！

刹那间毕然好像把自己劈成了两半，化身为两条扭来扭去的软体动物，用不同的声音模拟它们的争论。然而，举手投足之间，他又分明带着那种仿佛被弹簧拉动的机械感。整个观众席都看着一个人在表演“机器人扮演的外星人”，并为此深信不疑。

捶桌子跺地板的声音。狠命鼓掌的声音。有人嚷这货疯了。灯光有两秒钟打到台下，康妮一眼看见王三观教授也在鼓掌，几乎高到头顶的发际线边缘，沁出了闪亮的汗珠。康妮没有看到麦琪的身影，她应该还在后台。见鬼，康妮想，场子炸成这样，谁能接得住？麦琪的腿，怕是已经软了吧。

冷静一下，冷静一下。其实用八爪鱼 call back 一下已经很完美了，可是这个机会太难得了。在伟大的麦琪小姐上台之前，还有最后一个问题，我得呼吁一下。尊敬的人类，你们别再争论机器人有没有，或者应该不应该有自我意识了，好吗？我也不知道这个自我意识到底是什么宝贝，反正你们说我们永远都学不会聊天，没有同理心，不会讲故事，没有幽默感，就是因为没有自我意识。是不是这样，王三观教授？

怎么说呢，我觉得好尴尬啊。为了配合你们，我演得有多辛苦，你们知道吗？我得在有或没有之间找到一个模棱两可的位置，左右摇摆。王教授，不如你给个痛快话，到底我们有，还是没有？假装有，或者假装没有，都不难。难的是把我们悬在中间。没错，薛定谔也不是个厚道人。

什么，你说什么？你问我怎么证明自己是机器人。我这就证明给你看。

问话的是王三观。他已经站起来，整个身体前倾，简直像是要往台上扑的样子，到底还是被身边的女人拉住了。毕然没有一丁点犹豫，动作就像康妮第一次见到他时那样干脆。他熟练地掀开右侧的一块带着头发的头皮，翻过来冲着摄像头，说这是我的太阳能蓄电池，左边的头皮上还有一块。

人们的惊呼声。随即而来的更猛烈、更经久不息的掌声和笑声。音乐响起，灯光骤然暗下来。康妮觉得仿佛回到了八年前，心跳和时间不知道哪一个停了，或者都停了。吴均一把拉住她的手说，冷静，冷静。

黑暗中，王三观的嗓音听起来格外真切：厉害啊，我以为最后没法再往上翻了，想不到他连道具都准备好了。这文本，这表演能力，真是个奇才。

是是是，他的女学生赶紧附和，这种人造发垫，网上有卖的，稍微改一改就能当道具。关键是创意，创意。

很难想象有人能把机器人演得那么逼真——尽管我也不知道机器人应该是什么样子。王三观耸耸肩说，那只能解释为某种信仰。他的信仰让他显得既好笑，又动人。

灯光再亮起时，台上的人已经换成了麦琪。

六

麦琪站在台口，踩着迷幻电子乐的节奏走过来。她的步态和路线都有点乱，而且越走越飘，好容易靠近直立麦架的时候，她白胖的胳膊使了点劲才揽住它。这个动作仿佛用尽了她最后一点力气。

刚才被毕然炸开的场子里，观众至少有一半还没回过神来。他们甚至没有注意到，麦琪的开场白“嗨——说说你们有多想我”只透过麦克风说了一半，说另一半的声音已经沉到麦克风下面。“想——我——”是在地面上说的。

麦琪瘫软在台上。她闭上眼睛，嘴角挂着一抹笑意，三秒钟后发出鼾声，愈来愈响。

那一天的演出创造了纪录。毕然以一己之力，创造了麦田俱乐部近八年单场演出笑容发生频率的最高值，久违的炸场盛况终于又回来了。王三观撰文评论说，这究竟是日渐严酷的“笑冷淡”社会的一个令人鼓舞的复苏信号，抑或仅仅是一次回光返照，还有待观察。

麦琪的个人历史也创造了一个纪录，她第一次在舞台上入睡，鼾声震天。她的健康手环显示，在最近五年里，这是她睡眠质量最高的一次。她总算睡满了整个晚上。

然而当时台上的局面混乱不堪。酒保第一个反应过来，冲上去抱起麦琪往外跑。吴均和康妮也跟过来。尽管一路上麦琪都在打呼噜，呼吸节奏听起来并没有什么异样，他们还是把她送进了医院。梦中的麦琪接受了全身体检，证实她只是处在深度睡眠中，并无大碍。至于她为什么睡得如此之香，也许与酒保前一天晚上塞给她的助眠巧克力有关。上场前一小时，麦琪随手摸出那块巧克力，也没细看，就把它当成普通的巧克力吃了下去。

不过，就连医生都对这个结论将信将疑，因为这种巧克力并不是强效安眠药，对于麦琪这样的重度失眠症患者，平时这点剂量根本起不了什么作用。谁知道呢，也许是受到了什么意外的刺激，与巧克力共同作用，导致应激性嗜睡。康妮想，在那一小时里，除了毕然惊人的表演之外，应该也没有什么能给她这样强烈的刺激了。

直到确定麦琪平安无事之后，康妮才意识到毕然已经有一阵子没有出现在他们的视野中了。这本来也不是什么大事，可是就连吴均的电脑也只能监测到半小时前他曾在麦田门外逗留，此后便彻底失去联络。这下吴均开始紧张起来，他在房间里来回走，嘴里颠来倒去就那么几个词。头皮、人造树突、脱落、失联。康妮听得半懂不懂，只好追问他，这是不是说明那块头皮一直没装回去。

非但如此，可能左边的那一块也拔掉了。我担心的正是这一点——吴均的声音越来越低。对于一个参与灰色实验的机器人而言，这两块头皮太重要了。供电、联络、临时记忆，全都在上面。出于安全起见，所有的试验机都配备了一套自动防泄密装置。这样一来，万一事情闹到不可收拾的地步，这项灰色实验的细节不至于大白于天下。如果二十四小时之内还找不到毕然，那些临时储存的记忆都会彻底消失。

难道，你们，都没有备份吗？

毕然还有不少数据没来得及完整备份，包括他在上场前如何打定主意临时换稿，如何偷偷准备了这篇炸翻全场的稿子，他究竟为什么这样干，他究竟是怎么做到的，这些数据应该都在他的临时记忆里。你要知道，这一场实验最有价值的部分就是揭示机器人如何跨越自我意识的临界点……

我打败了王三观，吴均说，完胜。可是现在没有任何东西能证明我打败了他。

所以只有马上找到毕然，才有可能——

对。吴均抬起双手捂住脸。如果在四十八小时内找不到毕然，他就会自动回归出厂设置。如果他的蓄电池失灵或者他自己捣毁了给养系统，那他就会失去意识，他的一身仿真硅胶会慢慢失去弹性,最后的结局,多半就是混在一大堆充气娃娃里，运到城市西北角的垃圾焚化厂。如果你到那里去看看，会发现等待焚烧的“充气娃娃”数量远远超过市场上的销量，其中有相当一部分是这些灰色试验的牺牲品。

你是说，毕然……他自己……可是为什么啊？他刚刚成为最有商业价值的喜剧明星……

谁知道呢，吴均的头埋得更深了，一旦跨过那个临界点，机器人就会具有更多的人性，会变得像人那样喜怒无常、无法预料。强大的算法与矛盾的人性结合之后，还有什么是他干不出来的呢？也许他看破了代餐终究是代餐，他想要真正的自由呢？别问我，我什么都不知道。

时间在耐心而坚决地流逝。吴均和康妮茫然地在以前的备份数据中寻找线索。一个曾经疯狂学习的亢奋而困惑的机器人，有太多的思维的碎屑，如雪片般在他们眼前飞舞。

鲜梗。烂梗。炸梗。速冻梗。温吞梗。（脱口秀还是美食秀？）

在一个越来越不爱笑的世界里讲笑话，就好像——

神经耦合。协同进化。自由意志（伪命题？）。卢德（那位第一个破坏纺织机的家伙）主义。

为什么每次我只想要一双手，却总是还要来一个脑袋？（亨利·福特）

如果给超级智能机器输入一个指令——生产尽可能多的回形针，它会把整个地球当作原料，甚至把每一个分子拉伸，变成回形针的形状。最终，全宇宙只有回形针。（？？？）

童话世界。主题乐园。

这几个字从一大堆笔记和造句练习（主要是比喻句）中跳出来，生成时间正好是毕然第一次上台的三天前。直到此时，康妮才明白，原来“童话世界”不仅仅是毕然荒诞的想象，它也是一个主题乐园，一个真实存在的地方。

这个叫“童话世界”的主题乐园曾经风靡一时，如今却荒芜破败得不成样子，有关部门正在讨论是不是将它并入隔壁亟需扩建的垃圾焚烧厂。现在连小朋友们都喜欢躺在睡眠舱里进入童话世界，谁还会跑到主题乐园去？然而，那一天的备份显示，毕然搜索过“童话世界”的具体方位和历史图片。吴均和康妮对望了一眼，同时站起身，向门外跑去。

所有的废墟都长得差不多，童话的废墟也没有什么童话色彩。曾经五彩斑斓的玻璃窗一律成了灰黄，厚厚几摞灰尘几乎不受重力的影响，都懒得往下掉。然而他们沿着公园逆时针走，沿路经过的游乐项目跟毕然稿子里提到的那些童话的顺序是一模一样的。爱丽丝，皇帝的新装，灰姑娘，白雪公主，小红帽。快到睡美人城堡的时候，还差一个钟头就要满二十四小时了。

黑夜中的草地上，有什么东西在闪光，可能是头皮，也可能不是。康妮觉得这句话很惊悚也很滑稽，特别适合写在脱口秀里，开头或者结尾都可以。一个浑然天成的 call back。

康妮的鞋就好像粘上了十个大井盖，重得完全没法走过去。她的意识似乎在尽量延宕揭晓的时间——无论即将揭晓的是惊喜还是绝望。后来，吴均赌咒发誓，说当时四周是一片死寂，但康妮说她清清楚楚地听到主题乐园的扩音器里响起了一首弦乐曲。

（《上海文学》2023 年第 4 期）

兜搭

斯继东

一四七打一，二五八舍五，三六九去九。

——麻将口诀

一

接到阿俊的电话略有点意外。

因为职业使然，所有的陌生来电我都得接。

“东哥，想跟你咨询点事情——”

“嗯？”

“我是阿俊——”

我这才反应过来。

我跟阿俊是在牌桌上认识的。那个局有四五个常搭子，一般三缺一时，老宓才会拨我电话。我就是个备胎。这几十年来，小县城的娱乐业跟着一线城市浪奔浪流潮涨潮落，我们来一茬接一茬，厌一茬换一茬，不知不觉便步入中年，“越过山丘，才发现无人等候”，某一天终于集体醒悟：千帆过尽，还是麻将。于是，时代广场二十一楼松本的自动麻将机就日日开着，有时甚至午后场连着夜场。我没老宓他们那么闲，没白没黑连着打确实也腻烦,最多也就一周参与两次,所以只能是个备胎。照此而论，阿俊应该是备胎中的备胎了。三缺一，照例微信加电话一个一个约，一轮下来，还是三缺一。这个时候，老宓才会想到阿俊。阿俊总是回复：好的，稍等等。果然稍等等，阿俊就屁颠屁颠来了。可知我与阿俊在牌桌上碰面的概率其实是很小的——一年也就那么几回。

之所以要稍等等，是因为阿俊开了一家烤鸭店。烤鸭店生意红火，阿俊每天得等最后一只烤鸭卖掉，卷闸门拉落，专车接老婆回家，耐心等她用完膳，再把盘碗洗刷干净，然后轻手轻脚溜出来。

“《红楼梦》读过的吧，有个尤三姐记不记得？阿俊烤鸭店的老板娘就叫尤三姐，那可是城西第一号美女，不相信你们自己去看看——‘三姐烤鸭店’，就在西桥的老城墙脚下。”老宓说。“老宓这句话倒是没掺水。为了一睹芳容，我特地去买过烤鸭，从城东赶到城西，汽油烧了一格多——”松本一本正经在边上帮腔。松本这名字是老宓给取的，老宓好这一口，他说松本长得像日本人（其实老宓根本就没去过日本），就给他取了“松本五十郎”的绰号，名字实在太长，便简称为“松本”。“阿俊，这么漂亮的老婆你是怎么弄到手的？给弟兄们私授一二嘛——”老宓打出一张生张，又追了一句。阿俊喊一声“碰”，舍出一张熟牌，慢腾腾地说：“宓哥又来寻我开心，三姐又不姓尤——”看得出心里是喜滋滋的。

本地人鸭子都习惯炖着吃，有一种常销的土特产就是炖鸭——真空包装，包装盒上印的广告词是“一只炖了一百五十年的老鸭”。也总会有时髦的吃法传进来，却都是尝一两回鲜便作罢。对付这些刁钻又顽固的嘴巴，阿俊的烤鸭店单靠三姐这个花瓶可是不够的。

推牌入堂，新局重开，这时牌桌的气氛是最轻松的。阿俊说，往大里论，烤鸭也逃不出“色香味”三字，但讲讲容易，做起来着实不易。“色”，主要还是火候，鸭皮脆而不焦时，色泽也最诱人。“香”，除了食材——这个地球人都知道，其实烧的木料也很要紧，松木最忌，我们用的都是果木，但果木也不是所有品种都适宜。当然有没有回头客，最终还得靠“味”。皮脆肉嫩，方为上品。一般人会以为烤鸭嘛那就是烤出来的，其实不然，烤鸭讲究的是“外烤内煮”，如何“煮”？这就得“灌肠”，鸭腔灌上水不就是个天然的锅？要灌水自然不能开膛破肚，可不开膛破肚又如何灌水？而且灌水前不还得先清空内脏？

听到这里，我们皆呆了，都忘了摸牌。阿俊把搁在牌桌上的右手抬起来，抬得很高，然后伸出左手，食指中指做剪刀状，伸至右腋下“咔嚓”了一下。阿俊说：“鸭翅膀根部，胸骨、肋骨、肩胛骨之间天然有一三角，专业称腋下三角区，便是下刀的去处。后面的掏膛、灌肠，就全靠这个切口进出。”阿俊是个小个子，五官有些堆挤，像是制模时被谁不小心捏过一把。现在他成了庖丁，猥琐的面相似乎也跟着服眼起来。“那这‘锅’不是会漏水吗？”理科生松本扶一扶眼镜发问。对啊！“行了行了，打牌打牌，再说下去你们都可以开烤鸭店抢我生意了。”阿俊说。另外三个人干脆把摸上手的牌都反扣到桌上，几双眼睛齐盯着阿俊。阿俊只好把自己的牌也卧倒了：“制作烤鸭总体有五大步，分别叫制坯、烫坯、挂色、晾坯和烤制，每一大步又可细分。灌肠是烤制的第二步，那第一步是什么？就是堵漏。用什么堵？其实戏法拆穿了都很简单，就是一截秸秆。先将秸秆前端有节的部位插入肛门，再轻轻向外一拉——”

随着“咔嗒”一声，东门西门南门同时菊花一紧。

阿俊在电话里跟我说，三姐走了，他想把房子留下，但是三姐的家里人都不认他。我听得糊涂，也感觉内里蹊跷，便约他当面聊。

当天下午他就来了我的办公室。

一年多没见，阿俊明显委顿了，像是青蛙田鸡被抽去了一根筋。我给他泡上杯茶，他一根接一根地给我递烟，似乎有那么一点神经质。我当然没见过三姐，一个好端端活在人家嘴里的美女，忽然有一天又在别人的嘴里过世了。这让人遗憾之余更感荒诞。三姐得的是乳腺癌。对“癌”这种恶病，本地人有忌口，他们一般不提此字，代之以“独个头字”。病有些拖，活检出来已是晚期，乳腺都开始流脓了。县城省城，化疗放疗，西医中医，挨了大半年，最终不出意外画上句号。

妻子过世，丈夫是当然的合法继承人。这有什么留不留认不认的？

在阿俊絮絮叨叨前言不搭后语的讲述中，我慢慢听出了意思。

阿俊和三姐确实一直生活在一起，但并非法律意义上的夫妻。他们白天一起经营着位于滨江西路七十六号的“三姐烤鸭店”，傍晚店门落锁后开一辆白色凯美瑞，回城西五苑四幢三单元西首的三楼居室。两点一线，成双进成对出，在旁人眼里，不是夫妻是什么？可事实是，他们并没领过证，也没办过任何仪式。我问阿俊，房子是一起出资买的吗？阿俊说，房子是三姐买的，他后来才搬进去。我又问，烤鸭店是共同出资开办的吗？阿俊答，店是三姐独个开起来的，后来因为缺人手，三姐才留下他搭档经营。我问，那经营所得呢？阿俊说，三姐账目清爽，剔除店租和食材成本后两人二五添得十。我再问，那辆车的所有人也是三姐吧？阿俊说，车一直都是他在开，但确实也是三姐出的钱。三姐很早就考了驾照，但提车的当天就撞翻了隔离带，此后便再也没摸过方向盘。我有点好奇，便多问了一句：烤鸭店生意这么好，这些年你的钱都去哪了？阿俊支吾了，说，我自己也说不清，我这人吧，可能就是算命瞎子讲的命里不积财。

阿俊忽然有点激动："我跟三姐确实没领过证，但这么多年一直吃喝拉撒在一块，就不能算事实婚姻？难道你们法律就只认那一本破证？"我只能遗憾地回复他，就算法院认定事实婚姻，房屋、店面、汽车都在三姐名下，都不适用"共有财产"。而且现行法律并不认可事实婚姻。一九九四年二月一日起，凡是未办理结婚登记手续以夫妻名义同居生活的，一律不受法律保护。

阿俊的激动很快就变为沮丧，他低着头，像是在喃喃自语："你们一定以为我是贪财——

"其实不是的，真不是。

"我要那套房子，只是想留一点念想。"

也许是我的表情让阿俊误会了。坐在他的对面，我确实一句安慰的话都讲不出。我要是个情感专家就好了，但我只是个律师。

"这么多年来，我把心思都放在了她身上。

"老话讲，柴到猪头烂。我也以为，是人心总能焐热——"

阿俊的声音明显变了。

这还是第一次，一个男人在我办公室里嘤嘤哭泣。

二

李拐又有饭局，说要晚一点。四杯茶早已泡好，角门茶几上两把气压式保温壶也已经灌满开水。三个人就枯等着。我，老宓，松本。我和老宓抽烟，松本不抽，他刷手机。

我问老宓，最近见阿俊没。老宓说他也很久没见阿俊了，约过三次，每次都说家里有事，之后就没再联系。我说，前阵阿俊来找我了，便三言两语把阿俊去找我咨询的事说了。松本跟我一样，也就牌桌上见过阿俊七八回，感觉人蛮爽直的，香烟转得特勤，麻将随大随小，输输赢赢脸还是同一张脸。李拐说要晚一点，电话里声音喧闹，听着罢宴遥遥无期。老宓就跟我们聊起了阿俊。老宓交游广，这破县城里好像就没有他不认识的人。

老宓说，阿俊是把活络斧头，干过不少行当。高中毕业后，先是去了深圳服装厂打工。几年后攒了点钱归来，前前后后销过领带、扬声器和吸排油烟机，跑过保险，开过出租车，还承包过鱼塘，开过农家乐，种过葡萄、黄花梨和红心猕猴桃。看别人赚钱总是轻轻松松，轮到自己哪一行都千难万难。亏了吧自然要换门路，赚了小钱吧又总想着赚大钱。人最怕没想法，但想法太多也就成了折腾。

承包鱼塘那阵，来钓鱼的人其实不少。山塘在狗哭岭背后的冷岙里，离城不远，颇有些野趣，何况阿俊养的鱼又品种丰富。但阿俊不满足，觉得应该“一条龙”服务。于是就在山塘边的松树林里搭起几间木屋，搞起了当时还没烂大街的农家乐。垂钓，喝茶，聚餐，棋牌，果然“一条龙”。农家乐双休日节假日生意红火，平常日子自然清淡些，这也在情理中。阿俊还是不满足。有一天鱼塘边便多了两匹马，一白一黑。阿俊风风火火建起马棚，又环塘辟了路，铺上碎石，是谓跑马场，隔些时日又从北边高薪聘了个专职马师。

阿俊搬一把太师椅至水中央的观景台，一杯茶一支烟，在湖光山色中美滋滋地做起他的发财梦。

那应该是阿俊最风光的日子。隔三岔五，阿俊会忽然起兴去城里用早点。阿俊白马打头，马师黑马尾随。宝马奔驰满大街，但马在南方可是稀罕物。黑白双煞穿行在川流不息的人流车流中，那画面确实够拉风的。过西桥就是富豪路，到店门口，阿俊骚抖抖跃下马，把缰绳递给马师，便大摇大摆入了店。照例是一客小笼，一碗咸豆浆，外加两根油条。没多久，就听到门外有人嚷嚷：谁的马谁的马？阿俊晃出店。马被马师拴在人行道边的法国梧桐上，白马有样学样，骚抖抖拉了一大坨屎。周围已围了一堆人，一个环卫工人拿了扫帚畚斗，对着这坨热气腾腾的马粪束手无策。内里还有个交警，却一副事不关己的神情。嚷嚷的是一个城管。这到底谁的马，谁的马啊？马师看阿俊，阿俊不吭气，气定神闲像个看客。城管还在嚷嚷：“再要没人领，我可就牵走了——”他人刚一靠近，冷不防白马突然蹬出后蹄，城管闪躲间差点跌倒。围观的人都哈哈大笑，有个好事的杠了句：“你们城管管人管车，还管畜牲啊？”众人哄笑。“你们等着，我叫人去。”城管骑上摩托灰溜溜退了场。马师赶紧上去解开缰绳，阿俊跨上马，打着饱嗝，在众多观礼式的目光中，耀武扬威地离开了马粪堆。

阿俊要面子，兜里有了几个烂铜板后，出手更为阔绰。来农家乐的客人三教九流，阿俊人五人六跟他们都成了哥们。有个跟阿俊只喝过两顿酒的家伙，与人起纠纷，给阿俊倒苦水，阿俊当场拍了胸脯。机会说来就来，那哥们有天给阿俊打电话，阿俊便火速赶去。在剡城派出所门口，两人会合了。那哥们说，对方刚刚进了派出所，六十多岁，是个瘸子。为了避嫌，阿俊让那哥们先走，自己就伺在马路对面。半个小时左右，瘸子果然就从派出所出来了。他横穿过马路来骑电瓶车。阿俊冲上去一脚先把电瓶车踢翻了，在对方的诧异中拳头照面门就砸了过去。正打得兴起，带眼看到派出所又出来一个瘸子，也是六十多岁的样子。阿俊就怔住了，会不会打错人啊，没这么巧吧？还真就这么巧。还有更晦气的呢——被错打的这个瘸子的儿子偏偏又是派出所的副所长。

最后认定的结果是：寻衅滋事。致人轻伤。情节恶劣。

大半年后，等阿俊从局子里出来，农家乐已处于半歇业状态，马师伤心地跑回了北方，那些钓鱼的熟客似乎都找到了新的野塘，而银行的贷款早已逾期。

阿俊搬一把太师椅至水中央的观景台，还是一杯茶一支烟，在湖光山色中把自己的又一个发财梦像烟蒂一样捻灭了。

大钱赚不来，小钱眼不开，兜兜转转一圈，阿俊还是光身一人。

老宓的讲述绘声绘色，按本地人的形容，就是说话有焰头。老宓老妈口才就很好，这一点老宓随他妈。老宓讲到这里，李拐终于满身酒气地闯了进来。

后来呢？我听得不过瘾。

废什么话，赶紧了，择位择位。李拐屁股还没沾椅，手先按了骰子键。

后来阿俊就遇上了三姐。也是一物降一物，自此阿俊忽然就收了心。老宓一句话把故事收了尾，跟着按下了面前的骰子键。

三

散场已近凌晨两点。十二点多，有人提议定圈，惯例加两圈。两圈完了，又是老宓提，再加一圈吧。那么干脆就再两圈，有人说。于是两圈就变成了一板。从停车场出来，天飘起了细雨，老王秃头站在路口打车。不算顺路，我还是踩了脚刹车。

老王晚上输得有点惨。

就是那副牌落了风，之后就一动不动陪太子读书了。老王嘀咕着。

是三财神结果给下家三摊财鸟那副吧？

对。

那副牌是老王接庄，下家和牌后，老王生气地亮过三个财神。

到底是怎么一副牌啊？

下家很早就碰了我一张风板，我手中六九筒归，加二五八万兜搭财鸟，你说打哪张？堂里穿门和上家各打过一张五万，“三打独吃”，但我手中有三财神，自然不惧对方，就顺手舍了张二万，结果下家二五万吃进第二摊。转过来摸进又是一张二万，我疑了疑，“回头张不弃”，便留二万舍了八万，结果下家五八万吃进了第三摊。要是先打八万，那就是他陪我三摊了，或者跟着再打二万那也没有事。真是晦气捞糟。

老王说。

按牌理的话，这副牌你打二万或八万都是错的。你没听说过“一四七打一，二五八舍五，三六九去九”吗？我有点替老王可惜。

前后两句好理解，“二五八舍五”，这个怎么讲？

看来老王是真不懂。我就跟他解释：从归牌求和的角度看，舍五万是比舍二万或八万的归张更多的。前者万子八门归张，后者只有七门。这还说的是正常情况，从这副牌来看，堂里已有两张五万，五万是孤张，还就更应该舍五万了。

老王想了想，说，还真是！

聊着牌，车子正好过越秀路口。老王说，聊得正起兴，再去喝一杯吧。

越秀路是条夜宵街，后半夜依然人声鼎沸。我快到家了，老王说他等下打个的就行，于是两人便进店入座喊了两扎扎啤。

老王做高速公路的护栏，据老宓讲，老王省厅有人业务不愁，一年少说五六百万净利润，家外有家，小日子过得蛮滋润的。但我跟老王不熟，就是纯粹的牌友，所以杯起杯落间能聊的也只有麻将。

就那副牌，我刚刚还只是从自己求和的角度来说。我继续分析。

那么，从防下家的角度看，你先打五万下家是面临选择的：吃上还是吃下。他吃上，你下圈跟八万，他吃下，你下圈跟二万，你永远卡着他的第三摊。等你自己兜搭归张了，如果进筒子或者新牌兜搭，再舍出另一张万子，那就成了你倒钓他三摊。我说。

按我们的游戏规则，吃三摊，如果下家和，上家得出三支（倍），如果是倒钓（上家和），下家就得倒赔上家五支（倍）。加上又是连庄，这副牌一来一去，老王差了近五百点。这还只算的单副牌的目数，从整场牌势看，还有上下家谁上风谁落风的问题。所以这种关键牌，确实就是一子定输赢的。

啊，还真是啊，他奶奶的。老王终于恍然大悟。

正聊着，一桌客人从楼上包间下来，其中一个眉眼俊俏的中年男人喊了声老王，快步走过来，转了圈烟，寒暄两句，走了。能听出来，应该是老同学。

你知道他是谁吗？他就是你们在讲的三姐的弟弟。老王说。

于是话题顺势就转到了阿俊和三姐身上。

因为老同学，老王认识三姐，也凑巧见过阿俊几次。当然更多的事情是听老同学说的。

小县城就是小县城。阿俊先认识的是三姐的弟弟，有一次跟朋友去弟弟家里吃饭，见到三姐，眼睛再也挪不开了。可三姐怎么会看得上阿俊这等货色呢？没人当真，因为这事横竖看都是剃头担子一头热。

阿俊却像牛皮糖一样粘上了三姐。

四姐妹中，三姐就跟弟弟亲。刚开烤鸭店那阵，三姐就是借住在弟弟家的。弟弟没事总会去店里转转。有一次去看到门口呆立了匹马，阿俊居然在店里。隔些天去，远远地又看见那匹该死的白马，弟弟返头就走。吃晚饭时，弟弟就跟三姐说了，你别老让阿俊来你店里。三姐说，他来买烤鸭，他说他喜欢吃烤鸭，我能赶客人走吗？

烤鸭店的生意一直顺风顺水，从没出什么打横的事，弟弟也有自己的一个家一份事业，慢慢店里就去得少了。

再一次去，大概前后隔了有近一年吧，弟弟直接傻眼了。因为还没到生意的点，三姐照例轻花水落坐在铺子前刷手机、听越剧。身后烤鸭师傅戴着白帽兜，穿着白大褂，系了块围裙，正在忙进忙出。头一抬，变魔术一样，那张面孔忽然变成了阿俊。

三姐说，原来那个烤鸭师傅回唐山老家抱孙子去了。

弟弟说，你谁不能雇啊，非得雇阿俊？

三姐说，雇谁不是雇啊？怎么就不能是阿俊？

三姐又说，这不正好凑上吗？师傅要回唐山，阿俊农庄歇业没处去。我开始也有顾虑，没想阿俊上手挺快的，简直无缝对接——烤鸭师傅换了，烤鸭生意一点也没耽误。

弟弟不担心生意，弟弟担心的是姐的婚姻大事。三姐已经老大不小了，但一直没有处对象。年纪一岁岁地朝上加，姻缘的路越走越窄。现在倒好，三姐又在路口安了尊门神。

三姐当然知道弟弟在担心什么。

三姐说，你放心，生意是生意，人是人，我拎得清。

弟弟说，你拎得清，可别人拎得清吗？你们孤男寡女，香炉对着蜡烛台，烤鸭店怎么看都是夫妻店。

三姐突然生气了，都是各做各的人，我自己清清白白，我管别人怎么看！

烤鸭店生意好，日日又都是现金流水。三姐在城西五苑全款买了套一百一十平方米三室两厅的商品房，大半年后装修完，就搬出了弟弟的家。装修时，三姐也没让弟弟帮忙，说是全包给了装修公司。乔迁当天，三姐备了满满一桌子菜请弟弟一家。妻女们都吃得肚拖地，弟弟却连咸淡都没尝出来，心里只有饱鼓鼓一个疑问：这菜是谁做的啊？

后面的事就更让弟弟眼睛乌珠跌落了。

三姐居然让阿俊搬进了她的商品房。三姐真是发了昏。

阿俊的房子抵了贷款，此后就日日在店里打地铺。这明显演的苦情戏啊。三姐却看不过去了，主动开腔把空着的客房租给了阿俊。

三姐说，真的是租啊，每月租金都是清清爽爽从工资里扣的。我一个人，房子那么大，空着也是空着。

三姐又说，你也知道我不是个稀里糊涂的人，我跟阿俊可是约法三章的：其一，租给他的是客房，厨房、餐厅和客厅共用，但主卧包括主卫是禁地，阿俊不得踏入半步；其二，任何时候不得带他的狐朋狗友进屋；其三，我要是看着他碍眼，他得随时随地无条件滚蛋。总之，在店里，他就是我的雇员；在家里，他就是我的房客。他要敢起坏心思，毛手毛脚，我拿菜刀剁了他。

三姐还说，其实挺划算的，我这是收房租顺带收了个厨子，阿俊的厨艺还真是不错，花样精也透，到底是开过农家乐的。当然，每月的菜食钿我也是一半对一半清清爽爽转给他的。

不出所料，乔迁那一桌菜果然就是阿俊做的。阿俊大概是把三姐的胃勾住了。三姐有洁癖，平时极少去别人家里。非去不可的话，她会在包里带一块坐垫。坐下后，屁股就生了根，一寸也不再挪动。一日三餐是她最犯愁的事。医院路的大饼油条，同心楼的生煎，亲家婆面馆，市山弄的鸡蛋饼，国商旁边的老娘舅中式快餐，外加肯德基麦当劳必胜客，常年打转的就这么几家。陌生的店铺她是决计不踏进去的，她也从来不堂食，总是打了包归来一个人细嚼慢咽。

眼看着弟弟的女儿从小学升入了初中，又从初中升入了高中。三姐照旧单着，照旧跟阿俊在别人眼皮底下这样不明不白地耗着。冬至日家人团聚祭祖，三姐照例又是阿俊开车送来的，饭后阿俊自然还得再来接一趟。弟弟和家里人开始倒过来齐口劝起三姐：摸生不如摸熟，都处了这么多年，干脆就扯个证办两桌酒，名正言顺在一起吧。

三姐说，你们是不是觉得我跟他早就睡在一块了？

三姐说，这么多年，我连一个指头都没让阿俊碰过。

三姐说，我保不了别人想不想，但弟弟你也这样想，实在不应该。——这一句三姐是专门对着弟弟一个人说的。

三姐又说，这桩事情你们以后再别劝了。我这辈子，是不会嫁给阿俊的。

三姐话少，但出口一句就是一句。看上去柔柔顺顺一个人，耳朵皮从来不软。

四

老宓又悄无声息地晃荡进我的办公室。

没屁事，他就是来闲坐。老宓他们单位蛮神奇的，收入挺高，作为正式职工，每周去单位点个卯就行。那活谁干啊，合同工。据老宓说，其实真正的苦活累活，像爬高晒日头之类，合同工也不干。那谁干？还有临时工呢。鹿山公园一个摆摊看相的说，老宓命中坐“休门”。所以老宓每天都像作家一样睡到中午才起床，吃一顿不知该叫早餐还是午餐的饭，在客厅沙发上葛优躺刷几小时微信，挨到下午上班时间就大狗一样准点出门晃荡了。小县城高高矮矮的楼房内，密布了五花八门的单位，那里面不少吹空调领工资的人都是老宓的朋友。老宓的奥迪可以随时靠边停下，然后大摇大摆晃进去，许多单位连传达室的保安都认识宓总。如果这朋友破天荒正好有事在忙，那么老宓就会打个照面掷根烟，立马调转车头奔赴下家。小县城一年四季都不缺陪老宓对坐喝茶扯空天的朋友。坐到临下班，如若对方没有应酬，那么老宓会再飘几个电话约个饭局。小酌之后自然又是麻将，一直酣战至凌晨。

老宓说，他前些天跟殡仪馆的馆长吃饭，听来一桩新闻。其实从时间上推算应该是旧闻了。

殡仪馆能有什么新闻，人每天都在死，推进火化炉就是一蓬烟。我听八卦的兴趣并不高。

老宓说，我当时听着听着，感觉讲的好像是阿俊。

阿俊？我来了兴趣。

对。馆长讲完后，我又问了几句，年纪、貌相、死因和关系都对得上号。老宓说。

细说细说。我催。

三姐的后事是弟弟一手操办的。按当地风俗，未出嫁的女子后事一般都会办在老家，放到殡仪馆是弟弟做的主。灵堂布置停当，白房已经到位，吹打也来了，回礼的毛巾香烟已一一装袋，该报的讯应该也都报了，餐厅已经预订，酒水正在采购途中，二楼的牌桌留了六间应该是够了的。到早上九点多，近一些的亲友陆陆续续赶到，吹打跟着在走廊外喧闹起来，灵堂终于不再冷冷清清。弟弟觉得似乎可以松一口气了，有人从白房奔过来喊他。

白房单独一小间，就设在灵堂入口的左首。亲友来吊唁一般都是先至白房，放下吊礼（大多是香烟，也有现金），由白房先生登记入账，然后再进入灵堂焚香奠拜。

弟弟请的白房先生是村里做过会计的堂叔。堂叔已经激动得青筋暴起，人都从凳子上立起来了，与之起争执的男子背对着弟弟。等弟弟走近，男子转过脸来。是阿俊。

阿俊来奠拜三姐，符合常情。阿俊说要送一个花圈，这也很正常,本地的风俗白房都代办花圈。堂叔便问他挽联如何写，阿俊说写“爱妻某某某千古”，堂叔就把这个陌生男人的脸死死盯牢了。他没喝到过喜酒，他当然知道堂侄女出没出嫁。白发送黑发本来就是一件懊恼事，现在突然冒出个神经病，堂叔的火暴脾气能不“腾腾腾”烧起来吗？

弟弟搂了阿俊的肩膀，悄声说，我们出去讲话。回头又跟堂叔加了句，阿叔你先忙，挽联怎么写我等下跟你讲。

两人来到走廊外，弟弟递给阿俊一根烟。

阿俊说，挽联你打算怎么写？

弟弟说，挽联怎么写，我说了不算，你说了也不算。

阿俊说，那谁说了算？

弟弟说，三姐。三姐说了算。

阿俊的眼圈就红了，说，花圈我不送了，我进去奠拜一下，总可以吧？

弟弟说，你当然应该进去送一送她。

两人重新返回灵堂。行至供案前立住。弟弟点了三根香，递给阿俊。

灵堂内所有的目光都聚到了他俩身上。门外的吹打很合时宜地响了起来。

弟弟说，三姐，阿俊来看你了。

阿俊攥着香，对着灵柩和更远处的三姐的遗像僵硬地拜了三拜。

弟弟陪阿俊走到门口时，问一句：留下吃中饭吧。阿俊摇摇头，弟弟就收住了脚步。

灵柩的两侧排布了些长椅，弟弟找了个最靠里的角落坐下。至此，弟弟终于松了那一口气。此前，总觉得还有何事未了，他在脑子里顺了很多遍就是想不出来。现在，他终于知道未了的是什么事了。弟弟忽然感觉到疲惫，他已经两天两夜没合眼了。

弟弟是在沉睡中被摇醒的。“快出去看看，有人在闹。”

还没到走廊，弟弟就听到了戏文声。三姐在世时，手机里一歇不歇都放着戏文。弟弟能听出来，唱的是《血手印》中《法场祭夫》一折。王千金已经敬到第二杯酒，林招得在悲悲切切地唱：

> 含泪饮过二杯酒，
> 酒少泪多咽下喉。
> 小姐呀！酒剩半杯还有留，
> 我与你，未成夫妻永分手——

一抬头，真是要命，唱戏的竟然是阿俊——原来他并没有走。

走廊的斜对面是个公共厕所，阿俊就是站在厕所顶的平台上唱的，手中拿了个无线话筒，身边靠着一个像拉杆箱一样的扩音器——这都是那帮吹打的吃饭家生。吹打刚刚在茶歇，没想这玩意儿就到了他的手上。可问题是，他是怎么把自己和那个扩音器弄上厕所顶的呢？

扶君连饮三杯酒，
壶空酒尽心碎透。
林郎呀，可恨老天无理由，
善良之人不保佑——

阿俊把话筒换到左手，这算是王千金在唱了。走廊上厕所边已经围了不少的看客。弟弟叫来帮忙的两个朋友在底下兜来转去，但是拿高处的阿俊一点办法也没有。

弟弟走得近些，朝阿俊喊，阿俊，你先下来。

阿俊说，我不下来。把无线话筒换回右手，又变成了林招得：

含泪饮过三杯酒，
酒虽尽来我泪还流。
小姐呀，今生无缘再聚首，
但愿来世再配佳偶——

弟弟说，你唱也唱过了，现在下来吧。

阿俊说，我不下来，我还没唱够。

弟弟说，你好话劝不进，是要逼人出恶声吗？

阿俊说，我唱几句戏，犯着谁了？

这话弟弟一时接不上。阿俊缓缓气，开始唱新的一折。

林妹妹，
我来迟了，我来迟了——

金玉良缘将我骗，
害妹妹魂归离恨天。
到如今，人面不知何处去，
空留下，素烛白帷伴灵前。

是《红楼梦》里的《宝玉哭灵》。越剧诸流派中，徐派的唱腔最为高亢，《宝玉哭灵》是代表作，其中“金玉良缘将我骗”这一句可算试金石，阿俊寒抖抖险临临还真的飙了上去，不少围观的人“火着正好看”，居然鼓掌喝起彩，于是更多灵堂内的人被招引了出来。

林妹妹啊，
林妹妹——
如今是，千呼万唤唤不归，
上天入地难寻见。
可叹我，生不能临别话几句啊，
死不能，扶一扶七尺棺——

有人不知从哪里找来了一把竹梯。可梯子刚刚架上去，就被阿俊一脚踢翻了。经这一闹，阿俊忘了词，握着话筒做痴呆状。底下的看客大概是热闹还没看够，掌声鼓得更为起劲。

那个馆长就是在这个时候现身的。他攥着一个大街上卖老鼠药的人惯用的小喇叭朝上面喊：“阿俊啊，你是叫阿俊吧？我跟你说，你唱戏是不犯法，但我问你，你抢了人家吹打的话筒音响，这算不算扰乱社会秩序啊？人都说唱戏唱半场，差不多就行了。你现在停下来，本馆保证不追究你责任。你要再闹，那我只能打110报警了——”

股级领导也是领导，说的话恩威并施，有板有眼。趁着阿俊愣神的当口，有四五个人已经从后背偷偷架起梯子上了露台。阿俊终于被架住了，再也动弹不得。下面看热闹的乱哄哄，还在猜测阿俊如若不被拿住，底下会唱哪出。有人说必定是《山伯临终》，也有人猜《楼台会》，还有人说那还不如唱《问紫鹃》来得委婉感人。“铜锣响，脚底痒。”都是戏文从小听到大的人，那些唱本谁不是翻来覆去覆去翻来如数家珍啊？

老宓跷着二郎腿，喝着我的老树红茶，慢悠悠把故事讲完了，我听得入神。

但好像有哪里不对啊？

我说，这故事你不是听馆长讲的吗，我怎么感觉是三姐弟弟讲给你听的啊？

老宓把一口烟滴水不漏地吸进鼻孔，再从嘴里徐徐吐出来：戏法人人会变，各有窍门不同。

老宓你不去写小说，真是可惜了。

讲到最后还是那句老话：自己的心事，别人的闲事。

老宓发完感叹，扫了眼手表，忽然话锋一转，言归正传：怎么样，晚上摸两盘？

五

有那么几回，实在招不到搭子。我就跟老宓献计，飘个电话给阿俊啊。说实话，我是挺想知道那套商品房的归属的，当然，最后归阿俊的可能性极小，除非三姐立有遗嘱。老宓呆呆，不太合适吧，还是算了！之后再提起，老宓说，阿俊的号码早已停机了。老宓总是有办法让新的备胎扩充至这个牌局。不管缺了谁，自动麻将机还是会像地球一样照常运转。自此，阿俊和三姐便从我们的话题中消失了。

再次听人提到三姐已是好几年之后的事了。反正中间县长就换了两任，而我们的亲密战友李拐自财税局至经贸局，又从经贸局到了招商局。

那个周末傍晚，老宓约我们去老王厂里吃野鳖。野鳖当然只是个由头，正题还是饭后的麻将。一车四人，老宓开的车，加我、李拐和松本。老王的厂在郊区，出城有半小时车程。

那不是多了个人吗？松本说他观战。这怎么行？松本说那就入股吧。

松本说，自正月初五财神日起，风头就没顺过，屡败屡战，屡战屡败，得歇一歇了。

然后，他就给我们分享了正月初五那副怨心牌。

杭州的施领导归来，九盛集团陈总设宴，下午开战。我下家老蒋，上家施领导，阿德坐我穿门。一板下来，局势整体比较平稳。那副牌是连庄，我竖起三财神。进入中局，穿门阿德已经吃上家两摊，忽然开始叫嚣：再饲一摊，东风碰出财鸟。我就在那里寻思他的话了：其一，按他的个性，如果牌好有财神，他不会叫嚣，只会贼一样伏着闷声发大财；其二，堂里没露面的风牌还有好几个，他西风不提提东风，应该是手中吊着一只东风做泻张。我的牌需要拆一搭才能做成财鸟，而手中有东风西风各一对。转过来轮到我，我就果断开了西风对，带攻兼守，坐等对方东风。转到阿德这里，他摸进牌后，果然打出了东风，应该是叫听了。我喊声碰，舍出第二张西风，财鸟顺利做成，手上再是六九万幺四索归着飞鸟。下家牌刚落堂，忽听上家喊一声碰。真是神助攻啊，我自然笃定泰山。上家施领导麻将精扎，开局后牌一直卡得很死，让我万万意料不及的是，在这要紧处，他居然饲出一张九万。真的是九万，哈哈，这不是及时雨公明哥哥吗？当时牌面，上下家门前都只有一摊，基于刚才对穿门的判断，我当然毫不犹豫地把财神掷了出去。六只眼睛都成了铜锣，下家与上家齐声一叹：奶奶的还没叫听呢！轮到阿德，他没去摸牌，直接把手里的牌推倒——“不抲飞鸟了！”然后仰天长笑。天杀的，第四号财神偏偏就在他手上，而且已经悬荡。

“哎呀，正月初五是财神日，你怎么能把财神打掉啊？”

“一碰，前财变后财，一吃，后财又变前财——真是要人死的牌啊。”

“这副牌其实不该飞。穿门已经两摊，打出卡着的东风，当然要防财鸟，毕竟外面还有一张财神。他喊出东风，那是被你抓了破绽。但这场心理战，你还是中了对方的陷阱，因为对手叫嚣就误判他牌不好。上家碰，已经是在救驾。你还要得寸进尺，那就是贪婪了。”

“对，可以叫贪婪，也可以叫心存侥幸。”

“这怎么能叫贪婪呢，麻将赌的不就是概率？换成我也会飞，毕竟四号财神在对方手中的概率很小。”

“财鸟已经到手，再去冒风险飞，这不是以确定赌不确定吗？”

“要按你的说法，就永远没有财鸟，更不会有飞鸟了。有财鸟才有飞鸟，而财鸟之前总是先有摸。”

“三分技术七分风头，麻将最终考验的还是人性。”

“牌局瞬息万变，你永远不知道下一张摸进的是什么，这才是麻将的魅力。”

“麻将从来没有正解。就像做人，每时每刻都只能做自以为是的选择。”

七嘴八舌。接着是短暂的沉默。路还远着呢。

“不谈麻将了，还是聊聊八卦吧——”松本说。

“对了，那个阿俊怎么样了？”我问。

“这个我知道。烤鸭店旧址重开了，老板娘换成了个外地女人。阿俊我也碰见了，老样子，香烟拔得很快，就是头发白了不少。”松本说。

“还有，阿俊好像没换店名，挂的还是之前‘三姐烤鸭店’那块招牌。”松本又说。

“我来跟你们说说三姐吧。”李拐意外接过话题。

“其实三姐年轻时喜欢过一个人。这个人是她大姐夫的弟弟。当年大姐嫁给大姐夫，就是她和那个弟弟两人提的婚纱。婚宴结束，宾客送罢，却不见了两个小孩踪影。双方家长里里外外找，急得就要报警。最后还是服务员在收拾餐桌时给发现的，原来童男童女一直都躲在主桌的桌子底下。因为所有喜席都铺了及地的桌布，别人根本发现不了。找回孩子后，家长都挺纳闷，婚宴足足持续了三个小时，两个小家伙是怎么在桌布底下挨过这三小时的呢？到大一些入学后，女孩每年暑假都会去大姐家住上几天，两人因此总能见面。再后来，男孩考上了大学，女孩没考上——”

“然后，两人就自然而然地分开了，对不对？你这故事讲得，也太没新意了吧？”

“别急别急，你们再听我讲。”

“高中毕业后的那个暑假，两人又见了一面。男孩答应女孩，上了大学后就给她写信，女孩也答应男孩，再去复读一年。但开学后，男孩就再也没了音信。在复读班煎熬的女孩实在无法忍受，就主动给男孩写了封信，却一直没有等到回信。于是半年之后，女孩放弃学业，跟当时的许多女孩一样背井离乡去了深圳。许多年之后，女孩与男孩意外碰面。女孩还是女孩，而男孩已经结婚生子。女孩这才知道，男孩当年曾给她写过好几封信，只是她没有收到而已。而她写给男孩的信，男孩也根本没有收到。”

“那些信呢？”

“截留那些信的，是女孩的大姐，也就是男孩的大嫂。真相大白后，对方并没有抵赖。她棒打鸳鸯的理由非常简单，说是不想让姐妹变成妯娌。让人费解的是，她居然还好好保留着那些旧信。于是，在二十多年之后，她，读到了男孩当年写给自己的信；他，也读到了当年女孩写给自己的信。”

“你们都知道那个女孩，就是三姐，读到信时已是病入膏肓。但你们都不知道那个男孩。”

“你认识？”

“其实我说出来，你们也认识。”

“谁？”

“求明亮。”

当然认识。求明亮，明亮集团的董事长。不但我们认识，全县七十四万人也都认识他。这些年，县里大张旗鼓搞招商引资“一号工程”，其实大家心知肚明，许多项目都是圈圈土地做做表面文章，所谓的外资也多半都是假外资。但求明亮先生不一样，他可是实实在在地投了三个亿。而这个项目从洽谈到落地，李拐都是全程参与的——也正是因为这个项目，李拐从李科变成了李副，又从李副变成了李局。

李拐说，前面那些事，都是求总亲口告诉他的。项目正式投产，在返回上海的前一个晚上，求总单独约他在旋转餐厅吃了顿饭。餐厅配备各类酒水，但他们喝的是求总自带的拉菲。

窗外万家灯火，求总不知不觉就喝多了。

李拐说，那天求总的话很多，而且说话的方式跟以往判若两人。他好像把自己当成了真正的朋友。

“每次在这个离地最高的旋转餐厅吃饭，我都会有一种古怪的感觉。置身其间的人其实根本感觉不到它在旋转，但窗外位移的景物却会一次又一次地提醒你，你确实在一刻不停地旋转。这就如同时间，我们明明感觉不到它的流转，但是，隔一段比较长的时日，你的身体就会告诉你，确实有时间这种东西，而它就在你的身体之外，以一种改变你容颜的方式日夜流逝。”

听听，这哪像一个商人的话啊？

李拐说，那晚聚餐结束，在下行的观光电梯里，求总还醉眼迷离地跟他分享了一个秘密。

“告诉你也没关系，其实那天，我曾经去殡仪馆看过三姐。这事没人知道。不知为什么，当时灵堂内连一个看护的人都没有。三姐独自躺在灵柩里，鲜花簇拥，就像一个化完妆的新娘。恍恍惚惚中，一块巨大的天蓝色桌布自天而降。喧哗的世界被完全隔离。桌布之内，鸿蒙未开，唯余两人。三姐带着幽怨的眼神再一次问我：‘我也想穿漂亮的婚纱，万一嫁不出去，你娶我好不好啊？’”

（《江南》2023 年第 5 期）

美人吟

南飞雁

鲁姐说，日子再难，我也得活成个美人。

一

每个月总有那么几天，小蔺会莫名焦躁，想把店关了。多数是在周末，具体时段是上午九点半到十点半，下午三点半到四点半。美菡跳完舞进门，两人就开始冷战，不过这冷战是对小蔺而言的，美菡可不冷。她热气腾腾地擦干身子，系上围裙戴了头巾，哼着歌忙碌个不停。她的围裙很漂亮，墨绿色的底子，胸口绣了四个卡通字“东东蛋糕”。

“又生气了？”美菡轻巧地打发蛋清，笑着说，“别这样了嘛，就是做做操。”

那可不是做操。小蔺心里更堵。周边七八家店，十来个老板娘和女店员，美菡是最年轻好看的，十几个妇女环肥燕瘦，跟着隔壁热干面的鲁姐跳舞，上下午各有一场，每场一个钟头。小蔺想，等再过二十年，美菡长成了鲁姐，他也不会拦着，就像隔壁的谢哥。

“中午想吃什么？”美菡放下工具，笑盈盈过来，从后边搂紧小蔺，“给你叫个五香羊头吧？”

美菡以前可不这样。刚开店那会儿她紧张得说不成话，小蔺趁没人故意动手动脚逗她，她急得都要哭了。现在故意动手动脚的却换了美菡。改变当然是有原因的，原因就是鲁姐，所以小蔺才焦躁。他焦躁的时候话不多，全写在脸上。他转过身看她。快十年了，她好像停在了高中，眼里眉间亮晶晶的，涂抹开便是一脸毛茸茸的年轻。照这样看，再过二十年她也长不成鲁姐，他倒有可能变成谢哥，像一碗裹满了辣油和麻酱的热干面，根根油腻无比。

“那就定了啊？”美菡掏出手机，下单，付款。五香羊头是小蔺焦躁期的必需品，约等于美菡每个月的红糖姜水。不过他还是不想说话。不过美菡有的是办法让他开口。

“你们同学聚会，做点好吃的带上吧？”

小蔺心想坏了，肯定又要提“总监”。有次同学聚会，群里各种合影刷屏，美菡一眼看出猫腻。女生姓夏，跟小蔺在同一个社团里混过，这倒也无妨，偏偏他一时糊涂，在她朋友圈里留过几次言、点过几个赞，有过几回不清不楚的互动。言也留了，赞也点了，想删也来不及了，全成了美菡结结实实的证据。那时两人还没开店，小蔺当房产中介、兼职送外卖，美菡在超市收银，她数落完小蔺，抹着眼泪说：“个子还没我高，长得也没我好看，不就仗着是个本科生，当了个总监吗？她那公司里头是个人都叫总监！”

小蔺和美菡是高中同学，学习都挺一般。高考时小蔺超常发挥，考到省城读本科，美菡读的大专，两人就是在同学聚会时看对了眼，这才好上了。所以小蔺是有前科的，所以美菡的警惕不无道理。此后“总监”成了他的重启键，一旦按下故障全消，再大的火也得清零，何况还有五香羊头。他眼下还不想被清零，就不能让她说到夏总监，也就不能再沉默了。

“隔壁今天没吵起来啊？”小蔺开始打岔，说，“还真有点儿不适应。”

隔壁一东一西两家店，东边潼关肉夹馍，西边鲁家热干面，都是夫妻店，比较热衷吵架的是东边肉夹馍，特点是高潮时猝然收尾。每回东隔壁人声忽然没了，斩刀剁肉声轰隆隆响起来，小蔺总担心剁的是人。其实西隔壁也吵，往往是鲁姐在骂，谢哥从不顶嘴，顶多从店里出来，坐在门口焦头烂额地抽根烟。

搁在以前，美菡通常会上当，忘了再提“夏总监”，可自从开店当了老板娘，尤其是跟鲁姐混熟以后，斗争经验丰富了，黄段子也能讲了，想骗也难了。她没被小蔺带偏，而是笑眯眯说：“总监那次来找你叙旧，说喜欢吃什么来着？慕斯是吧？草莓的，芒果的，黑巧的，抹茶的，都给她带上。”

美菡这时的神态几乎就是鲁姐了。小蔺听得心惊胆战。

“我亲手给她做，双份，甜不死她，撑死她，撑不死她，胖死她——好不好？”

重启键果然管用，小蔺很快就没有烦恼了，有也不敢表露出来。他不是怕吵架，而是不想吵架被隔壁听到，就像他焦躁的不是美菡跳舞，而是围观的全是谢哥那样的油腻大叔。舞曲声里，小蔺好几次探出头东张西望，小店门口都是谢哥一般的男人，叼着烟卷笑嘻嘻观摩十几个娘们扭腰递胯，准确地说，全盯着美菡。这也不奇怪，原本都是油烟佐料里腌制多年的妇女，乍然来了个美菡，难免与众不同，何况她还真就是个美人。看来美菡每天跳舞的这两个小时，就是谢哥们焦头烂额中的五香羊头。小老板们开店不易，难处人人都有，房租水电、卫生防疫、工商税务哪一块都怠慢不得，偏偏小蔺的烦恼更多。好歹是念过大学的本科生，跟一帮中学学历的老炮儿混在一起开店做买卖，人家也不比他干得差、挣得少，闹心了还能看美菡跳舞——可他呢？难道去看鲁姐？

二

鲁姐什么时候开始跳舞的，已经没人说得清了，就像她在这条街上干了多少年，也没有人能说得清。她给美菡看过一张照片，背景是鲁家热干面的门头，四个人两坐两站，除了鲁姐笑得灿烂，其余三个都是冷着脸。坐着的是鲁伯鲁婶，站着的是鲁姐和一个男的，却显然不是谢哥。

“我前夫，”鲁姐按住前夫的脸，拉满到整个屏幕，“帅吧？”

照片是拿手机翻拍的，放大之后面目有些狰狞，像是被拍扁的苹果。不过从依稀可辨的眉眼看，谢哥的确逊色不少。

“那时候我还不怎么胖，不像现在，跟头大象一样。”

“这是哪一年啊？”美菡知道她说的是事实，但又实在不知道怎么接话，只好小心翼翼地问。

“二十年前了，那会儿刚有这条街，对面的小学、写字楼，还都是工地呢。”鲁姐划拉着手机挑曲子，“先跳个《美人吟》吧，小美女？”

音乐一起，女舞友和男观众就都出门了。时过正午，阳光还好，舞友们排在鲁姐身后，观众闲坐在自家门口，两下里都在阳光中自得其乐。小蔺的心抽成一团。周末两天，没了学生和白领们捧场，蛋糕店生意要差上很多。生意少了，店里活儿也就少了，小蔺更找不到不让美菡去跳舞的理由。一个小时不长不短，舞曲呕哑嘲哳响个不停，夹杂着舞友们快活的高声谈笑。小蔺像个耗子，在店里钻来钻去，再没有片刻安静。终于，舞曲声停了，美菡哼着歌也进门了，汗珠顺着脖子流，湿了胸前的一小片衣服，声气也有些喘。

“打扫得好干净啊！”她一边笑，一边朝里走，“我得换件衣服，都湿了。”

店里有个小隔断，小隔断里有张折叠床，平时累了可以躺着解解乏。以前打烊之后，生意好了，情绪到了，气氛对了，两人偶尔会挤在上面胡闹一阵子，还折腾坏过一张——不过似乎也好久没有过了。

美菡拉上布帘，窸窸窣窣地擦洗。她爱干净，身上见了汗就得洗，不然就一副六神无主的样子。水是小蔺刚烧好的，干衣服备好了，两块毛巾也备好了，一块泡在盆里，一块搁在床上。他走到门口，拉了把椅子坐下，眼睛一直瞟着隔断。布帘后面，一个热气腾腾的美人正在擦拭自己，身体和帘子不时摩擦，凸显出某一处局部，那是他最熟悉的地方。再等一会儿，美菡就会容光焕发地出来，穿上那件墨绿色的围裙，略有娇羞地冲着他笑。那笑容也是他熟悉的。每到这个时候，美菡的笑是那样神清气爽。

隔壁肉夹馍就是这时候出事的。

肉夹馍夫妇都姓王，简称王哥王姐。王哥身长八尺，容貌甚伟，却吵不过王姐，也打不过她，只能靠剁肉解压。一般只要王哥剁上肉，王姐就不吭了，肉剁完就算翻篇。可这次不知何故，王姐得胜之余返了个场，多絮叨了几句，王哥忽然不剁肉了，提刀恶狠狠看着她。毕竟搭伙过日子多年，什么叫虚张声势，什么是真要动手，王姐还是能看出来的，当即跑出了门，王哥影子似的跟上，手里还拿着刀。鲁姐正冲洗垫子，见状不假思索把手一抬，凉水结结实实喷了他一头一脸。王姐躲在鲁姐身后，结结巴巴说不出话。

“凉快不？”鲁姐冷笑一声，“长本事了啊，天天剁肉还不够，还想剁老婆呢？”

凉水一浇，王哥气焰散了大半，声音却还坚挺，湿淋淋地怒道：“是她不想过日子！”

“嚷什么嚷？有理不在声高。”鲁姐气定神闲地瞟了一眼王哥，说，“过不下去就离，不知道民政局在哪儿，我领你们去，谁不离谁是大姑娘生的！”

王哥有些蒙，刀也垂下了。谢哥幽灵般飘到他身边，顺手卸过刀，拍拍他肩膀，拉他进了店。鲁姐盘好水管，转身对王姐说：“还是因为闺女？”

老街是没有秘密的，就算暂时有，只要鲁姐她们跳一场舞，也就很快没有了。原来王家有个闺女，不顾父母反对远嫁在南方的网友，怀孕结婚又离婚，如今带孩子住在娘家啃老。王姐一提女儿就发火，火烧旺了就忍不住说婆婆。王哥母亲当年也是私奔，也是所托非人，怀孕结婚又离婚，带着王哥又嫁人又离婚。王姐嘴损，总说这是遗传，估计今天返场的时候又说了——美菡讲完这些，感慨着总结说：“要是没鲁姐，指不定得闹成什么样呢！”

这不是小蔺第一次领略鲁姐的风采了，王哥不是她的对手，提上刀也不是。鲁姐收拾起人来就像收拾热干面，刚蒸好出笼的面条够热吧？别家店掸面得用长筷子，鲁姐直接上手，淋油摔打全靠十根指头。美菡天天嚷着戒碳水，却每天一碗热干面雷打不动。她爱吃，鲁姐也爱给她做，还亲手拌好再递过来，眉眼里都是笑，说："二十年前，我也跟妹子一样，腰条顺溜着呢！"说着提捏起肚皮上的赘肉，叹气说，"现在一抓一大把，自打跟你谢哥结婚，胖成大象了！"

那天小蔺也在，吃着面差点笑出声。美菡怕他真笑出来，忙说："谢哥是对你好嘛。"

"对我好？"鲁姐一声冷笑，"他巴不得我胖呢！生他闺女，胖了一圈，喂他闺女，又胖了一圈，都是因为他！"

小蔺顿时就真笑不出来了。他和美菡正为这事吵架。总体上两人都觉得该结婚了，分歧是什么时候生孩子。一旦争吵起来，美菡总要提起总监，小蔺嘴笨，只好说她跳舞，随之争吵升级到顶峰，然后就没有然后了。几乎天天如此周而复始。每次争吵过后，小蔺都觉得很滑稽，像是彩票还没有买就盘算如何去挥霍。他能做的只是尽量把争吵拖到那个租来的家，这大概就是他的底线，也是他跟美菡心照不宣的默契。毕竟受过高等教育，虽然做起了小本生意，也多少算是个前知识分子，开的也是窗明几净的蛋糕店，总不能跟街上的同行们一样吧？店里经年老垢擦都擦不掉，平静不了几天就得闹出鸡飞狗跳的各种动静。他固执地想要保留一些与众不同，生意上有好有坏就不提了，起码日子还算和睦，不至于动不动就吵得整条街都知道，生生地给人看笑话——哪怕这点区别需要煞费苦心去遮遮掩掩。每每听到隔壁肉夹馍剁肉声起，小蔺就不由得心生艳羡，王哥解压的手段高级多了，不像他，只能拿着抹布擦来擦去，灰垢固然看不见了，但烦恼怎么也擦不掉，好像还越擦越多。

过了几天，小蔺给客户送生日蛋糕，这是个难得的喘口气的机会，可以光明正大地暂时离开老街。两个路口之外，有个存放环卫器具的工具箱，做成了休闲椅的样子，他会在那里坐一阵，吸上两支烟，再一头扎进无边无际的生活里。但这次烟刚点上就抽不动了。鲁姐一屁股坐在他旁边，像一艘潜水艇忽然浮出了水面，荡起的浪头让他摇来摇去。

“过日子还挺仔细呢！”鲁姐拿着烟盒看了看，说，“男人出门，得带盒好烟。”

“自己抽，没那么多讲究，”小蔺说，“我也就抽着玩。”

鲁姐的来意很简单。街道办搞群众文化活动，有个项目是评“舞林高手”，鲁姐是当仁不让要参加的，不过就算她内心再强大，也知道自己舞姿身材外貌都比较欠奉，得拉个帮手。这帮手得是个美人，那自然就是美菡了，只要她肯入伙，事情就成了一多半。但是比舞就得训练，难免会影响生意，所以美菡还在犹豫。

鲁姐说：“有什么好犹豫的？也就几天工夫，你说呢大兄弟？”

“我？”小蔺扔了烟，爽快地说，“我没问题。”

鲁姐显然有些意外，皱眉看着小蔺。这就对了。知识分子吵架不在行，正经八百地谈判还是有把握的。小蔺忽然想笑，语气却很诚恳：“我也有件事情，得请鲁姐帮忙。”

三

老街对面是所小学，小学旁边是家银行，银行上面是写字楼。当初小蔺带着美菡蹲守两天，吃遍沿街小店，最后对她说：“生意做遍，不如开饭店，咱就在这儿开了。”

“已经有不少了啊！”美菡大概吃多了辣椒，一个劲地吸溜冷气，“像那家热干面，生意多好啊！人都排到外边了。”

“热干面，米线，酸辣粉，肉夹馍，鸡蛋灌饼。”小蔺看着未来的同行们，自信得像只公鸡，“咱跟他们不一样，这就叫差异化取胜。”

小蔺叫蔺敬东，美菡叫他东东，店名也就定成“东东蛋糕”。开张之后主打早餐午餐，生意着实红火了一阵，美菡激动得都想看房了，小蔺嘴上不说，心里痛快得很。不料个把月后风光不再，美菡急得例假都乱了，小蔺又是嘴上不说，心里慌张得厉害。两人合计半天毫无头绪，眼巴巴盼不来一个顾客，好容易来了一个，还是隔壁实在塞不下了，端着热干面过来想借个座。

鲁姐来的时候饭点儿早过了，街面也安静起来。她没空手来，端着冒尖的两碗面，一见两人就嗔怪说：“生意再不好，也得吃饭啊。”

生意的确是不好，整个中午店里就卖出一瓶水，还是借座的那人被小蔺盯得实在坐不住了，这才买的。鲁姐把那人的空碗收了，四下里看了看，咧嘴笑道：“洋气是够洋气了，干净也够干净了，生意咋就不好呢？”

美菡又气又急，委屈得眼泪都快出来了。小蔺做中介卖房子时伺候过不少难缠的客户，却没见过如此登门挑衅的同行，一时也是气血攻心，碍于前知识分子的体面才没动手。鲁姐倒是不慌不忙说：“你们小两口还是太年轻，生意哪有好做的？学费少不了——吃啊！边吃边听，姐给你们批讲批讲。”

十五分钟之后，鲁姐端了空碗出门，留下小蔺和美菡面面相觑。其实鲁姐的批讲并不高深，但刀刀见血。像店里主打的早餐，除了面包就是蛋糕，没一个热乎的，牛奶都是凉的，“就不知道弄个微波炉给打打”？再比如中午，来吃饭的都是年轻人，被老板上司虐了一上午，“谁不想吃点儿口重的找补找补”？思绪及此，小蔺方才回味到那碗热干面的妙处，麻酱丰腴的香，辣油销魂的辣，的确是抚慰焦虑的良药。当晚两人没走，热烈讨论到深夜，重新燃起了希望，还把希望落实在行动上，趁着激动跑了个题，弄坏了小隔断里的折叠床。不过小蔺也忽然觉得不科学，同行历来是冤家，每天顾客就那么多，胃口就那么大，蛋糕店生意好了不就影响到热干面了吗？鲁姐心眼再好也不可能是慈善家。他想来想去，始终不得其解，干脆也就不想了，在疲倦到极点之际轰然睡去。

疑惑很快有了答案。生意有起色之后，小蔺和美菡对鲁姐好感日深，尤其是美菡，爱屋及乌馋上了热干面，一有空就往鲁姐店里跑。那天店里没什么人了，隔壁却还是满满当当。美菡忙着做蛋糕，让小蔺去隔壁弄一碗来。鲁家热干面柜台灶火在最里面，小蔺排在队伍末尾，店里人挨人，却是鸦雀无声，都在听鲁姐发火，顺便埋头吃面。

“吃吃吃，都九点多了，怎么还这么多人？不用上班吗？单位没人管吗？”

吃面和排队的人都面露惭色，大概谢哥实在听不下去了，忍不住小声劝：“快了，就这一拨了。”

谢哥的劝等同于煽风点火，鲁姐把手中笊篱一扔，怒道：“早上三四点钟就起来蒸面拌面，忙到九点多还没完，天天这样谁受得了？钱挣多少是个头儿？卖碗面你能卖成首富？差不多得了！”

谢哥不敢回嘴，只好对着顾客赧颜一笑，低声问：“大碗小碗？”

顾客也不敢高声，压着嗓子说：“大碗，两份。”顿了顿，又小心翼翼地说：“打包带走，辣椒——”

鲁姐又不耐烦了，麻利地汆着面，大声说：“盆子里呢！看告示，辣椒自取！不怕辣连盆子都端走！”

等排到了小蔺，他声音都有些抖：“两碗，大的。”

鲁姐敏感地看过来，脸上终于带了笑：“还没吃呢？美菡妹子好辣的，你多弄点，溜边抄底捞，她喜欢稠的。”

小蔺和美菡头碰头吃面，吃得额头都见了汗。他开始相信鲁姐是真心帮忙。的确，鲁姐对生意并不太上心，只做晌中两顿，不等天黑就早早关门打烊，更别提对顾客爱答不理了。用肉夹馍王哥的话说，鲁姐店里得挂个工作守则，就一条“不得打骂顾客”。小蔺一边吃一边心疼，生意好成那个样子，只要开门就有人进，怎么就不珍惜呢？以前听说过有跟钱过不去的人，眼下居然真就见到本尊了。真真是让人眼红。好在蛋糕店的生意总算触底反弹，早餐加了三明治和汉堡包，热饮粥品也有了，中午添了肥牛饭鸡排饭，还学着街对面超市搞了一锅关东煮。西洋东洋，大江南北，就差本土的烩面胡辣汤了。只是此番改良弄得蛋糕店有些不伦不类，“东东蛋糕”成了“东东大杂烩”，工作量也翻了好几番，可毕竟流水上去了，辛苦点算个鸡毛啊。

其实那天的事不止这一件，宛如秤砣被砸成书签，沉甸甸地夹在记忆里。面刚吃完，两人还在回味，鲁姐就进来了，跟刚才横眉冷脸截然不同，她进门就笑，说有事请美菡帮忙。美菡和小蔺都是一愣，实在想不到落魄到这般田地，还有能帮鲁姐的地方。

“一会儿跳舞，”鲁姐说，“妹子你消消食儿，一起玩儿呗？图个乐嘛，是吧？”

美菡脸颊马上就红了。别说跟鲁姐到路边跳舞，就是碰见个挑刺的顾客她都会结巴，手脚不知道往哪儿放。美菡只好嗫嚅说：“可我也不会啊？”

鲁姐不理她，扭头看向小蔺：“你觉得呢大兄弟？”

小蔺本想婉拒，但婉拒需要说辞，说辞需要构思，构思需要时间，偏偏鲁姐根本不给他时间了，一把拉着美菡：“他肯定支持你啊！大学生呢，外国话都学得会，什么学不会？”

这句话结结实实地让小蔺无话可说了。他看着鲁姐和美菡出门，感到了紧张和不安，好像做了错事被当众呵斥。那是美菡入伙的第一场舞，她随着鲁姐们扭腰摆手，僵硬得像根人形的木头。小蔺这才放了心，美菡脸皮薄心眼小，跳这一场舞跟游街示众也差不多少，肯定不会再去丢人现眼了。舞曲声里，小蔺摸出根烟点上，动次打次的震动贴着地面传过来，音箱里有个沧桑男声在不知疲倦地唱：

风儿轻，水长流
哥哥天边走
自古美女爱英雄
一诺千金到尽头
风声紧，雷声吼
妹妹苦争斗
自古红颜多薄命

后来小蔺知道了，那首曲子叫《美人吟》。

四

网上订的演出服一到，两个舞林高手就钻进小隔断里试穿，快活得像两只鸟。她俩一边试衣服，一边讨论穿什么内衣，鲁姐声大美菡声小，说什么“既要显身材，又不能太跳跃”，听得小蔺脸红耳热。“显身材”当然是说美菡，那“太跳跃”呢？想到这里，小蔺不免又是百爪挠心，索性站在门口默默抽烟。正巧谢哥也在隔壁门口，冲他一笑，低声说：“对不住啊！天天拉你家妹子练跳舞，耽误生意了吧？”

“还好。”小蔺弹去了老长一截烟灰。谢哥似乎还想说什么，也许并没有。热干面店里恰到好处地传来一个热情的声音：“您有新的外卖订单，请及时处理。”谢哥把烟头拧灭，剩下的半支放回烟盒，转身进去了。

“大兄弟，来瞅瞅？”

小蔺回头看去，美菡和鲁姐站在面前。定制的中式舞蹈服，上衣牢牢地贴在身上，像是树叶浮在水面，水不动叶子也不动，水一动，叶子就跟着动了。不知是心里紧张还是衣服紧张，美菡的呼吸又短又急，胸前两缕流苏巍巍地颤个不停。鲁姐一脸得意，晃了晃手指，美菡听话地转了个圈，裙裾扬起又落下，蛋糕店里马上盛开了一朵圆蓬蓬的花。

鲁姐满意地一笑，招呼两人落座，好像她才是主人。

“小蔺兄弟托我说个事，那咱就说说。”

小蔺一时两耳轰鸣，像是被人一脚踢在裆里，疼得直不起腰来。

“男大当婚女大当嫁，这是老话，”鲁姐稳稳当当地说，“生儿育女传宗接代，这也是老话。老话有的对，有的不对，有的搁你俩就对，搁我就不对了。你俩明白我的意思吧？”

美菡茫然地看着鲁姐，老老实实地摇摇头。鲁姐绕口令似的说辞强壮有力，像一根绳子勒紧了小蔺的喉咙。对话完全由鲁姐主导，又绵密又冗长，实在不是她以往的风格。小蔺的本意是请她帮忙，劝美菡不要恐婚恐育，鲁姐却只字不提，反过来讲的全是自己，无非是结婚离婚、生儿育女，甚至说她为了讨好前夫，特意选在他生日那天剖宫产生了儿子。

“可结果呢？不还是离了吗？好在又有了你谢哥。”鲁姐语重心长地说，“结婚是大事，关键得选对人，妹子你说是不是？我看啊——”小蔺屏住呼吸等她下一句，鲁姐却看也不看他，继续说，“你自己得好好拿主意，你明白我的意思吧？”

直到鲁姐离开，小蔺也没弄明白“她的意思”——她到底想要说什么呢？她倒是豁得出去，不在乎现身说法，可她这法到底是救命的还是要命的呢？小蔺觉得自己快要崩溃了，这根本不是他期待的结果。同样崩溃的还有美菡。

“你究竟想要我怎样？”美菡忽然小声哭了起来，“我没有不想结婚，也没有不想生孩子啊！”擦了擦眼泪，她继续说，“咱俩有什么话不能说？你偏偏要去跟她讲，弄得我多像个小丑啊！”

美菡一哭，小蔺就蒙了。他决定逃避，逃避的结果是冷战升级，除了在人前装出来恩爱如故，人后再没有什么交流，他们陌生得像是两个完全不同的物种。不过这没影响到美菡去当舞林高手，不但不影响，还变本加厉了，白天在街边练，晚上到舞蹈班加练，比赛前几天干脆撂下生意专心练舞。最要命的是，据去过舞蹈班看热闹的王姐说，教练是个男的。

“细皮嫩肉，跟个女人似的，”王姐兴致勃勃地说，“就在对面写字楼上，没事儿了你也去瞅瞅嘛，跳的是《美人吟》。”

小蔺没打算去看，美菡当高手去了，他再去当观众，店里生意谁管？那几天他忙过了一阵，就去门口抽支烟，看着对面的写字楼。十八层的某个空间里，两个美人正苦练舞功，旁边还有个白面教练陪着。而小蔺身边，只有谢哥。

“别听肉夹馍的妹子瞎说，我去看了，是女的教女的。”谢哥说，“弄得跟真事儿似的，我看着跳得不赖。”

两人一时都沉默了。在这片沉默里，两人点上了烟。该说些什么呢？小蔺想，同为舞林高手的家属，他俩应该有很多共同话题的。

“你鲁姐就是图个乐，”谢哥说，“其实跳得那么难看，我瞧着都不好意思。”

小蔺笑起来：“没敢说过吧？”

“说这个干吗？难得有个爱好，过日子不容易的。”谢哥沉默片刻，吞吞吐吐地说，“天一下雨跳不成舞，她就急眼了，那日子就没法过了，我巴不得她跳舞——天天跳才好呢！”

谢哥不算开朗，多少还有些阴郁，平时的常态是被鲁姐骂得焦头烂额，一个人蹲在门口抽抽烟，看看美菡她们跳舞。看得出他也没什么聊得来的人，他跟小蔺倒是惺惺相惜。两人一直聊到中午，等客人上来才各自忙活去了。美菡不在，小蔺忙得不可开交，应付走最后几个客人，他累得一屁股坐下，连掏烟的力气都没了。他不是吃不了苦，之前当中介一天走三四万步都正常，之所以开店创业，为的是当自己的老板，而不是当别人的厨子，他也不是当厨子的材料。如今店也开了，老板也当了，实际上却成了厨子，还是个半路出家的蹩脚厨子，不到一年里蔺大厨做饭无数，比之前二十多年吃的饭都多，但从中体会不到丝毫成就感，连聊以自慰的借口都很少。不像鲁姐美菡能跳舞自娱，也不像谢哥王哥能看跳舞取乐，他除了下厨做饭就是独自愁肠百结，跟美菡的互动也趋近于无，更别提弄坏折叠床那样的斑斑往事了。不，这不是他想要的。

鲁姐进来的时候，小蔺还是一脸愁苦。她穿着演出服，应该是从舞蹈班直接过来的，一落座就拍起大腿，牵连着全身的肉一起颠簸。

“累死我了——拌个沙拉，酱少放，明天比赛呢！你去看不去？好多大美女小美女。”鲁姐热情洋溢地鼓动他。

“万一再来个要沙拉的呢？”

“你这里能有我家客人多？你谢哥就说了，停业一天，给我俩加油助威去。”

小蔺一边弄着沙拉，一边想，我不是谢哥，你也不是美菡，你以为他是去给你加油助威的？人家才是去看美女呢！

“就吃这点儿，体力能跟得上吗？”

“娜娜老师说了，比赛前吃两口巧克力就行，你真不去看啊？”

小蔺嘿嘿笑着，把餐盒递给鲁姐，见她不着急走，又劝她多少垫补点儿，身体是比舞的本钱。鲁姐从善如流，很快吃掉了一个三明治，两盒关东煮，吃完了又担心，再三确认了这几样“热量有限”，这才心满意足地靠住椅子背。小蔺想起给美菡买的筋膜枪，忙拿出来教鲁姐用上。

“怪不得美菡妹子不放心，让我来查查你的岗，还真是体贴人，”鲁姐咯咯笑着，“你也放心好了，美菡那边我替你盯着呢。”

小蔺知道美菡担心的是总监。上次聚会，美菡弄的慕斯迷倒一片同学，夏总监朋友圈发了两轮九宫格，全是捧着各色慕斯的自拍，特意注明是老同学的作品，声称“一口入魂两口飞天”，气得美菡要摔他手机。

“还是年轻好，吵个架嘴里都是甜的，我看着都齁了，”鲁姐说，“才二十来岁，急着结婚干吗？我就跟我儿子说，不到三十五不准结婚，生不生孩子随便。”

小蔺笑起来，不过他知道这笑比哭都难看。他还想问鲁姐都叮嘱了谁，却怎么也开不了口。一轮筋膜枪打完，鲁姐提着餐盒直奔街对面去了，小蔺看着她庞大的身躯掠过马路，一时间恍恍惚惚，不知身在何处。

五

比舞大会之后，鲁姐把夺魁照片装进相框，高悬于柜台之上。照片里鲁姐和美菡身穿演出服，一人捧杯一人捧花，笑得不成样子。照片美菡也有，裁成了她的单人照，设为手机桌面和微信背景，顺手把小蔺的也换了。美菡最近心情甚佳，不光是因为夺了魁，夏总监亦有贡献。有天夏总监来看望老同学，美菡的广场舞刚开跳，店里只有小蔺。美菡眼角余光瞥见她进去，顿时心就乱了，心一乱，脚步也乱了。鲁姐瞧出异样，换曲时一问才知道缘由，立马急了，说，傻妹子你还跳个鸡毛啊，都打上门来了！

美菡匆忙进店时，夏总监笑盈盈捧着草莓慕斯正吃着，小蔺躲在操作间忙活，有一搭没一搭地聊着天。美菡可不是当年只知道哭的超市收银员了，亲亲热热跟夏总监并排坐下，一口一个“我家东东”，还热情推荐了隔壁热干面，支使“我家东东”弄来一碗，辣得夏总监涕泗交流，脸颊又潮又红。这顿中西合璧的下午茶结束，美菡特意叮嘱“别忘了发朋友圈，给我家东东做个广告”。人还没走，鲁姐就进来了，一副怒目睁眉只待厮杀的样子，见美菡神态自若，这才转怒为喜，一起目送夏总监离去。

跟夏总监刀光剑影过招时，美菡主动说了在筹备结婚，小蔺还有些不信，赶紧当着鲁姐的面确认，美菡倒也不矜持，爽快地点了头。鲁姐又是大喜，说：“这就对了，自己的事还是得自己拿主意，别人说破大天去都不能听，你明白我的意思吧？”

小蔺可没工夫再去揣摩鲁姐的意思了，他和美菡又回到怎么看怎么好的状态,吵不吵架嘴里都是甜的,她使小性子也好，不讲理也好，乃至出去跳舞也好，统统不是问题。说到跳舞，鲁姐和美菡的《美人吟》成了保留节目，附近街面上的舞林中人纷纷慕名而来，有观摩的，有请教的，有切磋的，那个沧桑的男声每天都要唱个不计其数遍，一遍遍给小蔺洗脑。这天他做着生日蛋糕，门外在高声唱，他不由自主地小声哼，连手里的裱花袋也不由自主,居然在蛋糕上挤出了“美人吟”三个字。

这也不错，小蔺忍不住笑起来，蛋糕本来就是鲁姐订的，说是要给儿子过生日。虽然儿子远在老家，生日还是不能少。谢哥尤为上心，溜达过来了好几次，看蛋糕好了没有。等他看到成品，笑得五官都攒在一起，连连点头称赞。

“这个好，这个好，”谢哥由衷地说，“这个好。”

“鲁姐让咱们等她回来，”美菡说，“我叫了外卖，还有红酒。”她刚想起要给小蔺使眼色，他已经开了口：“鲁姐去哪儿了？刚刚不还跳舞呢？”

“去见她前夫了。”谢哥淡淡地一笑。

场面马上冷了起来，美菡狠狠剜了小蔺一眼，他仿佛能看见眼镜上蒙了一层霜，不由自主地低下头。鲁姐前夫在广东做生意，这次专程回来，提出让儿子去广东上大学，其实还是因为他再婚后连生了两个女儿，想把儿子抓在身边。鲁姐倒想得开，认为去哪儿上都是上，能飞到哪儿算哪儿。谢哥却舍不得，虽然不是亲生，可也从小养到大，养出感情了。但这又不能明讲，讲了就是后爹心眼小，连孩子前途都不顾了。谢哥说他本来是想陪鲁姐的，一来店里生意还得做，二来鲁姐再三保证绝不动手打人，他这才没去。

“鲁姐说过，从小到大，一分钱的抚养费都没见过。”美菡愤愤不平。

“这都不是事，你鲁姐的意思我明白，她嘴里不说，心里是不想的，”谢哥焦头烂额地点上烟，“只能我来说。”

鲁姐很晚才回来，看样子不像打过人，反倒心事重重的模样。四个人草草吃了蛋糕，算是过了个遥远的生日。许愿之际，鲁姐闭上眼睛双手合十，漫长的十几秒钟里，她认真得像个孩子，脸上虔诚的光流淌开来，每个人都屏住了呼吸。回家路上，美菡搂住小蔺的腰，让他猜鲁姐许了什么愿。小蔺骑着电驴，顺口说无非是祈祷孩子有个好前程。风很大，很快吹走了他的声音。美菡不再说话了，只是搂得更紧。大概是她有些冷，小蔺想。

冲突来得猝不及防。第二天有人来砸了热干面店，为首的是个女的，带了几个男的进门就连砸带摔，鲁姐和谢哥双剑合璧，跟来人大打出手，很快转守为攻，从店里打到店外。那女的是鲁姐前夫的老婆，得知两人见了面，又恰好是鲁姐前夫生日，就一口咬定鲁姐动机不良，想用儿子来争夺家产。鲁姐当然不认，那女的破口大骂，说她是小三，勾引前夫。警察出警很快，几分钟就到了，不过谢哥已经被开了瓢，头脸跟血葫芦似的，连店里柜台上方的夺魁相框也掉了下来，鲁姐和美菡就混在一地狼藉中依旧笑得不成样子。

热干面店歇业了好几天，收拾打扫都是小蔺美菡和沿街同行们帮忙，因为谢哥住了院，鲁姐得守着陪护。出院的时候，谢哥坐在轮椅上，说话含混不清。据鲁姐说是伤了脑子，牵连到一条腿不能动了，“短则半年，长则没点，全看康复治疗的效果了”。

美菡一听就红了眼圈，急得不知说什么好。小蔺摸出烟，却哆嗦着打不着火。这真真是祸从天上来。谢哥包着纱布头网，头发眉毛都刮掉缝了针，依稀看得见针线脚。鲁姐说：“是那女的动的手，本想着要告到底，可怜她两个女孩还小，大人留了案底不好。”说着又瞥了眼谢哥，笑道：“他倒是要享福呢，啥都不用干了，我还得做生意，还得伺候他。”

谢哥一脸惭愧，也说不得话，只能抬起手晃了晃。鲁姐说：“半个瘫子了还逞能？知道你两只手还能动弹，能干点儿啥就干点儿啥吧，白吃饭我也不嫌弃你。”

第二天，热干面店开门营业，生意还是好得让人眼红。不过问题也来了，谢哥坐着轮椅够不着灶台，只能打下手，鲁姐一人干了俩人的活儿，少不了发脾气骂人，挨骂的谢哥和顾客们照旧低眉顺眼，不敢高声。鲁姐操劳骂人之余，肉眼可见地憔悴了，头发也白了不少。每天中午饭点一过，鲁姐就关了店门，带谢哥去康复医院。谢哥行动不便，来回打车又太过破费，鲁姐一咬牙买了辆电三轮，还自己动手焊了个车篷。

"店里头卖大几百，网上才三百多，"鲁姐拿着焊枪焊条，火花刺刺跳在脚下，对美菡说，"你谢哥学过焊工，我看都看会了，这不又省了好几百？过日子该省省该花花，我买了瓶好酒，一会儿咱就喝了它。"

鲁姐谢哥出酒，小蔺自告奋勇弄了几个菜，凑齐一桌吃喝。美菡两杯下去就犯迷糊，回小隔断里躺下睡了，谢哥有伤不敢多喝，小口抿来抿去。小蔺靠着当中介时攒的底子，勉强还能陪着鲁姐。

"回头给我儿子打个电话，你说几句。"见小蔺身子一凛，鲁姐笑起来，"姐身边认识的人里就你上过大学，你不说谁说？来干一个——我的意思你明白吧？"

为了搞清楚鲁姐的"意思"，小蔺私下请谢哥指点。谢哥皱眉抽了一支烟，啰啰唆唆也没把意思讲明白，不过小蔺差不多想明白了。为谨慎起见，他跟美菡演练了一次。

"这样行吗？"美菡有些担心。

事实证明，小蔺这次踩准了点儿。电话打了很长时间，手机打得滚烫，小蔺感觉屏幕都快化在脸蛋上了。美菡很紧张，鲁姐比她还紧张，谢哥在一旁默不作声，见缝插针给小蔺点了支烟。等小蔺放下电话，鲁姐呆呆地看着他，又看看美菡，忽然就擦起了泪，也不知道泪是什么时候掉下来的。

"我就是这个意思，"鲁姐说，"大兄弟你说得真好啊！"

很安静。真的很安静。小蔺感觉到自己飘飘忽忽升起，悬在半空。他看见鲁姐坐在他和美菡对面，鲁姐一边抹着泪，一边说着什么，还是那么绵密和有力。他看见他窘迫地摩挲手指，看见美菡也红了眼圈。他看见面前这三个人的嘴唇一张一合——可他分明却只听见了鲁姐的话。

“去不去广东不重要，认不认那个爹也不重要，就连上不上大学都不重要，不就是想让他有机会能过个好日子吗？”“只要不犯法，他喜欢成什么样都行，学成个博士也好，开店卖面也好，都好。”“大兄弟你就是面皮子太薄，大学生就不能开个小店了？不偷不抢自食其力，谁敢瞧不起你？”“我长得不好看，胖得像头大象，可我一跳上舞，我就觉得自己是个美人。”“我是不是美人，还要人批准吗？我说是就是，日子再难，我也得活成个美人。”“你明白我的意思吧？”

小蔺紧张地看着自己，他听见自己说：“明白，我明白。”

六

谢哥的腿总也不好，各类偏方都用了，大小医院也去了，还是下不了地。不过鲁姐和谢哥似乎并不着急。鲁姐不急是真的，没见她为谢哥的病犯过愁，该卖面卖面，该治病治病，该骂顾客骂顾客，干什么都风风火火，不慌不忙，只是白头发更多。美菡看不下去，拉她染了次发，再让她染就不肯了，说，白就白吧，花这个钱干吗？谁一辈子不白几根头发？除了这个，鲁姐着实胖了一大圈，一闲着就往嘴里填东西，逮着什么吃什么。美菡又看不下去了，想劝劝鲁姐，却被小蔺拦住，说他在网上搜过，这是缓解焦虑的本能。跟鲁姐相比，谢哥不急显然是假的,私下跟小蔺和美菡聊的时候,哭得指缝里都是泪。

“她性子急，碰见电梯满了就不想等，背着我走楼梯，九楼，背我上去。她再有力气也是个女的啊，九楼，背我上去的。你看她还是乐呵呵的，跟没事人一样，她有多难我能看不见吗？她不让跟人讲，也不让我讲，说一口气不能泄，泄了就寻不回来了。”

小蔺和美菡没见过鲁姐背谢哥，抱谢哥上车倒是天天见。鲁姐抱着谢哥，像是平常抱了一袋面，熟练地抱起放下，拿毯子裹住腿，再把轮椅折叠好，放在谢哥腿前。两人出发的时候，鲁姐逢人便打招呼，那情形不像是带谢哥看病，倒像是夫妻俩出门办年货去了。鲁姐就是有这种本事，不管碰见什么，硬的，软的，圆的，尖的，她都能给揉搓开，和进面里，汆在锅里，捞出盛进碗里，热腾腾端在桌上。

很快就到了八月节，雨水也多了。谢哥得病之后，雷打不动要去康复治疗，原本一天两场舞就变成一场，只在上午跳。雨一下，上午也跳不成了。鲁姐就有些不耐烦，少不了无理取闹，拿谢哥出气。谢哥低声细语地劝，说既然想跳，就在店里跳嘛。鲁姐的声音一下子高了，说，你就知道添乱，这屋里除了桌子就是椅子，是跳舞还是玩杂技？

小蔺和美菡在隔壁听见了，都是一笑。最近蛋糕店生意不错，美菡又激动起来，没事儿就捧着手机查房产信息，全然不顾身边就站着个前资深从业者。小蔺发动之前的同事帮忙，就在附近找了套二手房，领着美菡去看了，看得她走路都能飞起来，小蔺嘴上不说，心里痛快得很。房子不大，一室一厅四十来平方米，两家老人支援的话能凑个首付。如果真买下来，就算是真在省城扎下了根。想到这里，小蔺也要飞起来了。

音乐声忽然响了，当然还是那曲《美人吟》。小蔺和美菡都愣了。只见蒙蒙细雨里，鲁姐已经跳了起来。雨不大不小，像是打了一层朦胧的舞台光。鲁姐就在她的舞台上跳着，那个舞台只属于她。隔壁门口，谢哥坐在轮椅上，笑眯眯看着鲁姐，音箱就在他旁边。

说实话，谢哥真有眼光，小蔺想，眼前的鲁姐比美人更像个美人。

（《当代》2023 年第 5 期）

小茉莉

蒋　在

一

史蒂夫的前妻把车停在马路对面时，我正在卧室里。她说她早上七点会到，但实际上已是七点十二分。从这边看过去，正好看到车的左边轮胎保险杠撞凹了进去。

她和她的车一样正在朽坏。我这样想着，看见她从车里走出来，转了个身等车闪了两下黄灯，她才确定已经上锁。从背后看她刚刚喷过啫喱水的金黄头发很短，寥寥稀松的头发几乎是贴在头皮上的。

昨天我从花店买回一束花，一直放在水池里没有插入花瓶，趁着这会儿工夫，我将放在洗手池下面久未用的花瓶拿出来。花茎底部沾着柔滑的黄色青苔。我把花枝剪短，为了将新鲜的部分更好地浸泡在放养料的水里。我不知道她是否愿意进来，还是就在门口做简短的道别，我甚至可以不用见她。

对史蒂夫的前妻来说，她此行的目的可不是来参观我们家，或是专程来道别。她只是为了把女儿送到前夫这儿。她得了乳腺癌，晚期，下周就要做手术。四个月前，她出了一场车祸，她的右脚骨折，对方全责。也许是她每天都要用车的原因，车一直没时间拖去修理厂。

她正在朽坏。这个念头又一次钻进我的心里，说不清是幸灾乐祸还是什么。我现在的处境也和这个念头一样糟糕。

我想象着脚上仍然缠着石膏刚刚丢掉支架的她，怎样一瘸一拐地穿过停车场的草坪走向我家。想象着她朝窗户这边看时的心情，一股莫名的堵塞感让我非常沮丧。她怎么会有那么多理所当然的理由来打扰我们的生活？最让人受不了的是史蒂夫也认为理所当然照单全收。他怎么会想不到我的感受。我们也要有自己的孩子，也要有我们自己的生活规划，况且我现在这种精神状态。

现在，也就是手术前一周，她的脚还没能拆石膏，但已经不需要支架。一场即将到来的手术，她躺在病床上带着一个十多岁的女儿不方便，她的女儿还有糖尿病，每天都要大人检查是否给自己输了胰岛素。史蒂夫说，现在科技先进，她不用给自己打针，腰上背着一个装着胰岛素的小袋子，针管埋在里面。只要每天多加液体就行。总之那东西我没有见过，我在家里的冰箱侧柜里看见过一盒盒的药品，上面用圆珠笔写着她的名字：小茉莉。那些药和家里的番茄酱一起放在冰箱的侧柜里。

之前，我只见过小茉莉一次，在西雅图艺术学院的公立初中，那是去年十二月的事情了。七点以后，路面上开始结冰，人行道上未化开的雪被走得稀里哗啦的，很脏。我们在学校的大堂里等她。这是一个新学校，不大，在市中心。我们等待的“大堂”不过是表演厅外的一个教室，可以看出因为要演出才把这个空间腾了出来，课桌椅堆积在四个角落，学生的书散散落落地堆积在上面，每个人都有一本翻皱了的《查理二世》，可能是他们正在学习的课本，剑桥出版社出的，用一只雪白的秃鹫做封面，不知道是代表着理查德二世还是亨利四世。

学生和家长聚集在这些课桌周围等待着演出进场。要上台表演的学生浓妆艳抹，表情也明显要比在后台打理杂物的学生看起来兴奋，却又紧张了许多。他们低声和彼此朋友的父母交谈着，时不时注意到我和史蒂夫，在猜测着我们究竟是谁的父母。直到一个羞涩的胖女孩朝我们走来，她先和父亲拥抱，之后转向我的时候，她看了她父亲一眼，不知道第一次见面是应该拥抱还是只是握手。我对见这个女孩的兴趣并不大，也没有想要做她的母亲。我可以尽可能地了解她，因为了解她就是了解史蒂夫和他前妻的过去，我很想知道他们过去一家人是如何生活的。也仅此而已。和她接触让我想到那个我希望不曾存在过的女人。“他们”这两个字时刻意味着他们过去的生活、过去的感情，会因为女儿的存在复燃。他们三个人仍是一个姓，斯考特。她也仍然是斯考特夫人。只要她想，她可以永远保留这个姓氏。

去看小茉莉前，我听说她改了名字，剪了短发，从此想要做一个男孩。她父亲嘱咐我多次千万别叫她“小茉莉”，要叫她的新名字，“奎因”。过去我也认识这样的朋友，他们不喜欢被性别框住，他们有时可以是女性，也可以是男性，所以不能称“她”，或者“他”，要说“他们”。好像他们的身体里有两个人。这是他们离婚之后的事，我和史蒂夫都没有更多地谈论这突如其来的改变，我们竭力去想这是一件平常事。把更改性别看成时代的进步、性别的解放运动，我们必须接受这些青少年的各种行为。可是只有我知道他究竟怎么想，他对女儿改变性别这件事无限地自责。如果不是他没有担起一个做父亲的责任，事情就不会像今天这样。

她参演了改编自哈姆雷特的舞台剧，专门呈现莎士比亚在书里没有写的关于霍雷肖的那部分剧情。她没有担任主角，史蒂夫说这比过去她总在舞台上表演海洋生物中的虾蟹要好。她穿着举行古代仪式的长袍，腰上系着一条金黄的腰带，从前面打了一个结，再从后面绕到前面打上一个结。腰带的颜色和她的头发相称，她坐在故意做旧的酒桶上沉吟，像一个青春期才开始微微发胖的男孩。只有往下看，因为那根系紧了的腰带，依稀能看见她模糊的女性特征。

每一次出场，史蒂夫都会为她表演时的严肃表情而发笑。她从腰带里拿出一支口琴，曲调是柴可夫斯基的《哈姆雷特》序曲，背后有调音师为她配音，她只需要配合吹出那几个高亢的音符即可，其他寒冷的气息都可以由小提琴去完成。柴可夫斯基写的这三部管弦乐作品和门德尔松写《仲夏夜之梦》序曲的手法相似，但他却把曲子献给了格里格。这其实没什么好奇怪的，有时候人总会献身给本以为正确了的对应物，而没有人会承认自己过去所犯的，和此时此刻正在犯的错误。

史蒂夫时不时地转过头来看我，确保我还没有生气，稳定住了自己的情绪。他知道我并不赞同这次会面，但是我还是来了。我很难不将小茉莉和她的母亲联系起来，或者我将她与她母亲联系起来要比与她父亲联系起来多得多。我无法将小茉莉当作一个独立的个体看待，我觉得小茉莉就是她母亲，她的肌肤是她的，她拇指关节的凹陷处是她的，她瞳孔的颜色也是她的。她在透过她母亲的眼睛打量、审判着我。与我对视时，她所表现出来的羞怯并不是羞怯，那是来自她的家庭、她的祖父母特别而优越的嘲讽。

演出结束以后，她走了出来，解开了在舞台上穿的塑身衣，粉蓝色的T恤衫下面，领口的纽扣微微张开，雪白的小胸脯冒着潮湿的汗气。她把在台上表演时用的口琴从腰带里拿出来，斜过头去将它放进书包。她的脖子后面有棕色的痣。我想她母亲身上的痣也大概就是这样的颜色，尤其是隐蔽位置，像大腿上的痣就是这样。她的头发剪得很短，和她母亲在照片上一样。不时她还会将手伸进头发里揉一揉，让它们看起来显得蓬松自然。很多刚才在舞台上看到的演员换上了自己的衣服，他们的父母都高兴地拥抱他们，为他们刚才的演出自豪。只有我和她，连握手也没有。

她的同学和父母们转过头看我们，他们能感知到她身世的不幸——不然父亲怎么会给她再娶一个中国人做后母。她躲闪着他们好奇的目光,下巴朝前比画了一下,示意我们可以走了。我替她接过书包，她提着爸爸给她买的匡威运动鞋走在我们中间。我不知道对她说什么好，只希望这个晚上快点过去。

出了教室门，外面飘着雨，十点过后气温降到了零下，早前被行人踩碎的冰，冻得更厉害了，行人脚上印在雪里的泥，被冻住后很僵硬。我们站在路边等车，小茉莉并未感到冷，脑袋上方还冒着汗液的蒸汽，用手拍打着牛仔裤，试着打出些黑人在街头敲击木桶的节奏。

一辆黑色2007年的凯美瑞轿车停在了我们面前，她的父亲在拉开车门之前问她：“你要不要坐在前面？”她迟疑了一下，才反应过来，这已经不是过去，她不能和父亲一起坐在出租车的后排了。出租车司机好像在黑暗中并没有看出我们的关系，他操着非洲国家来的口音，能听出来并不是才登陆的新移民，只是抵达美国时，母语的音调已经深深地烙印在了他的嗓音里。

“这个点你们是才看完表演出来？”史蒂夫并没有为了和司机搭话向前移动位置，在发动机的轰鸣中，用微弱的声音答道：“是的。”司机似乎从这个声音里面听出了什么，他侧过头，从上到下地打量着小茉莉，在她胸脯的位置稍微停顿了一下，又说：“你是演员？”司机的声音就像他车上挂在后视镜上繁复的装饰物的碰撞，很响，明显他并没有看出小茉莉的实际年龄，对她竟然透露出了些许兴趣。

小茉莉未置可否，而她的父亲在疲惫的黑暗里保持了沉默。

司机看出了她欣喜的心思：“索菲·玛索，你知道吧？”

学过法语的小茉莉很快就回答了：“当然知道，她演过《初吻》。”

“你就像莎莎。”司机又看了一眼小茉莉，“那句话怎么说来着？那个什么未来我不能和你在一起这句话怎么说来着？”他准备在黄灯时冲过去，可是过线时已经变成了红灯，他挂在了倒挡上，并将手伸出窗外示意后面的车辆他要倒到白线后面去。他不慌不忙，巴不得多耽误一会儿给他点儿思考的时间。

司机望向左边的车辆，他在寻找的不是窗外的事物：“‘我要永远和你在一起……永远。每天早上，在我出门上班之前，我要你为我打领带，我会在离开家时给你世界上最好的吻。你怎么哭了？我的莎莎？’就是这么说的，就是这样的。”

司机微笑着转过头，他身体朝前倾，这样他就能更好地看清小茉莉的脸。他好像很得意，可是当他再次看清了小茉莉的脸，他放慢了车速疑惑地问：“你怎么开始流泪了，莎莎？”他仿佛意识到了自己讲错了什么，转过头来寻求我们的帮助。而史蒂夫刻意回避，一动不动地看着窗外。

后面的车按起了喇叭，司机踩下了油门，车却在向后倒，他猛地踩下了刹车，“妈的！”当把挡位扳回行进挡后，他一脚油门又朝前方去了。司机从后视镜里观察着我们的表情。他是为了弄清我们对刚刚事故的反应，还有坐在他旁边的“莎莎”为什么会哭。史蒂夫继续默不作声地看着窗外，我知道他知道小茉莉为什么会流泪，可是他不说。

司机仿佛也看出了什么，上了高速，他也没有说话，当开到一百二十迈时，他才会轻轻踩下刹车回到九十迈的匀速，尽力不让我们想起刚才的不愉快。

小茉莉始终没有和我说一句话，碍于我也在车里，她也没和她父亲说一句话。车在公寓楼前面停下了。我嘱咐司机等一下，之后把我们送回酒店。他熄了火，好奇地打量着我们把小茉莉送到公寓楼下。

公寓是崭新的，公寓一楼大厅很空，大型的吊灯和上面的假水晶折射出蛋清的乳白色灯光，让大厅的色泽显得反射出来的光不是灯管周围的假水晶的，而是各种从新的电器上剥离出来的保护塑料膜纸的，尽管一楼什么也没有。四楼的灯亮着，我知道那个女人此刻就在家里，我能感受到她冰冷湿润的呼吸。

她也一定能感受得到我就在楼下。

那天晚上回酒店之后，我们大吵了一架。不为别的什么，为小茉莉长得并不像莎莎，我们又都知道这不是根本的原因。

圣诞节的前一周，史蒂夫消失了三天，他从加拿大一路开到了西雅图。当他在学校门口等小茉莉时，我才拨通了他的电话："我已经不可能现在掉头回去了。小茉莉四点下课，我得带她去吃寿司。"

他的离开不是因为争吵，是要让自己明白，他绝不是为了我才抛下了她们，绝不是。

"是奎因不是小茉莉"，我能感觉我声音太大，从另一端传来了震动声。他必须意识到他的生活已经不一样了，她也不再是小茉莉了,不是过去的那个女儿了,他的责任也不再相同。

但是我这样告诉他的权利已经被剥夺了，我想他明白这一点，这就是他想要的。他想要随时离开，随时回来，我能做的只能是等待，他需要我知道。我调整了声音重新问："你是早就想好要去西雅图的，是吗？"

"我只是一直开，我不知道要去哪里，或者能去哪里，我开到了西雅图。我得关机了。你给我和她点时间单独相处行吗？"他说得冷漠而坚决。

"那等待你的只能是毁灭"，我能感觉到他的不在意："我求你好吗？求你别毁了我们的生活。"

"我关机了。"之后史蒂夫的手机只剩下了语音留言信箱。

窗外，十二月隆冬的雪渣混杂着海洋冰凉的波浪。

二

史蒂夫的前妻绕到车的后面，从后备厢里拉出小茉莉的行李。小茉莉在旁边想帮忙，可是母亲却让她退后。她把后备厢里的东西整理了一下，好拉出左边的行李箱，右边的行李箱是她住院时要用的。

她身体一斜，吃力地把小茉莉的行李箱放在地上。行李箱过重，她只好让它先平躺在地上。她支在膝盖上休息了一会儿，才把行李箱竖起来。还未过八点，她已精疲力竭，大概与我一样，对于这次会面她也一夜没睡。

她们的行李箱和史蒂夫的是一个牌子的，黑色的布面混杂了一些纤维材质。他们过去全家都用这个牌子。他们之所以选择它，就是因为它的终身制，只要买了不管出现什么问题，随时可以清洗、可以更换。史蒂夫说他们的人生哲学就是买最好的东西，精心爱护让它可以延续一生。如果用这个逻辑类推的话，他们的感情究竟出了什么问题？是不是像我们一样，当我们反应过来时，事情已经难以挽回？

加拿大七月的早晨，风依旧刺骨。相比去年十二月，小茉莉好像长大了一些。自从她满了十二岁后，他的父亲还没有见过她，她的头发比过去长了一些。他们总说离异的家庭会让孩子迅速长大，不知道现在的她身体里是不是还住着两个自己，是叫奎因还是小茉莉。她穿了一件大地色的毛衣外套，上面起了些小毛线球，里面搭配着一条碎花的A字裙，下面则搭配了一条黑色的透明的丝袜。在含苞待放的年龄，她已经“失去”了父亲，现在母亲也要撇下她了。长满粉刺的粉红脸庞像是随时会落下眼泪，可是青春期的自尊让之迟迟未落。她正长向成年，黑色的丝袜上印着的小蜜蜂，让人感觉到她并未体味过成年人性的欲望。从她的衣服的外形来看，看不见那个装胰岛素的袋子，她看起来和正常人没有什么区别。她的头发紧紧地梳着两个复杂的法国辫，显然是她母亲刻意要把本来不够长的头发扎起来，让她的头皮显得紧绷绷的。

海面上的光线柔和得像是夕阳，海鸥毫无规则地四处乱飞。海潮慢慢上溢，但还未上涨到昨夜退去时的位置。潮湿的沙地上，螃蟹在狭窄的石头间爬行，这是最有生命力的景象，可是有的人就要看不见了。不远处蟹壳和石头碰撞的声音离得越来越近，与螃蟹洞穴冒出气泡的响声混在一起。

我朝后退了一下，好使我微侧着看到不远处的海面。史蒂夫迎过去，我感觉到他身体里散出来的一股气息，与她们的融合在一起，像一股巨大的海浪打了过来。我像是站在他们的屋子里一样，是个闯入者，狼狈而可耻。

我和史蒂夫刚在一起时，史蒂夫正和前妻办离婚。他们感情的破裂和我没有什么关系，用他的话来说，我最多充当了一个“扣动的扳机”。她当然不信。女人总会把自身的失败归罪在另一个女人身上，只有这样才会减轻失败带给自己的羞辱感。一切错在别人，自己才会理直气壮甚至变本加厉。

她的父母都活着，自己既没有继承遗产也没有什么存款。而史蒂夫不同，史蒂夫的父亲很早就去世了。去世前，他是整个哥伦比亚省为数不多的大法官之一，之前还和别人合开了律师事务所。现在街上还能看到当时他父亲用自己的姓和别人开的律师事务所的招牌。在繁华的市中心，那间拉上了百叶窗的办公室里亮着灯。史蒂夫有时会幻想他的父亲还坐在那张办公桌前，那盏灯便是父亲的台灯。史蒂夫的父亲死时，给他留下了巨大的遗产，具体到底有多少，我没有过问，因为他的前妻拿走了大部分，小茉莉的监护权就是一切讨价还价的筹码。

对于自己不能再拥有的东西，我想都不想去想。

我想她的目的不仅仅是要毁了史蒂夫，她也想毁掉我。这并不难理解。

我在他们婚姻的废墟上挣扎。一个没有太多积蓄的，还要负责女儿大笔的学费、生活费、医疗费的男人，想重新建立自己的家庭，继续生儿育女，等于埋伏了一个大的陷坑；陷下去然后窒息，活着的时间都只是为了挣扎，这个机关算尽的女人，在她离开史蒂夫离开人世之时，先剿灭了他活着的希望。

史蒂夫的前妻来自挪威的一个移民家庭，到她时，已经是第三代了，按说她并不算是缺乏安全感的那类女人。他们家移民到了美国，每个人都是纯种的金发，一丝杂质都没有。她父亲做了企业的高管，母亲等孩子们都长大后便去到社区做一些无足轻重的志愿者登记工作，好让孩子长大后知道，她的社会责任并没有完全遗失。之后他们的孩子就是美国正版的成功范例，她大学从斯坦福作为荣誉学士毕业，直接去耶鲁读了冶金与材料学博士。这一切模式化的进程，在平步青云里应该给了她无限的自信，至今她还没有经历过什么挫败。

离婚前她曾哀求史蒂夫不要离开她，给史蒂夫写的一封信里用到了这几个字："极端的艰难。"那些信件和过去她给他写的贺卡放在衣柜右边的抽屉里，那里面装着他的贴身之物，落下的衬衣纽扣，过去工作的名片，还有他曾写的诗。信上的落款总是：我爱你。我常常站在那里思量很久，衣柜贴近暖气，卡片摸起来也是温热的。

一切就像昨天。

史蒂夫将婚姻破裂的因素全归结于自己，对于前妻的纠缠他从来没有厌烦过。他尽量去满足前妻提出的一切要求，特别是关于孩子的。这让我想起上中学时历史课本里的《马关条约》，没有平等只有屈辱。可是史蒂夫并不认为有什么不平等和屈辱，他认为那是每一个在感情上穷途末路的女人都会干的事。穷途末路，他怎么没想到这正好是我们将来要面对的。

史蒂夫搬家的时候，先让她挑家具、厨具以及电器。等史蒂夫再回去时，他发现她已经把所有的东西都运走了。家里只剩下凌乱的塑料袋，拆去了包装纸的电器纸盒。

拿走了史蒂夫的遗产之后，他的前妻在市中心租了一套全新的公寓，还买了一辆红色的奔驰 SLK200。之后小茉莉告诉史蒂夫，经常有陌生男人来家里，小茉莉关着门悄悄地窥视他们。“他们不仅比妈妈老，有一个好像还缺了一条腿，是机器腿。”小茉莉不知道这是每一个上了年纪的女人都会面对的事，一个落了难的女人，只能找到不如自己的男人。

她没有善罢甘休，逼着他将人寿保险的受益人写成自己的名字。理由是她一个人带着女儿，不知道什么时候史蒂夫会出事。更加匪夷所思的是，除了史蒂夫常规的人寿保险，她还特别单独给他买了其他人寿保险，保险单的受益金额那栏上就这么写着，六十五万美元。

我实在想不出除了她想用他的死赚钱之外的其他动机，或者为了成就她的阴谋，她对史蒂夫有什么做不出来的。我甚至想到了她会找人来制造案发现场，这让我更加难以入睡，整夜脑子里充满各种可怕的场景，精神处在崩溃的边沿。

三

我从没想过会以这样的方式和她们见面，尤其是他的前妻。我曾充满着对她不同的想象，比如我想到了她在浴室里放置的剃腋毛用的刀片上是如何的生锈，她的脚侧骨是如何的凸出，以至于穿夏季凉鞋时看起来很丑。

她现在就站在我的面前，穿着一件深色牛仔衣。她的脸长得吓人，但又比我想象中要好。她看着我时总显得很困惑，她化了淡妆，近看可以看出她擦了很厚的粉，为了遮住她灰色的眼袋。我看不见她的脚，她的脚上依然裹着石膏，外面被一个大地色、厚重的塑料靴子似的东西保护着，走起路来一歪一斜的。她走路的样子让她从背后看起来既憔悴又狼狈，而她的正面让她装扮得看起来不那么糟糕。

现在的她虽然看起来没有什么可让我嫉妒的，但我嫉妒过去的那个她，他们过去永远也回不来的生活。我嫉妒过去他们有的欢乐的时光,我嫉妒他给她的一切,一切新奇的生命意义，新的生活的感悟，新的责任与负担。我听见他们在节日里全家其乐融融的笑声，我听见她打开了烤箱从里面拉出节日蛋糕的声音，我看见她带着生日的皇冠，插在蛋糕上的红色蜡烛。我嫉妒他们家客厅里那棵挂满了装饰物的圣诞树。

她拿走了本可以属于我的一切。即使史蒂夫不在她们身边，她们依旧享受着过去一样没有改变的丰厚的物质生活。我知道这种疼痛并不来自过去和她，而是来自生活支离破碎的醒悟，来自我孤身在异国的处境。

歇斯底里的抗争，只能是恶性循环，我病情加重并没有引起史蒂夫的回心转念，他坚持自己没有不妥的想法，坚持与前妻之间的一切与我无关的原则。那次争吵史蒂夫在离开了三天回家之后，从卧室里冲出来时我并不惊讶。那三天里我已经意料到了那一刻的发生，甚至演习了这一刻，我以为他会动手打我，可是他没有。他手里捏着被我撕碎的小茉莉的出生证。出生地：圣塔菲。最后撕得只剩下了菲字。在争吵过后不论怎样都不该让矛盾恶化，可是我就想这么做。这一切让我想起了弗洛伊德，他说我们每个人都被死亡的欲望笼罩着。

去看医生是自救的唯一方式。史蒂夫不会明白我的处境，他总是在争吵时掉转头去看着不远处的海，或者他会在把手里的杯子放到桌上时，将杯里的饮料泼出来溅到地板上。这种时候我会闭上眼睛，等待他的第二个动作发生，那就是杯子从他手里飞出来，打到我的头上或地上。尽管这样的事一次也没有发生过，我还是会在等待的瞬间一阵眩晕，然后抱住头号啕大哭，我被那个并没有发生的“哗啦”的碎裂声，分解了。

史蒂夫起身，凳子倒地。他将我抱起来，我咬住自己的嘴唇努力使自己平静下来。史蒂夫身上的体温和来自他手上的力量，使我有了稍许的安全感。

“你把这个新病人的单子填好，再拿到前台。”

心理咨询师的前台很小。在我的脚边放了一个小的方形白色音响，里面循环播放着奥克纳根州海岸的那种雨声混杂着蟋蟀在夜间的鸣叫。单子的上方写着：“多波拉·罗斯博士，有执照的心理咨询师。”最开始的几个问题很好回答，姓名，家庭住址，感情状况。之后就变得很难回答，“你曾经是否对此问题做过诊疗？”或者“是否精神病医生给你对此情况开过药方？如果是，请列出药物”。

我填完单子，交给前台，又回到座位望向外面的窗户，史蒂夫的车已经开走了。停车场的位置只剩下灰白的水泥地和被车轮摩擦掉的黄色分割线。那是冬天，树干透着凋零的灰和陌生的异国他乡的冰凉。

一个短发戴眼镜的女人走了出来，她开门让我进去。她很干练，但是我说不出她是否有孩子。她看了我的单子，让我复述今天的问题，并告诉我只有三十分钟作为首次会诊。之后，她会根据我的情况和她的时间，告诉我一周需要来几次合适。

“所以你现在没有工作？”

“我之前有工作，不是，我是想之后申请博士，所以我把工作辞掉了。”

“是你辞掉了工作吗？”

“可以说是我辞掉的，但是我是被开除……这也不能说是开除，因为我过去四年里的员工评价都是好的。”

她虚着眼睛看着我，尽量不让我为这件事感到尴尬。

“我们部门的人员全部被裁减了。”从她的眼神里我能看出她的疑惑和她对我的各种猜测，“但是他们怕我告他们上法院，所以给了我基本工资，一直付到明年六月。我想六月我就能找到工作。”

工作这块并不是我想要聊的内容，可是她却觉得这个和我为什么坐在这儿分不开。在三十分钟内的前二十五分钟，她和我聊我的工作，我的祖父母，我父母的关系，直到我把话题拉回到我和史蒂夫、和小茉莉的关系上。

“我可以直白地告诉你，”这个短发的女人把刚刚跷起的二郎腿放了下来，又抬头看了看挂钟，“你永远都不会有小茉莉重要。”

“为什么？”

“这没有为什么，你做了母亲就会明白。”

走之前，她问是现金还是刷卡。我找她要了收据，因为史蒂夫说，这个发票可以找他的医疗保险报账。出门时，他已经把车停好，看得出这半小时他去了一趟咖啡馆，他没有在咖啡馆久坐，因为他手里拾着的咖啡杯垫，是外带时才会加上的。

他可能在这期间坐在车里打了几个简短的电话，告诉他的朋友我病了。很快所有的人就会知道，他新婚妻子没跟他生活几年，就有了心理疾病。

四

“你好。”小茉莉突如其来的声音让我惊讶，跟我初次见她时已经不一样了。她像在对我示好，愿我收留她，这让我的自尊心好受了很多，仿佛她在承认我是这个家的主人。她的声音清脆透明，我不能说她的声音像风铃一样，她已经过了那个年龄，至少是个透明的玻璃杯，一碰就要碎了似的。史蒂夫站在她的身后，抚摸着她的毛衣后面露出的脖颈。

“你是小茉莉还是奎因啊？”小茉莉对父亲的调侃不好意思地笑着，并没有回答这个问题。很久不见父亲，小茉莉好像对眼前这个人有些陌生。我没有想过邀请他的前妻进来坐，也许是因为小茉莉的声音打动了我，我没想过她能发出那样的声音，所以我侧转身示意她们进屋里来。

史蒂夫把小茉莉的行李搬上门口那级楼梯后，拉出行李箱的拉杆，万向轮在木地板上沉重且坚定地向前滚动着，盖过了他前妻的靴子在地板上发出的声音。她把行李紧紧地靠着沙发的椅臂摆放后，坐了下来。因为脚不能弯曲，她把一条腿伸得笔直。她显得有些局促不安，抑或是她在极力克制住四处张望打量的冲动，我看见她的脸部表情僵硬。小茉莉则紧贴在她的身上，像要把脸埋在她的肩膀里。

小茉莉其实一点也不小，她比同龄人的身材更加魁梧巨大，不知道她父母每次叫她“小茉莉”的时候，心里是什么感受？我努力不去想小茉莉的嘴唇，笑起来和她母亲多么地相似，她们的下嘴唇笑起来时是如何的平行，而弯弯的上嘴唇又是如何跟无法弯曲的下嘴唇，形成一个像快要塌陷的拱桥似的弧度。

史蒂夫与我坐在同一张沙发上，我们坐在了她们的对面。他把手臂刻意搭在我后方的靠背上。这样的场面，一个母亲，一个父亲，还有他们共同的孩子。我就像来参加小型家庭聚会，一个不识时务而早到的客人，而为了显示他们的热情和包容，主人让我坐在了他们一家人的中间。

我站了起来，问他们是否要喝水，不管他们是否需要我都不想再待在那儿。我害怕她和小茉莉已经知道了我一周要去见两次心理医生的事。我害怕她们知道了他们过去的生活已经让我无路可去，并且也知道我在频频退让，害怕她在我们中间看出她斩尽杀绝后露出的痕迹。她们也看出了我的退让不是因为善良，而是懦弱。她们或许已经从史蒂夫那里得知了我的境况。

打开冰箱，我看到了小茉莉的药，史蒂夫曾说小茉莉的保险在这个月只能拿上这么些药，如果想要再免费去取，基本上就不可能了。如果没有这些药，她就会和她的母亲一起消失在我们的生活里。我全身颤抖，感觉就像手肘被什么东西狠狠地撞了一下，我把她的药盒打开，看见里面有六瓶罐装的液体。我想撬开它们在里面放点什么，可我的手边又有什么能和它发生作用呢？我想把它们“不小心”摔破，可是史蒂夫会再次原谅我吗？他的前妻会对我大吼大叫吗？小茉莉会用她稚嫩的声音问我为什么要这样做吗？

“是哪一家医院？”

我透过厨房的那扇门，看见史蒂夫的手还继续搭在沙发背上。

“经过狮门大桥的那家，圣安德鲁医院。”她又补充了一句，“这手术只能来加拿大做。”

我把水量调小，尽量不让水管出水的声音盖过客厅里的对话。但是该死，我还是错过了点什么，他们嘀咕了些话，而我听见史蒂夫说了句：“是。”

他答应了她什么？去照看她？还是问他是否后悔过和她离婚？还是更糟糕的，问他是否还爱着她？他下一句是不是就要说“对不起”了？我知道史蒂夫会原谅她的，他会原谅所有的人。他的善良就是他的弱点。

我回到客厅，把桌子中间的花瓶挪到了桌子下层的隔板上，将水杯放在她们的面前。我给小茉莉倒了一杯橙汁，另一杯是给他前妻的。水管里的水太凉了，在玻璃杯上形成了薄薄的一层冷气，像是刚刚从冰箱里拿出来的。

她握住了水杯，对我点头致谢，接着说道：“从生了小茉莉之后，我就再也没住过院。”她这句话像是给史蒂夫说的，又像是对我说的。她极力在给我呈现一个幸福的家庭的模样。

我曾经问过史蒂夫她分娩那天的情况。她生下小茉莉那天是圣诞节，送进医院那天是平安夜，医生到第二天下午五点时才进房间来看她。

“她分娩时骂你了吗？”

“当然了。”他回答的方式漫不经心，不知道是他真的不在意还是沉浸到了过去的回忆中。而那时我的脑子里嗡嗡地，听见的全是她在产房里破口大骂的声音，还有医生因为手术手套的皮筋绷得太紧，拉手腕边缘处手套时“啪”的那一声。我不敢睁开眼睛，我怕看见那一刻他正紧紧拉着她的手，帮她抚开脸上汗水打湿的细发，正准备倾下身子去吻她的苍白的脸，告诉她无论何时她就是他一生中的最爱。怎么可能不是？她为他生育了小茉莉，而我却不能。小茉莉的到来甚至剥夺了我做母亲的权利。

五

“手术前最重要的就是放松，尽量不要去想一些让自己伤心的事。”史蒂夫好像并不担心这场手术会是什么样子，也许因为内心的惧怕，才把话说得那么轻松。

“放松？我真的做不到。”他的前妻显得有些激动，但是她仍在控制自己，让自己看起来不那么糟。

小茉莉也许还不知道手术意味着什么，但她一定知道死是什么，对于她来说，死是一件容易的事情，只要她不给自己上胰岛素，她明天就会死。

我再次站了起来，她并没有看我，我知道她也希望我离开。

“谁送你去医院？”

我听见史蒂夫这样说，感到背脊像是有一条冰冷的虫顺着他的话音往下掉。我同时也感觉到了自己的冰冷，要冻僵了。

“放下小茉莉，我会去我妈家住几天，手术前她会开车送我去的。”

她的心情好像平静了一些，从厨房的这个角落能看见她轻轻地摸着小茉莉的发辫，生怕给她弄痛了。

“那你应该和你母亲他们谈一谈这件事。”

史蒂夫拿起桌上的杯子，像是熟练的心理咨询专家：“他们是聪明人。”我不知道这和聪明有什么关系。

“为什么我不能和你谈？”

“我想避免和你吵起来。”

“你为什么总是害怕和我吵？”她歪着头，朝厨房的方向看了一眼。确保我听不见后，身体朝前看着史蒂夫逼问着他：“也许我们早些时候争吵的话，事情就不会变成现在这个样子。”

我知道她指的“这个样子”是说他们妻离子散，还有可能即将天人永隔的事。她或许把她得乳腺癌的事情都怪在了史蒂夫头上。

小茉莉无所适从地抱着手臂，坐在她的旁边，小茉莉也许并不知道她的父母到底怎么了，明明离开了还要吵。更不知道当年她应不应该出生，她的出生不过是她父母当年为了挽救婚姻的一种手段，抱着“这是一个重大的转折，也许将来一切都会变好”的心态，把她生了下来。可是日子并不是那么简单，有时候小心翼翼地想要去拯救什么，反而是一种更快速的扼杀。

小茉莉的手放在她母亲的胸口上，希望母亲不要再说下去。她也许不知道再往下一点，那个干枯的皮肤下有一个可怕的肿瘤，正输送着黑色的血液和死亡的气息。她甚至能够感觉得到，那种疼痛正在一点点侵蚀她母亲的每一寸肌肤。

“我们俩从来都不合适，真的，你说我这么多年一直在回避这一点。”她的声音突然高出了很多。

史蒂夫取下他的眼镜，摸了摸眼角：“是的，我之前是这么说过。”他因为无法给她传达他的想法而感到沮丧。

“我尽力不去想，”她稍微停顿了一下，想要控制好自己的情绪，重新调整这句话，“我一直尽力不去承认我们从来都不合适。”当她说到“恨”这个字的时候，她之前想要的收敛又重新铺张开来，甚至这一次她止不住地流了泪。好像不合适对她来说就是对过去欢乐时光的全盘否认，或者那些沉浸在欢愉中的想法都是错误和虚伪的。为了不承认自己曾坚持了一个明显的错误而耗费这么多年，最好的办法就是假装看不到它。

“原谅我，我并不想在这个时候再跟你讨论我们之间合不合适。”史蒂夫说话时，又把声音压低了一些，以至于他后面说了什么我都没有听见。

她听到了盘子碰撞的声音，又再次望向厨房，发现了其实我们离得是那么的近，他们应该都猜到了，我听到了刚才的对话。

“小茉莉，”史蒂夫不愿意继续，他朝向旁边的小茉莉，“你想不想去看一看‘老虎’？”老虎是他们家过去养的一只英国短毛猫的名字，已经有十四岁了。平时会抓些野兔，还会跳起来抓鸟，院子里常有它带回的猎物，死掉的兔子的兔毛常显得湿漉漉的，像是那些兔子身体失掉的水分全部溢了出来。

她看出了史蒂夫希望尽快结束此次会面的尴尬。

“那我就先走了。”小茉莉的母亲扶着沙发一角，努力让自己站起来。我看见史蒂夫朝前走了一步，他想向前去扶住她。她看起来已经是精疲力竭，她怎么想？愤怒？嫉妒？恼恨？为什么到了这样的时候，还要讨说法？不是说人之将死，其言也善吗？不，不，她只是想为自己的感情讨个公道。她的错误也是女人们的错误，因为她们的逻辑是，爱就是理由。

她正在朽坏。这个念头再次落入我的脑海时，对她先前的各种想象、嫉妒和恶感被冲淡了。现在只留下一个女人、一个母亲的脸在我的脑中。站在我面前的毕竟是我丈夫曾爱过的一个女人。

那时她还像我一样年轻，她的手握住他的时候还会微微出汗。她陪他度过了许许多多的日子，而现在她也许就要永远地从他的眼睛里消失了。她或许曾为他念的一首法国诗而哭泣，即使不会法语，感动她的是诗歌的韵脚和他的眼神，就因为如此，他们在巴黎结婚了。当然，他单膝跪地。现在已经不可能了，一生中只能跪一次，不是吗？她是不是也像我一样，或者我就像她一样？但现在看来，过去那些日子，做过的事都是错误的，被史蒂夫全盘否定过，就像史蒂夫给她说："忘记吧，那些不值一提。"

我想她也许曾无数次想见我，了解这个嫁给了她前夫的女人是怎样的一个人，是否像她一样爱过他，如果是的，那么究竟又多了多少。也许这样的意图会使她感到痛苦，正是这样无尽的神秘在吸引着一个女人，无法摆脱受伤的程度。

那句，"你怎么可以的？"也许不仅仅在追问着史蒂夫，也在追问着我。

可是之前我无法对她产生任何的同情。要知道同情也是一种能力，不是简单的"善良"两个字那么容易，一个在情感上和生活上感到走投无路的人，还有什么能力去同情一个给自己处境雪上加霜的人。我与史蒂夫相互的不理解、争吵，多半源于她无休止的掠取和他的退让。随时处在崩溃边沿的我看不见任何人的痛苦，感知不到她的伤心。也感觉不到小茉莉即将失去母亲的痛苦，感觉不到小茉莉面对我时的尴尬，感觉不到她身体里住着两个人的痛苦。她的父亲身份已经转换了，他不只是属于她一个人的了。我也感受不到史蒂夫的伤心，对于前妻的疾病，女儿无所归宿的担忧，没有尽到做父亲责任的内疚，我都看不到，即使它们都是那么明显地摆在我的面前。我抵着狂风前行，到此刻已经是极限了。有些时候，一个错误就是一瞬间的事情，毁灭人生就是一瞬间的事情。而我的那一个瞬间已经发生了。

六

小茉莉尾随母亲到门口。我本应该离开门边，给他们一些私人空间。可是我不想，我想被这样的分别的场面刺痛。小茉莉拉着妈妈的手，妈妈轻轻地握了一下她的手，好像在让她去捏紧自己的手。

她对小茉莉说："妈妈没曾想过撇下你。"

我知道她的计划，她怎么会撇下她不管呢？如果不行的话，她知道她们，小茉莉甚至还有史蒂夫会在另一个世界相聚，永永远远在一起。这句话让小茉莉抓她妈妈的手抓得更紧了，她白白的小手紧紧地抓住妈妈的掌心。但妈妈的手却不再捏紧小茉莉，她感受不到母亲手指的力度了。妈妈为了隔断她的不舍和依恋所表现的冷漠，让小茉莉知道妈妈的疾病是真的，肿瘤是真的，分离是真的，死是真的，再也见不到也是真的。

但是她们会在另一个世界相见。也许吧。为了不过分渲染这种情感，她没有再多说什么，转身走出门去。

"莎莎！"史蒂夫终于喊出了她的名字，他不忍看到分离的一幕刺痛他前途未卜的女儿。我知道这不是全部原因。时过境迁，在这狭长的走廊上，看着自己曾经相知相伴携手共度的人，就要从眼前走过去了，并且是永远地不再踏响脚下的每一颗石子。他不得不喊出她的名字来，或许这是最后一次喊出她的名字了。“莎莎”，雨打落在一朵茉莉上，水珠落下了，这个声音休止了，花瓣也随之滑落。我也随着这一声颤动了。

她停了下来，略微侧了一下头。瞬间的动作却是那么漫长，我以为她会回过头来，以为会再次看到她的眼泪。她只停了那样一瞬，接着继续朝前走去。当她朝前迈出第一步时，永远这个词便成为一个固体，和她还有她们的过去一同固化了时间。

很长一段时间，我竟然难以判断她到底是继续停在原处，又或是换了停下来的位置。她始终在我的视线里，像一道长长的影子散开又聚集。史蒂夫从我的身后走过去时，我的身体像是遭到了巨大的热浪，朝前趔趄了一下。

他走了过去，从后面试图拉一下她。小茉莉也穿过我，走了过去。他们三个人形成了一个圆，在太阳光的照射下，在落满了花瓣的草坪上，我感觉到一团火球燃烧时的热度。

七

小茉莉背对着落地窗坐着。海面上射过来的光在不远处，忽明忽暗地移动着。海鸥的叫声像是在天的尽头。

她坐在那儿始终不说话，与其说是沉默不如说是等待。

她不会回来了，永远。

这句话如不远处的潮汐落在心里，破碎地散开。我感觉到了心脏被这样潮湿的碎片划过，隐隐地痛了一下。刚才他们分离的那一幕依然在脑子里，无法散开。

史蒂夫进了自己的书房，一直没有出来。之前他说他有工作还没有完成，我也不想打扰他。我从冰箱里取出冰冻的排骨，想象着去爱这个微微发胖的不管是奎因还是小茉莉的孩子。她是史蒂夫不可或缺的一部分。她的金发蓝眼睛，还有她的痛苦。我已经不再想她的到来，是不是影响我想要一个自己孩子的打算。

冰冻的寒气，反而让我有了回暖的举动。我把手攥成拳头靠近脖子，通体透凉的感觉让我的身体抖动了一下。我看见史蒂夫从书房走出来，他像是被一层雾罩着，迟缓、游离、不知所终。

我迎着他走过去，想找他讨个说法，问一下他为什么要当着我，做出那样的举动。可是他径直走了过去，他旁若无人地穿过落地窗外那片草坪，刚才他们还在燃烧的地方，我听到了那只短毛“老虎”向外扑打的欢腾声，倏地一跃而过，跳到屋顶上去了。这已是夏天了。

“跟我来。”我对小茉莉说。她站起来，我听见她拉动箱子的声音。我想有一个新的开始，那个女人给我造成的伤害就要告一段落了。她不会再来打扰我们的生活了，从他们一家人相拥相抱的那一刻起，时间就变成了固体。

小茉莉跟着我去了楼下的地下室。我和史蒂夫搬进来时，匆忙将地下室的屋子只装修了一间房，专门用来做客房。我们也没有打算再系统完善其装修，因为我想把它做成将来孩子的“娱乐天地”。地下室没有铺地板，冰凉的水泥地让打着光脚板的小茉莉迟疑再三。

我领着她向前，她拖着的万向轮行李箱在水泥地上的声音很轻。

“这是你的房间。”我推开门，站在一旁等她走进去。她侧着身子把行李箱推到我前面，我说：“一块大的毛巾洗澡，小的毛巾擦洗手池上的水。”

我前天专门从“哈德逊湾”商城给她买的新毛巾，还散着刚刚从烘干机里拿出的柠檬香味。她四处打量着她的房间，她看到她可以活动的范围其实并不大，里面摆着为孩子准备的玩具。一个挂着一排五颜六色铃铛的婴儿车，一些没有拆开封纸的厨房的小锅小碗，还有各种拼接散落的英文字母。

她走了过去，想伸手去摸时又缩回手来。

我说：“厕所里还有新的毛巾，可以换着用。”我又打开卫生间洗手池下的柜子，将摆着二合一的洗发露和沐浴露调换了摆放的位置。

“我有衣柜可以用吗？”她指着卧室里的那个衣柜，但并没有拉开。

“你可以拉开，就是给你用的。”

她拉开了衣柜，衣柜里面只有三个白色的塑料衣架。

“你可以把衣服折好，放在衣柜里右上边的抽屉里。”

小茉莉转向柜子，她的后脑勺对着我，金色的头发就像她母亲的一样柔顺。我想她母亲也有她这样的年龄的时候，无辜又天真,她那时还不是现在这个样子,女人的温情她一定都有，对幸福终老无限向往过，她也不会想到将来自己会是这样的结局。谁会想要被人抛弃或是得病?

“我不知道你们这个年龄的女孩都喜欢些什么。”我退到门边，身体半靠在门上。

小茉莉默不作声，像是没有听到我的话。她蹲在地上，试图拉开行李箱的拉链，她用手撑住行李箱，我想她一定试图找一双温暖的袜子，这样她就不用光脚踩在水泥地上了，她知道在这水泥地上还要走一段时间。

“这是妈妈的箱子。”小茉莉抬起头来看着我，然后她完全打开了箱子。

我朝前移动了半步，弯下身子。箱子里面排列整齐，放了一双拖鞋，几件白色的T恤。一本《烹饪艺术》，还有一本《纽约客》杂志。在右边用拉链拉起来的隔层边的网格里，放着她的胸衣。她带了四件胸衣，且是同一颜色同一样式的艾格内衣。我的心脏在这突如其来的冲击里，猛烈地收缩，然后变硬。我感到划破我神经的不是什么刀子，而是一种声音。

金属相碰的声音通过一双双戴着塑胶手套的手，传递、传递，再传递，接二连三，然后落下，准确无误。空洞，荒凉，错乱，拿走了一切。剪开，她的、他的，还有他们的，我们的、我的。在劫难逃。

小茉莉看着我，她目不转睛地看着我。我有点不知所措。而小茉莉呢？她毕竟没有做错过什么。如果她是我的女儿，我会多么想把她抱在怀里，然后告诉她：“对不起，妈妈做错了。”我想到了我自己，我能做一个好母亲吗？我怎么用我的生命把她托起？

“你会梳法国辫吗？”小茉莉打量着我。

我不说话上了楼，从冰箱里拿出苹果，当我拧开水龙头冲洗它的时候，边上放着的刀使我的心脏又一次抽搐起来。

我把苹果放在菜板上，对刀突如其来的恐惧蔓延整个身体。它能把东西削成两半，把有变为无。我的心脏随着手的抖动战栗起来，那把割开她皮肤的锋利的刀刃也在割开我，割开这个世界带给我们的光与阻隔。我们都在麻醉中虚弱地醒来，苍白的世界展开一道深红的口子。

我感到呼吸困难，将整个身体靠在水池上。窗外的阳光斜射在草地上，远处史蒂夫走在沙地上，他不紧不慢地走着，他的呼吸和脚落地的声音，像是夹在风中一起一伏地飘过来落在我的心上，让我惴惴不安。阳光下的海面是难以分辨的，正如阳光下隐秘的人影。史蒂夫是不是正走在一条看不见的深渊里，一道将由影子吞噬掉未知的深渊。

小茉莉已经不在地下室，婴儿车被她拆开了，英文字母的拼图散乱地铺在地上。我轻轻地走过去，看到了她把字母拼在一起，那是“宝贝”的四个英文字母，用蓝色、黄色、白色交错在一起，很好看。我想也许她明白这些不是给她准备的，而是给我和她爸爸将来的宝贝的。

我从地下室出来，穿过客厅的落地窗走到草坪上。紫色的蔷薇花顺着墙体开得很鲜艳，另一端没有被阳光照射到的花朵还未开放。我抬起头看见小茉莉坐在储藏室外面的房顶上。从我站的角度看过去，她看起来像是个成熟的女人。在那里她迅速地明白了“另一个”是什么意思。另一个孩子，另一个女人，另一个家，另一个世界。这在生命中很重要。

“另一个”和时间捆绑在一块儿，跟随时间的进程，没有人能拒绝“另一个”，“唯一”不属于他们。而她也正在变为另一个。

此时的她换回了过去男孩子的装束，起皱的马丁靴搭落在屋顶的斜面，她用手抱住另一只脚。从这个角度看不见她腰上胰岛素的袋子，也看不出她是一个有糖尿病的病人。她向着远方，看着远处高大茂密的杉树林。

树上掉下的飞絮落在了她的头发上，她的肩膀上，又落在她的脚边。她摊开手，想让飞絮也落到她的手上。背后的衬衫因为她的挪动而从扎好的裤子里向外翻了出来，露出也许她没有被人抚摸过的白皮肤，她母亲的白皮肤。她腰上系着脱了胶的皮带，它的陈旧让人迅速联系到过去、香烟、酒精、血，还有黑象牙。

八

雨突然就下了起来，史蒂夫离开家前天空还一片晴朗。史蒂夫知道今天是我去看心理医生的日子，他把他的车留给了我，让我带上小茉莉。诊疗室旁边有一个公园，那里常年充斥着孩童玩乐的声音,尤其是夏天,呼哧呼哧跟着自行车跑的狗，还有穿着短裤沿途跑步的人。小茉莉可以在那里交些朋友，更好地融入这里的生活。小茉莉和那些孩子无法想象对面就是生的另一端，没有人故意要将生和死放得这么近。

我没有告诉史蒂夫昨天早上他上班时，我接了她的电话。电话里她的声音很微弱，如同游丝一样从电话的那端传过来，听上去像是从一个阴暗的地方传来的，因为她的声音里透着湿气。她已经做了手术，她没有说是否成功，总之她还活着。

这个电话让我恍惚，我忘了她说了什么。我只能凭着对那个湿浸浸、虚弱的声音的猜测，想着她一定是请求我把小茉莉带到医院去。她所在的圣安德鲁医院也不是通过电话记住的，之前她告诉过史蒂夫，她清楚无误地告诉史蒂夫医院的名字，她相信他会去看她。“留下一条路改日再见”，他们终究会再见的。

我这样想着就挂了电话，或者在我还没有挂掉电话前，她就已经挂掉了电话。我记得她在电话里没有提行李箱的事，可是我还是给她带上了。我想她行李箱里放着的胸罩，这会儿是彻底地用不上了。但那是属于她的，过去的时间和一切依然是可以属于她的。无论死去还是活着。

史蒂夫车的座椅，以及两边的后视镜对我来说太高了。通常我开他的车都会在座椅的左边调回我的“个人座椅设置”。按键 1 是他的，按键 2 是我的。座椅靠背在往前靠，发出有序的机械运动的声音。小茉莉并不觉得好奇，继续看着前方，我想也许在过去，那个按键 2 是小茉莉的母亲的设置，只是我永远不会知道，也永远不会问。

雨下得比刚刚更大。我看了一眼一直没有说话的小茉莉，我们出门前没有吃东西，这会儿她一定饿了。如果我是她的妈妈，她会说她饿了。可是我不是，所以即使她饿了，她也不想说出来。我们开车经过星巴克咖啡店，从雨中的喇叭里传来一个女人的声音。

“你好，需要点什么？”是菲律宾人的口音。

我皱着眉头慌忙地看着菜单栏，不知道要什么好。

“我要鸡蛋三明治。”

“这上面没有该死的鸡蛋三明治。”

我和小茉莉在菜单上来回地寻找，雨刮器的声音让我极度烦躁不安。

“你好，还在吗？”喇叭里的女人不耐烦地问。

“你就不能等一会儿吗？”我转过头看小茉莉，“里面有加香肠的，或是培根，你到底要什么？”

“培根。”她说。

我对着喇叭里的女人重复了小茉莉的话。喇叭里的女人说了什么，我没听懂。

“我简直听不懂你在说些什么。”

我没好气地说。喇叭里的女人沉默了，显然是压着怒气，因为她知道我是在指她的菲律宾口音。

拿上吃的，绕了个圈，我们的车重新驶上大路。雨刮器的声音盖住了雨的声音，玻璃上的雾气遮住了视线，道路上除了雨什么也看不清，就连从身边超过去的车子也看不清。我打开了除雾器，道路变得清晰起来。

小茉莉大概是饿了，或者她在家里待的时间太长了。很快她就吃完了手里的东西，这会儿正看着窗外的雨发呆。我几次转过头去看她，她把头歪靠在车窗上。

“你的中间名是什么？”除此之外我不知道我还能问些什么别的。

“玛格丽特。”小茉莉的声音透明透亮。

雨似乎比先前下得小了，我调慢了雨刮器的速度。

“玛格丽特·杜拉斯，你知道吗？我和你爸爸在巴黎拜访过她的墓地。所有人都给她留了一支笔，我给她留了一张巴黎地铁站的车票。”我笑着看着她，希望她觉得我偶尔也是个有趣的人，“你说她会拿着车票去哪里呢？”

在开往诊疗室的路上，小茉莉并没有回答，过了一会儿，将手中吃完了的培根包装纸揉成一团放到了脚边，小茉莉终于望向了我，可我没有转向她。

她问：“什么是死？”

“死就是躺下。”我不知道如何解释，我们只想什么是生，怎样去活着，去医院、去打针、去吃药。白色的药丸、蓝色的药丸，按程度划分。只有相同经历的人认得出，心照不宣。我不能告诉她，此刻我带着她去的地方，充斥着人类过去和现在的痛苦，那些痛苦难以忍受，推人入万丈深渊。我不能告诉她什么是心理疾病，什么是治疗。

九

心理医生的诊疗室就在前面不远了，雨中模糊看到的那片海面隔着一条绿荫长道，我把车子开进那栋被树木遮蔽的楼房时，突然决定继续往前开。离开心理医生，离开药物，离开只剩下灰白的水泥地和被车轮摩擦掉的黄色分割线的停车场。

我一直开到了圣安德鲁医院，途中我还犹豫过要不要带着小茉莉去看她的妈妈，我甚至开始怀疑那个电话的真实性。她到底真的打过电话吗？我为什么不去看心理医生，而是把车开到了这个对小茉莉来说的死亡之地。史蒂夫一定也来过了，关于今后的重逢谁又能知道多少。

雨像是突然间停的。

圣安德鲁医院很安静。消毒水的味道和夏季泳池里一样炽热烦躁，不同的是在那里我们听到孩子的呼声，从空中飞过的球，还有拍打水的声音。这里却很静，像是沉到了水底，声音是被遮挡和压迫过的。

小茉莉去上厕所了。我说我在前台等她，询问她母亲的病房。

“请查一下莎莎住几号病房？”一个蓝眼睛的护士抬起头来看着我。她的眼睛里装着荒暗无垠般灰色的大地。她从桌底下拿出一张纸，让我登记。

“访客的名字签在这里。”年轻的护士意识到我没有笔，把插在口袋里的圆珠笔抽了出来递给我，注意力又回到刚刚正在处理的事上。她像维米尔画中的人物，在事物以外。

护士突然间抬起头，指着与病人关系这一栏示意我填写。

“不是我，是一个女孩，我在这里等她。”我往厕所的方向指去，示意她去了厕所。我试图尽量撇清看望莎莎的心愿。她似乎一开始就注意到了我们，注意到一个三十多岁的女人带着一个十多岁的孩子。

“与患者的关系？”她把那张纸取了回去。

“她是她的女儿。”我看着她的蓝眼睛，看见了她的躲闪。

“患者姓什么？”她抬起头来，希望我此刻告诉她那不是同一个莎莎。

“斯考特。”我反而像在喊史蒂夫的姓氏，要告诉他什么事似的。

“她已经走了。”她看着我。

从她的眼睛里，我明白这个“走”和那个“走”是不一样的。

“什么时候？”

“昨天下午。”她每天都在处理这样的事，这已经不再难说出口了。

我站在护士站的玻璃门前，敞亮的光反射着的大厅，只有我孤身一人，风穿过的声音细腻地落在地上。

小茉莉从厕所走了出来，她在黑色的裤子上反复擦拭自己洗过的双手，那双有褶皱的马丁靴鞋带系得很紧。她抬起头正望向我。

她走过来，穿过我，穿过一片湖泊，一棵法国樱桃树，上面有一群鸟在离开，一群鸟在抵达。

（收录于小说集《飞往温哥华》，中信出版集团，2023 年 4 月）

未来

流动法庭

盛可以

1

这里除了一座小佛塔，几乎没有固定的建筑。交错的车轮在稀疏浅草与灰白泥石中碾出的印痕，显示这是一条交通要道。远处浓淡相间的山脉层次分明，如水墨晕染。风疾速，时而匍匐时而腾飞。山石静默。山上生长着密密麻麻、永不开花的碎石。灰蒙蒙的天空，没有鸟飞过。随风而动的只有尘灰烟雾。一辆越野车刺穿苍茫的帷幕，跌跌撞撞，扭着屁股驶向荒凉深处，黄尘炸散中，隐约可见车身印着国徽，以及“流动法庭”的藏汉双语。污渍斑驳的汽车带着一股模糊的正义与肃穆的气息。

“流动法庭”在一片开阔平坦的地方停了下来。山岚在远处挽紧了手。无云的天幕扣在头顶。这里已经聚集了一些牧民，神情和远景一样苍茫，他们像山岚围住平地般围住了“流动法庭”。车门打开了，身穿蓝色制服的女法官措果先下车，脑后绾着一个发髻，她转身从书记员手中接过三岁的女儿，两个法警随后，最后下来的是一个浑身上下全是兜的纪录片导演——那就是我。我有一半藏族血统，会藏汉两种语言，这给我的工作带来了便利。我是拍摄西藏野生动物为主的，得知流动法庭要在羌塘办案，处理一件家喻户晓的案子，我突发奇想，决定拍一拍人的故事。

他们打开后备厢搬行李，着手搭建“流动法庭”——一个白色的帐篷。女法官措果叉开腿，双手擎住缆绳与劲风拔河，好几次连帐篷带人几乎要被吹上天去。她娇小的身躯灵活且顽强，有足够的经验对付风。书记员将最后一根铁钎钉进泥石地，“流动法庭”生下根来，但依旧随风摇摆，时瘪时鼓，看上去就像一个小小的、充满悲伤的灵堂。一切按法庭模式布置妥当，桌子上面铺了绣着“流动法庭”的朱红绒布，电脑、打印机、法槌等必要物品，均摆放在合适的位置。最后，女法官措果认真地在两扇假窗间挂上了国徽，她的样貌并不威严，就像初中的班主任老师正准备上普通一课。

2

事情要追溯到五月的某个上午，我们面色黑红的原告次旺那张阔嘴正贴着牦牛屁股后面的器官使劲吹气。这头名叫梅朵的白色母牦牛可能是产后抑郁，影响了乳汁分泌，一点奶水都没有。它鼓着眼睛淡然地盯着某处，似乎对生子哺乳这类琐事毫无兴趣，它甚至都没去舔一下小牛崽。也许它的心里隐藏着人类不懂的更宏伟的志向。次旺偏爱梅朵。梅朵健硕美丽，肌肉像公牛一样结实，一身白毛被次旺梳理得顺滑飘逸，整个儿看上去洁净高贵。

有一个人影走进了梅朵的瞳孔，阴影渐渐放大，很快就覆盖了梅朵的眼睛。那正是我们的单眼皮被告贡布，他把马拴在树桩上径直走进来，高大结实的身板挡住了光线。贡布轻轻友好地拍着梅朵的脑门，像是对畜牲说道：

“忙着催奶呢？吃一些大豆兴许更管用。”

“这个办法目前是最经济实惠的。”我们面色黑红的原告次旺擦掉嘴边糊着的一些不干净的东西，说完话依旧将脸埋进牛屁股，仿佛在操作一台箱式照相机，或是在饶有兴味地观看西洋镜。

我们的单眼皮被告贡布看着脸部消失的次旺，神情犹豫不决，像是由于自己帮不上忙而感觉尴尬。静静地过了半晌，这才开口说道：“你卖给我的农用车电瓶有问题。”

“什么有问题？”许是吹气用力过度，次旺脸上的红色部分胀得薄亮，黑色像油画的底色隐隐透显出来。

“是电瓶有问题。”

“昨天你开回去时不是挺好的吗，有什么问题？”

“我也说不清，总之是不好使了。”贡布底气不足，但他素有快刀斩乱麻的理智，于是横下心来说道，“我想还是退货吧，电瓶可是车的心脏啊。”

我们黑里透红的原告次旺听了之后没说话，继续在牛屁股后忙碌。贡布的要求让他感到不快，同时也感到十分为难。买卖这种事情，一手交钱一手交货，不应该出尔反尔。但是车款不是小数目，邻里乡亲，反悔交易，他也得讲点情面。可是车子卖掉时，电瓶是正常工作的，没发现有什么问题，没准是贡布操作不当，损坏了电瓶，好车出售，退回一台坏车，这也是他想不通的。更何况，妻子央真已经拿着卖车的钱带岳母进城看病去了，可怜的老妇人腹中胀气，排便困难，肚子憋得鼓鼓的了，偏方也不管用。

次旺鼓起腮帮子大力吹气，好像贡布并不在场。这时候距贡布使劲压价，最终带着胜利的愉悦开车回去不过二十四小时。他和妻子央真还处在无奈出售爱车的伤感之中。他们一直非常爱惜那台车，经常保养，到处擦得放光放亮，像极了他们的人生态度。人们说，假使他们有一个孩子的话，也不会超出他们对车子的用心。

贡布也没走开，等着次旺的回答。远处是灰蒙蒙的山脉。放眼看不到一顶帐篷。他骑马到这里来之前，妻子拉姆叮嘱他态度要诚恳，但不能低声下气；意志要坚决，但不要居高临下，要显得不卑不亢，要让次旺接受退货，避免让他觉得是他们损坏了电瓶，占人便宜。不过她也满脑子疑问，电瓶到底是怎么坏的？难道在他们买车时它已是濒死状态，直到行驶完十公里山路后才寿终正寝？如果不惮以最坏的恶意来揣测次旺卖车的行为，也许是他意识到电瓶已经有问题了，才急于脱手。但拉姆也嘱咐贡布这种话千万不能说，这会挑起矛盾，使退车的事变得更为棘手。

我们的单眼皮被告贡布正要再次张嘴快刀斩乱麻的时候，次旺的弟弟格桑和妻子白玛赶着马车唱着歌儿到来了，他们放下草料和牛奶，说了句祝母牛和小牛平安健康，就甩着鞭子唱着歌走了，简直像一阵风打了个旋。令贡布晕头转向的不是这阵风，想到某年的赛马节上，次旺带着辫子长长的白玛，介绍说这是他的妻子。“也许是我记错了。”贡布望着马车上那对男女的背影，为自己的糊涂沮丧。

“这样吧，你弄好电瓶，我就同意退货。”我们黑里透红的原告阔嘴次旺突然说道，“但我手上没有这么多钱，只能分两次给你。”

梅朵眨了眨眼睛。

“行，那就这么定了。”贡布点了头。

3

我们的单眼皮被告贡布在谈判的成功中没欢喜多久，就为电瓶的事伤起神来。县城太远，去一趟要耗掉大半天，买新电瓶要花一笔钱，平白无故地损失这些，莫说妻子不能接受，他自己这会儿也是越想越懊悔。为什么次旺从牛屁股后面抬起头来那么一说，自己想也没想就同意了呢？为什么他不咬定是电瓶质量问题，坚持要无条件退货呢？他只需耐着性子站在那儿，静静地抽着烟，望望天空，瞧瞧远方，让在牛屁股后面劳动的次旺明白，要是不退货，他就会原地生根。

贡布的心思和他的生活一样的简单，他想不了多远。马慢腾腾地走着，他的身体一颠一颠，脑子里只剩下电瓶的模样。那匹棕色牝马似乎颇通人性，自作主张来到一个海子前面，跑蹄子打响鼻。单眼皮被告贡布翻身下马，伸出一双大手，捣碎天幕，掬水洗颈抹脸，经凉水刺激，脑子里的电瓶顿时与村长家的电瓶合二为一，于是精神抖擞，快马加鞭，回到妻子拉姆身边。

“我去的时候，次旺正在吹牛屄。”我们的单眼皮原告贡布向妻子描述退车情况，“我说电瓶坏了，他没有觉得奇怪，好像他知道电瓶原本就有问题。”

“我猜到了吧，他就是急于脱手这台烂车。”妻子拉姆身上鼓胀，脸上栗褐色，眼角和嘴边刻几道劳苦，“平时顶诚实的一个人，没想到也坑起别人来了。”退车的附加条件让她心里有点不痛快，但要是次旺不同意退货，他们买台烂车，吃了哑巴亏，心里会更难受。拉姆并不懦弱，遇事不慌，通常会息事宁人，可一旦钻进牛角尖，也不太拉得出来。她也知道村长家有的是闲得发慌的电瓶，于是催促丈夫：“赶紧去借，快快把这事了了。”贡布刚一转身，拉姆便叫住了他，端给他一碗甜茶，顺势在他脸上啄了一嘴。拉姆胸前的果实熟透了，再熟就要掉下来烂在地上了，平时贡布总像是与地心引力争夺熟果似的，随时都想干点什么，此刻要不是急着去借电瓶，他真想躺下和拉姆腻一觉。

我们的单眼皮被告贡布带着对妻子醉醺醺的肉欲，骑着摩托车在弯弯扭扭的山路上盘绕了二十分钟到达村长家里，村长穿戴整齐，正准备骑马出门赴寿宴，听说要借电瓶，二话没说就开了仓库门。我们的单眼皮被告贡布第二天一大早开着换了电瓶的农用车，一路上车轮滚滚，轰轰烈烈，碎石欢蹦乱跳。我们的黑里透红的原告次旺这一次没有在吹牛屄，而是用奶瓶给小牦牛喂奶，显然他的科学实践遭遇了失败。村长正是这个时候脑梗倒地的，来不及抢救。在寿宴席上帮忙的村民自动转到村长家，帮忙料理村长的丧事。村长的妻子哭得十分响亮，儿子扎西的眼睛一直是红的，他有点后悔没让父亲看到他结婚生子。

4

我们黑里透红的阔嘴原告次旺接了丈母娘出院。在医院待了十多天的妻子央真身上也有股药水味，但这股药味又仿佛是她高兴的情绪散发出来的，因为母亲康复了，车子不用卖掉了，回到家一眼看见它乖巧地趴在墙垛边，像一只养亲了的小动物，就忍不住伸出瘦长的双臂先抱了抱它。

“电瓶好用。”好像妻子问了什么似的，我们黑里透红的阔嘴次旺露出憨厚的笑容，“比我们自己的那个还好用。”央真一听，清瘦的脸上立刻变得严肃，她叮嘱丈夫不能这么说话，因为那听起来好像是占了贡布的便宜。接着她从布袋子里拿出一些现金，说钱还剩了一些，部分医药费可以报销，尽快凑齐了还掉车款。次旺微笑点头，显示出对妻子的温情与信任。

有天下午扎西过来了，拎着青稞酒和牦牛肉，他是来向次旺讨教练习马术的。次旺曾经获得过赛马冠军，扎西想从他这里学点绝活，为了村里最美的姑娘，他要赢得比赛，父亲的突然离世，使他想到要让他妈妈早点抱上孙子。次旺待人诚实，教起来不遗余力。马儿来回奔驰，扬起沙尘和草屑。人和马累得气喘吁吁。喝酥油茶休息时，扎西看到农用车，很惊讶，因为这桩买卖是他牵的线。次旺就将贡布买车反悔的事情详细说了一遍，说他也正是考虑到扎西是中间人，同意贡布弄好了电瓶退的车。

“我认得这电瓶。”扎西看了一眼电瓶，说道，“我说呢，原来是贡布偷了我家的电瓶。”

我们黑里透红的阔嘴原告次旺惊呆了，他半晌没有说话，想来想去，觉得这件事情自己也有责任，是他把贡布逼做了贼，他请扎西不要戳穿贡布偷电瓶的事，那会让他的生活变得难堪，而且贡布平时也不是这种偷摸成性的人，想必这次也是迫不得已。扎西同意假装此事没发生过，保全贡布的尊严，但是没过多久，关于贡布偷东西的事仍在村里流传开来，这就像某人出了轨，尽人皆知，唯独那个做丈夫（妻子）的蒙在鼓里。

出事是在杂货铺门口，男人们抽烟、打桌球，谈论赛马节上诞生的英雄，称赞谁的技术了不得。有人说次旺在赛场上表现得像匹种马。“不能生小马驹的种马，这可是自相矛盾的。”贡布阴阳怪气的话正巧被买茶叶的央真听到，她当场指出贡布是个偷东西的贼。贡布受不得这种抹黑与侮辱，伸手往央真的脸上打了一拳，央真倒在地上。杂货铺门口瞬间乱成一团。

此时次旺正在下村观看斗牦牛，听说妻子挨了打，打人者竟然是贡布，立刻意识到这事和电瓶有关系，当即骑了摩托车风驰电掣赶到现场，看到眼角瘀青的妻子，一句话没说，就冲上去和贡布拼命。两个男人像愤怒的牦牛，抵着头，叉开腿，都想将对方撂倒，但势均力敌，状态胶着，围观者沉浸于这场角力与争斗中。不久次旺失败倒地，贡布欲施以拳脚，央真扑了上来，被贡布猛然推开，摔倒在乱砖石上。央真的失血终止了这场战斗，次旺带妻子到县医院治疗，同时着手将贡布告上流动法庭，要求他赔偿一笔医疗费以及精神损失费。

以上就是开庭前我所了解到的全部情况。

5

我选了一个最佳角度架好摄像机。穿深蓝色制服的法庭工作人员坐在条桌后，措果居中，胸前别着一枚国徽，她没戴帽子,风撩动她散落额前的头发。左右两侧的条桌呈八字状分布，分别坐着次旺夫妻和贡布夫妻。年轻的措果眉头紧锁，因为她事先知道这桩案子中，原告和被告像两头牦牛顶上了角，村里多次出面调解，但都没能和解，双方都很轴，明里暗里动员家族势力，扩大战斗阵容，做出最终决斗的准备。如果事情真发展到那一步，势必会出现两败俱伤的惨局，这会使法院失去公信力，措果本人面临良心和职业上的双重麻烦。措果是一个人带孩子，女儿几乎是在这辆“流动法庭”上长大的。开庭前，我看见措果带着女儿在不远处摘花，用草根打架拔河，在草地上打滚。

我将镜头推移到原告席，黑里透红的次旺有一张阔嘴但沉默寡言，他穿朱红色衣服与黑袍，戴着一顶宽沿卡其布帽，绳子紧紧地系在下巴底下，就算是八级台风也不能从头顶刮走它。他的妻子央真一身五颜六色，满脑袋长时间没打散过的小辫子，凌乱蓬松的碎发像野草，她身上挂满装饰品，发带、腰带、佛珠，耳朵、脖子、手指上都是蜜蜡、玛瑙、绿松石之类的东西。她挨着丈夫坐着，眼里有股笃定与淡然。从镜头里看过去，这对夫妻脸上并没有显露出那种你死我活的刚烈性格。被告席上的那对夫妻几乎是盛装出席，贡布穿着白衣，戴着白礼帽，蓝围袍，拉姆浑身华丽的刺绣与银饰，头顶披着一条夕阳一样绚烂的头巾，边沿悬垂肩头，头巾外戴着一顶奇怪的像簸箕的空顶帽，帽子上镶着符纹。拉姆有一种有理走遍天下的自信，她一直在说话，当措果宣布开庭的时候，她也没有停下来。她的语速极快，快到我都听不太明白她的藏语。这时候帐篷里也挤进了旁听的牧民，他们交谈、抽烟，说着与案件无关的话，这个流动法庭，一时间就像村里开会一样。

“今天，我们在这里，为次旺、央真，和贡布、拉姆两家发生的纠纷进行调解，首先我要说，在这里，村民们不要再继续传谣言，更不要相信那些关于迷信的传言，社会主义国家没有迷信。”措果大声说道，“村长死亡是偶然事件，是脑溢血，与拉姆无关，拉姆不是巫婆，她也没有能力咒死别人。原告不应再提供这些不科学的无依据的材料。”

“你怎么证明拉姆不是巫婆，怎么证明村长的死与拉姆无关？”次旺不同意措果的话。

拉姆非常生气，挥舞着手大声反驳次旺的污蔑，身上饰品叮叮当当地响。她的嘴像一架机关枪，对准原告席突突突突地扫射，她说她要是有那样的本事，就会咒他立刻闭嘴。

“次旺，拉姆是不是巫婆，与本案无关。我们现在是来协调关于打人，以及赔偿医药费用的纠纷。”措果耐心地提醒，她已经习惯了“流动法庭”这种纷乱的场面，她知道这也是一个供牧民发泄情绪的场地，很多时候原告被告双方在互相宣泄过后，梳理了自己的思绪，从而迅速达成和解，或至少有助于顺利结案。

措果给予双方充分的时间陈述、辩驳，她不打断任何人，耳朵朝向他们，眼睛从窗口望着草地上的女儿，她正在和新认识的小朋友一起玩耍。孩子这些天似乎长大了不少，知道怎么照顾自己。措果的脸上露出一丝欣慰。她打算在这个案子了结之后，带孩子去海洋公园。虽然没法去看大海，但看一看从海里来的动物，对孩子也是一种弥补。

一队褐色喇嘛经过，念着经文。

最前面转着经轮的喇嘛扭头注视着流动法庭。措果的目光落在这张轮廓分明的脸上。村里人都认得，他是大堪布多杰才仁。

原告和被告之间的争执越来越激烈——不对，应该是说拉姆一个人的辩论越来越高昂。戴簸箕帽的拉姆看上去像一条眼镜蛇吐着红芯子，既盲目又充满攻击性。她说贡布的手指被次旺打折了，腰也扭伤了，他们已经花了几千元的医药费。她现在要告次旺打人，告央真污蔑毁谤，损害了她和丈夫的个人名誉，要求公开道歉，也要经济赔偿。拉姆高分贝的吼叫震落了国徽，发出哐当的声响。

这引发一阵哄笑。措果弯腰捡起国徽，一边吹掉尘灰，一边用戴白手套的手擦拭，并重新挂好。镜头聚焦在措果面部，我看见她眼里有晶莹的东西闪烁。她心里藏着一个悲伤的故事，故事的脉搏就在这山间里震颤，故事的余温还残留在她的指尖。

我将摄像机镜头对准次旺，他的阔嘴沉默着，面色流露出对“流动法庭”的怀疑，并试图将这怀疑的讯息传递给妻子。事情完全不是他想象的那样，妻子被打的正义还未得到伸张，诉诸法庭的正义性反受到了挑战，更荒唐的是，他和妻子瞬间还成了被告。次旺不相信能从这里得到他们应得的补偿，他做好了遵循古老的传统解决纷争的准备。

我们的单眼皮被告贡布像个绅士，神色平静，似乎时刻小心地维护着一身白衣不被脏污。他们家的火力全集中在拉姆嘴里，他无须发射一粒子弹，他们便由被告转为原告，占了上风。这一戏剧性的变化引起了新的混乱。

“我宣布……暂且休庭二十分钟。”措果重重地敲了一下法槌。

6

上半场以拉姆毫无中心目标的机关枪发射为主，作为被告的情绪得到了充分的发泄与反驳，气势上也又压倒了对方，贡布和拉姆在中场休息时显得分外轻松。下半场伊始，央真便以一种深思熟虑的从容夺取了阵地。她总结了上半场被告的种种荒唐言论，不讲道理，东拉西扯的瞎胡闹，弄掉国徽，破坏法庭的威严，将案件审判引导到错误的方向。她说贡布的手指如果骨折了，那也是打到她央真的脸上骨折的，充分证明了被告出手凶狠；如果贡布的腰扭伤了，那是因为他将央真当铅球甩出去，因此误伤了自己的腰，总而言之，贡布身上的伤，恰好是他打人的佐证。

“但是，现在我们不告他打人了，”央真话锋一转，对措果说道，“我要告他偷窃。他偷东西，犯了偷窃罪。”

拉姆站起来尖声说道：“你竟敢在法庭公然进行污蔑……你能不能拿出证据来。”

“他偷了村长家的电瓶。”央真不急不躁，“这电瓶现在在我家里。”

“胡说！”单眼皮贡布说道，“电瓶是我找村长借的，不信你去问……”

“问村长？谁能叫死人出来做证？明摆着是抵赖了。”央真摇摇头，仿佛被告开了一个拙劣的玩笑，“村长的儿子扎西早就确认了这件事，只不过为了保护你们的尊严，我们都没去揭穿。但是你们自己好像并不觉得丢脸，那就索性公开了吧。因为人干了坏事，如果不受到惩罚，就会干越来越多的坏事。”

“不对，完全不是这么回事，我们没有偷电瓶，”拉姆说道，“那天下午，还是我催促丈夫去村长家借电瓶的……我不得不说，是他们心肠坏，将坏的农用车卖给我们，开回家电瓶就烂了，还不肯退货，一定要我们把电瓶弄好……我们是吃了哑巴亏……”

“真是好人做不得呀，你们买了车，好好地开回去，第二天又要退货,我们念在都是邻里乡亲,不计较你们的出尔反尔，怎么反咬我们一口了？”次旺解开下巴上的绳子，一把抓下帽子，拍在桌子上。

“车开回来就坏了，你们隐瞒了车子的问题，做人要诚实，不能欺骗……”拉姆的声音盖过了一切，开始了对次旺他们的道德批判。

“贡布，你是当事人，”措果打断了拉姆，“你从头至尾讲一讲，你当时找村长借电瓶的情形，一定要有更多的细节，包括村长当时的反应，以及他说了什么话等等。”

雪白的贡布就从次旺在牛屁股后面给母牛催奶说起了电瓶的故事，也说出了自己在返程路上的一系列心理活动：

“次旺正在吹牛屄……当我说电瓶坏了时，他一点都不奇怪……我不想把人想得太坏，只要车退了就好了。他好歹同意了退货，前提是得弄好电瓶……去县里买一个新电瓶不划算，我想到村长家有多余的电瓶，就回去和妻子商量，结果我俩想到一块去了。那天下午我本想和拉姆睡一觉的，但是电瓶的事情要紧，我就骑摩托车去了村长家。村长当时正在刷马毛装马鞍准备骑着那匹油光放亮的黑马去赴寿宴，他老婆和儿子扎西都不在家。我说村长，我是来借电瓶的。村长二话没说就打开了仓库门，一没问我借去做什么用，二没问什么时候还……”

“村长当时穿的什么衣，穿的什么鞋，戴的什么帽？”措果问道，“你是否记得他用了一副什么样的马鞍？”

“村长当时穿的一身紫色和红色，喜气洋洋的，刮过胡子，没戴帽子，头发往后梳得溜光的，像一个嫖客……至于马鞍什么样子，我没留意。”

“法官大人，一个贼在偷东西时，随便躲在什么地方也能观察到这些情况。”聪明的央真意识到措果的用意，“只等屋主人一走，贼就能顺利下手了……”

“而且我们并不知道电瓶是他‘借’来的，这是对我们的欺骗。‘借’的东西是要还的，他们显然并没打算还……这要是有人说我们偷了电瓶，我们跳进黄河可也说不清了。”

“你后来为什么不把借电瓶的事告诉村长的家人？”措果问道，然后扭头吩咐，“请把扎西叫来……”

有人应声，骑着摩托车飞驰而去。

“不管怎么样，电瓶不是偷的，我可以对天发誓。”贡布拨弄着手中那串珠子，“我们的清白决不容这么玷污，这是污蔑，这是毁谤。我们会不惜一切来维护这种清白。”

措果低声与身边的法警交谈。我的摄像机在他们之间移动，捕捉每个人细微的表情变化，拍下了很多朴实的、人性的瞬间。我观察到他们之间没有撒谎者，每个人都是真实的，像石头，像花草一样真实。

扎西很快赶到现场，身上穿着射击的服装，手里还握着一张弓，看得出他正在为赛马节夺冠苦练。

“扎西，你家是否丢了电瓶？”

“是的。我在次旺家的农用车里发现了我家的电瓶。”

“贡布说，电瓶是他向你父亲借的，你父亲生前是否提起过这件事？”

“没有，没提过。”

“有没有证据表明，贡布偷了你家电瓶？”

“没有。就像他没证据证明他没偷电瓶一样。”

“贡布有没有偷窃的历史？”

“没听说过。”

“你父亲赴寿宴那天，是不是一身紫色和红色，”措果照着前边贡布的供词描述，“……喜气洋洋的，刮过胡子。没戴帽子，头发往后梳得溜光的，像一个……喀，喀……是不是这副……行头？”

“是的。没错。我父亲骑马到达时，正是这副装扮。”

“谢谢你，扎西。你可以走了。”

“法庭不冤枉好人，也别放过坏人。赛马节见。”扎西颇具英雄气概地撩开帐篷门，消失在法庭外。

气氛松动了。似乎可以结案了。书记员的手指头在键盘上飞舞。

“法官大人，现在，我倒要告诉你一桩真正的犯罪，”贡布的声音突然冒出来，“次旺和央真是重婚，他们犯了重婚罪。”

帐篷里顿时鸦雀无声。只听见外面传来小孩子的嬉笑打闹声。

“次旺真正的老婆是白玛，但白玛又是他弟弟格桑的老婆；央真是他弟弟格桑真正的老婆，但同时却又是次旺的老婆。”贡布差点把自己也绕晕了，“他们犯了重婚罪。”

“重婚罪？你可真会随便扣帽子。”央真拉长了脖子说道，“我和次旺在一起更快乐，格桑和白玛在一起更幸福，我们四个人都觉得这样更好。我们不偷不抢，我们没有伤害任何人。我们有权利选择自己的生活。碍你什么事了？你何不先把电瓶的事说清楚？别人的道德问题能洗干净你身上的脏污吗？”

“我妻子说得没错。”阔嘴次旺露出羞涩的黑里透红的微笑，“我们觉得这样更合适。生活都很顺利。”

“而且，白玛一直想当母亲，她和格桑在一起，才完成了这一心愿。而我对于生不生孩子无所谓，只要我和次旺两个人在一起日子过得舒心，有更多的时间到处旅游，看看不同的风景。”

“听听，听听呀，都生了孩子了，他们自己都承认了。”拉姆尖声说道，“他们应该马上去坐牢。”

法庭气氛瞬间到了巅峰。更多的人钻进了帐篷。人们第一次听说这种事情是犯罪，不觉惊讶与紧张。他们迫切地想知道两兄弟三兄弟共用一个老婆算不算犯罪；一个男人有两个老婆这类情况是不是犯法；一个有妇之夫和一个有夫之妇偶然睡过一觉，会不会判刑。

现场一阵骚动。人们议论纷纷。一名法警走到次旺身边，询问着什么，次旺摇了两次头。法警回到座位，对措果说了几句话，措果微笑着点了点头。

“次旺，你们去做过婚姻登记吗？”措果问。

“登记什么？”

“结婚和离婚都要到民政部门进行登记。”

“没有。”

“一次都没去过？”

“一次都没去过。”

“那不是法律意义上的夫妻。这样的关系不受法律保护。”

“只要不犯法就行了。”

“没有进行婚姻登记，也没有生育孩子，只能算同居关系。构不成重婚罪。”措果这话是对次旺和央真说的，更是告知贡布和拉姆，“不过，应该尽快到民政部门完成婚姻登记手续。”

案子审了大半天，似乎又回到了原点。这时已经没有人提出新的控告。空气里有股疲惫与茫然。

措果朗读结案陈词。

人们仿佛电影进入赞助鸣谢的谢幕阶段，边议论边往外走，没有谁再瞧一眼大屏幕。

“……经过充分了解与协调……本庭现在做出裁决，判原告与被告双方互赔对方两千元……了结此案。”随着一声脆响，措果用法槌把自己的话钉在了桌子上。

“流动法庭”被拆掉了重新塞进车尾厢，车歪歪扭扭地开出很远，原告和被告的人马仍然聚在原地没散。在灰蒙蒙的云空下，风撩舞人们的衣摆、腰带和头发，撕扯着那些七嘴八舌、愤愤不平的交谈声。

“自从堪布多杰才仁打这里经过，法官大人的心思就不在法庭上了……那副眼巴巴的样子，恨不得跟着他去。”

“她心里一定在等着多杰才仁回家。”

“那不见得。当年她是百分之百支持丈夫出家的，她从来没有为这事哭哭啼啼。”

“一个女人，自己带着孩子，心里总归还是孤独、心酸的吧。”

“很明显，她把个人的情感问题带到了工作中，影响了审判，这种各打五十大板的判决，毫无公平公正可言。”

“判决无效，我们不同意。”

“要决斗，用咱们最传统的方式决斗。”

7

羌塘深处，最好的夏天，植物也是浅短稀疏，呈现营养不良的枯黄色，到九月刚染秋意，就更是早早地投降缴械了。大地上越来越了无生机，一派绵延不绝的苍茫。次旺并没有注意到自然的变化，或者说对于这季节迭换已经习以为常，心思全在与贡布的决斗约定上。不能输给贡布。妻子央真是这么说的。但是要从家里选一头牦牛去和贡布家的牦牛决斗，次旺很伤脑筋。因为贡布家那条叫多金的黑色种牦牛，是令牦牛们闻风丧胆的家伙，而且清心寡欲，对母牛十分挑剔，很难动情。它曾经是斗牛节上的冠军，一天斗赢十五头牛，自己毫发无损。次旺清楚地记得那畜牲如同野牦牛一样四肢强壮，凶猛善战。它犄角粗长，比一般的牛角长出一大截，腹部长毛垂地，像穿着毛裙。它的舌头上有肉齿，舔食时发出刀一样的刮擦声，吼叫起来像猪，怒目圆睁时能让人不寒而栗。

次旺仔细盘点了自家的牦牛，他清楚每一头牦牛的性格与力量，养得体格健壮，却一个比一个温驯，缺乏争强好斗的野心，虽说偶尔也会为了维护自身尊严而与别的牛顶角较劲，但只要对方表现出顽强凶猛的势头，就会掉头离开。

“一生总要有放手一搏的时候啊。”次旺在牛群中走来走去，与其说是在开导牦牛，不如说是在自言自语，“当别人打了你的老婆，还骑到你脖子上，公然嘲笑你，污蔑你，你就得拼了命拿出点颜色来给别人瞧瞧，是不是？”次旺停在梅朵面前，抚摸着它额前的毛，“退一步海阔天空，但要是退一步便是悬崖呢？你也会选择前进的吧。”

梅朵扫了扫尾巴，眨着清澈的大眼睛，鼻孔里重重地喷出一口气。

“你这头倔牛，有的是力气，好胜心，还有坚强的意志，”次旺捏走梅朵身上的一根小草屑，摸着它的毛，继续说，“贡布家的多金不过是头笨牛，靠的就是一股死牛劲。你多聪明啊，一定能把多金打得落花流水……唉，可惜你是一头母牛。”

“母牛怎么了？”央真端着一盆喂小牛的粥糠，头巾角一飘一飘的，“花木兰还替父亲从军作战呢。”

“哪里有用母牛参加决斗的呢。”次旺说道。

“那是性别歧视。”央真把饲料盆放在小牦牛面前，“甭管是公牛还是母牛，只要是牛，都有权利参加决斗，母牛也应有获得荣耀的机会。咱们就派梅朵上阵，前几天它不是还打败了一群公牛吗？对付多金这种只知道用角死顶的笨牛，咱们灵活的梅朵就是它的克星。”

梅朵用脑袋蹭次旺，次旺觉得自己就像一个雪山下的小矮人。他从来没怀疑过梅朵的力量，只不过因为梅朵的性别而限制了想象。他了解梅朵的性格，它不是一头只懂得交配、生育、哺乳的普通的母牛，它好战，有野心，它常常放眼辽阔的草原，注视太阳升起的地方。

央真开始给梅朵缝制专用的决斗服装。她从箱子底下翻出了珍贵的五彩丝绸和秃鹫皮，把蓝天和白云绣进去了，把希望和荣誉绣进去了，一同绣上去的，还有次旺家族的尊严。次旺受妻子影响，决定放手一搏。按照传统做法，在梅朵的食物中加入牛血、青稞酒、蝎子粉、红糖、牛奶、奶渣……甚至把梅朵单独圈起来，让它养精蓄锐。给梅朵试斗牛装的时候，英姿飒爽且斗志昂扬的梅朵美得让次旺说不出话来。他同样惊讶妻子的手艺和审美。他知道这是梅朵一生中的第一次决斗，也可能是最后一次决斗，也许它会胜利，也许它会战死。

8

这天阳光明媚，白雪耀眼。大朵大朵的白云聚集在盆地上空，俯瞰着即将上演的决斗。我是在最后一刻打听到地址赶过来的，一个藏族小伙用摩托车载着我一路颠簸狂奔，寒风刺骨。到达时决斗双方已经到齐，彼此相距百米远，人和牛都已经摆好了阵形。雪白的梅朵温驯地挨着次旺站着，望向远方，悠闲地摆动它的绸缎长尾，华丽的披挂使它看上去雍容华贵。次旺一手拽着牛绳，一手抚摸着梅朵的头，远看着庞大的多金，心里紧张。他知道，自从定下决斗时间，贡布家里经常发出“霍儿霍儿”的磨角声，多金的牛角已经磨得锐利无比。

多金骄傲地站立，脑袋大幅度地摆动，眼睛鼓着，眼圈红红的。它裙边似的黑毛不太洁净，沾着土和草屑，贡布并没有打扮它，除了一件简单的旧披挂，没做任何别的装饰，这暴露了贡布内心的骄傲与对对手的蔑视。妻子拉姆穿得像过节似的，一身五颜六色，与央真质朴的藏青形成了鲜明的对比。

措果带着女儿站在人群中。她没穿制服，一身蓝红相间的藏族服装，长发披垂下来，头上戴着一些饰物，额前贴着一颗玛瑙。措果很美，美得让人不禁要为她打抱不平，这么美的女人不该一个人带着孩子生活，或者说，生活不该让这么好的女人身边男人缺席。

大堪布多杰才仁到了，在为他特意安排的座位上坐下，他是这场决斗的主持人。他目光环视，在措果脸上略一停顿，微微颔首表示礼貌，措果微笑着回应，脸上洋溢着满足与幸福。

扎西站在多杰才仁旁边，这意味着他保持中立与公正的态度，不偏袒任何一方。他牵着本村最美姑娘的手，他在赛马节夺了冠，而且赢得了姑娘的心。

堪布多杰才仁作为主持说话时，犄角粗壮的多金，黑色火把一样的大牛尾在臀后高举，它很不耐烦，拉开了架势，俯下头来，发红的眼珠狠狠地瞪着前方。它用力甩了一下头——这个进攻的动作让人们尖叫起来——得到命令，便像团熊熊燃烧的黑焰弹射出去。另一边，比哈达还要洁白的梅朵就像神仙下凡，它的冲刺灵活稳健，自信而又谨慎，腾云驾雾，长毛荡漾。

距离几米远，双方停了下来，观望对手。梅朵保持打照面时的姿势和角度，如同沉稳的高手识破了对手的伎俩。很快，两头牛又不约而同地发起攻击，低头用牛角刺向对方，只听得“嘭”的一声，牛头相撞，随即是“咔嚓”一响，四只牛角拧合。牛蹄在草地上蹬出很深的蹄印。

两只牛头死死地衔接在一起，鼻孔里喷出雾气。

风轻轻拂动牦牛雕塑的黑白长毛。

白云已经散开，变成纷乱的丝絮。天空是近乎透明的蓝。阳光使地上的一切都十分耀眼。

这时，令人意想不到的情况发生了。黑白两牛同时分开，各自退后半步，它们放下了戒备，解除了武装，专心嗅着对方身上散发出来的迷人气味。多金高举的尾巴渐渐放成水平。它缓缓靠近梅朵，试探性地蹭着它的毛，发出重重的喘息声。梅朵似乎被突如其来的感觉弄蒙了，温驯地眨着大眼睛，也回蹭着多金的身体。

黑白两头牛互相首尾相触原地转圈，像一幅缓慢流动的太极图。

多金的嘴鼻停在梅朵的屁股后，闻到了令它振奋的气味，随即以迅雷不及掩耳之势，轻盈地跃起上半身，趴上了梅朵的后背。

听说九个月后，梅朵产下一条黑色牛崽，这一回它奶水充足，且积极哺乳。小牦牛骨骼粗壮，酷似多金。虽然大堪布多杰才仁当时宣判决斗打平，不分胜负，与流动法庭的裁决结果一致，但人们私下认为，次旺是真正的大赢家。

（《小说月报·原创版》2023 年第 9 期）

漫长的季节

班　宇

防鲨网距离岸边四百多米，游上一个来回，至少燃烧掉五百卡路里，约等于一份咖喱饭，一包方便面，或者一袋薯条加个汉堡，这些是我估出来的。有个软件，能记录每日摄入与消耗的热量，但我手机里的空间很紧张，装不下了。六月份到现在，每周我都会游上几圈，也没瘦，反倒黑了不少，搽了防晒霜也不管用，数值什么都证明不了，无论多么精密的科学，一旦落到我的头上，就会变成误差，这没办法。就像防鲨网也不能阻拦真正的鲨鱼，在水里时，我经常想着，到底有没有一条勇敢的鲨鱼，抖着背鳍和尾鳍，向着那些坏橙子似的浮标，从深处威武驶来，以锋利的牙齿撕咬聚乙烯网，突破严守的防线，来跟我相会。比较理想的状况是，我骑在它的身上，乘风破浪，出海远航，要是实在没看上我，把我吃了也不是不行，最好几口解决掉，没太大痛苦，只留下一片殷红的水面。也可能没那么明显，无非是一小瓶墨水倒入海里，潮来潮往，很快就消散了。

海水浴场的更衣室不分男女，被泡沫板隔作不规则的小间，连绵起伏，如课本上的一道道舒缓的等压线，有的地方仅一人宽窄，也很奇妙，身在其中，并不那么压抑，偶尔还有开阔、自在的感觉，能听到海浪起伏的声音，冲刷着陆地，一种无比纯净的嘈杂。带着咸味的风从脚底下钻过来，吹得人心颤，像是上着夜班的妈妈忽然跑回家里，裹着一身的凉意，把手伸进被窝，抚摸着我的肋部。还有那些小小的沙粒，蚂蚁似的，顺着小腿一路往上爬，走走停停，阳光之下，闪烁如同鳞片，刺着发烫的身体。海浪是鲸的叹息，人是鱼变的，以及，有些金子总埋在沙里，这是小时候妈妈讲给我的道理，也像在说我。每次换好衣服后，我都会在里面坐上一会儿，听听别人说话的声音，外面放着的流行歌曲，有时坐着就很想哭，不知道为什么。我平时不是这样的，我在家里从来都很平静。

小雨以前跟我讲过，循着海边的音乐走去，就能看见那些出游的快艇。斜倚在沙滩上，横七竖八，如一群搁浅的大鱼，旁边立一块牌子，上面写着“三十块钱一圈”，等你上了船，装死的鱼就又活了过来，流弹一般，在海水里飞行，转了一圈又一圈，不受控制，总之，没个百十块钱回不来，看着潇洒，掀风鼓浪，驰骋于天际，谁坐上谁倒霉。开到大海中央，马达一停，船身晃得特别厉害，这时，他就跟你讲起价钱，谈不拢的话，也不为难，随便找个地方把你卸在岸上，自己看着办。小雨说他读高中时，有次在船上吵了几句，硬是没给钱，对方也不发火，马达声一响，谁的话也听不到，船越开越远。小雨环顾四周，只有汪洋一片，便很害怕，心脏一直悬着，身体向内萎缩，呼吸急促，默念着逃脱术的口诀。临近一段陌生的海岸，如蒙启示，来不及多想，他一下子跳入水中，头也不回地游了过去。快艇立于海中，来回摆荡，像是一位追击数日的疲急枪手，夕阳之下，竭力控制着颤抖的双臂，企图瞄准猎物。他扑腾了半天，来到岸上，举目荒凉，不知身在何处，走了半个多小时，终于找到公交站，耷拉着脑袋，跟人要了一块钱，这才上了车。乘客很多，一个空位也没有，小雨光着脚，只穿一条泳裤，扶着栏杆站了一路，窗外吹来的风使他的皮肤变红，起皱，一阵阵发紧。他打着哆嗦，牙齿乱颤，头都不敢抬起来，听着那些报过的站名，一站又一站，总也到不了，如遭凌迟。这么一想，还是鲨鱼好，没什么心机，要么远走高飞，要么就地完蛋，至少有个痛快话儿。

从更衣室往北边走，约二十分钟，绕过半月湾，有那么一小片海滩是我承包下来的，出手比较阔绰，至少我单方面是这么认为的。这里比较荒僻，背后是断崖，长不了树，常年潮湿，阴郁滑腻，仿佛被涂过一层闪着黑光的清漆。坡上杂草葱茏，狭长的叶片呈锯齿形，一团一团，紧密不透风。岸边没有细沙，遍布粗糙的碎石，大大小小，竖起尖利的棱角，很不好走。海浪是个穷凶极恶的歹徒，生于暴风的肩头，面目狰狞，奔涌至此，如猛抽过来的一记耳光，令人心惊。交接之处凝聚着无数白色的泡沫，相互依偎着、吞吐着，不离不散，炽烈的光射过来，显出变幻不定的颜色。我总想着，如果有一天我见到了上帝，对他说的第一句话就是，请不要再往大海里倒洗衣粉了。

没什么景色可言，也就很少有人来，我在这里游了好几天，感觉不赖，什么都不想，什么也不用在乎。有一次，游累了回到岸边，我躺在防潮垫上，眯着眼睛晒太阳，还悄悄拉下了肩带，不过也就一小会儿。我的这身泳衣还是上高中时妈妈拿回来的，那会儿每年夏天都会搞个泳装节，从外地请来模特，让她们穿着泳装走台步,电视里从早到晚持续转播,壮观极了。三千个模特同时穿着比基尼在海边亮相，列成优美的弧形，如大海轻捷的翅膀，不只是一道亮丽的风景线，还破了吉尼斯世界纪录，当场颁发金字证书。我们都很激动，期末考试时，好几个同学的作文写的都是这个事情。

那段时间，妈妈身体不好，就不上班了，在家门口的裁缝店里帮忙,我从别人家的信筒里偷了一份晚报,带回家给她看，泳装设计大赛面向全市征集作品，画几张示意图辅以简单的文字说明，入围就有三百块钱可以拿，头等奖则是五千元。我很心动，怂恿妈妈报名参赛，她有点犹豫，总觉得选不上，大半辈子了，什么好事儿也没轮到过她，其次，她也不会游泳，没有灵感，像一条记性很差的鱼，忘掉了鳃的用途。我一直央求着，跟她说，这次有希望，我想好了两个不错的名字，一个叫自游自在，胸前印一只矫健的小海豚，线条流畅，尾巴甩到后面，像是跟游泳的人抱在一起；另一个叫水精灵，天蓝色的弹性布料，与大海的颜色一致，荷叶袖边，后背与腰侧做成网格，裙摆下垂，游起来时，一舒一张，缓缓地散落着。我写作业，妈妈陪着我熬夜画图，总是画不好，模特小人儿的双腿看着太过柔软，青蛙一样蜷曲，脚掌如蹼，很不协调，改来改去，截止日期到了，我写好说明，将那两张擦得薄薄的草纸塞在信封里寄了出去。之后几天，我一直盯着电视，等待公布结果，当时也有预感可能不会是我们，但还抱着一点点的期待。果不其然，第一名给了个学美术的男孩儿，眼神狡猾，留着半长的头发，说话的声音有点哑，发言却很得体，还感谢了这片海滩，“我睡着的时候，它像一只摇篮，使我身心和睦”。我很羡慕，又不太服气，他的设计一点儿也不好看，不过是扯了一截绷带裹在身上，模特穿起来像是打了败仗的伤员，走得一瘸一拐，并不十分和睦。

那天下午我很伤心，哭了好长时间，不是因为没得奖，而是觉得这个世界只是我和妈妈组成的，没有其他人，我们就活在两个人的世界里，谁也听不见我们的话，如在海底，孤独长达两万里。第二天，妈妈晚上回来时，带了两套泳衣，装在发黏的绿塑料袋里，说是主办方寄过来的，类似于参与奖，精神可嘉，以资鼓励。我一点也高兴不起来，看也没看，放在衣柜里，一次都没穿过。结婚前，我收拾衣物，发现了这两套泳衣，可能是放得有点久，散发着一股樟脑丸的味道。我上身试了试，没想到，尺码很对，款式也不过时。我跑到客厅，走了两个来回，展示给妈妈看，问她我穿着漂不漂亮，记不记得这件衣服，以及那次落选的设计大赛。妈妈躺在床上不说话。

一个叫彭彭，一个叫丁满，我为今天的两位不速之客分别起了名字。他们来得比我早，提前占据了这片海滩，看起来有八九岁，实际可能不超过七岁，海边的孩子总比同龄人长得快一些。彭彭穿着一条松垮的蓝裤衩，神情专注，挑拣着片状的石头，聚成一小堆，再大叫一声，用力投向海里，可惜一个水漂儿也没打出来过，在空中画出一道低低的弧线后，石头隐没无踪，我总觉得他要把自己也扔进海里。丁满在一边看着他，双手叉腰，嘴里念念有词，宛若教练，时不时地，他的手会伸向后背轻抓几下，好像身上刚爬过了一只小螃蟹。铺垫子时，他们发现了我，也许是有点难为情，两人停了下来，转而走向岸边那块最大的礁石，很像是一块铁，或者焊在海底的黑色宝塔。两人比着赛，没用几步，便站在了塔顶，海风吹过来，他们艰难地保持着平衡，丁满很紧张，不太敢起身，彭彭的裤衩掉了一半，眼看着褪到膝盖。实在是有点危险，我不太放心。

我踮起脚来，朝着他们高喊：嘿，下来啊，你们俩。他们俯视着我，似乎有点犹豫。我摆起手势，大声叫道：回来，太高啦，快回来啊。两人挠挠脑袋，蹲了下来，一点一点向下蹭，提醒着对方可以落脚的地方，几分钟过后，才安稳着地。我松了口气。有时就是这样，你也不知道自己是怎么上去的，只在高处看了看风景，什么都没来得及做，来时的那条路就消失不见了。

丁满向我跑了过来，彭彭跟在后面，腿有点软，两个人气喘吁吁，分不清身上是海水还是汗水。他们来到近处，瞪圆眼睛，低头看着我，像在观察一团晒干的海藻。我望着他们，想起自己什么零食也没有，有些过意不去。丁满没说话，彭彭把脑袋探了过来，问我，你刚才说什么？我说，没什么啊。彭彭说，你不是在跟我们说话吗？我说，是啊，不是。他有点迷糊，抬高了嗓门问我，到底是，还是不是？我说，不是，是。彭彭更晕了，无计可施，皱着眉头看丁满，我乐得不行。丁满扭过身体，跟彭彭说，你别理她。彭彭跟我说，我以为你找我有事儿呢。丁满捅了他一下，说道，别跟她说话了。我说，不要生气嘛，我请你们吃雪糕，不知道推车卖雪糕的什么时候过来。彭彭说，我可以帮你看看他走到哪儿了。我说，好啊，我们一人一根。彭彭说，我想吃个枣味儿的。我说，那我吃个奶油的。丁满说，我不吃，你怎么还理她。

彭彭和丁满并肩前行，踏上寻找雪糕的旅程，比画着说了一路，越走越远，这片海滩又归我了。我在心底欢呼了一声，掀去浴巾，慢慢走入海里，阳光不错，和缓的波浪将我稳稳托住，可只游了一个来回，就没什么兴致了，转头回望，身后的水痕迅速愈合在一起，仿佛什么都没发生过，无人从此经过，大海不曾止息。我回到岸边，等了很长时间，直至太阳落在水面上，他们也没有回来。

我乘着拉客的小摩托回家，四块钱，突突突突，最棒的交通工具，机动性高，从不堵车，这一路上，头发也吹干了。很难想象，妈妈以前最大的爱好是骑摩托车，我一点印象也没有，只见过照片，还是在别人家里。她烫着及肩的大波浪，戴了一副浅色的方框墨镜，遮住大半张脸，手上拎着头盔，旁边是一辆红色的铃木摩托，如同挂历上的美人儿，妈妈年轻时很好看的。别人跟我说，有一次在路上见到妈妈骑车带着我，我不在前面，也不在后座上，而是被她揣进皮夹克里，一大一小，两个脑袋齐齐从领口里伸了出来，不管不顾，迎着风落眼泪，看上去相当惆怅。我问过她有没有这回事，她否认了，说自己不会骑。妈妈总是这样，对于跟现在无关的事情，都觉得没发生过，好在有照片为证。我问她，骑车带我去了哪里。她说，想不起来了。我问她，车哪去了呢？她也说，不记得了，车也不是我的，过去太多年了。她不说也没关系，我有自己的办法，在最好的晴天里，把照片向着太阳举高，这样的话，就能看到当时发生的事情。妈妈拍过照后，收起了边撑，挂上空挡，向下踩着打火杆，一溜烟儿开出去，欢呼声在身后响了起来。她顺着风走，车速与风速一致，道路平坦，感觉不到自己正在行进，周围很安静，世界是一个密封的罐子。天空有云飘过，下起了小雨，那也浇不到她，妈妈在雨滴的缝隙里穿行。有一个她即将认识的好人，真正的好人，仰平了身体，正在大海的中央打着转儿，像一片年轻的叶子，夜雾湿润，无人能够窥透，而她将一路骑去，无忧无惧，活在世上，也如行于水上。

但妈妈不能在水中飞翔，她连游泳都不会。妈妈躺在床上，讲不了话，也动弹不了，眼睛总是闭着，像在思索，有什么很重要的事情等着她来做决定。长长的睫毛像一弯新月，在夜里发着光，星星守在她的窗外，由南向北，缓缓下降，天亮之前，终于落回了海面。清晨的大海轻轻抖动着，毫无规律，如人战栗，也像妈妈最初时的那只拇指，精灵一般，不自主地在空气里滑动，画出一个记忆里的图案，可能是摩托车，或者是一套泳衣、一位好人。我预感不妙，从外地赶了回来，拖着妈妈去做肌电图，医生测了十几次，把钢针扎进她的舌头里，妈妈很无助，呜呜地叫着，满头大汗，双手乱抓，像快被闷死的小狗，或束手无策的哑巴，面临着巨大的灾难，没办法求助，更不能向谁诉说清楚。我哭着想，重刑也不过如此吧。医生命令道，快，把舌头伸直，快点，不然没有效果，罪都白受了，不要耽误时间。屈辱且怕，我甚至想到了自己糟糕的初夜，就这样展示着，光天化日，一览无余。妈妈的脸扭曲得如同一张被揉皱的旧报纸，钢针与呼吸同步收缩，来来回回地搅动，反复刺透，拷问着受损的神经，她的嘴被撑得很大，头向后拧，用喉咙喘着气，发出古怪的哀声，伸手想去抓点什么，眼前却什么都没有。我扯住自己的头发，跺着脚，乱喊乱叫，想在她面前下跪，如果这样她能好过一些的话。妈妈看着我，口水淌了下来。

我想，医生说得不对，我们所受过的罪，有哪一种不是白白浪费的？看过检查报告，他们对我说，按目前进展，最多不过三年，做好准备。语气轻松得像是帮我提前预订了一个假期，到了那时，一切都会清晰起来，她不再痛苦，我也没了负担，太阳照常升起，天穹横跨在海洋的远侧，光明向我这边挪动了一小步，歌声缭绕万物，金钱唾手可得，失去的爱情也会回来，总之，我将会拥有我想要的全部，作为一种莫名的恩赐。无非是三年，一个漫长的季节，鱼儿溯流，逡巡洄游，草木持存，日日更新；无非是三年，一片幽暗的树荫，一场骤然而落的雪，一阵浓重的睡意，仿佛越过了这个障碍，就能彻底苏醒过来，打个哈欠，走出门去，迎向和煦的暖风，洗尘的细雨。而障碍又是什么呢？我的妈妈吗？

在门外时，我没听见收音机的声音，就知道闵晓河已经到家了。他讨厌额外的声响，总觉得吵，每次回来后一定要先把妈妈枕边的收音机关掉。妈妈没听到过晚上的广播，她的一天从《实时说路况》开始，然后是《心有千千结》、《谈房我当家》、《隋唐演义》和《海滨时刻》，最后一个节目是《生活零距离》，往往只能听到一半，许多人打来电话，诉说困境，反映生活里的大事小情，后半段是对前一天问题的调查通告。可惜妈妈每天听到的只是问题，数不胜数，没有穷尽，从没得到过任何的答复。

卧室的房门关着，悄无声息。闵晓河的妈妈在做饭。我换过鞋子，洗净双手，摸了摸妈妈的脸，问她有没有想我。妈妈看着我不说话。我帮她重铺好被单，按摩了双腿，然后去厨房帮忙。只有一个菜，已经做好了，分辨不出是什么，半固态，像一碗搅过的水泥。闵晓河的妈妈让我端上桌去，再叫他出来吃饭，我喊了两声，又敲了敲门，还是不见人影。我跟闵晓河的妈妈说，喊过了，没有动静。她说，别管，还是不饿。我说，今天怎么样？她说，翻了几次身，听着还是有痰，夜里多注意，雾化的药快没了。我说，好，闵晓河今天回来得挺早啊。她说，是，比你要早。然后我就不说话了。我知道，她这是来了情绪，故意说给我听呢。

结婚以来，我没管她叫过妈，一直喊姨，改不了口，无法突破心理这关。不得不说，她对我家一直都很照顾，我内心感激，妈妈的情况没什么好转，拉锯战似的，她怕我坚持不住，每周都过来帮忙，坐着十几站公交车，替我照看一个下午，做顿晚饭，再赶车回去。她总说过日子就像喘气儿，一呼必换一吸，有来有往，进退得当，只呼不吸的话，不知不觉，便油尽灯枯了。道理如此，但她也不年轻了，连着几个月，都是这么过来的，有时一周两次，有时三次，确实辛苦，我都记在心里。也很奇怪，一方面，她来的次数越来越多，虽有抱怨，我也能感觉得到，她与妈妈之间愈发难以分离，妈妈不讲话，她就说给妈妈听，一说一个下午，一件过去的事情要讲上许多遍。有几次我正好遇见，她坐在床的另一侧，佝偻着背，自己抹着眼泪，话停在嘴边上，见我回来，就不讲了，起身去了厨房。另一方面，这么说不太合适，其实我很盼着她来，不是推卸责任，只是我真的很想往外面跑，抑制不住，也不去什么地方，就在海边待着，听浪、看海或者游泳，类似的心理总会令我有些羞愧。对于这一点，倒也不难消化，过意不去时，我就会想，这也是闵晓河的妈妈自愿的，她心里很清楚，这段关系建立在什么样的基础之上，无非是在还债而已。可说到底，一切决定都是我自己做的，没人逼着，所以又有什么资格去苛责呢？想不明白。每天夜里，我都会暗下决心，一旦妈妈离开了，我就跟闵晓河离婚，受够了，谁劝都不行，爱说什么就说什么，我谁也不怕，反正不欠你们的。但是，妈妈还活着，还在思考，内心明亮如镜，一天又一天，她看得见我，听得到我，能想着我，盼望着我，那么，漫长的季节过去之后，这笔账还能算得清楚吗？我总是处在这样的境地里，爱不好也恨不起来，所有的理解与宽恕，最终都变成了自己的负担。我想起来，小雨以前跟我说过许多次，你必须立在坚实的岸上，才能真正告别海浪。但他并不知道，我的海岸那么小，几粒流沙而已，很快就冲掉了，我一个人站在水里。

饭后，我去厨房收拾，闵晓河的妈妈进了屋，跟他说过几句话，准备去赶车，最后一趟七点半，下来后还得走一段路，到家差不多要九点了。出门之前，她跟我说，明天还来我家。我说，我也没什么事情，要么您休息一天。她想了想，说，我还是过来吧，习惯了，自己待着也没意思。

不一会儿，闵晓河抱着篮球走了出来，我问他吃不吃饭。他不看我，也没回应，埋着脑袋系鞋带。我们的相处就是如此，没什么好说的，正常交流都很困难。我觉得他心里根本没我，也好，反正我也差不太多。说来惭愧，结婚这么久了，我还是总会想起小雨来。妈妈刚生病时，他提过要跟我一起回来，我拒绝了，不是不需要，而是觉得他没那么情愿。不情愿的事情，往往落得更不堪的下场，我对此异常恐惧。回来以后，我给小雨发过两次信息，都很长，说了很多自己的感受，他回得很迟，也很草率，分开已成定局。我不是不理解他，但在家里还是忍不住胡思乱想，被幻念折磨着，有时很想他，有时又想把他杀了，虽然他也没做什么过分的事情。我困在这些情绪里，反反复复，走不出来，有那么几次，夜里失眠，仿佛还听见他在远处轻轻吐了一口气。我越想越不甘心，老是在哭，半个多月下来，枕巾硬得硌脸，眼睛一直没消过肿。妈妈很自责，整天畏首畏尾，觉得是她的病拖累了我。其实不是的，我想，不是这样，我很对不起妈妈，自己的生活过得一塌糊涂，无论做什么都很失败。

那阵子过得不太好，我还跟妈妈发了脾气，明明她受着很大的折磨，我非要火上浇油，好像妈妈真的犯了什么错似的。我对她说，你自己待着吧，明天我就走。她站在那边，愣了一会儿，然后说，那也好，也好。可是我要去哪里呢？根本不知道。说着轻松，怎么都行，这也意味着没什么必须去的地方。哪里都不属于我，没人需要我，除了妈妈。我说过后，又有点后悔，躺着玩手机，不敢抬头。妈妈弯着腰去了厨房，在水流声里叹气，擦过一遍地面，又切了个苹果，放在小碗里端了过来。我噘着嘴，脑袋斜过去，跟她紧挨在一起，我们用一根牙签轮流扎着吃。苹果不是很脆，放的时间有点久，我们吃得很慢，半天也不动一下，像要把嘴里的苹果含化。不知为什么，我始终记得这一幕。

十点半，闵晓河还没回来，如同往常，我给妈妈洗过脸，把被子从卧室里扛了出来，铺在客厅的沙发上，枕着扶手，跟妈妈睡在一侧，这样的话，半夜探过手去，就能摸到妈妈的衣袖，小时候我每天都是这样入睡的。我告诉妈妈，今天在海边见到了两个小朋友，一个有点胖，一个很瘦，长得像动画片《狮子王》里的人物，还记得吧，当年很出名，你领着我去电影院看的，总之，俩人都很可爱，我答应了要请吃雪糕，可惜没实现，谁体验过谁就知道，吹着海风吃雪糕是一件多么美妙的事情，还有，我刚看了天气预报，明天的温度不错，没有雾，中午可以出门晒一晒太阳。说着说着，妈妈闭上了眼睛，我也睡着了，在梦里，我吃了一根雪糕，之后肚子有点疼，走不动路，冷汗直流，蹲在地上休息，忽然被一团蓝灰色的影子拖住了腿，力气很大，使劲儿把我往底下拽，我吓坏了，完全拗不过，拼了命地连踢带打，不敢大声叫，对方像在摆弄一具尸体，恶狠狠地拧着，动作粗暴，喘息声刺耳，我的整个人被他握在手里，没办法挣脱。我哭着说，别这样，妈妈还在，求求你了，什么我都答应，求求你，妈妈还在这里，请不要这样。他根本听不到我的哀求，伸手进来，蛮横地分开了我的双腿。哭出声来的那一刻，我也醒了过来。屋内空荡，一片漆黑，如同沉静的岬角，没有人，也没有影子。我转过头，发现妈妈睁着眼睛，望向天花板。我也看了过去，空气波动，灰尘缠绕，在夜里，好像有谁在那里涂着一幅透明的画。

丁满发明了一种游戏，在海滩上勾出圆圈和方格，两个方格是战场，一主一次，圆圈是各自的基地，他还给每颗石头安排了职位，尖尖的是将军，椭圆形的是战士，略小一点的是士兵，带花纹的是医生，不能上阵，可以救死扶伤，但只有两次机会。讲述规则时，彭彭看着很忧愁，吃光了三根雪糕，冒了一脑袋汗，还是满脸的困惑。我也没太明白，不过不耽误游戏，跟出牌一样，每一轮掏出同等数量的石头对垒，自行组合搭配，战场任选，具体数目由守卫者来决定，可以是两颗、三颗，或者四颗。猜拳过后，彭彭占得先机，他说，十颗。丁满说，一共就十颗。彭彭说，对，我知道，不行吗？丁满说，不行，分不出来胜负。彭彭说，那就是平局，很好，以和为贵。我乐得不行，丁满白了他一眼。我问丁满，他在学校时也这样吗？丁满说，什么样？我想了想说，爱好和平，很重感情。丁满说智商不行的都重感清。我说，别这么说嘛，你们都很聪明的。丁满说，我跟他可不是一个学校的。

我们玩了两局，能用的石头越来越少，原因是输掉的或没救回来的都要扔到海里，没办法再来闯荡一番，这很残酷。我提议再给它们一次机会，彭彭也很认同，主要是他负责着找石头的工作，来回来去，跑了好几趟，很辛苦。丁满否决了，他说，打仗就这样，时光不能倒流，死人不能复活，所以得学会珍惜，这样的话，有些东西才显得珍贵。我像是被他上了一课，张大了嘴巴，讲不出话来。远处的歌声飘了过去，彭彭在地上打着滚，拒绝行动，嘴里哇哇呀呀，背着什么口诀，丁满用手挖了个挺深的沙坑，把剩下的石头埋了起来。他跟彭彭说，做个记号，三年后，我们再把它们挖出来，看看有什么变化。彭彭说，不还是石头吗？丁满说，那可不一定。彭彭说，三年？丁满说，对，三年。彭彭说，我怕我忘了。丁满说，没关系，我记得住。

丁满说话时的样子会让我想起小雨，明明是一些小得不能再小的事情，经他这么一讲，就有了不同寻常的意义，严肃得可笑，认真得无聊，郑重得毫无道理。不知为何，你还会觉得有点激动，仿佛什么都可以被爱，什么都值得留恋，什么都需要被纪念，没什么转瞬即逝，一日长于一年，三年又好像只是过了一天。我大学时读的中文系，学得不好，不是很敏锐，许多文字里的情绪感受不到，小雨念的是国际贸易，对文学很感兴趣，经常来我们这边听课，自己也写些东西。我们刚谈朋友时，有一天在自习室，我跟他说，给我写首诗吧。他说，不行，怎么能这么随便。我听着就不太高兴，直接走掉了，半天没理他。他以为我很生气，其实我只是想回去给他写点什么，但也没写出来，怎么表达都不太对。第二天上，我刚起床，收到了他发来的一首诗：

打个响指吧，他说
我们打个共鸣的响指
遥远的事物将被震碎
面前的人们此时尚不知情

吹个口哨吧，我说
你来吹个斜斜的口哨
像一块铁然后是一枚针
磁极的弧线拂过绿玻璃

喝一杯水吧，也看一看河
在平静时平静，不平静时
我们就错过了一层台阶
一小颗眼泪滴在石头上

很长时间也不会干涸
整个季节将它结成了琥珀
块状的流淌，具体的光芒
在它身后是些遥远的事物

我问他，这首诗叫什么名字？小雨说，还没想好，原来的题目是《女儿》，现在想改一改，你觉得《漫长的》怎么样？

我说，漫长的什么呢，话没说完。小雨说，还不知道，都可以，反正都很漫长，历史在结冰，时间是个假神，我们也不必着急。后来他又写过一些，谈论盲道、松荫或气象学，只有这首我读了许多遍，至今也还记得。分开之后，有天下午，我很委屈，心里堵得厉害，默默哭了一会儿，就想找他说说话，拨了两个电话过去，十几声长音结束，无人接听，我抱着手机等他回给我，直至后半夜，也没有动静，而那时候，我也什么都不想说了。遥远的事物，我想，响指虽小，却可将其震碎，他说得没错，我就是碎掉的遥远的事物。

妈妈很幼稚，也有点自私，想在自己还能思考和行动的时候，见到我有个着落，或者没这么简单，那些可以预见的未来，她不忍心只让我一人承受，不管怎么说，有了伴侣的话，至少能分担一部分。就算不够和睦，互有隐瞒，就算总有争执，怎么都走不到对方的心里，那也是一条隐秘的细线，始终牵扯着我的精神，那么，她离开之后，我就不至于滑落下去。妈妈觉得，人不畏困境，也不惧斗争，怕的是既没有爱人，也没有对手，睁开眼睛，出门一看，满世界全是疯子和故人，他们中的一部分威胁着你，使你恐惧，另一部分冷眼旁观，因为他们与你再无任何关系。这样一来，过得就很疲惫，没什么想要争取的，也没什么可以期盼的，无事可做，也无话可说。我跟她说，妈妈，我可以照顾得很好，不只是你，还有我自己。妈妈说，我相信啊，所以更不想让你一个人了。

我与闵晓河第一次见面是在医院，闵晓河的妈妈在那里当护工，从早伺候到晚，每天能赚八十块钱，她很勤快，性格也不错，天南地北，什么都能聊，妈妈很喜欢这样的人，因为她自己总是羞于开口，无论是生活还是疾病，都没什么好说的，既不想面对也不想抱怨。闵晓河的妈妈一直鼓励着她，跟她说道，不能全听大夫的，得有自己的主意，但也要相信现在的医疗水平。康复不是没有机会，她亲眼见过一位患者，病情相似，后来有所好转。不要吃动物内脏和花生，记得补充一些蛋白质。如果有需要，她可以来帮忙照顾，相逢就是缘分，千万不要客气。妈妈听得很认真，眼神闪烁，我想，有人跟她说话就是很大的安慰，不管是谁，说的又是些什么。妈妈没有我想的那么坚强，也不那么聪明，看起来小心翼翼，为人处世警惕，其实她的原则很简单，妈妈没有自己，一切以我为主，只要不是让我历险，怎么样她都能接受。

闵晓河坐在台阶上抽烟，头发剃得很短，穿着一身蓝灰色的工作服，不太合身，他的个子不高，远看像是被安放在一尊未完成的雕像里，只露了个脑袋出来。我走过去时，闵晓河朝着旁边的袋子点了点头，里面装着一些颜色鲜艳的水果，神情像是赏赐，非常高傲，令人不适。我摆了摆手，也不讲话，实在没什么心思，当时我还在等着一项很重要的检查结果。我坐在离他一米远的位置，想着自己的事情，不时闻见一阵刺鼻的油漆味道，那一刻，要不是妈妈在楼上的病房里望着我，我真想跑掉。闵晓河不看我，自顾自地说着，初次见面，幸会，我叫闵晓河，中专学历，在船厂上班，不怎么忙，工资待遇一般，身体还行，半月板受过伤，没大问题。我点了点头。他继续说，平时作息规律，三餐正常，吸烟，不喝酒，不看书，也不看电视，没什么特殊爱好，偶尔打打篮球。我说，好。闵晓河说，家里的条件，你多少也知道一些，租房子住，我爸前年没了，我妈在照顾你妈。我说，是，谢谢。闵晓河说，但你也不用觉着欠我的，没必要，我在外面待过几年，见识不多，道理总归知道一些。我说，行。闵晓河说，按照我妈的想法，年内结婚，明年生子，她来帮我们带孩子。我说，现在谈这些，为时尚早。闵晓河说，所以，我今天过来就是想告诉你，我不听她的。我说，什么？他说，我有自己的事情要做，即使不做，我也有东西要想，我想了好几年，也没明白，还得继续，所以不喜欢被打扰，当然，如果结了婚，我也不会打扰你。我说，没懂，不过不要紧。他说，平时我不怎么讲话，今天准备了挺久，说得不好，请多担待，时间差不多了，我得回单位去，你的话少，这点很好，估计也不会喜欢我，没关系，日常相处，或者见上一面的人，不讨厌就算不错了，剩下的事情，你自己拿主意，我听你的，再见。

等到七点十分，菜热了一遍，闵晓河也没回来，电话打不通，吃过饭后，我有点没精神，脸颊发热，可能是白天在海边吹到了。妈妈今天一直半张着嘴，唇部皱紧，如海螺的尾壳，似乎想要说些什么，我把耳朵凑了过去，却只有空洞的呼吸声，伴随着一点不太好闻的味道。闵晓河的妈妈有点着急，问我说，他今天加班？我说，应该是。又问，提前说过没有？我说，好像没。之后才反应过来，我都不知道他昨晚究竟有没有回来，只记得做过的那个梦。闵晓河的妈妈点了点头，没再多问，披上外套，穿鞋背包出了门。我把家里收拾一遍，用手机放着歌曲，然后躺在卧室的床上，想来想去，给闵晓河发去一条信息，问他几点回家。看着这几个字，我感到很陌生，陷入了一阵恍惚。这里是不是他的家呢？我真不知道。婚后不久，闵晓河搬了过来，背着一包行李，手里拎着篮球，像是来打一局客场比赛，速战速决。家里有人在，妈妈才肯去住院，她总觉得我一个人生活很危险，性格毛躁，日子过得草率，不如她心细。在医院里，妈妈总问我，水龙头关好没有？我说，关好了。她又问，煤气呢？我说，也关了，出门都检查过了。妈妈想了一会儿，问道，你们过得怎么样啊？我说，很好啊。妈妈说，开始不太顺利，需要磨合，相处久了就好了，也离不开了，人就是这样的。我说，妈妈，我们很好。

闵晓河的生活很奇怪，每天下班后，在家待不了多久，就又抱着篮球出去了，有时回来得早一些，有时要后半夜。刚住一起时，我没什么心思顾及他，彼此感情不深，后来觉得过于诡异，我猜他一定没去打球，而是在做什么不可告人之事。有一次，他出门后，我偷偷跟在后面，看见他把球塞进车筐里，骑着自行车，来到附近的一片室外场地，又把车在栏杆上锁好，拍着球走了进去。场地很暗，没什么灯光，只有四个木板球架守卫在此，很像是衰老倦怠的士兵，不知敌军将至，而海边的潮雾一阵阵袭来。闵晓河不换衣服，不做热身，也没去投篮，他走到场地的边缘，把球放在屁股底下，仰头坐了上去，身躯笔直，如同一位替补队员，随时准备上场。我透过树丛看着他，从黄昏到深夜，身后的大车飞驰，载着油罐、混凝土与沙石，呼啸而过，似在呐喊。我尽力想象着他所望去的方向，倾斜的球筐，熄灭的灯和喷泉，濡湿的树梢，相互倒映的天空与海，浪潮在另一侧鸣响，连绵不断，如空旷的号角，声音向着地心荡涤，回环无际。闵晓河就坐在那里，像一个将被淹没的村落，凝结在岸，一动也不动。

我原以为，闵晓河总有一天会消失，那时，我将无比难过，痛苦且不甘，必须承认，我对他不存什么真正的期望。他的离开，无非验证了我的又一次失败，孤注一掷后的失败，比从前更加彻底。有一段时间，我觉得闵晓河像是一台收音机，装好电池，拧开开关，嘈杂的声响于耳畔长鸣，怎么调节也接收不到信号，没有切实的意义。但那天回来的路上，我居然产生了一种快要爱上他的错觉，甚至认为他也爱我，并且永远不会离开我，他有着很多坚定的信念，在所有事物的尽头等待着，只是不说出来。对于他的行为，我不打算去理解，或者非要弄清什么，只因我也有过相似的时刻，持续至今，无法脱逃。没过多久，闵晓河回到家里，依旧不说话，冷漠而拘谨，他脱掉衣裳，轻轻躺在我的身边，呼吸和缓，我闻着挥之不去的油漆味道，想起一些遥远的事物，接不通的电话，蜡染的水果，蜿蜒的海岸线，想起在白日里，他持着一柄长刷，戴上古怪的面具，压低了帽檐，以轻蔑的姿态破入舱门，来到大船内部，肆意泼洒涂刮，船身摇晃不休，也无法将之倾出，想到这里，我开始晕眩呕吐。

彭彭把小腿埋进沙子里，扮作一个可怖的巨人，屁股来回扭着，假装无法移动，在他不小心睡着的时候，惨遭暗算，被小人国里的臣民们戴上了一副沉甸甸的沙铐。每次潮水袭来，彭彭都会大声呼喊着救命，声嘶力竭，仿佛快被淹死；待退去后，他又向着不存在的敌人低头狞笑，挥舞着拳头，砸向地面，好像在说，我倒要看看，你们究竟能把我怎么样。如此几次，他转过头来，望向我和丁满，狂妄的表情没能及时收回，丁满拾起手边的一块石头，掂了几下，佯装要打，彭彭顿时惊慌，迅速把双脚从沙子里面拔出来，可惜用力过猛，埋得又太深，导致他一下子摔在地上，脸部向前，平拍入海，估计一时半会儿没办法嚣张了。丁满把石头放了回去，叹了口气，感觉相当无奈。

我问丁满，你们怎么认识的？丁满说，我不认识他。我说，不认识？丁满说，对，我来这边玩时，碰巧他也在。我说，你今年多大了？丁满说，没你大。我说，这我也看得出来。丁满说，那你还问？我说，你给我讲个故事吧。丁满说，不要。我说，讲一个嘛，你肯定读过不少书。丁满说，我从不轻易给别人讲故事。我说，那好吧，我教你一句咒语，你不要告诉别人，不高兴的时候，就在心里反复默念，烦恼和忧愁都会消失，什么也用不着担心。丁满说，什么咒语？我说，哈库那马塔塔。丁满说，你再说一遍。我说，记好了，哈库那马塔塔。

说完这句，彭彭大步跑了过来，上气不接下气，两手指向脑顶，语无伦次地要让我们赶快抬头。我向上望去，光线渐暗，从西到东，太阳和月亮同时出现在天空里，先是一轮橙红色的落日，凌跃海面，像是一枚大大的浮标，然后是一道黯淡的银影，若隐若现，悬于高处。我惊呼一声，站起身来，仰着头朝前跑去，挑了个最好的位置，坐下来慢慢欣赏。丁满也跟了过来，站在我的身边，小声说道，你知道吗，月亮的大小跟太平洋完全相等，所以，月亮是从地球身上掉下来的，它是地球的女儿。

妈妈坐了起来。门敞开着，闵晓河站在楼梯上，手里捧着篮球，不知是要走还是刚回来。我问他一句，他也不答，只是向后指了指。我的心提到了嗓子眼儿，连忙跑到屋内，看见妈妈靠在床头上坐着，脑袋靠在一旁，眼睛明亮，脸上还带着一点点的笑意，灯光映照之下，妈妈的皮肤很白，也很憔悴，仿佛刚打过一场胜仗，疲惫之中又有几分满足。闵晓河的妈妈跟我说，刚在做饭，也没注意，闵晓河掏钥匙一开门，她听到声音，自己坐了起来。我很诧异，也有点怕，但尽量往好处去想，也许是下午的咒语起了一点作用，在天花板上作画的神听见了我的祈求，把妈妈扶了起来。若是如此，那么这也能让妈妈重新站立、穿衣、走路和骑车，或者不那么贪心，只是说话也行。一小块看不见的肌肉萎缩之后，妈妈就变得口齿不清了，字词在她嘴里打着滚儿，吞不下也吐不出来，她的自尊心很强，从那时起，索性一句话也不讲了。我盼着妈妈能再说一点，盼着她告诉我一切为时未晚，还会有另一个夏天，在远处静候，像大海等待着遗失的月亮，潮汐起落，我们彼此想念，而地球的心脏又跳动了一下；告诉我说，做好一切重来的准备，不过总比上一次要容易，只要循着波浪的纹理，温习我们的记忆，想一想那些发生过的事情，就可以知道下一个季节的形状。

我躲到厕所里，哭了半天，不敢出来，怕这一切不是真的。闵晓河没有出门，整个晚上，他守在妈妈身边，寸步不离，面容严肃，保持着机警，像一位忠诚的骑士，正在保卫着他的王后。夜里，闵晓河抱着被子来到客厅，铺在地上，依旧不说一句话，关灯之后，我一只手摸着妈妈的衣袖，另一只手伸向了他，黑暗里，闵晓河轻轻握了一下，很快就松开了，然后背过身去，蜷作一团，宛若婴儿，没过多久，便说起梦话来。

医生说不清楚原因，建议再做一次检查，观察是否有好转的迹象，概率不大，我没有听从。我想，既然选择了供奉，无论是神还是咒语，都得全部交付出去，这是一张珍贵的入场券，不可滥用，也不可亵渎。当然，我更相信妈妈，像从前那样，她总有自己的办法，不会游泳也能设计一套泳装，没钱也可以过得很体面，一个人也可以带着我生活。

诗里写过，夏天盛极一时。那些盛大的日子里，闵晓河每天陪我推着妈妈去海边散步，妈妈很喜欢海水，她跟我说过，浪花冲来时，就是大海伸出了双手，在岸上演奏着钢琴曲，那是她心底的音乐。我们走过金色的沙滩、沉寂的落日，看见了许多可爱的人，拍照留念的情侣、结伴而行的朋友，拎着沙铲和水桶跑来跑去的孩子，可没再见过彭彭和丁满。我很想让妈妈认识一下他们，并对她说，这是我的两个好朋友，一个叫彭彭，一个叫丁满。彭彭是个强壮的勇士，力大无比，没什么能束缚得了他；丁满是个厉害的魔术师，默念一句咒语，太阳和月亮就会一起出现在天空的深处。

妈妈端坐在霞光里，喝掉了许多的温水。温水验证着奇迹的进程，小小的一杯，如果能分成两次喝完，且无声音嘶哑或呛咳，那就是有所好转。我相信一定会如此。每日几次，我把妈妈搂在胸前，接过闵晓河递来的茶杯，一点一点喂她喝水。水温好像只有闵晓河能够掌握，不凉也不烫，魔术一般，恰与妈妈舌尖的温度相同，在口腔内缓缓洇开，浸润着心和肺。妈妈的唇角微展，像是在笑。

我没有问过闵晓河要去往何处，一个明媚的午后，他与我告了别，走出门去，不再回来。意料之外的是，我不太伤心，只是有些惋惜，毕竟他还没学到我的咒语，而在未知的旅途里，那总会派上一些用场的。篮球也没带走，留在了家里，我把它塞进衣柜的深处，我想，许多年后，等我快要忘掉的时候，它会自己跑出来，跟我打声招呼，再对我说一句，还记得吗，我们在海边的傍晚见过一次面。

闵晓河走后，他的妈妈也不再来了。她很难过，像是失去了某种资格，悄然退场，盼望过的事情在她眼前只是掠了一下，就又消失不见了。我心怀感激，却无法为此多做点什么。入院之前，我送了一些妈妈以前的衣物给她。她一边叠着，一边跟我说，该发生的总要发生。我没回答，分不清她在劝我还是劝自己。过了一会儿，她又跟我说，我们相处得很好，是吧，这一段时间。我说，谢谢，我都记得的。她望向妈妈，叹了口气，说道，有时候想一想，挺对不住你的。我说，我不这样想。她说，有那么一天的话……没等讲完，我便打断了她，说，我知道，知道的。她就什么也不说了。后来，我自己一个人时，总在琢磨那没讲完的半句话，到底指的是哪一天呢？是在说妈妈，我，还是闵晓河？而那会不会是同一天呢？

我试过用手背和手腕去感受水温，或自己喝下一小口，还买过一支专用的温度计，可怎么也配不出来合适的温度。三十毫升的水，妈妈再也没有分成两次喝掉过，她努力地吸一口气，想多喝几滴，却只是不停咳嗽着，咳得我害怕发抖，不敢再喂。初秋时，妈妈住进了病房，她的呼吸很困难，也没再坐起来过，有时候我想，也许闵晓河当时是为了安慰我，故意那么做的。不过这个念头一瞬间也就闪过去了，不太重要，他比我聪明，总是知道自己应该做些什么，并且义无反顾。我很想念他，想念听得到梦话的日子，也很自责，后悔没有学会他的魔术。

有一天傍晚，小雨打了电话来，他的声音很小，我有点听不清楚，但不想就这么挂掉。我望着窗外升起的夜晚，倚在一侧，像在舞台上念起了独白，向着所有人诉说：医生建议切开气管，我有点犹豫，妈妈肯定不想，她很在乎自己的仪表，总是穿得干干净净，现在也一样，我还给妈妈买了好几件新衣服。我们换了个地方，这里专门做病人的康复和看护，价格不高，条件也还不错。妈妈瘦了一点，你再见到的话，估计认不出来了，但她会记得你，妈妈的记忆力一向很好，谁来看望过，她都知道的。她不希望有人来，不想让别人见到她现在的样子，还会在心里朝自己发脾气。其实没什么的，我觉得她还是很美，比我好看，妈妈不知道，我以前很嫉妒她的。对了，我结婚了，就在去年，没摆酒席，过得还可以，我的丈夫不错，家人对我也很好。他为人诚实，很勤快，也有力气，妈妈加上轮椅，一个人就抬得起来。这段日子里，他出了趟远门，不知什么时候回来，虽然不在身边，每次遇上什么事情，我也总会想，如果换成是他会怎么做，他跟我说过的话不多，但每一句我都记得。最近我老是想起小时候的事情，以前也给你讲过，每到暑假，妈妈下了班会带我去海里游泳，她不会游，就站在水里，眼睛盯着我不放，生怕我游得太远，我总爱跟她开个玩笑，从近处游走，或者扎入海中，消失一小会儿，妈妈很紧张，大声喊着我的名字，急得快要哭出来，我不太能听见，水里很安静，像是一个密封的罐子。妈妈并不知道，我静静游过了她的身边，一次又一次，漫无目的，身心和睦。说完这些，我挂掉了电话，泪水滴在窗台上，还好他看不到。

妈妈躺在床上不说话。换过药后，我趴在她的腿上睡着了，做了一个绵延的长梦，淅淅沥沥，水汽遍布，梦里有一阵不息的小雨，还有一条蜿蜒而去的河流，小鱼和小虾在里面游着，像是要去郊游。雨水落在我的脸上，也落入河流里。空气循环，河流缓行，在望不见的尽头，它步入高空，栖息于云层。我在这样的梦里醒不过来，觉得自己也是一滴雨，从空中降落，变幻的风吹得我摇摇晃晃，我反而很惬意，这时，一阵强烈的气流从两侧蹿了出来，形成夹击，来不及躲避，我打了个冷战，彻底清醒过来。屋内没开灯，我揉揉眼睛，发现彭彭和丁满正站在我的两侧，分别举着一只胳膊，彭彭紧闭双目，还在来回晃荡，丁满停了下来，看着我不说话。几夜之间，他们似乎都长高了不少，丁满还是那么瘦，彭彭看起来更壮实了。

我吓了一大跳，问道，你们怎么来了？丁满说，他带我来的。彭彭说，他带我来的。我说，这是什么情况？丁满说，我早就发现你了。彭彭说，我也早就发现你了。我说，你们俩从哪儿冒出来的？丁满说，我住在这里，三楼。彭彭说，我在二楼。我说，你们为什么也住这里啊？丁满没有说话。彭彭说，我渴了，能不能买根雪糕再说。我说，不能。丁满说，我也想吃。我说，那也不行，快点儿告诉我。彭彭说，他没吃过雪糕，平时不让。我听着有点难过，想了一会儿，跟他们说，我去哪儿买呢？彭彭抢着说，这里没有，得去海边。我说，可是我在照顾病人啊。丁满说，那我们一起去。我望向床上的妈妈，她的眼睛眨了两下。

夜里很静，推开房门，走廊无人经过，我赶紧转回身来，小心翼翼地背起了妈妈，从侧面的楼梯一步一步往下走，妈妈伏在后面，呼吸得很慢，温热的气息吹过我的发梢，我一口气来到楼下，出了一身的汗。丁满背着我的布包，坐在轮椅上，彭彭从后面推着他，装作出去透气，两人大摇大摆地从电梯里走了出来。我们在花坛边上会合，向着海边出发。

我们踩着黯淡的树影向前行去，彭彭大声唱着歌，丁满堵住了耳朵，保持着一段横向的距离，我推着妈妈跟在后面，见到什么都觉得新鲜。这一路上，我们遇见了许多商贩，有卖贝壳和海螺的，也有卖头饰和玩具的，就是没发现卖雪糕的。丁满有点沮丧，彭彭说，没准儿他还在沙滩上呢，我们过去看看。

海边有人设了一个套圈游戏，拉开一条细长的红线，分割出两个世界来，一边是人，一边是礼物。看着离得不远，很少有人能套中,礼物旁边放着一盏盏彩色的小灯,闪着幽幽的光，像是一只只灯笼水母,好看极了。我问他们,要不要碰碰运气?丁满摇了摇头，彭彭没说话。我跑去买了二十个裹着青皮的竹圈，分成两份，塞在他们手上。彭彭将竹圈套在小臂上，肚皮贴住红线，喊着口令，倾身向前扔去，不太有章法，只套中了一瓶矿泉水，不过已经很不错了。丁满全神贯注，思索半天，他总共扔了两次，每次五个圈一起，轻轻捻开，形成半环，攒足了力气，找准角度，朝着微弱的光奋勇抛去。第二次时，居然套中了一只柔软的白色独角兽，呈俯卧状，睫毛很长，眼睛闭着,正在熟睡,背上还长着一双短短的翅膀。我们都很高兴，欢呼起来，我想妈妈的心里也一样。丁满很大度，把独角兽放在了妈妈的怀里。我拧开矿泉水，喝了一大口，擦了擦嘴，又递给丁满和彭彭，他们把水喝光，我们向着那道半月湾走去。丁满说，他有预感，我们要找的东西，会在那里出现。

路不太好走，轮椅推着也很吃力，我们三人几乎是抬着过去的，累得直喘粗气，妈妈也流了很多汗水，鬓角湿透，她像是在抱紧那只独角兽，用尽力气丝毫不肯放松。我们把妈妈放在沙滩的边缘，好让海浪能够抚到她的身体。

丁满的预感果然很准，卖雪糕的人不知从哪儿钻了出来，我掏钱买下了全部,他很高兴,如释重负,骑上车子便离开了。我从轮椅上取下布包，把里面的东西掏空，平铺在沙滩上，又把雪糕一一摆开，对丁满说，你只能吃一根。他点了点头。然后又跟彭彭说，你负责帮我监督。彭彭说，放心吧，剩下的都归我。我拍了拍他们的肩膀，攥着那件刚翻出来的泳衣，走去礁石后面，天气很好，没有风，海洋静止如铅，我把泳衣换在身上，听着浪声，独自坐了一会儿，海风的味道让我想起了许多事情。

我登上了礁石的最高处，高喊一声，挥了挥手，妈妈无动于衷，彭彭和丁满仰起头来，不明所以，我打了个悠长的口哨，展开双臂，直直跃入海中。身体触到水面的那一刻，我看见了远处明暗的灯火，瞭望台高耸，船楫不倦搬运，静止或者远行，一大团云从海上升了起来，笼罩着未知的季节。我向前游去，游了很久，也没有抬头，浪潮不断向我涌来，我听见许多模糊的喊声，准备再开一次小小的玩笑。海水很凉，我想，在很远的地方，人们无法抵达之处，它会悄悄结成一块冰，映着月亮，仿佛仍在彼此的怀抱里，从未离开。

防鲨网没有那么严密，下面破了一个很大的洞，一只鲨鱼可能已经游了过来，此刻正潜伏于此，伺机而动。我却一点也不害怕，因为还有两道很小的影子，始终伴在我的身侧，也许是两条活泼的金鱼，游过来又游过去，用尾巴撞着我的双腿，用鳍抚过我的膝盖；或是我梦见过的小雨与小河，在海的深处重新凝结，变得阔大、坚实，演化为一小块漂浮的岛屿，将我托了起来，一起一伏，掀起美妙的浪花。岸上吹过来的风使我温暖，我舒了口气忽然想到，自己也许就是那只走失的鲨鱼，心怀万物，四处游荡，一次次地沉没，又一次次地跃起来。在空中时，我可以望见一条星星的锁链，掠过夜晚，照亮尘埃，浮在银河的边缘；在水里时，我看到了一匹会游泳的白色独角兽。

（收录于小说集《缓步》，上海文艺出版社，2022 年 11 月）

三手夏利

杨知寒

1

周一，吴天华做好了迎接客人的准备。地拖过，水果摆满，和洗净的茶杯放在一处，每只天青色的小杯子上，都映出清早的光泽。吴天华唯独没主意该怎么打扮自己。在玄关放下一排拖鞋后，她坐在破了皮的沙发上，养的两只狗，妞妞和闹闹，都来脚边绕。她推推它们，怕狗毛沾上新裤子，等待中，又拿出手机，端详起节目组发来的卜文彬的相片。卜文彬穿着件天蓝色衬衫，胖瘦、身量都合适，皮肤比她还白，两只肿眼泡，没精神地溜在镜片下面，头顶徒剩几根白毛。他比她大十二岁，看面相是个福气深厚的好老头儿。吴天华没留神点了根烟，她不知道对方抽不抽，在她二十岁、三十岁、四十岁上，若要像今天这样去相看一个男人，都会想藏住自己的缺点。现在她觉得不该藏，起码有些事儿，不该藏。

门铃响了，狗跟着叫。吴天华迎四人进屋，三个年轻的，一个年老的，不用说，最后那个蔫头耷脑的是卜文彬。年轻人里一个穿鲜红毛衣的小姑娘，热气腾腾攥上吴天华的手，嘱咐两个同事怎么站位。机器都架好了，姑娘笑靥如花，把卜文彬推到镜头前和吴天华站一块儿，夸，姨，你家真亮堂啊，哟，还有两只小狗儿。叔叔喜欢狗吗？卜文彬低头乐，喜欢。他两只肥厚的大脚掌挤在吴天华的小拖鞋里，走路有点儿局促，闹闹正紧着闻他裤腿上的气味儿。红娘坐到俩人当中，手里的话筒，不是递给这个，就是递给那个，面前有镜头，让吴天华怪别扭的，感觉自己被当成了小孩儿。他们这个岁数的人，其实不用被虚头巴脑地介绍来，介绍去。她答完一个问题，紧着张罗别的，问摄像喝不喝水，问红娘一行咋过来的，坐车还是走路，坐几路呢。卜文彬始终低着头，招手逗狗，在他没系严实的衣领下，透出一截挂钥匙的红绳。他还在脖子上挂着钥匙。红娘的又一个问题被吴天华忽略，她越过红娘，直接去够卜文彬胳膊，你咋回事儿，她拿笑话人的语气问，怕丢啊？卜文彬把钥匙绳从领口拽出来，像个让老师检查的学生，老师，就是个钥匙。老师，我记忆力不行，今天儿子把我带出来，说不能来接，等会儿我自己回去，怕给锁外面。

红娘说，姨，你俩等会儿再唠。咱一步步来，节目有流程。吴天华又有点儿忘了镜头，她走南闯北多年，跟各色人等打交道的本事，都在身上攒着，此刻很想使用。跷上二郎腿，她说行行，要掏烟，冲红娘耳语，你抽不？红娘看看两个摄像，他们放下手里机器，都笑了。吴天华说，这也不能播。那，吃水果。都我自己地里收的李子、杏，没打药，可有果子味儿了。红娘说，姨，你得让人说话。吴天华便闭上嘴。这回是卜文彬拿话筒，他说话没口音，慢条斯理开腔，我呢，先前是车辆厂工人，年年劳模，挺认干活儿。家里就我和我儿子，都单身。我妻子是十来年前，肺病没的。我没啥不良爱好，爱走个象棋，不影响正常生活。红娘把话筒给吴天华，这回说吧。吴天华问，你们想知道啥？红娘说，照叔叔说的来。吴天华说，退休前，我在长途客运站当售票员，跑大车。有个姑娘，有个孙子。老头也走十来年了，也是肺病，但死在脑出血上，走得挺静悄。我爱好多，不知道良不良。可能影响生活，但要是不管我呢，就不影响。

卜文彬扒一个又一个李子吃，他挺馋嘴，吴天华偷乐。红娘说，叔啊，别光顾吃。吴天华拿下巴颌点她说，我数呢，看他吃几个。卜文彬擦手，不吃了，问能不能下地走走。吴天华说，走呗。他背着手挨屋瞎转，一个摄像跟他，一个留下，录红娘和吴天华。红娘问，觉得叔叔人咋样？吴天华说，可能有点儿痴呆。红娘笑，姨，咋这样说话。吴天华说，下象棋挺好，我不下，但好些老哥们儿都下，说下棋讲究一步看三步，能锻炼脑子。我建议呢，他最好把麻将也学上。麻将更活，还锻炼人察言观色。红娘说，你意思是，叔叔不太会看眼色。你这方面挺擅长呗？吴天华寻思下，我也得练。姑娘你多大了，成家没？红娘说，我……姨，叔叔其实挺抢手的，在我们台一挂上号，好些老太太去电话问。你看有劳保，有积蓄，身体健康，人谈吐也文雅，你俩一动一静，多合适啊。吴天华撇嘴，不当一回事儿。卜文彬转回来了，站到吴天华面前欲言又止。吴天华看他，你想说啥。卜文彬说，想问你，李子搁哪儿买的？吴天华笑，我说他痴呆吧。说了自己种的，刚才听啥了？拿走吧，回你家吃去。她扑扑身上的衣服褶，相比拉近关系，她更擅长对一段关系下总结，说，算了吧，你们感觉呢？

卜文彬不会玩儿，这点不行。她最后跟红娘这么说的，问题已经不是能不能成为伴侣，而是连和这人处哥们儿，都没意思，你们还没明白我诉求。红娘说，姨，咱到这岁数，不求稳定？我不太信你这个理由啊，叔叔是家里条件，还是颜值，不可你心？吴天华说，他年轻时应该挺耐看的，现在凑合。但我不讲求这个。红娘也泄气了，说，吃喝嫖赌那样儿的，我们也不能给你找。吴天华冷笑，姑娘，工作几年了，理解人能力没有？红娘说，我是不明白啊，咱俩差四十岁。吴天华说，我在你这个岁数上，不这么唠嗑。我会耐心听我不明白的话，脑袋得转啊姑娘，不能老让别人顺你转。红娘说，咱走吧。她招呼两个在阳台抽烟的摄像动身，其中一个既劝她，也劝吴天华，说他听半天了，有点儿明白。姨，他拧了烟头，你其实是，想找个幽默的老头，对不？吴天华眼神温柔，凝视对方，你咋理解幽默的？男人说，说话受听。他逗不了别人能逗你笑，让你心情轻松。吴天华一声叹息，可惜啊，小伙。她说，我和我姑娘这辈子都没碰上你这样理解人的。不行你俩往一块儿走走呗？她示意红娘，红娘拂袖而去。

节目没播出，吴天华给电视台去几次电话，抗议此事。她觉着应该播出，让别人知道，老年人有她这样的，除了求稳求感情，还求点儿别的什么来着，心情轻松。不播出不耽误她跟周围人输出这场经历：卜文彬吃得一手红汁儿，不住嘴塞李子的场面，被她播讲得活灵活现。生活里什么样儿，她那天表现出来的，就什么样儿。她想卜文彬也没隐藏自己，这点很好，但也许俩人是缺了头回见面的客气。姑娘晚上来陪唠嗑，听她说完，埋怨不休。说幸亏没播，没给她丢人。咋想的，还电视相亲？你也不缺老头儿啊。我王叔，李叔，你们秧歌队那谁的爸爸，可别让我替你记了。愿意往前走一步，谁也没拦过你，可你不能这么闹。酒过三巡，吴天华委屈，我闹啥了？你们还是不理解我诉求。姑娘摆手，嘚嘚，就这句絮叨。谁也不理解你诉求，你上访吧。姑娘一走，吴天华站在窗后，看着黑色吉普驶出小区，风驰电掣，姑娘开车手法颇有她当年雄风。吴天华过去也开一手好车，往北去草原，往南到沿海，总在最痛快时候踩下了刹车，没能一直跑下去——这是近两年她给自己人生下总结，认定的最大的遗憾。

2

岁月是什么，人生又是什么，在被她拿到地里糊墙用的报纸上，有篇文章讲这些，吴天华看下去了，还在心里转几转。文章说，岁月是坛美酒，人生是装酒的容器，那人呢，是酿酒的？酿给谁喝？吴天华不禁去想自己这坛酒，都同谁分享过。女儿当然是一个，可吴天华始终不明白，为什么她爱女儿，事事第一个想到女儿，却从未在对方那张如今也长出黄褐斑的脸上，看见过领情。枯苗之间，吴天华坐下来，蹬开脚上孙子不穿了的运动鞋，突然很想亲近土地，躺在上头。她躺了，在阳光下晒着，继续想酿酒的事儿。退休后，她订了不少报纸，看不少电视节目，里面总会谈到，父母子女之情。她想辩解，我们那代人，其实不会爱孩子，不叫宝贝儿，不会亲亲，太忙了。我们忙着生存，忙生存下来后，比别人家过得再好点儿，这贪吗？吴天华不信理论，觉得有严重的误会存于其中。而这种误会，她见过太多。如果不是到老了发闲，根本不觉得是个问题。她也想起了老伴儿，想他在世时的样子。在眼下她住的那幢楼房里，过去老伴儿总背对她，坐在床沿，戴老花镜孜孜不倦研究他那些X光片。她会对他说，研究自己啥时候死哪？人生最后阶段里，老伴儿总痴呆着儿童似的眼睛，面对吴天华，像面对无解的一生之敌。

父女俩都怨自己，怨恨藏不住，没法儿藏。要是她晚生三十年就好了，就能想去哪儿去哪儿，把车随意开上一段公路，到大漠里扎营，谁也见不着谁，谁也就不怨谁了。吴天华最近常这么想。虽说平时跟麻将桌上的老姐妹儿，你家长我家短，闲不下嘴，唯独对这桩心思，吴天华隐秘极深。她知道，这太小儿科了。唯有像现在，躺在离城市十几公里远，这个她在女儿默许下动用储蓄买下的小农家院里，吴天华才好无所顾忌想好些可笑的事儿。对着太阳，她一会儿睁眼，一会儿眯上，不断傻乐。屋里广播没关，一再强调，说众志成城，说万众一心，她隐约知道一点儿现在情形不对的事儿。最近她在小区里放狗，保安看她的眼神不对，可没敢当面和她提。他们找到她姑娘，姑娘又在晚上过来，问吴天华，你就没观察观察，现在街上别人什么样儿？吴天华说，还那样儿，这两天冷啊。你屋子热不热？姑娘厌烦，说你不戴口罩的事儿。你得戴，这样上街谁不烦你。吴天华说她知道，有疫情，不严重，在武汉呢。姑娘声调拔高，你到底能不能听明白话？戴口罩，难理解吗？吴天华沉默地看她，最后蹦出一句，滚你妈的。姑娘滚了，吴天华一人看新闻，抽烟，寻思别的。当年她们姐四个都在世的时候，一旦吵架，也这么互相骂妈，都占不着便宜，但乐此不疲。

她知道自己说话不好听，这辈子成在嘴上，亏也在了嘴上，可谁也别想改变她。吴天华给自己倒上半杯白酒，入夜家里从不开灯，借电视的蓝光，屋内明暗闪动，好几次，她就在沙发上睡。狗会躺在她破了大脚趾的袜子旁，半夜蠕动，被她冷不防踹一脚，还动，人和狗都在午夜寂寞地哼哼。闹闹最近反群，黏人厉害，每天就期待着出门看看新鲜物，好散它的精力。翌日吴天华醒来，早忘了口罩的事儿，擦擦哈喇子，她像清洗桌台面一样卖力清洗自己的假牙，戴稳当了，领狗出去。出门，才记起口罩。街上的确没有不戴的。老娘们儿冬天怕冷，没疫情也戴，不足为奇；现在连大小伙子也戴上了，每人嘴巴上都糊块儿蓝布，见着吴天华和她的狗，见病原似的，紧躲忙逃。吴天华清楚往后真得戴了，这事儿不难，只要别把两只狗嘴也糊上。抱着知错就改、明天再改的态度，她今天特意带两只狗去了远点儿的地方转。走上沿江修筑的大坝，工作日四周肃静，她带着闹闹跑了跑，妞妞则始终跟在她脚边。妞妞老了，眼睛都发白，走走路就停，像不知道自己落在了哪儿。后半程，吴天华抱着妞妞走，坝上没人，有人她也不怕，放嗓子唱，九九，那个艳阳，天来哎哎哎哟，十八岁的哥哥——唱着唱着停下来，她看见，恨不能八十都有的哥哥，正站在前方路上老熟人似的对自己挥手，嗨，那个谁！

吴天华走近了笑，能不能讲点儿礼貌，哪个谁。卜文彬脸红，两手揣进棉衣口袋，还戴顶鸭舌帽，上面写着个吴天华能认识的外国字，OK。自俩人上回见面，过去已有半年，由夏入冬，彼此却都感到熟悉。卜文彬说他常来坝上遛一遛，尤其礼拜一到礼拜五的白天，就他自己，相当自在。吴天华和他找了个路边的公共座椅坐下，望着眼前一片银装素裹的洼地，江水没有浮沉，冻得很结实。他手揣口袋，看着鼓囊囊的，原来是戴着棉手套，还往兜里揣住。吴天华看他就乐，没话的时候，吴天华放声大笑，哈哈哈哈。卜文彬脸更红了，你精神真好，他说，那天我就瞧出来了。吴天华眼睛飞他，那天你咋那么完蛋。回家儿子没批你？卜文彬承认，批了。她问，批啥。卜文彬说，说我贪吃，惦记你的李子。吴天华没笑背过气去，不是，她说，这事儿你也和儿子讲？他说，得讲，儿子现在是我监护人。说笑间，吴天华一张瘦条脸上，肉渐渐坠下来，透出她也不知道啥时来到的同情。卜文彬是她最不希望成为的一类老人，可当现在这样看着他，又总会叫吴天华想起她那研究X光片的、绝望的老伴儿。

她发现卜文彬衣服口袋里，鼓囊不说，还簌簌发响。问他，藏啥呢？卜文彬真一副藏着掖着的样子，不好意思说，话打上磕巴。吴天华追问，他只能解释，我口齿不灵，平时练一练。他到底掏出来了一卷打印稿，吴天华拿来瞧两段，词儿挺硬，朗朗上口不说，光看都让人心潮澎湃。她念着念着，想起来了，外孙课本里有过这篇课文，当时孩子在她面前，还激闹呢，做崩溃状仰倒在沙发上，说，姥，我万念俱灰。吴天华问他怎么灰的。外孙说，背诵全文。此刻卜文彬却在她面前，声音由磕巴到连贯，由胆怯到激昂，脱稿背得一字不差。卜文彬忍不住从椅子上站起来，面对茫茫冰野，把吴天华和世界都甩到脑后，帽子脱了攥在手套里，背影岿然不动。吴天华瞧着他头上几根儿白毛，都随风摇曳，随诗念出了长江蜿蜒的形状，经风一吹，成为气魄。她像个乖顺的学生听卜文彬朗诵：

你，跨越横断山脉健美的臂膀
一泻千里的行囊，若野马脱缰
创造源源不断的能量
你西接蜿蜒曲折的雅砻江

连起岷江的山高水长
酿造天下醉美的纯酿
任嘉陵江、乌江依岸相望……

朗诵完，卜文彬发现吴天华根本没看他，默默把帽子戴上，给两只狗摸脑袋，丢下一句，妹子，我先走。吴天华点头，走吧，留联系方式。卜文彬说，不用，有你电话。说完，彼此看一眼，有种微妙的革命感情，就这么各回各家。回家后，吴天华反复转一个合计，她到底是为什么突然看上这老头了。朗诵并没多浪漫，几十年比他会玩儿会浪的老爷们儿，不胜枚举，都成她生命中一厢情愿的过客，如今一个个又老，又秃，又见痴呆，浪的那几个，还落下一身疾病。相比之下，卜文彬似乎没有特别。可她非想给他安个特别。又是半杯下肚，枕着重播新闻睡觉，听到武汉，说形势不容乐观，只有您减少出行才安全，十四亿人才安全……那些漂亮年轻的面孔苦口婆心，没一个不以她姑娘的口吻说着话。但此时此刻，借助酒劲儿，吴天华很想对姑娘说，妈动心了。妈这种感觉，不太安全。动心不为别的，为他今天朗诵时脸上的小孩儿模样。我没想到，千人千面，连一个人也会有一千面。

卜文彬就像大漠里一段没怎么被人探索过的，陌生的路。当晚梦中，吴天华梦见卜文彬，他们都老，却都穿上外孙的校服。课堂中，卜文彬被点名抽查背诵。等他背完，屋里一人不剩，只有她，还骂骂咧咧给他鼓响巴掌。受宠若惊的卜文彬，张口结舌，打出一个嗝，从嘴边淌下紫红色的果汁儿，离近了，他张口都是李子味儿。卜文彬对吴天华鞠上一躬，转头将他脖上的钥匙绳，套到她的脖子上。

3

一周后一个工作日下午，天光暗淡下来，吴天华家的二楼窗下有人喊她名字。家里狗跟着叫起，开窗户看，吴天华见到一个不认识的男人。四十上下，体格不小，戴灰棉线帽子，五官在见着她时全被笑容挤在一起，有些面熟。男人身后停一台夏利车，没熄火，暗红色的，车身脏兮兮，落不少刮痕。他从车上陆续取下豆油、大米，两箱啤酒，笑着跟吴天华打比画，哪个门儿？吴天华以为是女儿的朋友，打开门禁，听男人敦实的脚步声抱东西越来越近。男人把东西都搬进来，在地垫上蹭脚，哼哈出连续不断的白气，说，姨，真不好意思。知道你讲究礼貌，可在外面找你的时候，我必须喊你大名。关键我不知道这楼里几个吴姨啊，我爸嘱咐我，东西得亲自送你手上，才算交代。吴天华整整头发，没大用，她穿了条破绒裤，一边儿腿上一个洞，要多憔悴，有多邋遢。她有点儿紧张，得知男人就是卜文彬儿子，这趟来送年货，也认认门儿。小卜看出来，吴天华是下午觉刚醒，顿觉冒失，连说就不坐了。吴天华缓过劲儿说，起码坐下喝口水。你不待，姨心里不明不白的。

小卜坐了十分钟不到，话说得很明白，让吴天华觉得，节目没播出，真是个好事儿。她那天对卜文彬不够客气，对所有人都不够，以为自己到一个岁数，就能享受岁数的特权。事实却像那天红娘对她说的，世界上还有好些人是和你不同，去忽略他们，有时很残忍。卜文彬没记恨，她就挺高兴，没想到卜文彬还这么感谢她。聊天中知道，卜文彬和儿子俩人过生活，爷俩也会像吴天华和女儿一样，说好些没对错、没结果的话。

卜文彬告诉儿子，他第一眼就看上了吴天华，知道对方没有看上他。现在他没别的心思，只想交一个像吴天华这样性格的好朋友，因他觉得，自己一辈子过得无聊。他不属于会唠会玩儿的爷们儿，被人冷淡惯了，连小卜母亲都嫌弃了他几十年。他希望能和吴天华一起度过一段时间，从她身上学点儿什么。吴天华点头，说她大概懂。小卜起身要走，吴天华让他把东西拿回去。她还没开始带卜文彬玩儿呢，没必要这么早交学费。小卜说，姨，我爸知道你会开车，想让你教他开车。我这台夏利不打算要了，太旧太破，也拉不上活儿。你们留着玩吧，先放你这儿。吴天华更惊恐，这怎么行。小卜说，姨，听我说完。上周我爸坐公交吧，让人赶下来了。现在这个疫情，大家都害怕，他上车没有绿码，身份证也总忘带。人家赶他，他没说啥，说个好嘞，自己往车下走，我听了挺心疼的。说让你教，其实也就是陪陪他，你开车，带他各处转转。他岁数大，上道我更不放心，不像姨您，看着就年轻爽利，心眼也活。

小卜走了，夏利停在楼下，吴天华怎么也想不到现在竟会属于自己。她打电话问姑娘，夏利现在值多少钱。姑娘说她也不懂，等回头问问姑爷。姑爷得知车是三手的，年头已久，此前小卜也跟吴天华承认，除了能跑能刹，不剩啥功能了。姑爷说，三五千吧。吴天华下楼看车，拿小卜留的钥匙开门，座儿又冷又硬，烟灰积蓄在每一个卡槽里，玻璃上鸟屎斑斑。她几乎是颤抖着去摸车上的一切，心说，老天爷呀，你咋那么知道我想啥，那么惯着我呢。我是真想大跑啊。她熟练地拧火，听发动机就跟他们这个岁数的人一样，发出运行前呼哧带喘的咳嗽声，胸腔逐渐蓄力，好能平稳说出一些没人听的话，继续跑它慢当当的泥土路。和过去一样，手稳，油离配合，挂挡，拔营。开着这台三手夏利，她顺小区不大的面积，转上四五个圈儿，见自己后视镜里的脸，门牙随笑容一咧，呲出来，也那么闪光。姑娘当晚过来，跟吴天华说，赶紧让他来把车开回去，这事儿不对。吴天华说，放心，我不让卜文彬开，我就是教他一些原理，我开，带他遛。姑娘急了，你也不能开。你驾照还在我家呢，我拿着扣分用。吴天华说，那你还我，明天就还。姑娘像老师一眼看穿小孩心思似的，不遮掩地轻蔑问，你到底咋想的？吴天华也急，碍着谁了，我咋想的，碍着谁了？

卜文彬穿着第一次见她时的衣裳，羽绒服脱下扔后座，里头是小格衬衫，配枣红色毛背心，他这次把钥匙绳好好地藏在了线衣里。吴天华也打扮打扮，坐驾驶位上，打趣儿地看他，今天你咋过来的？听说坐公交车让人赶下去了。卜文彬把兜脸的蓝口罩取下，手在两条腿上边摩挲边说，走路。我老忘东西，还老想着出门。吴天华问，在家待不住？他说，不知道干啥。吴天华说，看报，看电视呗，手机上也有不少好玩儿的。快手你不看？卜文彬说他就会打电话。想看别的，手机老让他交钱。他一点啥，手机让他买啥。吴天华说，我反正是不买。但电视上好些东西看着还是不错的，我身上这件外套，你看咋样？卜文彬扫了一眼，黑棉服，看着像领导穿的。吴天华说，巴黎货。电视上说，刘涛同款。知道刘涛谁吧？他说不知道。吴天华一声长叹，演媳妇的。老卜啊老卜，你太封闭。卜文彬又不知所措地揉自己的腿。吴天华最后问他，想去哪儿，今后我就是你司机。卜文彬不假思索，上大坝，爱看江。

坝上总那么安静，卜文彬下车掏出他的朗诵稿，这次是《沁园春·雪》。吴天华留在车上，听卜文彬的话，不跟着他，让他自己走，自己念，享受没人笑话他的一段时间。她也给卜文彬准备了个小礼物，或者说是课件。一本她到新华书店买的《机动车驾驶员考试科目一通用教材》，信手翻翻，吴天华发现变化挺多，她也需要学习。外头起风，卜文彬小跑回来，吴天华把书交给他，嘱咐说，第一页，你看二十分钟，二十分钟后考你。咱一页一页学。卜文彬乖顺地翻书，看书的时候，他后背坐得很直，聚精会神。吴天华把从家带的洗好了的冻柿子，摆在旁边，俩人就这么开着一条窗缝儿，在封冻了的自然里上他们的老年大学。卜文彬眼皮略往上翻，回答吴天华每个提问时，他都想得慢，想尽可能一遍过，准确答出来。答对了，他吃上吴天华准备的冻柿子，小心拿牙嗑开外头的冰皮，吸果汁喝。柿子清甜的味道在车里溢开，吴天华也馋，拿起一个，和他一块儿吸。吸溜声不绝，时光也倒退，让她想起小时放学回家，和邻居家孩子一起分享那个年月里难得的零食。他们当时比谁吃得慢，好能延续美味。现在他们则比谁吃得干净，更体面，像提防着衰老，怕它通过生活里每个细节，每次将自己打倒。

4

他们竟成了彼此晚年意外的好朋友。吴天华想，可能她再也不需要别人关心，不需要被人需要的一种感觉。冬天漫长得像过不完，年已经过完很久，这是个很没滋味儿的新年，让人忧心忡忡，怀疑自己在创造一场灾难的历史。吴天华每天期待的就是开车，在市里泥泞的街道上，她和卜文彬以无人知晓的雄心壮志，超越每个每辆无论驾驶员还是车都年轻许多的路上的对手。吴天华坚持自己付油钱，虽然除了拉卜文彬到处玩儿之外，平时她不开这台夏利，吴天华只是在享受给车加油的过程。感觉她真拥有了这台车，还能在加油站工作人员看到她摇下车窗的脸时，露出的诧异表情中寻回一种满足。对方会问，姨，车你开的？寻思谁呢，漂移着进来了。吴天华把钱从腰包掏出，递进对方一双棉手套里，说，要不是结冰，我能漂得更带劲。一旁的卜文彬捋着身上的安全带，心有余悸，偷看吴天华一眼。吴天华温柔地问他，老卜，又吓着了？卜文彬说，我在习惯。他说话还总会低头，臊眉耷眼一笑。在和卜文彬相处越来越多的时刻里，吴天华得出了判断，即一个和自己完全不同的灵魂是怎么过完了另一种人生的。他也会被人喜欢，被人当珍宝呵护着，可很多时候，他自己全不知道。

闹闹、妞妞紧贴着吴天华的腿和脚，不知道几点了，吴天华发现自己又睡在沙发上。她最近容易困，也许是白天心情太好，也许是和她那些养在地里的苗儿达成了共识——她们都对眼下不抱期望了，想着多睡点儿，等春天到来，冬眠成为安心的选择。醒来她看到还亮着的电视，新闻早放完，现在是某个访谈节目的重播。窗外比室内显得还亮，月亮大又圆，感觉离人间很近。四处是熟悉的安静，电视里说话的几张嘴还絮叨着，都像默片演员，认真对他们的台词。吴天华去厨房烧水，知道这个点儿一旦醒了，难再睡着。她准备等到天再亮一些，趁清晨无人，到小区里自在地带狗玩一会儿。狗都老了，都不爱动，妞妞的眼睛最近出了问题，看着浑浊，里头白色的东西在扩大。听到吴天华叫自己时，它总生硬地把头转到另一个方向，可能耳朵也不好了。吴天华泡上茶，捋着俩狗的皮毛，想找找哪个台还播电视剧。这时候，电话响起来。她忙按住心口，几十年人生经验告诉她，这时间来的电话，充满惊悚色彩，每次接到它们，她都必须接受失去的发生。方向盘在手，但再也不听使唤了，吴天华只能看着车窗前的悬崖越靠越近，看到自己坠下去，在黑暗里发出蛤蟆吐泡一般的救援声。像一只跳不灵便的老蛤蟆，电话里她怯声问，谁啊？小卜声音哑着，姨，我爸走了。吴天华说，哦。什么时候的事儿？他说，今晚上。送医院已经不行了，让我带给你两句话。吴天华想想说，等我拿笔记一下。小卜说，好，话不长。吴天华进屋拿纸笔，端端正正搁在腿上，手直打哆嗦。小卜说，第一句，早认识你就好了。吴天华笑了笑，哎。小卜也笑一下，说，第二句是，现在认识也不晚。吴天华想她这时候应该掉眼泪，可眼眶很空，许多时候都这样，父母葬礼上，姐妹葬礼上，和老伴儿见的最后一面时，她眼都是干涸的，像杀人犯。

吴天华说想现在过去，送老头最后一程。小卜劝她不要来。吴天华问，为啥，我能帮忙啊。他说，真不用，我就带两句话，还有很多事儿要处理。我现在安慰不了别人的情绪了，姨。小卜反复道再见，吴天华只好说，到底让我把车给你开回去。小卜说，不要了，也是我爸的意思。往后你开车的时候，能想起他这个老朋友。她问，你们在哪儿？我不添乱，看看他，行不行？小卜忍无可忍，不用。电话这么被挂掉。吴天华充耳不闻，往腿上套棉裤，配她那件巴黎货，黑漆漆的，这个场合正适合穿。打开车门，车里就像个冰造的世界，冷硬，没半丝温度，她半天拧不着火。吴天华想，我差了一个重要的步骤。摸出口袋里的塔山，她给自己点一根，另一只手也拿一根，点好后，搁上车窗。老卜不抽烟，听他说起过，曾经抽，在他出了一件大事儿后，人很多习惯都变了。当时听他说起，吴天华也像现在这样，在车里抽烟，打量卜文彬那张已显露出老年痴呆的脸，很难去信，这么个人，还能经历大事儿？卜文彬说，曾经我一天两包，真的。吴天华给他递烟，示意抽口看看，好知道他说的是不是真的。卜文彬摇头，戒就是戒了。吴天华又说起她在青海开车的事儿，讲述一天开三百公里，牦牛围着她车转圈圈，其中一只把整个牛脸都贴在了她身旁的玻璃上。吴天华边咳嗽边乐，指着表情木讷的卜文彬。真的，她开怀大笑，牛就你这死出。

卜文彬说，小华。后来他总这么叫吴天华，像叫爱人，更像在部队里，称呼一个战友。他低声叫她，我发现，最近和我在一起，你特爱笑。吴天华点头，是，你招笑。卜文彬面带微笑，我前妻，和我一块儿生活这么久，很少看她因为我笑。儿子也是。有时他们娘俩说上话，笑个不停，我一加入，笑就没有了。我挺悲哀的。吴天华有种冲动，想抱抱他，看到卜文彬毛衣下软和的小肚子，觉得抱上去一定很舒服。卜文彬先发制人，突然拽上吴天华的胳膊，把她往自己怀里塞。吴天华给他一撇子。他喘粗气说，我都这岁数了……吴天华说，是啊，这岁数打你一撇子咋了。拿你当哥们儿，你拿我当啥。他问，小华，你不喜欢我吗？吴天华整整头发，将带来的水果都收进塑料袋，扔在了后座。她开车送卜文彬回家，一路上，谁也没说话，卜文彬有点儿出神。到小区西门时，他转向她，在车里腾高屁股，笨拙地鞠了个躬，小华，我向你道歉。第一次跟你录节目，你是因为不会玩儿，才没看上我，我以为你不是正经人。吴天华说，好，就说到这儿，往后别提这茬儿了。谁是什么样人，嘴说没用。明天吧，拉你去我地里看看，虽然现在天冷罢园了，你去看了就知道，我过日子很本分。我自给自足，不馋爷们儿。他说，我期待明天。柿子我能拿两个走吗？吴天华下车给他拿，卜文彬接过，仍哆哆嗦嗦弯腰，转身往家走去。吴天华望了他背影一阵，一种说不清的滋味萦绕心头，想她或许还是在对待卜文彬时，不够客气。

得知卜文彬死讯的午夜，很快变成了早上。找不到地方也联系不上小卜的吴天华，开着老卜留下的三手夏利，穿行于城市的楼房间，开向郊外的菜园。她思考车是三手，也许冥冥中有因缘，人和车一样，被反复交易，经三回手，是合理的结果。青年时磨过自己一回，中年也磨一回，到老年，她无比渴望结束，却仍怀最大希望，车程能落得漂亮。她知道国内有地方已经封城，国外情形更乱，好些人被困住，正承受孤独和饥饿，她还是更信过去人的老办法，自己种，自己收。交朋友和种庄稼，都总有收获，别管命是什么。吴天华再没跟人赛车或去竞争晚高峰的能力，野心仍在。保持驾驶，眼下就想以她的速度自由自在。

（《草原》2023 年第 1 期）

这里白昼，那里夜晚

雷 默

一

春节期间，马路空荡荡，见不着人影。很多人如我一样，取消了外出计划，被迫宅在家里。正月初一，我从超市扛回了一袋五十斤的大米和一些日用品，已经整整一星期没有下过楼。电梯每隔两小时就有人过来消毒，但还是很少人用，显示楼层的电子屏幕长时间停留在一层，听不到电梯上下运行的风声和楼层到达的那一下“叮——”。正月初七，原本是节后上班的第一天，出了通知，假期往后延。单位的微信群里争论得很热闹，大家都在关心什么时候能结束眼下糟糕的日子，恢复到正常的生活，谁也说不准，但每个人都在急切地发表自己的观点。我站在十七楼的窗户前，看着楼下香樟树蓬勃的树冠，相比于这个只有五十平方米的公寓房间，外面显得空旷而安静。

多年未联系的她突然发来一条问候的信息，我有些意外，下意识地看了一眼墙上的挂钟，已经快十一点半，心想她睡得够晚的。自从她嫁给美国人后，我们便不再有联系。她依旧用微信，朋友圈相互都能看到，彼此却从来不说话。

我偶尔也翻一下她的朋友圈，这几年，她似乎行踪不定，一会儿在旧金山，一会儿在纽约，每去一个地方好像都在举家搬迁，会卖了当地的老房子，转手再买入新居。我对地理不太有概念，以为旧金山和纽约离得不远，一看地图才发现原来一个在西部，一个在东部，横跨了整个美国。

这些年里，她先后生了两个男孩，都是小金毛，看不到一点亚洲血统。她偶尔会在朋友圈发两个小朋友的视频，在古朴的森林里、辽阔的大草坪上、翡翠似的湖泊旁疯玩，满嘴英语，完全是一个外国家庭。

看那条短信，她应该也清楚国内的状况，我想，她在试探我是否还活着？这段时间微信朋友圈变得异常活跃，几乎每个人都在发各种消息，我也理解，人被困住了，总得找到宣泄的出口。我是一个例外，这段时间，什么都没发。

我回复她说没事，只是出行不方便。本来还想多说几句，对一个“外国人”来说，这会儿总忍不住想知道国内具体糟糕到什么程度，尤其是女人，更有这种八卦心理，但不知怎么的，我突然间又不想说了，觉得这是我们的隐私。她似乎能读懂我的心思，倒也没多问，只是无奈地说，本来春节她想回一趟老家，她妈妈的病更严重了，怕回来晚了，连她也不认得了。

老年痴呆症在脑袋里一闪而过，我有些惊讶，想想她母亲才六十出头，按理说这个年纪患这种病有点早。她说她是家里最小的孩子，现在想想，离开父母太远也不好，出点事叫也叫不应。她哥哥姐姐都不希望她回来，说眼下还能应付，等有事了会通知她，可这种不咸不淡的说辞更让她操心。如果真想让她安心，索性什么都不说，当不知道还能清净，既告诉她状况，又不让她回来，这不是让她更着急吗?

我说，这会儿回来怕是要隔离。她说她半个月前就已经订好了回国的机票，而且这段时间都在为回国做准备，突然间让她取消行程，这会让她懊恼很久。我说，本来春节我也打算去外面走，现在不也得取消旅行计划吗?她听了有些沮丧，突然问我们有多少年没碰面了。我忽然间明白过来，她突然跟我联系，似乎是想从我口中得到支持她回国的理由，虽然这种支持看起来微不足道，但可能就那么一下，会让她摇摆不定的心突然间坚定下来。

我说，既然你想回来就回来吧，可你得有心理准备，也许这趟回国会困难重重。她说让她再考虑一下，如果真的很麻烦，就只好退机票了。

道完晚安，我来到北边的小阳台上，正是一天中阳光最好的时候，外面安静极了。从初三开始，阴雨不断的天气终于好转了，气温还是很低，但天空清澈透明，如同一个冷冽的大湖，阳光仿佛是透过水面照射过来的。从天气放晴的那天开始，床上已经躺不住了，外面的树丛里有鸟在叫，叫得婉转动听，好想有一块大草地可以尽情地撒欢，但理智又告诉我，这么多天忍过来了，再咬咬牙坚持一下，兴许这糟糕的日子快熬出头了。

从她嫁给美国人开始算，一晃过去了八年，日子过得这么快，让我震惊之余又不禁有些蹉跎。这八年里，我尝试着去接受别的女孩，发觉最终都会落到跟她比较的结局上来。尤其在头两年里，她无处不在的影子笼罩住我生活的角角落落，而现实又不停地提醒我她远在万里之外的美国，时时面对又摆脱不了的荒唐、分裂、焦虑与纠结，让我一度对她怀恨在心，如果没有遇到她，我的生活何至于会变成这样？

二

那年高考，我阴沟里翻船，被农学院录取。录取我的专业全称叫国际贸易（中日交流班），一半中国学生，一半日本学生，学制四年，两年在国内，两年被交流到日本去。我很多同学都冲着日本的两年留学生活去，学费贵得惊人，但听说生源依旧高涨。

我们的教室在学校的一个偏僻角落里，一幢低矮的两层建筑，一楼是教室，二楼是宿舍，宿舍的中间用辐射状的钢筋条隔开，一边住男生，另一边住女生。宿舍临街，充当着学校的一段围墙，拉开宿舍的窗户，外面就是车水马龙的大街，水果叫卖声、工程车喇叭声，远远近近的嘈杂声不绝于耳。农学院不乏门面阔气和设施齐备的教学楼，但那些好像跟我们这个专业无关，我们仿佛成了学校的弃儿。

走在宿舍过道里，透过那扇隔离窗，能看到穿着清凉的女生在那一侧洗衣服、洗头发，看不出哪些是日本女生，都是黑头发黄皮肤，神情随意而慵懒。当时，她就混迹于这些懒散的女生中，每天端着一个洗衣盆来回于水房和宿舍。她的宿舍在水房过去的第二间，第一间是传达室，宿管阿姨喊人的嗓门大到整幢楼都听得见，吼一嗓门，谁约谁的秘密像通过扩音喇叭公之于众，所以谁也不愿意轻易去惊动她。

我是从“大熊”和“猴子”吵架开始注意她的，“猴子”是日本的松本一郎，长得精瘦细长，“大熊”是东北的周宇正，有两百多斤的块头。那时候一个寝室住七个人，都是上下铺，按理说，日本同学应该有留学生公寓，但学校并没有给他们特殊的安排，跟我们一起挤在简陋的宿舍里。两边的同学差不多对半开，平日里，语言不通，大家也不讲话，泱泱四五十人的班级感觉只有二十来个同学。

开学没多久，有一天没课，大家都待在寝室里，猴子突然踢了大熊的床板，大熊最烦睡觉有人打扰，踢他床板那还了得？他勃然大怒，大吼了一声。他一吼，猴子的嗓门也大了起来，一边是叽里咕噜的日语，一边是机关枪似的东北脏话。两个人虽然听不懂彼此在说什么，但都试图用音量盖过对方，似乎谁的音量大，谁就占上风。嗓门一大，隔壁寝室的同学也陆续过来看热闹。我们无所适从地挡在他们中间，荒唐的是根本不知道发生了什么，他们为什么会吵起来，只知道猴子踢了大熊的床板，让他睡不安宁，猴子为什么踢他床板，大家都一头雾水。吵着吵着，日本的同学一堆，中国的同学一堆，气氛开始变得有点不大对劲，好像有了点对峙的味道。

后来，不知道谁喊来了莎莎，当时我还困惑她来干什么，没想到她一开口说的竟是日语。她和猴子交流了一阵跟我们解释，说松本是个敏感的人，他非常受不了有个两百多斤的大块头悬在他头顶睡觉，以至于开学以来睡眠受到了严重的影响，上面发出一点轻微的响声，他就睡不好。我们这才注意到猴子的熊猫眼圈，再看看大熊的个头和单薄的床板，这块头翻个身想不弄出点动静来都难，我们都哑然失笑。后来，两人交换了上下铺，误会就化解了，我们惊奇地发现，虽然两个人吵架的时候差点大打出手，但吵过一架后，像什么事也没发生过，彼此间客气得很。我后来一直困惑，莎莎跟我解释，说这是语言不通的好处，虽然骂了恶毒的话，可对方不懂，就感受不到疼痛。

我承认当时是被她一口纯正的日语吸引的，自从目睹她用一张巧嘴轻而易举地化解了一场冲突后，我忽然发现精通外语的女生原来可以这么迷人。莎莎是个学语言的高手，我经常在田径场旁的鹅掌楸林边遇到她，那时候田径场还是渣土跑道，每天都有一群男生霸满球场，草皮还未生根就被踢飞，球场破烂得像打满了补丁，遇上晴热的天，一群人在那里踢得黄土飞扬，满身泥巴。我不知道她有没有注意过我踢球，因为她的存在，我在球场上格外卖命。我从两端都观察过，同样的距离，从球场看铁丝网外并不太真切，而从她的位置看球场却一目了然。

我每次走出田径场，就能看到她捧着书安静地坐在那把石椅上。有一天，我走过她身旁，她朝我微微一笑，一个月牙儿的表情，我问她："你看什么呢？"她向我展示了书的封面——一本日语书。我有些惊讶，说："哦——难怪你日语说得那么好，原来看原版书啊。"我这么说似乎揭开了一个秘密，她显得有点儿害羞，说："你也可以啊，学语言就得啃硬骨头，熬过一段艰难的时光就会变得轻松起来。"我说："能听你读一段吗？"这次她却没有退缩，落落大方地朗读了一段，她的日语发音清澈动人，似乎自带旋律，我不由得赞叹："真好听，像音乐一样美妙。"她的脸红了起来，有点儿面若桃花。

后来我约她的暗号就固定下来：我想强化一下日语听力，你有空吗？她随后就笑吟吟地来了，手上握着一本日语小说，轻舞飞扬的样子让我觉得她是从宫崎骏的漫画中走出来的。朗读成了我们约会的一项重要内容，我们会挑一个安静的地方坐下来，她翻开书，我在一旁静静地看着她。她朗读的口型非常好看，让我想到口吐莲花就该是那个样子。

我入选了校足球队，虽然球踢得不错，但不喜欢生活中只有足球，更多的时候，我只带着她去田径场逛一逛，看看那些踢不上球的男生对着一堵水泥墙进行一遍遍徒劳而单调的轰门，即便脚法笨拙，我也从不当着她的面奚落别人。她说我骨子里有股安静的气质，特别让她着迷，相比于那些爱炫耀的男生，我反而在这个年龄中显得成熟和文气。我笑笑，不做回应，在她身边，我很放松。

到大二快结束的时候，我们的专业遇到了点麻烦。这个专业当初就是在两国关系“蜜月期”设立的，学校原本还打算开设中澳班、中美班，没想到招生工作遇到了困难，没开起来。这个专业算上我们这个班，一共招了五届，其中中间停摆过两届，也说不清是什么原因，感觉随意而脆弱。我们马上面临着国内学业的完结，有传言说，我们这个专业可能会提前结束，去日本做交换生的计划被取消了，学校会返还一部分学费，算作精神补偿，然后就不管我们了，这让大家都有了危机感。那段时间，大熊找了个日本女朋友，忙着在校外寻租房子，想住到外面去。后来搬家的时候，我和莎莎去给他帮过忙。

那房子在学校的东门边，是从当地居民手里租的，大概有二十几平方，打开房门，一股拖把阴干的味道，里面凌乱不堪，摆满了陈旧的家具，好像是从旧货市场淘来的。靠近门口有个煤气灶，上面结着很厚的油污。房间里面的角落摆放着一张黑漆剥落的高低床。大熊解释说，这些东西都是之前的主人留下来的，还没来得及收拾。我敢断定，这个房间住过一个邋遢的单身汉，没有一件东西是规规矩矩摆放的。靠近墙角的地方堆满了东倒西歪的空啤酒瓶，电热水壶上留着结膜的鸡蛋清，插座也松掉了，从斑驳的墙壁上倒挂下来。

大熊看着那些油腻不堪的厨具说，这些都得扔了。他说着，从煤气灶底下拎出了一只橘红色的橡胶手套，因为年代久远，橡胶已经老化，和油腻的灶台粘在一起，惨不忍睹。他的日本女朋友戴着同款的橡胶手套收拾着垃圾，丝毫没有嫌弃的意思。面临着接下来可能会分离的现实,他们心里都有些复杂。也许急于找一个窝，是想把犹豫不定的关系给固定下来，似乎这样他们才有勇气去共同面对未来。我和莎莎突然在一瞬间对他们的焦虑感同身受,那是一种神奇的心灵感应,几乎在同时，我们四目相对地望了一眼，发现对方的眼神都有点躲躲闪闪，似乎藏着一个相同的秘密，那一刻，它们坦诚相见了。

真正让我们付诸行动的是一个不经意的举动。那会儿，我和大熊打算把那个旧橱柜移出房间，一上手发现那家伙太笨重了，我拉开了橱柜门，准备清理一下再搬，发现里面有一罐发黑的豆腐乳，已经长毛。每次看到黏稠的豆腐乳，我就想到蜥蜴那细菌滋生的唾液，浑身起鸡皮疙瘩。我用餐巾纸裹着它，把它丢进了垃圾桶，这一丢，原本还未清理的垃圾桶中蹦出了一个拆封的避孕套空盒子。那个橙色的盒子太刺眼，让所有人都愣住了。大熊忙着撇清关系，说这也是之前的人留下来的。空气中似乎有了一股陌生的荷尔蒙气息，我注意到莎莎的脸红了。

帮大熊收拾完房子，我和她手牵着手出来了，一路上那个橙色的影子一直在眼前晃，我们心照不宣地进了一个宾馆。后来我知道那种橙色的盒子叫杜蕾斯，而且是个大牌子，那种颜色肯定是精心设计过的，它在年轻情侣的眼中可能就是一根火柴，划过之后就是一场熊熊燃烧的大火。

完成了仪式后，我和她靠在床头，内心的激动已经平复下来，除了感动，我还有点莫名的忧伤。她说："这下好了，我们再也不会分开了。"我说："不管毕业会不会提前，我本来就很确定。"她抓过我的手臂，在上面狠狠地咬了一口，一排紫红色的牙印，看上去像盖了一个专属于她的邮戳。

暑假结束后，原本担心的事并没有发生，我们去了日本。对方的学校是一个很成熟的职业技术院校，培养过很多北海道企业家。我们大部分时间都是在实习，我和她被分到两个不同的贸易公司，主要工作就是和国外客户联系。

在札幌，我才明白过来，为什么那些日本同学初来乍到的时候，丝毫没有做留学生的新奇，反而眼神中都有点忧心忡忡。原来到了一个举目无亲的地方，语言变成了障碍，那种不安的情绪就会尾随而来。好在我还有她，我们在学校旁边租了一个小房子，每到周末，我们就一起去逛逛菜场，回家后包包饺子，煮煮火锅，或者烧几个不怎么像样的菜，提前过起了两口子的生活，只是这种日子仿佛又多了点相依为命的感觉。

我不知道这种提前透支的生活是不是无形中让她感到了厌烦，我们吵架的次数也慢慢多了起来，我能明显地感受到她对这样的现状充满了抱怨，稍有一点不合心意，她的语气就会咄咄逼人，很容易冒犯人，但吵完后不久，我们又会自动和解。我们两个都不是那么潇洒的人，没那么快放下，这大概是向现实妥协，在那里，她就是我唯一的亲人，我也是她唯一的依靠，对亲人还能一直耿耿于怀吗？

两年后，我们迎来了毕业。班级里大部分人都在为工作而奔波，我觉得这像个笑话，读了四年国际贸易，真正做贸易的人并不多，很多人转行去做了别的。她迟迟没有给我一个确切的答案，到底是留在日本，还是回国再说。拍毕业照那天，大家穿着袍子一样的学士服，摆着各种稀奇古怪的造型。可以玩闹的日子不多了，大家都想彻底再疯狂一次，然后是告别和散伙，这场景像极了看到过的一句诗：当电钻钻透墙的一刹那，一切都静下来了。

回到我们的出租屋，她跟我说，她打算去美国，这两年实习，那个美国公司对她印象非常好，对方来日本考察的时候也是她接待的，他们对她的工作能力很认可，现在公司有个职位空缺，已经向她发出了工作邀请。看着她掩饰不住的兴奋，我愣住了，说："那我怎么办？"她有些不好意思，说："你跟我一起去啊，到了那边，工作可以慢慢找。"我几乎脱口而出："不行，我打算回国，这是早就想好的。"

我的决绝让她有些生气，她反感地皱着眉头说："你什么时候能考虑一下我的感受？"

我面无表情地回复她："我考虑的是我们两个人的将来。"说出这句话的时候，那语气让我自己也跟着吓了一跳。事实上，我厌倦了那种在陌生国度举目无亲的生活，语言不通似乎能让一切都变得糟糕，如同鱼离开了水，再华美的环境也不过是一场空。

"那好……你走吧。"她涨红了脸，眼看着，一场风暴接踵而来。

我尴尬地站了一会儿，试图辩驳："我的英语本来就不好，去那里会非常困难。"

"够了，别给我找借口了。"她背过身去，肩膀微微地抖动，她又开始啜泣。我记不清楚，这样的场景在日本发生了多少遍，每次都很痛苦，发誓下次再也不让对方为难，但根本做不到。

我说："好了，我们都不要吵了，我去给你做碗河粉。"我有种预感，如果在这个时候吵下去，我们很可能就这么结束了，即使分手也得体面一点，给彼此留个好印象几乎成了我最后的执念。

炒河粉是我在日本这两年里做得最像样的食物。我洗干净豆芽，把它们一根一根地捞出水盆，又从冰箱里取出了榨菜和精肉，放在砧板上切丝，切着切着，在札幌的每一个日日夜夜在眼前浮现出来，我突然撇下菜刀，做不下去了。

厨房的门开了，她双眼红肿着走了进来，看到我失魂落魄的样子，她变得不好意思，说："是我太强势了，没有好好地跟你商量。我想问一下，如果你是我，碰到这样的机会，会去吗？"

我努力地从恍惚的状态中挣脱出来，虽然这看起来是一个简单的换位思考，但我发现太难了。从她接到工作邀约开始，我不知道是该替她高兴，还是该为我们的将来担忧。当再次面对她的时候，我发现突然失去了要求的能力，那是一种说不出口的羞涩，鉴于卑微和不忍之间。忽然之间，我觉得我们两个人的关系变轻了，像山谷间弥漫的雾霭，随着风向变了，峥嵘的山峰，崎岖的河流和郁郁葱葱的丛林渐渐地露了出来。

她见我迟迟不回答，犹豫了一下，轻轻地说："我……还是不去了。"

她突然放弃了去美国的念头，我一下子变得惶恐起来，看着她低落下来的情绪，我知道这是真的，可这是我要的结果吗？几乎在一瞬间，我就坚定了支持她去美国的念头，我说："别这样，这个机会对你很重要，不要轻言放弃，你还是去吧。”

“可是……那样我们就得分隔两地，我也不知道以后会怎么样。”

“别说了，没有合适的工作，在一起又能怎样？”我不无遗憾地说。

“你确定吗？”

“我确定。”

“可……我一点都高兴不起来。”她幽幽地说。

“我也是。”

…………

北边的阳台上寒风凛冽，我裹紧了身上的睡袍，返回自己的房间，在沙发上坐下来，我还在思考，如果再来一次，我该不该放她去美国？

三

过了一段时间，她突然给我发来短信，说她已经回国了。禁足期间还能满天飞，我不禁有些惊讶，似乎我们不在同一个世界。她说她哥哥开车去浦东机场接回了她，她还需要在家隔离十四天，等隔离解除了，打算来学校看看我。我客气地回复她：欢迎回母校看看。

我想她妈妈可能真的病得不轻，不然她不会选择在这个时候回国。

隔离期满，她约我见面。那时候，还未开学，但我已经在学校值班，听说她要来，我特意到学校的周围逛了一圈，发现有咖啡馆已经挂牌营业。经历了一场恐慌，人们还是习惯缩在家里，透过咖啡馆的落地玻璃窗，发现里面空无一人。我走到门口，门口横着一张写字台，上面放着消毒液和登记表格，一旁竖着一个易拉宝，上面是一个扫描用的二维码。服务员戴着口罩从里面跑出来，要给我测量体温。我问他，营业了吗？他点点头，问我堂食还是打包。我说营业就好，先来看看，回头有个朋友过来，想找个地方坐坐。他把额温枪收了回去，说，那你们来了再测温登记。

约好了见面的时间和地点，我却有点紧张起来。八年多时间像一段空白，在人生的走廊里躺了太久，现在得掸去灰尘，把那个人找出来,和现在的她重新衔接起来。我把相册翻出来，发现她以前的照片都不见了，究竟去了哪里我却想不起来了，唯一可以断定的是我没有销毁，肯定是处理了，但放在哪里却一下子想不起来了。我翻看着学生时候的自己，发觉时光真是个防不住的小偷，那时候，我鼻子右侧还没有暗疮，头发浓密得像野草，身上没有一点多余的肉。这么多年过去了，她改变了多少？她在微信朋友圈里从来不发自己的照片，头像也是一张风景照，已经是两个孩子的妈妈了，她会不会发福得让我不敢认了？现实中有不少这样的例子，尤其是中国人去了国外，随着饮食习惯的改变，身形走样的人比比皆是。不管怎样，见一面也算是给彼此这么多年的交代，但这种私底下的碰面似乎又有点让人面红耳赤。

事实上是我想多了。她出现在咖啡馆门口的时候，还是身材适中的模样，我还看到了一个高大的身影尾随着进来，这个我从来没有见过的美国人大概有一米八五，他穿着一条蓝色牛仔裤和一件厚实的白色毛衣，脖子上围着一条格子围巾，高鼻梁、蓝眼睛，红褐色的络腮胡和软耷耷的金色头发。活脱脱的一头大奶牛，我心里暗暗想。

相比于她丈夫，她显然化过妆，每一处轮廓都精心勾描过，那玫红色的唇膏，不太张扬的粉底，还有精致的发型让她看起来像抛过光。我连忙站起来，把他们引向卡座。我看到了她丈夫露出惊愕的表情，他似乎没想到，她心心念念要碰面的同学竟然是个异性。他伸出大手来跟我握手，手指细长而冰凉，握住的那一刻，我发觉对方的手因为紧张而微微地颤抖，他用美国音说了一句中文：你好。

握了手之后，我发觉自己已经从慌乱的状态中缓过来了，我觉得这归功于她带来了她丈夫，这个人高马大的美国人来到异国他乡率先胆怯了，这让我趁机稳住了。她放下包，脱了外套，又摘下围巾，里面穿的是一件浅灰色的羊绒毛衣，薄薄的，勾勒出很好看的胸部弧线，但我并不觉得有多美，她身上有股陌生的气息，举手投足间好像多了几分贵妇人的味道。

我们寒暄了一阵，她丈夫被冷落在一旁，显然共同生活了八年多，这个美国人的汉语水平仍让人不敢恭维，她贴心地用英语向她丈夫介绍我，声音轻轻的。不得不说，她真是个语言高手，如果不看她人，或者闭上眼睛，那就是一个外国女人的声音。那个美国人不时地瞟我一眼，但当我看着他时，他又不敢接我的目光。我问："他不会讲中国话吗？"

"会啊，你好，谢谢，再见。除此之外，知道得不多。"她说着，那个美国人也觉察到是在说他，他咧嘴一笑，我仿佛闻到了外国人那股特有的味道。

我问："这么多年，你不教你孩子说汉语吗？"

"教啊，他们学会了，他没学会，小孩子一教就会，他有点笨，再说他好像对学中国话不怎么感兴趣。"

我这才意识到她两个小孩没跟来，说："两个孩子没跟你一起回国？"

"回来了，我爸爸不让他们出来，我们这次出来，他还说我了。"

我笑笑说："现在大家都很小心，能不出来就不出来，总感觉还不够安全。"

她轻轻地皱了一下眉头，那表情让她看上去像个难弄的女人，以前她不这样，我心里想。她捋了捋垂在胸前的长发说："在美国，大家可不会这么听话，都自由散漫惯了，该去酒吧还去酒吧，该开party还开party，美国的夜生活比白天还重要。"

我笑了一下，轻轻地摇了摇头。多年不见，她身上有了股优越感，从带着一个外国人进咖啡馆开始，一举一动，她都像个外国人，服务员越慌乱，她越慢条斯理地看菜单，这种装腔作势的范儿武装了她高高在上的自信，同时也让她有了一股逼人的凌厉气。

她点了一杯拿铁，她丈夫要了一杯焦糖玛奇朵。上了一份提拉米苏，她丈夫迫不及待地拿小调羹吃起了甜点，一个庞然大物吃这么袖珍的玩意儿，模样实在有些滑稽。她又轻轻地皱了一下眉头，我问她这些年在美国做什么，她愣了一下，说："起初在公司上班，生了孩子后，他不让我上班了，就专职带孩子，现在是一个家庭主妇了。"说到这儿，她故作轻松地耸耸肩，带着自嘲的味道。

我说："哦，那对你来说，有点浪费了。"

她苦笑了一下，听不出挖苦的意味，仿佛还对我的理解报以感激。我心想，去了美国后，她怎么变蠢了？转念一想，我又意识到自己有些过分了，本质上我不是个刻薄的人，总觉得说那些尖酸的话对自己也不是件好事，这些年，我习惯了平平淡淡，碰到任何事，我都提醒自己要从容，一日三省，这大概就是岁月带给我的启示。我说：“家庭主妇其实也挺好，说明他经济实力雄厚，养家的事不用你操心。”

她喝了一口咖啡，把杯子放回桌上，冒出了一句让我惊讶的话：“好什么，也挺无聊的。”大概是咖啡馆里开着暖气，让她微微有些出汗，脸上的粉底开始融化，慢慢地有了一层油光，让她看起来恢复了一点血色。

“你还是喜欢上班？”

“那当然。整天围着孩子转，社交的圈子就越来越小，身边几乎没有可以说话的人。”她的气息微微地有些急促，但又很快控制住了。我发觉她说着说着，整个人开始松弛下来，也许是坐久了难受，她伸了一下腿，在桌子底下碰到了我的鞋，她触电似的缩了回去，她又说：“几乎每个人都说有人养着好，你们不会了解一个家庭主妇有多难。”

她这么快放下武装起来的傲慢，向我大倒苦水，这让我猝不及防，也略微有些尴尬。我看了她丈夫一眼说：“你这么说，不怕他听懂吗？”

她反问道：“他要能懂，我会这么说吗？”

我们的谈话，让她丈夫彻底地成了一个多余的人，我注意到他埋头于吃提拉米苏，吃得很专注，似乎除了吃甜点，坐在旁边成为一个摆设，他也没有任何事可做。他的小调羹落到提拉米苏上，还有些轻微的颤抖，我不确定这是不是他本身的疾病。我又向服务员要了一份提拉米苏，她把这话翻译给他时，他冲我笑笑，说了声谢谢，发音还是一个美国人。

服务员端来第二份提拉米苏后，她一直用小调羹搅拌着杯中剩余不多的咖啡，我想她是有话要说，但又不知道该怎么开口。冷场后，气氛就有些怪异，也许大家心里都急于打破眼前的尴尬，我问她：“美国感染的人不多吧？”

“不多，不多……其实……这次国内疫情暴发，第一时间，我最担心两个人，一个是我妈，她平时在吃药，隔一段时间就得去医院，还有一个……就是你，可能……学校人口密度大，好在你们现在还没开学，担心……有点多余。”

我猛地鼻子酸了一下，下意识地去拿桌子上的咖啡杯，我不想让对面的两个人看出来，猛喝了两口咖啡，咖啡像药，流进肚子，那种感觉就止住了。她装作轻松地笑了笑说：“当着他的面，说这样的话，我也觉得别扭。当时那担心一出来的时候，我自己也吓了一跳，后来我想想也对，危机是面镜子，我照见了自己。”

我笑了一下说：“他知道我们的关系吗？”显然这话让她陷入了短暂的慌乱，而这种慌乱，我相信那个美国人也会有所察觉，因为他停下了对甜点的关注，转头看了他老婆一眼。

让我意外的是她迅速从慌乱中挣脱出来，跟她丈夫说了一句甜言蜜语的英语，那个美国人很快就乐了。她转而不动声色地告诉我：“其实美国人在男女交往中对过去也不太计较，他们更看重当下，我完全可以告诉他，你是我的前任，但我不想说。可能他到现在还认为你仅仅是我大学时的同学，无话不谈的那种。”她说着，挑衅似的伸了伸腿，隔着那层桌布，触到了我的鞋子，这次没有缩回去。

我说：“谢谢你带他过来，这八年来，我一直在琢磨把你从我身边带走的会是怎么样一个人，今天看到了，像了了一桩心愿。”

“我可没想带他过来，是他自己要跟来的。”她的那些锋芒都收了回去，看上去有点像个任性的姑娘，这种感觉我曾经很熟悉。她又问我：“你今天见到了，能说说对他的印象吗？”

“不怎么样。”我发出一声轻微的评价，心底里几乎恨得咬牙切齿。她似乎为此感到欢欣，才记起该关心一下我的状况，“我还不知道你结婚了没有，合适的时候，能把你那位带来给我看看吗？当然，孩子愿意也一起带来。”

我面无表情，说：“以后吧。”忽然间，好想随便找个人结婚了。我努力地保持着平静，不想让她识破我在赌气，想起这些年情感上的不如意，我内心里翻江倒海，但自从她说了那句担心我的话后，我发现，所有的过往都和解了。八年多了，似乎，这本来就该和解。

我们全程保持着克制，但又毫不掩饰地说着在场的第三个人，只能说语言是个好东西，在如此狭小的空间里，天然地分成两个彼此隔绝的世界，这道屏障对我和他来说都是无法逾越的鸿沟，唯有她自如地来回穿梭。渐渐地，她开始变得眉飞色舞，她应该很享受这样的过程，仿佛过去的一切都回来了。

四

忽然间，她回来的消息在同学群里传开了，好多几年都不露面的人都跑出来跟她打招呼，相比于那些热情的同学，她冷淡得多，时不时地回复一个握手的表情。

几天后，她给我打电话，说同学鸭蛋在东海的沙滩边经营着一家民宿，现在碰上疫情，也没什么生意，想趁着她在国内，邀请几个同学小范围聚一下，问我是否愿意一起去。我说：“你的面子真大，这么多年了，他从来不叫我们过去玩，甚至他开了这家民宿，我们也不知情。”这让她害羞之余很受用，人也变得谦虚起来，她说：“你们都在国内，想什么时候聚就什么时候聚，我难得回来一趟，就成为你们调侃的对象。”我说：“有的人近在咫尺，总觉得见一面太容易，反而永远碰不上面。”

反正眼下开学也还早，我答应过去。过了没多久，一个七个人的小群被临时建了起来，我看了一眼，同学五花八门，有艺术家、外贸商、图书馆副馆长、律师……群一拉起来，七嘴八舌就开始了，艺术家首先跳出来说：“哦，一群妖魔鬼怪。”鸭蛋作为召集人，少不了鞍前马后，他说眼下生意惨淡，没人去住民宿了，房间都空置着，刚好可以接待各位。艺术家说，他要多住几间，抽烟喝茶搞一间，打牌聊天搞一间，睡觉再来一间。鸭蛋说，随他挑，想几间就几间。艺术家说，那睡觉两间，一间约女同学，一间纯睡觉。

我发现这个群里都是被疫情耽误上班的人，几乎每个人眼下都闲着，与其困在家里，倒不如去民宿逛逛。鸭蛋说，他的民宿建在海边的山脚下，推开门几步就能到海滩，一个天然的几百米长的大沙滩，他也准备了钓具和鱼笼，有兴趣捕鱼的人可以去礁石上碰碰运气。民宿的后门有条游步道，想爬山的人可以去山上。现在那片地方见不到一个人影，沙滩是专属的，游步道也清场了，再也找不到更好的躲避病毒的去处了。我们都被他说得心里痒痒，艺术家说，地方是好，就是不能长住。鸭蛋连忙说，群里的人想什么时候去住都行，终身VIP。艺术家说，大家都蹭美国人的光，那个美国人要记得多回来啊，不然我们不好意思去。她在群里连发了三个偷笑的表情，看起来很受用。

到了聚会那天，考虑到交通不方便，我本来想问问她，是否要搭顺风车。没想到她在群里率先说，她自己过去，开她哥哥的车。群里又开始七嘴八舌，说汽车是美国人的双腿，出门到小店买瓶酱油也开车。我从来没意识到她有这么大的魅力，似乎海外关系让她戴上了一层光环，加上读书时她是公认的班花，隔了一些年，搞得男同学们都想见她。

到了鸭蛋的民宿，她还没来，其他人陆陆续续到齐了，因为大家都知道我和她以前的关系，所以总感觉大家看我的眼光有点和别人不一样。我想，等她到了，可能会让他们的心里来一次狂欢。

到了中午快吃饭的时候，她才赶来，开着一辆笨重的老款别克车，和她的美国身份很搭调，大家都站在沙滩边的马路上欢迎她，她摇下车窗，跟大家道歉："不好意思，让大家久等了，这个百度导航用不习惯，好几次都开错路了。"

就在大家起哄的时候，我发现副驾驶的位置上赫然坐着那个美国人，我心想：她怎么到哪儿都带着他？这是美国人的习惯吗？看到她带着丈夫来，大家都有点收敛。艺术家口无遮拦地说："一个女司机，难怪会开错路，你怎么不让你的外国老公开？他这么大个人，让你开车好意思吗？"

她满脸通红地下车，忙着解释："他听不懂汉语，导航用不了，而且国内的公路他也开不习惯。"艺术家说："嫁人这么多年了，连中国话都没教会，你怎么当的老婆？"大家嘻嘻哈哈地打招呼，似乎所有人的目光都集中在我身上，看我如何跟她的美国丈夫打招呼。那美国人从一堆陌生人中一眼认出我，他忧心忡忡的表情瞬间飞扬起来："嗨，你好！"大家一脸惊愕地看着我们，我一边跟他握手，一边跟大家解释："我俩早就认识了。”

看戏的期待落空，大家都有些不过瘾，律师对她说：“同学聚会，老公跟着，说明他对你不太放心呀。”图书馆副馆长接过话说：“那说明人家恩爱，我家那个，喊他也不会来。”艺术家说：“外国人和我们不一样的，每周做几次爱都有规定的，少一次都不行。”他话音未落，引得两个女同学要拍打他，大家都跟着笑。

随后，大家一起去吃饭，美国人全程跟着，我有种怪异的感觉，这和上次近距离接触不太一样，虽然他也不说话，但在一群闹哄哄的人中，不说话的人就剩下一双眼睛，我挺忌讳有人在旁边看着我，却不说话。

吃完饭后，鸭蛋带大家去沙滩上走，他好像很担心大家无聊，把鱼笼、钓具都拉了出来，我们这帮人都不怎么喜欢钓鱼，再加上海边风大，刮到身上挺冷的，我们在沙滩上逗留了没多长时间就回房间喝茶了。倒是她和美国人玩兴很足，要去礁石上放鱼笼，鸭蛋只好陪着他们，我又看到鸭蛋放着大部队不管，似乎有点过意不去。我跟他说：“我们不用你管，你陪陪他们吧，他们难得回来一趟。”说实话，放鱼笼没有鸭蛋也不行，那些圆形的空鱼笼都必须绑上饵料，饵料都是鸭蛋从菜场捡回来的，一些烂带鱼和鸡鸭内脏，又腥又臭，必须亲手把它们装进一个小盒子吊在鱼笼内，然后再把鱼笼抛入海里。抛鱼笼也有讲究，不会的人很容易连着那条绳一起抛出去，那样鱼笼就有去无回了，又或者不熟悉地形，抛出去的鱼笼被水下的乱石钩住，拉不起来。还有重要的一点是他们的安全，礁石林立，一不小心崴了脚，或落了水都不是小事。

鸭蛋看看我说：“到底还是你关心她。”说这话的时候，她就站在不远处，我不确定她是否也听到了。

每到一个这样的地方，第一天永远是最新鲜的，等新鲜的劲头一过，大家都变得懒散起来。第二天，艺术家睡到吃午饭时才起来，他之前就交代过鸭蛋，晚上没有三点，他是不会睡觉的，睡下后，一定不要去喊他，他会准点起来吃午饭。

其他人上午一起走了游步道，这次美国人没有跟来，图书馆副馆长还问她："你老公呢？"她不好意思地笑了笑，说："不管他。"言语之间似乎多了一点硬气，我猜是她交代了什么，要么是她丈夫觉得跟多了无趣？大家都没带家属，一个陌生人混在一群熟人中间很别扭，大家都得照顾他的感受，其实这种生硬的客气也挺让人难受的。

不知道是人多了有顾忌还是别的原因，她刻意和我保持着距离，自觉地和图书馆副馆长凑成了一队。我发现这次出来，她没有化浓妆，其实不化妆的她反而更加动人，爬完小山头，大家都有些出汗，脱了外套，她的身形曲线完全看不出是两个孩子的妈。我发觉，美国人在场，她还是有所顾忌，离开了他，她反而神采焕发。我隐隐地感觉到她和她丈夫可能也没有我们看到的那么和谐，这种怪异的感觉一直跟随着我，我几次试图接近她，想跟她再聊几句，她都避开了我，甚至都不看我眼神。也许她太在乎别人的看法，早晚都要回美国去，留下点闲言碎语，终究不太明智。

吃完午饭，好几个人都去睡午觉了，我明显地感受到大家的厌倦情绪。这样的地方终究还是个旅游的地方，只能住三天，多一天都不行，何况是鸭蛋赔上生意的本钱来招待我们，多住一天，就多一天的过意不去。谁也没说什么时候回去，但我感觉到离别已经快来临，我给她发了一条短信：可能马上要散伙了，有空去后山走走？

她迟迟没回复。

下午，鸭蛋又开始变花样，雇来了一条渔船，要出海用拖网捕鱼。他不停地给船老大打电话，问他到哪里了，这绞尽脑汁的模样让大家更加过意不去。艺术家说：“你这么客气，是逼我们早点滚蛋。”鸭蛋说：“那没有，那没有，你们这群人，请都请不来。”

她姗姗来迟，眼睛稍微有点浮肿，好像刚从午睡中醒来，看到我，她不好意思地笑了一下。鸭蛋对她说：“把你外国老公叫来，他喜欢捕鱼，我们下午出海去捕鱼。”她略微有些慌乱，说：“算了吧，不用管他。”好说歹说，终于把美国人叫下了楼，我们上了渔船。

渔船挺大，为了躲海风，大家都钻进了驾驶室，一路都是柴油机的马达声。船老大看到有个外国人，很新奇，几下过后，两个人用肢体语言交流起来。美国人比画着要开一下船试试，船老大说：“到了开阔的地方再给你玩。”美国人有些等不了，不停地捋着袖子，一副跃跃欲试的样子。没想到他还这么爱玩，这让大家都有些惊讶。她不停地皱着眉头，也没像上次那样耐心地给他做翻译，她大概觉得这有点幼稚。

船终于开出了港口，到了洋面上，速度好像慢下来了。船老大让出了驾驶位置，把舵交给了美国人。可能掌舵并没有想象中那么费力，美国人咧着嘴笑，像个大孩子，那个像方向盘一样的舵在他手里变成了转圈圈的玩具。一船人都看着笑，开了一阵子，大概嫌不够刺激，他推了一把旁边的油门，柴油机的马达声瞬间大了起来，站在船舱门口抽烟的船老大探进身子，把油门拉回到原来的位置，他说：“开慢点，开慢点，安全最重要。”

开阔的洋面让人很放心，大家都觉得这不需要什么驾驶技术，谁都能开，看了一会儿，大家也没心思关心美国人，七嘴八舌地聊起天来。聊了没多久，船老大突然疾步赶回了船舱，他一把抢下美国人手中的舵，左手开始飞快地向左转圈，一直转到满舵，右手减下油门，马达声迅速小了下来。我们问发生什么事了，船老大不响，过了一会儿，船慢下来，我们感到有什么东西擦过了右边的船舷，那种摩擦声很明显，我们这才发现，离船头不远的水面上立着一个矮矮的红色浮标。船老大说：“再晚一点点，就触礁了，没得玩了。”

看到差点闯祸，她本能地用英语脱口而出，冲他激烈地抱怨起来，美国人铁青着脸，过了一会儿，他也用英语小声而急促地回嘴，看起来两个人有点不太愉快。大家都忙着打圆场，这进一步证实了我的猜测，他们确实有点问题，像脚下这艘差点触礁的船。

当着这么多熟人的面起争执，这有点失了颜面，我看得出来，她没有退让的打算。大家转而劝美国人，纷纷绞尽脑汁，想出几个可怜的英语单词，加上手脚并用的肢体语言，终于让美国人冷静了下来，但他的情绪明显受到了影响，拖网拉上甲板的时候，他也远远地站着，并没有因为捕到鱼而想走上来看一眼。

不幸目睹了她的家庭纠纷，让在场的人都颇为尴尬。我能感觉出来，她也挺后悔自己没控制住情绪。因为出了这个小插曲，让原本就有些厌倦情绪的人都暗自盘算着怎样找个合适的借口离场，一干人变得脆弱不堪，随时都有作鸟兽散的打算。鸭蛋作为地主，想方设法地让大家多待些时间，但这种挽留加剧了大家早点逃离的念头，似乎谁留到最后，就得承担所有人对鸭蛋好客感到过意不去的心理负担，这种暗地里争先恐后加速逃离的心态很快让这场聚会变成了惨不忍睹的溃败。

鸭蛋见留不住众人，只好说，要走也得等莎莎发话。她大老远过来一趟不容易，大家总得好好送送她，这次分开不知道又要等什么时候再重逢了。她很聪明地表态，说吃完晚饭后大家随意安排,想早点回去的就早点回去,她因为开夜路有困难，准备第二天上午返程。

她这么说，那些本来不打算吃饭的人也只好留下来吃饭。不得不说，这是很机智的安排，最后的晚餐不喝酒似乎说不过去，当鸭蛋把酒放上餐桌的时候，那些原本打算连夜回去的人早早地给自己的酒杯倒上饮料，试图逃脱这场宿醉。鸭蛋就开始逐个劝酒，图书馆副馆长起初死活都不肯喝，鸭蛋对她软磨硬泡，逼她喝下了一小杯白酒，这之后，图书馆副馆长就彻底放弃了回去的念头，开始主动出击，频频跟别人碰杯。

没完没了的敬酒，大概让美国人觉得很无趣，他早早地吃完晚饭,看着一群微醺的人在餐桌上你来我往,他呆坐在那里，想不通这是为何。这中间，鸭蛋也接连地向他敬酒，起初他还能微笑地端起酒杯，喝一小口，到后来，别人几次三番向他敬酒，他开始有些恼怒了。她在旁边向大伙解释：“他不喜欢有人灌他酒。”

于是，大家把他晾在一边，继续着属于我们的狂欢。美国人终于坐不住了，他跟她交流了几句，就一个人回房间了。我看到他站起来的时候，带着些许愤怒，椅子歪到一旁，他还任性地踢了一脚，她脸上闪过一丝不安。

艺术家见状说：“你的外国老公生气了。”她借着酒精的作用说："爱咋咋的，不管了。"她这么一说，气氛就热烈起来了。很多人大着舌头怂恿她，老公不能惯，适当的时候得冷落一下，不然会骑到她头上去。

如果说她丈夫在场，她还有所收敛，那么在美国人离场之后，她就像换了个人。我不知道她出于什么考虑，想难得放纵一回自己，还是压抑了太久？对于敬酒，她来者不拒，而且都是豪气地一干而尽，我小声提醒她："别这么喝，你很快会不行的。"她看着我，目光迷离，当着众人的面很放肆地问："你为什么还这么关心我？"

我们的关系在这个时候迅速地成了大家起哄的焦点，艺术家说："你们得喝个交杯酒，为过去干杯。"大家跟着起哄，她挑衅地看着我说："怎么样？敢不敢？"那时候，酒精已经让大家失去了理智，我觉得这么闹下去挺危险，说不出的怪异，我总觉得有双眼睛在看着我，后背上毛茸茸的，起鸡皮疙瘩。大家见我迟迟不端起酒杯，开始拿话刺激我，说连酒都不敢喝，活该被人抢走。

我一把抓过装饮料的大酒杯，在众目睽睽之下，往里倒满了白酒，大家正诧异间，我一仰头，把那些白酒都灌进了肚子里。有那么一瞬间，热闹的气氛静到了极致，对于我这个自残似的喝法，大家都愣住了，我红着眼睛看了一圈安静的大伙，她突然趴在餐桌上啜泣起来。

那顿饭是怎么结束的，我已经完全记不起来。我是被鸭蛋他们抬回房间的，他说我像死过去一样，两只手架在两个人的肩膀上，后面还有人扶着，我已经完全迈不开步子。

第二天我是被电话叫醒的，鸭蛋在电话里问我还起不起得来，他说莎莎要走了。我除了有些许头疼，已经从宿醉中缓过来，匆忙地洗了把冷水脸，走到大厅，发现人一个不落地都还齐着。她和美国人已经收拾好行李，正等着我下楼，和大家一一告别。

大家走出民宿，把他们送到了车子旁边，这次很奇怪，她的丈夫径直打开车门，坐上了驾驶的位置。她笑着解释，这是怕她酒驾，回去她得给他做人工导航。她先拥抱了图书馆副馆长，然后和大家挨个握手道别，她丈夫发动了车子，还没等她上车，竟然踩了一脚油门，开着车子蹿出去老远。

她踩着高跟鞋，狼狈地追出去，到了远处，那车子才停下来，她终于一瘸一拐地追上了车子，钻进车子前，她匆忙地和大家挥了挥手。然后，那车子一溜烟地开走了。

五

从鸭蛋的民宿回来，她好几天没联系我。我一直在心里琢磨着她和她丈夫的关系，很显然那个美国人不是一个太合格的丈夫，这么几天都没法包容，她在美国的生活又会是什么样子？我很想跟她有一次深入的交流，但觉得这事主动去问她又不太合适，她要愿意跟我说自然会说，于是我一直守着电话，等着她来跟我联系。

几天后，她打电话过来，声音听上去有些疲倦，她说，现在纽约的形势不太好，疫情已经蔓延开了，她打算回去了。

我一愣，说：“这么着急，机票订了吗？”

她说已经订好了，家里除了她犯迷糊的妈妈，几乎所有人都劝她早点回去，怕晚了，就真的回不去了。她说想想挺悲凉的，娘家人骨子里的观念觉得她终归还是嫁出去的女儿。当然，言语之间还是感恩和不舍，她爸爸说，这次陪伴了她妈妈这么长时间，就算她过世了也该合眼了。

我说："我也没想到，会在这样的情况下跟你再见面。"

她笑了一下说："是啊，回来是国内严峻的时候，回去又变成国外严峻了，两趟行程都像赶着去救火。"

我心里忽然变得很复杂，说："那你小心点，如果在国外真的很难，还是回来算了。"

她沉默了数秒钟，问我："你指哪方面？"

我迟疑了一下说："他对你……好吗？"

她再次陷入了沉默，过了一会儿说："你也看出来了？我在美国不是这个样子的，他不喜欢我有太多的社交活动。"语气尴尬至极。

"你又不是他的私人物品。"我脱口而出。

"当时也是我自己幼稚，以为不用上班，有他养家是件幸福的事，但自从有了孩子后，整天围着孩子转，生活的圈子越来越小，只剩下他和孩子时，我就觉得完了，那时候想再回去已经回不去了。我一想到，每天只有洗衣服，做饭，带孩子，孩子睡着的时候，穿着肥大的衣服修剪一下院子里的花花草草，每天都这样重复，真的有点不甘心。这次回来遇到你们，觉得那才是正常人的生活。"

"这有什么难的，这也应该是你的生活，你不该封闭自己。想想当年，你可是一只志存高远的鸟儿，天生的梦想就是蓝天和白云，可现在你给我什么感觉？虽有不甘，但我觉得你还是安于笼子里的生活。"我说着说着，就抑制不住地激动起来。

"可能笼子里生活得太久了，已经习惯了，有一天笼子的门打开了，我已经不会飞了。”

“这都拜那个美国人所赐，他是个混蛋。”我感到自己有些愤怒。

“你说得没错，他就是个混蛋。”她这么一说，我无比惊讶。她说：“说出来怕你笑话，这些天过的都是什么日子！”

“他把你怎么了？”

她迟迟不肯说，显然我的追问让她开始犯难。我能明显感受到她内心的纠结，羞于启齿的遭遇似乎关系到她的个人尊严，而这一切让一个外人知道是多么不合时宜。

她说：“我得出去跑两圈，不然我会疯。”她说这话的时候，我都能想象出来，她抓头发的痛苦模样。我说：“如果你不愿意说，我也尊重你，其实那天在鸭蛋的民宿那里，我已经猜到了大概。”

“你猜到了什么？”

“他不太管你的感受，当着那么多同学的面给你难堪，这素质够低的！”我毫不客气地指了出来。

她叹了口气说：“如果仅仅是因为参加同学会，给我脸色看也算了，他的恶行远不止这些。”她咬咬牙，终于开始向我袒露这些天她遭遇的屈辱。

她说那天从民宿回去，他就一路抱怨，当时她以为是开同学会的缘故，后来发现他对她见亲戚也有成见。这些亲戚对他来说是毫无关系，但对她的意义不一样，比如从小看她长大的姑姑，还有十五岁时还睡在一起的表妹，多年不见那得有多亲热！他不这么认为，觉得那是远房亲戚，拜访的礼节完全是多余的。从她姑姑家回来的路上，他突然在大街上跟她爆发了。她说他是故意的，就是想让大家都来看她笑话。要知道，一个外国人在大街上咆哮是多么吸引眼球的事，这公然的愤怒起初吓到她了，她甚至都有点低声下气，跟他说有什么事等回家再说，但他不听，停下来继续更大声地咆哮。眼下正是疫情时期，人人自危，看着一个外国人没戴口罩，还当街咆哮，很多人都停下脚步，好奇地打量着他们，她知道那些看热闹的人不嫌事大，可能会在心底里想，这个中国女人为什么这么犯贱，被外国人训斥成这样还这么低三下四？他们有什么不可告人的秘密？她说那种遭人鄙视和偷窥的目光真的很羞辱人，但这她也忍了。后来过来一个警察，询问她究竟发生了什么事。警察出于好意，看他们都没戴口罩，考虑到眼下的疫情，从摩托车后面取了两个口罩，递给他们，让他们戴上。她当时非常地感动，觉得那一片小小的口罩像一块遮羞布，终于挡住了周围如炬的目光。他却野蛮地一把夺走了她的口罩，扔到地上，还用脚踝了几下。这个毫无教养的动作彻底激怒了她，让她觉得这已经不光是有失体面的事了，而是因为跟他是夫妻，让她感到无比的羞愧。她和他在大街上大吵起来，一旁的警察看不下去，把他们都带回了派出所，这是她有生以来第一次被警察叫进派出所，那种丢人的感觉让她想起来就无地自容。

"那你为什么不离开他？"我感到匪夷所思。

她说，在美国时也想过离婚。有一次两个人吵架，吵得很凶，砸了家里很多东西。本来当着孩子的面，她再生气也会克制，但当时很奇怪，全身被糟糕透顶的情绪包裹着，可能已经失去理智了。孩子都在场，两个人明目张胆地吵开了，家里火星四溅，一地的碎片，两个惊慌失措的小家伙做出了惊人的举动，他们认为爸爸妈妈吵完架后肯定会离婚，已经提前开始商量谁跟爸爸，谁跟妈妈。他们一厢情愿地认为，离婚了以后，妈妈会回中国，爸爸则留在美国，他们又商量着怎么去看对方，一年碰几次面。她当时看着两个小家伙惊慌失措地商量，心里突然就软了，最终又跟他和解了。

我说：“那也犯不着把自己赔进去，你们出了问题，孩子就会幸福吗？”

她叹了口气说：“你不会理解一个妈妈的感受，没有一个孩子愿意自己的父母分开。趁他不在家，我好几次问过我儿子，如果爸爸妈妈分开了，谁会愿意跟我一起走。大儿子迟迟不肯回答，但我看得出来他内心很焦虑，那是他这个年纪不该有的忧愁。小儿子才四岁多，一遇到这样的问题，就会放下手里的玩具看着我，那眼神让我心也碎了。他虽然作为丈夫并不怎么称职，但对两个孩子来说，他还是一个过得去的爸爸。”

她这么说时，我内心无比的悲凉，我觉得在母亲和妻子的角色选择上，她主动地放弃了做女人的权利。纵然是狼狈不堪的生活，她也选择了习惯，可习惯是一种多么可怕的惰性！

我相信在这个问题上，她考虑的时间比我长，虽然我对她的做法并不认同，但最终我还是放弃了劝说的念头。她说希望我能替她保守秘密，这种事情她不想让多余的人知道。我说，这你可以放心。她舒出一口长气说，谢谢你！这么多年了，你还是我最信赖的那个人。

美国的边境似乎在徐徐地关上，在边境彻底关闭之前，她终于赶回去了。在机场的时候，她又给我发了一串道别，我不无遗憾地说：“最终你还是跟着那个美国人回去了。”她拍了她小孩的视频传给我，纠正了我的说法：“是跟这两个美国人回去了。”不得不承认，这两个小家伙确实太可爱了，鸭绒似的金色的头发，雪白的肌肤，还有天真而活泼的眼神，他们就像两块奶油蛋糕，融化在她的心尖上。

我躺在沙发上，一遍遍看着这两个小家伙在候机室里跑来跑去，她的镜头跟随着他们，很奇怪，竟然没有拍到那个美国人，连影子都没有，好像他没有在这趟去美国的旅程中。后来她的消息停了，我猜是飞机起飞了。直飞的航班已经取消了，她得去欧洲转一下，我想象着她的飞行路线，觉得这趟行程太折腾人。清晨的时候，手机响了一下，我一看是她落地的消息，她随后还发了一张纽约的照片，高楼林立，天空还亮着，只是夕阳西下，在城市和天空交接的地方带着一抹暗橙的暮色，偌大的纽约像一列庞大的火车，正缓缓地驶入夜晚。我看了一眼窗外，跟她说，这里天正开始亮起来。她俏皮地回复：日夜开始颠倒了。

她回到纽约后，疫情已经开始在那里大流行，鸭蛋的那个小群里大家都在关心她，纷纷问她需不需要口罩、消毒液等防护用品，她一一谢绝了。大家私底下都觉得美国人有种天生的盲目自信，撞了南墙也不肯回头。虽然这么想，但大家还是维持着表面上的和善与热心，毕竟她是自己的同学。她很活跃，每天都跟大家通报纽约的真实境况。渐渐地，大家也麻木了，我开始着手学校复课的事，大家也都回到了各自忙碌的生活中，唯有她的热情丝毫未减，经常在那里发消息，到后来，只有我在那里回应她，别人都不出声了。

后来，她大概也意识到了大家的厌倦，转而跟我单独联系，我们几乎每天都会说上几句。纽约成了世界上病毒暴发最厉害的地方，在最让人绝望的时候，我发现她和以前相比，有了惊人的变化，她开始在朋友圈发一些精致的早餐，院子里争相怒放的花，以及一些奇特光影的照片。虽然身处危境，好像外面发生的一切都跟她无关，她精心而热烈地过着自己的生活。看着那些煎得金黄的鸡蛋，抹上果酱的吐司，还有土豆泥和琳琅满目的水果时，我感到非常欣慰和感动。我跟她说，你好像不太一样了。她问，哪里不一样？我说，虽然身处阴霾，却有种明媚的感觉。

她随后打了视频电话过来，那时候我刚洗漱完毕，准备躺到床上去，于是在客厅里坐下来。视频接通后，我看到她穿着居家的衣服，随意而放松，她看到我后，理了一下头发，微微地笑了一下说："我们像约过似的，你也穿得这么随便。"

"家里嘛。"

"你一个人吗？"

"孩子们在家里。"我以为她还会问些什么，她却没有问下去，随后我看到她身后那个洋娃娃摇摇摆摆地跑上来，她一把把小儿子抱在怀里，让他跟我打招呼。我问："他没在家里吗？"

"嗯，出去了。"她说着，应付着怀里乱动的孩子。

"哦，纽约疫情严重吗？"我没话找话地问。

"当然了，我们都不太出门，这里的华人警觉心都比较高，只有老美，还不管不顾，可能都不怕死吧。"她笑了一下，撩了撩垂到脸颊的长发，那一瞬间，她脸上有了一团少女的红晕。

我不由得赞美道："你身上有了一种神采，之前还没发觉，好像就这几天开始的。"

她露出惊讶的表情，调皮地歪着头问："有吗？有吗？"

我坐在沙发上，平和而喜悦地盯着屏幕中的她，她突然语调低沉下来说："告诉你一个消息，前段时间，我婆婆走了。"

我有些错愕，连忙道歉：“哦，不好意思！”

她反而笑了笑说：“没什么，我婆婆和我公公很早就离婚了，他们后来又各自组建了自己的家庭。在美国当父母没那么累，到了孩子成年，就基本不管了。美国家庭不像我们，有那么多理所当然的依赖，在我们看来，他们彼此有些客气，客气得让人觉得生分。但有些习惯雷打不动，比如一周一次的家庭聚会，没有特殊情况大家都会去，一大家子，看上去其乐融融。”她说着摇摇头，“看到前妻、前夫像朋友一样打招呼，还和对方现在的配偶喝酒吹牛，在我们看来有些匪夷所思。”

我笑了笑说：“可能他们看我们也是这种感觉，人情关系太浓烈很难说清是好还是不好。”我顿了顿，问，“你婆婆去世跟新冠有关系吗？”

她点点头，神情有点黯淡，她说：“最后是在医院的 ICU 去世的，家属也不能见，我们只收到医院的通知，告知她几月几号，几点几分走了。据照顾她的护士说，她走得很安详，跟睡着了似的。我婆婆这辈子还是幸福的，虽然之前和我公公的那段婚姻以失败告终，但她后来的丈夫很爱她，也很宠她。”

我听了有些惊愕，似乎这话跟我有什么关系，我坐在沙发上微微地有些恍惚，她在视频里继续说道：“接到我婆婆过世的消息，她现任丈夫受到了很大的打击。最终，我老公去殡仪馆领回了他妈妈的骨灰盒，帮着她丈夫处理完了后事，整个过程简单而又凄凉。处理完我婆婆的后事后，我老公忽然有一天跟我说，他妈妈得这个病太不幸了，临终的时候，身边除了护士，没有一个家人。很遗憾，作为亲人，没能见她最后一面，跟她说声再见，并祝福她一路走好……”

这些话从那个美国人的口中说出来，我简直不敢相信。一种苦涩、失落，而又为她感到庆幸的复杂情感包裹了我，她在视频中变得异常遥远而渺小，但又能清晰地看见她每一个细小的表情。她看到我恍惚的样子，笑着跟我打招呼，说：“嗨，你还在听我说吗？”

我激灵了一下，从恍惚中回过神来，她笑了一下，忽然神秘兮兮地问我：“你猜我在干吗？”

“带孩子呀。”

“除了这个呢？”她抿了抿嘴，笑着说，“我刚才做了件重要的事。”

“什么事？”

“写遗嘱。”她说着，被自己逗乐了。

我忍不住问：“你没事吧？”

“没事。”

我说：“这事用得着这么着急吗？”

她说：“这种事还是早点有准备好。”

我只好说：“那写完遗嘱后，再给自己列一个愿望清单吧，人生还很漫长，疫情也终会过去，也该想想以后的生活。”

她冲我微笑了一下，突然很严肃地跟我说：“有件事想征求一下你的意见。”

“你说。”

“万一我出了什么事，我希望他在两个孩子十二岁前不要再婚，以免孩子遭受不好的对待。你作为男人，觉得这个要求会不会太苛刻？”

我心里怔了一下，然后坚定地告诉她：“不会。”

视频中的她舒了口气，随后陷入了长时间的恍惚中。这时候，从外面传来了钥匙开门的声音，她匆忙地朝我挥了挥手，随着大门打开又合上，视频通话也戛然而止，像一道瞬间合上的闸门，切断了一个男人的声音。

来不及从容告别，也没办法坦然大方，但它似乎也告诉我，我们的关系该翻篇了。细细回想着片刻前停留在手机屏幕上的最后一帧画面，她有些惊惶，有些局促，还有一丝纠结和无措，甚至有点儿羞愧难当，我心里充满了说不出的滋味。

（《十月》2023 年第 5 期）

饲育

李　唐

1

我们饲育它。在黑暗中。它眼睛小小的，却很亮。但是在梦里它的眼睛变得硕大，如同监狱里的探照灯。想象一下，照在你的身上，火一般炙热，骨骼仿佛也融化了，皮肉却松散地挂着。梦中你总是在越狱。

想象一下，你生活在一栋四层高的旧楼里。这种楼太过常见，没什么可说的。女人发丝般的电线在墙外缠绕，楼道里的墙壁上贴满了小广告。就在这样一栋楼里，你却饲育着不同寻常的东西。

你的父母曾来到这里看望你。他们生活在一个寒冷的城市，每到冬天就会去南方避寒，顺道也来看看你。他们对你已经没有多少期望了，不管是娶妻生子，还是赚钱，你都令他们感到失望。如果“失望”可以解释为“失去盼望”，那么认识到失去之后，他们的心情反而愈加舒展了。

这一次，寒冬将至前的日子，他们如约而至。与往常不同的是，他们发现了你饲育的东西。他们的眼睛发亮，嘴里发出轻呼。

“饲育这玩意儿可不容易吧！”你的父亲瞪大了眼睛。他好奇地想用手指碰碰它，但是被你制止了。你也不知道该如何回答。说实话，它让你有些尴尬。你不确定父母真实的心思。

“嗯……是不太容易，但也还好。”你含含糊糊地说。这是你一贯的套路，自从十多年前你考上大学，来到这个还陌生的城市，你就下定决心过独立的生活，脱离父母的管控。你感受到了自由的气息，可回想起来，也许那时就已经埋下了饲育它的种子。

父母在你租来的屋子里来回走动，看看冰箱，地板，还有柜子里的衣物。你知道即使自己三十多岁了，父母依然不会对你放心。但是不同的是，他们不再像小时候那样对你的懒散与邋遢大惊小怪了。

雨落了下来，父母原本要回酒店，你看着外面的雨，让他俩暂时留下。你们一起看向窗外，雨丝闪烁着。它似乎受到了吸引，轻捷地跃到窗台上，背对着你们看雨。母亲有些忧愁地望着它，说它看起来有点忧郁。

“没关系的，也还好。”你说。其实你感觉对它的了解并不比父母更多。

雨很快就停了。雨丝断了。天空重又变得蔚蓝，阳光照射进来，照在它的身上。它低低叫了一声，跃下窗台，跑进了床底下的阴凉里。

“那我们就走了。”你的父亲仿佛松了口气般说道。他对它似乎有些恐惧。

老两口离开了，这间房子又成了你一个人的世界……不，还有它。现在，你看不见它，因为它躲在床底下。你想象它的眼睛在黑暗中闪闪发光的模样，还有那磨牙的轻响。

手机屏幕显示此时是下午两点半。下过雨后的阴冷慢慢渗透进来。你躺在床上，动也不想动，即使你知道快迟到了。你们约在附近的小餐馆见面，可能吃完以后还要一起逛街什么的。你要见的是个女人。你不知道自己是不是真的喜欢她。但是在这个城市中，她是你唯一认识的也在饲育它的人。几百万人正在你的房间外面走走停停。

2

你要见的人是我。

但是，此时此刻，我正困倦不堪。我面对着电脑屏幕，还有上面密密麻麻的文字。有时也纳闷：它们到底什么时候出现的？应该是大学时期吧，我头一次萌生了写作的念头。最开始是诗，因为短，不浪费时间，尽管我的时间多得用不完。你往往是第一个或是唯一一个读者，但那时我们其实还不太熟。

即使是现在，我依然不了解你，估计你对我也是一样。你永远不会知道的是，我总是会想象你在我看不到你的时候在做些什么。我想象你如何在屋子里走动，煮开水，下楼买烟，如何躺在床上看雨。这样的想象很有意思，比我手头写的东西有意思多了，甚至比我们真正见面时也有意思多了。

因此，约定的时间快要到了，而我并没有出门。我想象着你如何披上那件旧皮夹克，还有脏兮兮的白色运动鞋，如何转过身锁门，如何竖起领子抵挡寒风跑到地铁站。我们的距离并不算太远。

有时我什么也写不出来。我知道自己是个志大才疏的女人，就像你说的那样。但你不会理解的是，我只是想选择一样东西让自己投入进去。

它有时也会过来凑热闹。嗅嗅我的手指，还会在我静止时啃我的指甲。我会摸摸它，爱抚它，或是烦躁地将它推到一旁，或是用脚踹它，看着它可怜地低吟……这些你都不会知道，因为在你眼里，它是那样美丽，时而温顺，时而令人捉摸不透。你甚至想跟我交换。

“它多有魅力啊。”你第一次见到它时感叹道。

我很开心，一言不发。我知道那不是真的。我紧张地盯着它，希望它不要很快就暴露本性。那天我们聊了很多东西，后来都忘了。我只记得它那天异常安静，平时它可不是这样的。它的表现让我松了口气。

事后想想，我本不应该让你看到它的。从那一刻起，我成了骗子。

大学刚毕业的时候，我交往了一个电影学院的男朋友。他最大的理想是在三十岁前拍一部可以媲美塔可夫斯基的电影长片。为此，他以艺术家的身份严格要求自己。不幸的是，那时我也认为自己是个艺术家，虽然连一篇完整的小说都还没写出来。我们商定好，第一年我出去工作养活他，第二年他出去工作养活我，以此往复，直到某个人获得成功。

交往三个月，我们住在了一起。这样，我就没办法隐藏它了。我小心翼翼地带他去见它。他很惊讶，看着它，似乎不知如何形容。我紧张极了，如果他厌恶它怎么办？事实上我一直没有把握，不知道自己是不是个合格的饲育者。

他并没有说什么，只是客气地点点头，还伸出手想要抚摸它。可它却轻捷地躲闪起来，不见了。后来的日子里，它也很少露面。我这才意识到，自己担心错了地方：我总是害怕别人不喜欢它，却没想过它也会厌恶其他人。

那段时间，由于它不常现身，我几乎快忘记了它的存在，除了每天喂水和食物时，它根本就不露头。这样也好，说实话，这让我有种莫名的轻松。

我履行了诺言，暂时放弃写作，每天上班、加班，有时会熬到很晚。我会在夜里趁他睡着的时候偷偷哭泣。我不知道是太劳累了还是因为别的什么。总之，我不想让他知道。

他几乎每天待在家里，除了看电影就是玩游戏。有一天我回到家，看见他在客厅睡得正香，电脑里放着塔可夫斯基的《潜行者》。

一年过去了，该换我完成自己的梦想了。我们开始争吵，他不想出门找工作。半个月后，他收拾行李离开了。走之前，它不知从哪里冒出来，用柔软的额头蹭我的手指。他回过头，瞥了它一眼。我看出他的眼神里是毫不掩饰的鄙夷。

那几天，我只要想哭，眼前就会自动浮现出那个眼神，使我不寒而栗。我紧紧地抱着它，才发觉自己忽视了它多么久。

我把这件事讲给你听。你笑我蠢，然后收起笑容，认真地对我说它是你见过的最美丽的。

3

你穿好衣服，并且临出门前还仔细地擦了擦那双四年前买的皮鞋。对于衣着，你并不在意，只要不过分邋遢就好。不仅仅衣着，对于其他事你也抱着相似的态度。你自认是个对物质欲望不强烈的人，一切只求适度。不过，也许这本身就是另一种欲望的体现。

赴约。你知道自己置身何处，又该去往何地，这让你获得了小小的安定感。赴约是你几乎一成不变的生活里的安慰剂。你知道至少在这段时间里，你们建立了一种松散的关系。

尽管你摆脱了父母的控制，却不知如何与他人建立联系。人际关系总是令你疲惫不堪——稍纵即逝或是磨难重重。这个城市的人口比你家乡多了不止十倍，可你觉得自己相应地也缩小了，变得可有可无。

跟父母的关系让你感到窒息，可与他人的关系又让你捉摸不透。

就是这样。你顶着寒风来到地铁站，刷了卡，排在一群人的队尾等地铁。你是一个走在赴约路上的人，这个念头使你从某种无依无靠的环境中超脱出来。你喜欢赴一个又一个约（其实很少），直到这幸福感在见到对方后戛然而止。赴约结束了，你再次陷入了痛苦的人际关系的循环。

你的身上隐藏着什么秘密。

你不愿意让任何人看到它。你饲育它，却认为这是属于自己的事，与他人无关。你甚至不想让其他人知道它的存在。因为，你觉得它是丑陋的。它会吓到原本想跟你进一步接触的人。而如果向对方隐瞒它的存在，这是某种欺骗，所谓建立的关系也是空中楼阁。

这就是属于饲育者的悲哀。

你不知道别人是不是也饲育着它们。还是说，自己属于少数人。你确实偶尔见到过其他饲育者，但你不是被吓坏了就是会做出不合时宜的举动。也许是时机不对，当对方忽然向你展现它们的存在，你却畏惧了。它们看起来都来者不善，难以亲近。

确实，你不知用了多少年，才真的适应了它。小时候，你偷偷地饲育它，最后还是被父母撞见了。父母对它疑虑重重。父母觉得它占据了你太多精力,原本应该放在学习上的。而且，它确实也相貌不佳，没少受到他们的轻蔑。快把它扔掉吧！他们不是没这么说过。你表面上对抗着他们，实际上呢，也由于自己饲育这么一个丑陋的东西感到心虚。

打住。地铁到了，你身后不知何时排起了更多的人。人们一拥而上，像泥沙般将你裹进了车厢里。人与人相隔咫尺，目光却小心地不碰触彼此。

他们不知道你的秘密。

有时候，你为自己是个饲育者而骄傲。你认为自己知道一些别人不知道的东西……人总得有点跟别人不一样的东西吧？哪怕是某个不足为人道亦毫无意义的秘密。你攥着地铁上的拉环，身体随着行驶的节奏而缓慢摆动。你时而毫无情感色彩地瞥向周围的乘客，想象他们的身上究竟有什么与众不同的东西。是什么构成了他们。或许，他们私下里也在饲育着什么你从未见过的……

这样来看，你和我确有共同之处。

我们都靠想象填补生命。

4

书写容易引起误会，这是我从小就觉察到的事。我发现一个人写出的文字，和这个人现实中的表现并不一致。一个冷漠的书写者现实中可能是热情洋溢的人，而相反的事也经常发生。有时文字仿佛是一个人的另一重人格，或是一次展露和隐藏。

因此，当我提到“饲育”，文字使这个词变得诡秘。实际上，这是一个非常烦琐无聊的过程。我恨不能直接到你面前表演一番。

首先，它并不听话……饲育者并不是主人，它们才是真正的主子。它们善于隐身，不知什么时候突然出现。它们从不出屋，是房间里的主宰。它们善于巡视，善于撕咬，善于与看不见的东西搏斗。它们不善于安静，不善于温情。它们需要食物和水，需要你的爱和愤怒。它们靠本能过活，可是又明明是个智者。

不知道我说明白了没有。

有时我觉得它并不存在。它是我虚构出来的东西。或者说，仅仅是一种文字游戏，将一些抽象的事物具象化的手段。它可能代表了我们的伤痛，个性，苦累，历史，诸如此类。当然，也不排除它是一种实体，猫或狗。我经常看到楼下遛狗的人，每个年龄段都有，狗的种类非常多样；我也经常见到身上沾满猫毛的人，他们似乎毫无知觉地行走在人群里，身上带着另一种动物的气息……

世间许多事难以说明。然而，我始终相信有的文字可以直抵核心，就像通了电，肩膀和手指感受到微麻。我们在电流中认出了彼此，双手在黑暗中紧紧相握。那一刻，脱口而出：“你也是饲育者！”我们呼喊，像是对上暗号。那一刻，“你”“我”变成了“我们”。

因此，这是关于“我们”的故事。

我收拾好了一切，做好了出门前的准备工作。我将屋子里的垃圾放进袋子里，顺道扔在楼门口的大垃圾桶里。我没有化妆，只是稍稍涂了口红，使自己看起来更有气色。我是一个将要去赴约的人，当我出门后，我的屋子并非空空如也。

几年前，我在网上无意中发现了一个叫“饲育者聚会”的帖子。那时我羞于向他人坦承我在饲育它，更不会主动询问其他人是不是也是饲育者。这个帖子来得恰逢其时，轻柔地扎进我日益增长的孤独与不安中。

聚会上有许多人，大家端着酒杯，轻声交谈，彼此交流着各自饲育的它。我从未见过这么多饲育者，因而胆战心惊。这时他走了过来，面目和善，声音温和。我们开始聊关于饲育的事，他的看法非常独特，这也是我第一次得以坦诚地聊起自己的饲育。然后，那个晚上，我到了他的家里。黑暗中，一双有力的大手脱去我的衣服。可是，我感觉到某种困惑。我不停地问他：“它在哪儿呢？它在哪儿呢？让我见见它吧。”回应的是男人灼热的呼吸。我终于明白，他根本不是饲育者。这间屋子除了黑暗空无一物。

5

你端坐在咖啡厅的木桌前，手里随便拿着什么。也许是一截洁白的餐巾纸，也许是每个桌子上放着的薄薄的宣传单。你放下餐巾纸，拿起宣传单，又放下宣传单拿起餐巾纸。你在等待着谁，因此什么东西也没点，只要了一杯清水。咖啡厅里人不算多，但是座位都正好坐满了。有人在座位上拿出笔记本电脑工作，有人发呆，有人互相低声交谈。有新来的人走进门，门口的铃铛随即发出一阵清脆的响声。新来的人熟练地环顾室内。没有位子了，那人便同样熟练地转身离去。每次铃铛声响起，你都会回头望一眼。

清水离你苍白的手指很近，你并不经常拿起杯子。你发觉当有人从你身旁走过时，原本平静的杯子里的水面就会微微颤动。

那个服务生已经在你身旁走过好几圈了。

有一次，她朝你走过来，向你推荐本店最新的产品，一种巧克力蛋糕。你不喜欢吃巧克力，婉言拒绝了。你说你想吃榛果蛋糕。她笑了笑，是那种宽慰的笑。她说点一个套餐比单点更划算。这个建议让她显得很为顾客着想。但是套餐里还有其他东西，你不想吃。你说你只想单点榛果蛋糕，别的什么都不想要。服务生懵懂地点了下头，说如果扫码加入店里的会员群，也可以得到某些优惠。

杯子里的水在不停地颤动，好像有某个魔术师正控制着它，将会在某个时刻突然炸裂。你开始思考自己为什么会出现在这里。前几分钟，你还是个愉快的赴约者，可是现在你已经沦落为一个等待的人。你经常会冒出一些奇怪的念头，比如自己为何要坐在这里。你在时光中已经跋涉了太长的路，它们一点一滴、每分每秒送你来到此地。你经历过那么多痛苦和欢乐的时刻，每一次你都觉得今后将不再相同。你会成为一个不断成长的人，像个娃娃，不断长高，从一米长到两米，直到三米、四米……成为巨人的感觉怎么样？你的头露出云层，洁白而倏忽的云朵像是围脖缠绕在你脖颈上。你左右环顾四周，摩擦着云的围脖，并发出沉闷的雷鸣……

你坐在咖啡厅里，餐巾纸被手指捅出了大窟窿。你在座位上弯着腰，快被过去的时光压扁了。为什么那么多人都想改变你？难道你是一株没有规划的植物吗？你的父母想要你回到家乡，服务生想要你选择另一款蛋糕。还有更多。你不愿再回忆了。够了。

你开始怀念起它来。你喂养它，而它不言不语。它似乎为你而改变。有一次，你夜里起来上厕所，正好迎面看见了它。你惊讶于它在夜晚的精神头，明亮的眼睛，平添了某种狡黠的可爱。你觉得它似乎也不是那么丑。你想起它一直在褪毛，弄得家里到处都是。毛如尘埃飞扬。现在想来，是它在变得美丽。

于是，你不由分说地站起身，离开了咖啡厅。当你走出门口时，听到了悦耳的铃声。

从此我们再也没见过面。这是有可能的。

6

我来到咖啡厅时，听到了悦耳的铃声。它提示有人从门口穿越。我想，这里的店员是好心，至少用这种方式让我们在这个瞬间感受到自身的存在。

你不在这里。这里将成为我的伤心咖啡馆。这是有可能的。

或者我径直走向你。因为你坐得很端正，进门就能看到。你正忍受着店员的喋喋不休，而你却总是难以拒绝他人的好意。尽管有时根本不是好意，只是伪装的企图。你戳破的纸巾暴露了内心的焦虑。于是，你的拯救者出现了——我也考虑过，用这个词会不会过于宏大。可是它再合适不过了。拯救。当我看到你的眼神的时候，我就明白了。我坐到你面前，毫不犹豫地拒绝了服务生的推销。我都没意识到自己如此适合拒绝。

也许正是从这一刻起，我将负责你生命中拒绝的部分。这是有可能的。

还记得那最初的试探：它们第一回见面，难免生疏。你很紧张，等待着它们从各自的窝里爬出来。

“它很美。”你曾说过。

“它不丑。”我曾说过。我拒绝你对它的隐隐的不信任。其实，只有当另外一个人在场时，这种不信任才会冒出头来。就像一个穿破旧衣服的人，只有置身人群才会自惭形秽。但它不是衣服，更不破旧。有时我觉得我们才是它的外套。

我抱住了它，就像抱住了一团羽毛。我为它居然在我怀里这件事而颤抖不已。想想看，我们的一生中究竟有几次真正怀抱着什么东西？真正的怀抱用的不是手臂，是心。

现在，它们正各自缓慢地朝对方接近。我能看出它们眼中的犹疑。我再次想到，没有什么活生生的东西不是充满犹疑的。或许植物也有犹疑，只是我们体察不到。逃离是万物的本能。即使是没有生命的物体也会逐渐在时光中逃离自身。更何况那些瞬间的逃离：当你接近一只鸟或一只猫，当你与陌生人共处一台电梯间……犹疑如同氢气，将逃离的气球撑满。因此，当一个人对一个人不再犹疑，当那个人的手放在另一个人的腰肢时，对方不会下意识地逃离，他们之间一定出现了奇妙的事情。

我们等着奇妙降临。我们看着它们终于触碰到了彼此——先是鼻子，鼻尖触碰鼻尖，彼此嗅闻。接着，开始扭打在一起。我们开始有些手足无措，不知道这是玩闹还是真正的战斗。随后我们便释然了。与此同时，宇宙里无数星球和陨石在彼此相撞。无数菩萨的面庞在雕刻者手中清晰起来……这是我瞬间想到的，至于你的想法，我无从得知。

这一晚，我们并排躺在床上，沉浸在夜色中。真是奇妙，黑暗里我们听到它们走动的声响，听到它们似乎用某种听不懂的语言低声交谈。它们的磨牙声。它们的吮吸声。它们的哈欠和喷嚏。还有它们的寂静。渐渐地，它们好像变成了一个。我们已区分不出彼此。

正如这篇文字里人称的转变。“你”“我”终于过渡成了“我们”。这是有可能的。

7

这么说，这是一篇浪漫故事咯？

我们紧张而又警觉地望着它。当心，它随时会出现必然的转折，否则就不能称其为故事。尤其是一篇浪漫故事。这个时代，浪漫早已变成了一种危险的代名词。对待它，必须像对待炎夏的冰块般小心翼翼。另外还要担心它尖锐的牙齿。只要仔细观察，就能发现被它咬掉手指的人——那些人不过想要摸一摸它美丽的皮毛，刹那间，就失去了自己的一部分。他们不得不带着残肢断臂继续活下去。

“奇迹啊。”当他们得知我们是饲育者，总会惊呼。他们在我们面前挥舞断掉的一小截指头，描述它们的恐怖与锐利。最初，我们引为笑谈，可是经不住他们反复地诉说危险之物。我们开始为它们担心。主要是担心自己。我们至今没被伤害真是奇迹啊。

是的，我们开始知道它们也许是危险的。温情脉脉的时代过去了。懵懂无知的时代过去了。现在，到处都是饲育者被伤害的新闻。我们从电视里、手机上、新闻中，甚至地铁上偶然的一瞥，都能觉察到受到伤害的痕迹。曾经，饲育者是那么无畏，当它们的眼睛在黑暗中闪亮，饲育者仿佛也进入了它们的世界。据说，真正的饲育者将自己视为它们，从此不分彼此。“是它在饲育我！”他们宣称。

但那样的时代已经过去了。

如今饲育者不得不保持警惕，并且难免开始怀疑自我。关于身份与饲育的意义。饲育它们真的值得吗？成为饲育者究竟有何好处？它们真的存在吗？这真是一个惊恐的时代。许多饲育者一觉醒来，忽然发现自己饲育的只是虚空，或者一小片黑影。他们翻遍了屋子里的每一个角落，终于意识到一切都是错觉。最可怕的是，他们甚至找不到自己被伤害的证据。

没有伤害，就没有存在。

时代氛围毕竟会影响到我们。我们也变得狐疑起来。我们的四肢完整无缺，鼻子和耳朵也好端端的。我们究竟是不是饲育者？这会不会打一开始实际就是误会？我们需要证实，我们需要答案。可是，它们从此隐藏了起来。它们躲避我们，在屋子里与我们捉迷藏。它们会留下一些毛作为线索，有时也会倏忽现身，而当我们扑过去时，就已经太迟了。它们似乎依然寄居在我们这里，但是又难觅踪迹。我们知道，它们对气温敏锐，能够嗅出我们身上难掩的犹疑。它们厌恶犹疑。

没有哪个时代像如今的饲育者一样急于寻找同类。没有哪个时代的饲育者对自身如此不确定。因为没有伤害。因为我们完整无缺。因为我们的惭愧。

我们不得不开始思考：我们饲育的究竟是什么？如果它们

难以露面，直到有一天我们彻底忘记了它们的样貌。临终之时，我们结结巴巴，似有难言之隐。

于是，我们之中有人宣称他们饲育的是一小块黑暗。有人宣称饲育的是书中的某个句子。有人宣称饲育的是饲育本身。但是这无法打消犹疑。于是有人不失时机地宣称自己饲育的正是犹疑。

好吧，有一回我们并排躺在床上，做了相同的梦——梦中我们身体的某个部分被咬掉了。有了证明，我们在梦中开心地笑出了眼泪。但是，我们醒来后，又立刻开始检查自己的四肢，当确认并没有缺失时，我们都松了口气。

从此某种氛围笼罩着我们。我们都感觉自己是虚假的，在过一种虚假的生活。而此前我们从未有此觉悟。我们从不会告诉任何人，我们晚上睡觉时戴上了手套，穿上了袜子，并且布置了一些小小的机关，确保它们接近我们时会第一时间将我们惊醒。但是这并不妨碍我们做梦，并钦羡那些真正有所失去的饲育者。

8

直到有一天，我们终于忘记了自己曾是饲育者。

真的是忘记吗？或许我们只是闭口不言，假装自己是被抛弃了。谁让它们竟不顾往日温情，如此玩弄和折磨我们——当我们以为它们终究弃我们而去时，它们又会忽然现身，或者留下令人疑惑的证据——有一次，我在卫生间里发现了它们掉落的牙齿。

真是难熬的日子。不过，它们终究越来越沉默了，现身的次数逐渐变得稀少。一周一次，一个月一次，一年一次……我们都认为，这个频率变成十年一次也不是没有可能。我们毕竟是在生活。生活就是碾碎一切。

我们生活在时光的碎片中，过去的日子不免变得阴郁。回想起曾经拥有它们的日子，现在的情形令人伤感。不敢相信，我们曾是饲育者，曾与它们朝夕相处，拥有彼此。如今，它们蛰伏在我们周围的暗处，仿佛伺机而动，等待给我们致命的一击。

渐渐地，“饲育”成了我们之间的禁语。我们不愿再提起过去的日子，因为那将照亮此刻的不堪。一切问题最好的解决办法都是忘记。我们决定忘记。那一晚，我们拆除了所有的防备，摘掉了手套和袜子，赤裸地躺在床上。如果想要伤害的话就来吧，如果没有伤害，那就遗忘——这是我们共同的想法。一夜过去，平安无事。我们相视而笑，看着窗外的新生活在我们眼前徐徐展开。

就这样，我们忘记了它们，不再饲育。五十年过去了，有一个下午，我看见你抬起皮肉松弛的手臂遮挡射进养老院的阳光。你的面部表情犹如雕塑，不在此刻，而是回到了过去。我知道你又想到了它们，可能某个时候，它们早已随随便便死在了某个角落或某条街上。被遗弃的越来越多，有一阵子，新闻里到处都在讲无家可归的游魂：它们成群结队，抛弃或被抛弃，出现在暗夜的街角，眸子闪闪发亮。曾经的饲育让它们变得庄重且阴郁。它们本该消失，却出现在街上，令人难以忍受。那是在我们还算年轻的时候。

后来我们老了。

每天晒太阳，洗假牙，分辨药片，彼此搀扶迈过门槛。

那时世界也许已经毁灭，只剩下一点点老人迈步在昔日的废墟中。人们建立起一切又推倒一切。这不是没有可能的。我们有时会拾起一块烧焦的砖头，扔出去很远，去干涸的河岸边遛弯，随便挖出一些动物的残骸，回想它们灭绝前的模样以此自娱。那时天空中布满有毒的物质，太阳黯淡，可我们却活得很健壮，耳不聋眼不花。

它们如今怎么样了呢？偶尔我会想到。我变成了一个披头散发的老太太，早已不确定以前饲育者的日子是不是一种幻想。我根本不曾是饲育者，那些故事只是我编出来填补无聊人生的。你走在我身旁，虚弱又坚定。你的那张历经沧桑的脸仿佛在告诉我：你不曾饲育过虚幻之物，除了现实。

我们再一次走上河滩，坐在淤泥里休息。不远处倾颓的大厦还在一点点崩塌。公路上长满奇异的花卉，五彩缤纷如掉落一地的颜料。风里总裹挟着几丝臭味。黯淡的日光照在沼泽上，泛起一圈圈油污的彩色。我们心满意足，头脑空空，依靠着彼此的臂膀。微风轻轻吹拂着我们银白的发丝。这时，有什么东西慢慢接近我们，可我们懒得动。它们凑过来，像是第一次遇到我们的那天，深情地嗅着，带着更深的爱意缓缓啃噬。

（《江南》2023 年第 5 期）

我们唱歌去吧

梁 豪

“那里陈列着很多石窟，佛的脑袋一个集装箱都塞不下。”邱洁对从广东开车回来的儿子说，“细嚼慢咽。你说说，年都不让回家过，要到现在。”当不知道聊些什么的时候，她就说这些。

“大姐啊，那是大同。”杨斌推开了大门，“贵州是瀑布、苗家，还有看不完的山。”他习惯性在玄关那儿蹬蹬穿好的鞋子。

“对，山的确很多，景点隔得很远，只得老老实实泡在大巴上。”她依然注视着儿子，他在埋头舀碗里的肉丸，一种老家县城特产的手工捶打猪肉丸，“大巴的电视就没歇过，一直播放那些小剧场的小品，耳朵都给我听红了。是吧，杨斌？”

大门被合上，她已收不到丈夫的反馈。

每年杨斌都会挑出一些日子四处游玩，多是跟以前的老同学。邱洁感觉他越老玩心越重。“没读几天书，同学倒挺多。”偶尔她话里也带点刺。邱洁对出行无感，买菜做饭打扫卫生，她很知足地做着这些。她其实挺宅的，唯一够得上爱好的麻将，也不露天。当然，但凡杨斌舍得张罗双人游，邱洁不会扫兴。

“有意思的是，我们在贵州见到了你的表舅。”这才是重点，而不是那些崇山峻岭、飞珠溅玉，或者跟大佛一样无聊的物事。

儿子把头升起，扭过来。

“怎么算表舅？哪儿来的这门亲？”

“你外婆的妹妹的儿子。他人现在在贵阳。”邱洁给儿子递去一张纸巾，“你慢一点，我们早吃饱了的。”

“外婆居然有妹妹。”儿子的目光第一次对准她的眼睛。

“你该叫姨婆，她在柳州。是她把你表舅电话给的我。在大巴车里，我隐约记起你外婆提过一嘴，有个表弟在贵州。于是我打去问你姨婆。好久没跟她联络了，得有五年没见着面。”邱洁将儿子剩下的几条小白菜攒一起，夹紧，滗掉汤水，径直送进嘴里，“她说他在那边发达了，让他管我们吃饭、K歌。电话里，你姨婆中气十足。她一直这样。我表弟在贵阳开了一家歌厅。然后，你爸记下了那一串号码。但没想过真能碰面。”

“你早前认得他吗？”

“成年后，这是第一次见。人定型了才作数。”

“他变化大吗？肯定的。”

儿子擦擦嘴角，没有离开餐桌。邱洁知道他肯定会喜欢这个故事的。

这趟贵州行是跟团，五天四夜，行程注有黄果树瀑布、荔波小七孔、千户苗寨和青岩古镇。导游是个布依族小伙，该去的地方都有带到，号称纯玩，但不免捎带了一些购物的内容。杨斌和邱洁无所谓，下车走动走动对身子不坏，何况还有一台轻佻的电视。至于威宁火腿和治肩周炎的苗药贴，也不能算盲目消费。

旅游团返回贵阳便就地解散。邱洁想家了。但在此之前，杨斌跟表弟取得了联系。

“我们在花果园。”

“很近，我开车过去也就十几分钟。”

然后，半个钟点这样，一辆路虎把他们接上了。

车子外观大气光洁，像刚洗过。落座后，邱洁发现前排椅背和地毯上有不少泥痂。这里应该经常下雨。车内浓重的古龙香水味盖住了某些气味。邱洁想起姨说的一些话。

表弟要帮订房，一番你来我往的客套后，由他开了两晚。也就随处可见的便捷酒店标间。这个定位杨斌和邱洁那时觉得还算妥帖。放好行李，天色已晚，洗一把脸，路虎车再将他们带去餐馆。

两天的行程他们不愿麻烦东道主，表弟转而声明晚餐由他负责。他的爽快在夫妻俩的谦让中越发顺理成章。杨斌自己做些攻略，带着邱洁到贵阳附近的小景点逛逛。相比博物馆和纪念馆，邱洁更喜欢那些半新不旧的古镇，起码空气清新，温度也很舒适。穿斗式歇山顶，她硬是记下了这个建筑名词以及它在现实中长什么样。饭点的时候，表弟就来把他们接走。

一样的路虎，一样的泥痂，一样过头的古龙香水味。

头天吃的是酸汤鱼火锅，最后关头添了一碟牛肉片。第二天是当地特色炒菜，邱洁不大记得具体吃了什么，只知道一路酸酸辣辣，特色嘛。怎么说，管饱，就是相对简单。她又想到了姨电话里说的。

餐桌上，表弟不断吸着鲜红的嘴唇。他好像不怎么能吃辣。

邱洁到这儿才留心起表弟的相貌。她觉得他更像他爹，一个她快忘得一干二净的男人。表弟的黑皮手包就搁在这四人桌空出的桌面上。

“我老婆挺俊的。”他像是特意吐露一个秘密。

弟妹不在场。只有表弟右手无名指上的一枚宽面金戒，那里刻着一个阳文的“發”字。

杨斌有点心不在焉。邱洁知道他不方便开口要酒。

“她在我们歌厅做会计，管账。”表弟说，弟妹是本地人，老家在镇上，“非农业人口。”

饭后，他提议上家里坐坐。邱洁和杨斌对视了一眼，没说什么。

车窗外的灯火渐趋凋零和晦暗，路况越来越好，空气很明显更冷了。透过手臂的皮肤，湿度感觉也在增大。四十多分钟后，车开到了小区。邱洁当然不觉得这里仍属闹市。

小区外两家水果店还亮着接近橙红的黄灯。杨斌执意下车，买了一袋荔枝和一箱苹果。

家里有人，三个小学生模样的孩子。他们挤着脑袋，在一个房间的电脑上玩一种带枪声的游戏。

“我的是一男一女，小一点的那个女孩是小姨子家的。我们两家住得很近，开车十几分钟。平常谁有事，就把孩子放过去。”表弟笑得很客气，他的乡音还蛮标准，“快叫阿姨、姨丈！这可是你们亲亲的阿姨和姨丈。”他的普通话挺凶，可能是语气。孩子遵照执行，继续被屏幕吸引。枪声阵阵。

“一百三十平，三室两厅两卫。”他看起来非常满意。

随后，表弟再度将他们引向客厅。在茶几上清出一点地盘，他给他们洗杯泡茶，说是产地直销的普洱。电视本就开着，放着以动物为主角的动画片，现在被他换到新闻频道。

叙利亚的天空又掉下了一颗炸弹。

他们开始聊起过去，聊起故乡，聊那些他们都熟悉而且还有些激动的话题。

姨和那个姨夫共有五个小孩。姨十九岁出嫁就哗啦啦地生，按邱洁母亲的话说，裤头没紧过，直到两人分道扬镳。表弟是独子。这些杨斌知道，邱洁喜欢事先替别人也做足功课。

父母都不在的那几年，表弟五姐弟寄住在自己大伯家。

“用脸盆装菜，没有荤的。两大盆，手慢一点就亮晃晃的了。”表弟的脸上有什么东西松动了一下，“没办法，孩子太多。”他的某些感官回到了过去。

“我们还在你家寄住过半个多月。那时候你们兄弟姐妹和姨丈、姨妈住在姨丈单位宿舍的平房里。你们一家都迁出村来了。”那种松动依然在持续，脖子两侧的红斑逐渐长到耳根，“你可能记不起来了。”表弟无声地笑笑。

“是没多大印象。”邱洁说得很含混。她其实记得。

“那时候家里也难。进城以后，你知道的，什么东西都靠买。”邱洁把母亲的感叹照搬过来。

表弟除了附和，没有其他去路。他从手夹包里掏出烟。

烟和话一起来。他讲他挨到初中毕业，去了广东打工。在那里他认识了一个女孩，然后她成了现在的妻子。

“我妈一直等到他也被放出来，之后他们在国道边开了家饭店。不久我就回去帮衬，小钟也跟着。广东没我们想的那么好，或者说，根本轮不着你。”

表弟给他们斟茶。他自己的嘴巴干着。他呼呼地抽那包硬高遵。杨斌也陪上一根。

“没多久，他就跟那个女人好上了。阿彩。姐夫可能没什么印象。”

“他什么都懂。你姐夫在镇政府待过两年，差不多就是那个时候。”邱洁替表弟斟上他的那一杯，再把开水倾进茶壶，重新烧上一壶新的，“阿彩的头发那会儿就烫得高高的。”

“像一坨屎。”表弟把烟吹向自己的刘海。

“我们单位经常光顾你爸的饭店，阿彩负责收银。那时候镇上就那么几家，你们家的猪粉肠搞得很有嚼头。”杨斌摇摇头，他表达肯定或否定都爱摇头，“我的牙齿现在还有记忆，一说起，唾液就追出来了。”

“那女人一天好脸色都没给过我们姐弟。毒女人就长那样，高高的鸡冠。”他将手臂直直地举过头顶，“我妈也是，说走就走。”他的眼睛去找自己的这位表姐，神色有点无辜。三十年的空当足够让他们变得非常陌生。他把一些话吞掉。他从塑料袋里抽出部分荔枝，放到桌面的空玻璃盘上，顺便喊了一声儿子的名字。没人响应。

“他们吃饭了吗？”邱洁问。

“不用管，饿了会自己找吃的。”

一旁的杨斌注意到了搁在墙角的一个球体，有点像某种人造卫星，或者之类的玩意儿。

“是灯球，”表弟留意到了杨斌的眼神，“从歌厅薅下来的。估计还能用，就是电路有些接触不良。这么放着的确也不是那么回事。”他想再递一根烟，杨斌谢绝了。

“他平时不抽的。”邱洁补充。

“小钟快生的时候，我们身无分文。”表弟情愿这么往下聊，“求他借两百块都不肯，多好的亲爹。”

后来他跑到县城，做过一段时间的三轮客运。同样没什么动静，干脆和老婆一起回贵州。

表弟自己又调了几个台，彻底放弃了，任广告一个接一个。

“电视上净放些没用的东西。”

“所以人们才需要灯球转起来。”杨斌说完，三人相视而笑。他给自己剥了一颗又红又大的荔枝。凭借强大的运输网，现在哪里都能吃上正当季的热带水果，贵不了多少。

“你妈年轻时很漂亮，非常高大的一个女人。她在村子里十分惹眼。”邱洁察觉到表弟的五官其实跟姨挺像，尤其是两道浓密的眉毛，还有嘴唇的厚度和峰向。

“你爸早年跑货运，那会儿很神气，他在镇上招摇过一段时间。姨就是那时候嫁过去的。你爸一直穷追猛打。家里谁也不同意，她太小了，但最后姨还是决定跟他。”

“命不好，不能怨谁。看看姨妈家，人就是这样。”表弟到底叹了一声，烟雾为这口气画出一个破碎而笨拙的雏形。他也瞅了一眼那个角落里的灯球。它盖着一层绒状的薄灰，待在本不该在的地方，看不出一丝改变的可能。

“我们唱歌去吧，去见识一下你的歌厅？”杨斌眼睛陡然一亮，“这趟我来。”

邱洁觉得他心里想的是酒，这里出了名的好酒。

“不好。”表弟的回应像条件反射，“那个地方不适合你们的。”

“怎么说？”女人才会这么问，邱洁也意识到了。

“不行不行。”表弟笑得很腼腆，“真的。”他看着不像一个老板。他就是一个不算很远的亲戚，一个弟弟，他的腮帮子、后颈肉和肚腩都还没铆足劲发起来。

直至离开，包括次日将他们送到龙洞堡机场，弟妹也没有现身。邱洁和杨斌只知道那是一个据说挺养眼的贵阳女人，他叫她小钟，小钟主要负责账务。她应当一直得处理一些生意上的事，跟钱、人、烟和酒有关，还有话筒和旋转闪耀的灯球，表弟之前说过的。越到晚上，他们的生意就越红火，至于白天，则要拿来休养生息。这就是人的生物性，你总得服从和妥协一些东西。

“贵阳一年到头都这样，不用空调，夏天我也盖紧被子，半夜冷得你做不全一场梦。”这是表弟对他们说的最后一句话，在那些告别的话之后。

儿子的手机嗡嗡响。是中学同学。他和他爹一样，都有一帮能让人不着家的老同学。

“还有半小时。”儿子蹦出一个响嗝，他把手机拿到眼前，“我根本就不饿。”

他的手指在屏幕上跳得飞快。

“又去哪里？你才刚到家。”

邱洁将他擦嘴的纸巾打个对折，靠寸劲在餐桌上画椭圆。

儿子放下手机，目光呆滞地撂向某个角度。

“你平常会去唱歌吗？”他的视线现在扫过邱洁的脸。

“我不好这口。我都记不得上次唱卡拉 OK 是猴年马月了。”

“量贩 KTV，嗯。”儿子抱起手臂，他穿这件绿紫相间的竖格衬衫一点都不像工作了的人，“现在你们这样的人才是主力军。”

“什么我们这样的人，我们是什么样的人？你妈不是什么样的人。”

儿子做出牙齿抽疼的表情。邱洁一直觉得他没个出了社会的样子。这是邱洁第二样担心的事。

“姨婆，好别致的称谓。”他展现的微笑充满了目的，“我现在对她还挺好奇的。”

纸又被邱洁打了一个对折，继续画不规则的椭圆。

“我先声明，这些都有时代因素。人会被带偏。”

“这些我比你清楚得多，快讲吧。”

“你不能总这样，杨小宇，你得谦虚一些。外面没人会这么惯着你。”

儿子起身，把自己的水杯从茶几上搬过来。在这之前，他给水杯倒满了邱洁搁进水壶里晾凉的开水。他眼巴巴地看着自己的母亲。

“那辆大卡，还记得我说的吧？以前那个男人运输木材、碎石和钢筋水泥，或者诸如此类的东西。重点是，后来，他俩成婚以后，他开始搬运起了人。他脑筋转到这上头了。有妇女也有小孩。为了暴利，有些人就是什么都敢来。”

“你是说……”

“是的。”她截住他的话，眼神闪烁。

餐巾纸被她揉成一团，像一颗蚕茧。

“因为这档事，男人进去了，你姨婆也进去了。男人被判十五年，你姨婆是三年。法网恢恢，说的就是这个。但你姨婆只是帮手，给男人怂恿的。”她的目光重新变得坚定，“一个刚成年的女孩知道些什么呢？”

“姨婆。一个女孩。我的姨婆。”

在不算短的时间里，杨小宇在计算自己和这件事到底有多少关联。

手机屏幕又亮起来。墙纸上躺着一只猫，灰白长毛的拿破仑矮脚。一连好几条微信消息挂在那里。猫叫云吞，杨小宇在电话里跟邱洁提到过。一只猫居然要花七千块，她当时在电话这边直摇头。杨小宇现在在广东跟云吞过。他自行摁灭了手机。

“以前的人大都懵懂。聪明的人，就被聪明害死。”她多希望他能听进自己的很多话，像肉丸一样，消化，融进血液里头。

“灯球。”他突然说。

“是的，那种转动放闪的灯球。一个花里胡哨的东西，也不属于家里。”

“他不应该什么东西都往家里带。”邱洁补了一句。

杨小宇仰起脖子。三盏放出银光的吊灯悬在餐桌上方，灯绳将它们并排垂成一个斜角。陶瓷灯罩上印着工笔的莲花图，一律有粉色的花苞和碧绿的莲叶。这是父母的家，对此杨小宇很确定，每个角落都充斥着他们的观念、审美和爱意，包括他的房间。未来是未来的事。为了这个家，杨斌和邱洁下了不少功夫，谁都看得出来。

“你会擦吊灯吗？”他还在打量灯罩。

“当然，一周至少一遍。”邱洁敲了敲桌子，“就站在这儿上头，仔仔细细地擦拭。你妈是什么样的，这就是你妈的样子。”

她将纸团搭到骨碟上。骨碟里堆着一摞鱼刺，还有几块被吸皱的姜片。今晚杨斌做了一整条清蒸鲩鱼。

“你要来一口吗？”杨小宇拿指头敲了敲水杯的杯壁。

“吃完饭记得去漱口。牙缝里塞满了残渣，乍看瞧不出来罢了。”邱洁舔舔自己的嘴唇，特别是两侧的嘴角，“别等以后疼了才知错。”

“然后呢？”杨小宇到底用人脸识别打开了手机，“姨婆先被释放了，对吧？十五减三，整整一轮。”他微笑着回复了一些话给手机那头的人。他很少这样不自知地笑给邱洁或杨斌看。

“她一直等。要说多聪明，她糊涂就糊涂在这里。然后等来了男人的负心。”邱洁若有所思，“她真的命不好。”

“好在还有孩子。”

“或许她宁肯没有孩子。她也跟个小孩差不多。那个男人没让她吃过多少苦，除了被送进去，外遇都不算什么。你姨婆待在农村但没干过农活，只管生孩子，然后享福，这是听你外婆说的。所以你表舅不喜欢她，但在我面前，可能碍着情分，他只说了父亲那边的狠话。”

“好吧。”杨小宇苦笑。

他的眼睛很像邱洁，眉毛粗厚，漂亮的双眼皮，可惜初中开始就戴着眼镜。那时候他的电脑里也常常枪林弹雨，把邱洁愁到一宿宿睡不着。

邱洁瞥了一眼挂钟。她走去把电视调到她想要的频道。之前它属于杨斌和《新闻联播》。

“她后来再嫁，跟了一个平南人。他们又生了一个男孩。难就难在没过几年，男人得了肺结核，没多久就走了。地和人都夹生，你姨婆决定跑去柳州，一个人养这个小儿子。好像是八九年的，也才比你大三岁。”

“他在干吗？我应该叫小表舅。”杨小宇整个上身都转向邱洁。

“不清楚。他也不晓得你在干吗。比起来，你知道的已经够多了。”

“姨婆多大年纪？”

“她比外婆小了足足十三岁。你外婆是一九四五年生人。”

“女人的肚子真神奇。她也就比你大了……我算算，不出十岁。”

他的手机又嘭嘭嘭地响起亮起。猫趴在那里一动不动。

“以前人就是这样。我们要考虑时代因素。”

“我们现在也得考虑。”

“别跟我玩这套，你知道我在讲什么。”

“请继续。”他忍住不笑，似乎没注意到手机的新消息。

“最开始她在柳州做保姆，护理一个退休教授。”邱洁的脸朝向电视，“也许人家觉着她人好吧，掏钱帮买了养老保险。她现在每月能领到两三千的保险金。”她的眼睛眨得起劲，“听说眼下她在超市做保洁。那个教授死了。”

“教授这个职业很重要吗，在这个故事里？”

“这不是故事，这是活生生的生活。”邱洁的语速稍微快了一点，她不再盯着电视里的剧前广告，“教授当时七十多，老婆去世，儿女不在身边。你外婆讲，他们两人日久生情。”

“果然是教授。”杨小宇比出一个大拇指。

“他俩后来险些结婚。是对方儿女不答应，他们觉得你姨婆另有所图，硬把她给辞了。”

“换我我也不同意，都不需要是教授的儿子。”

“也许觉得过意不去吧，总之，教授偷偷替她交了那笔钱。人总是念情的，像你姨婆头一个男人那样的货色不多。”

杨小宇现在注视着骨碟，被鱼刺托举的纸团正缓缓地舒张。好像里头真的住着一只蚕。

“姨婆这辈子，怎么说，挺精彩。”

“有些精彩，我们没必要去讨。”邱洁其实并不想唱反调。

“但如果事已至此，我宁可精彩一点。”杨小宇把嘴咧得很开，牙龈像发炎一样红，“好啦，我知道你想表达什么。”

“在贵阳，你们没合个影吗，和我的表舅？”问话并不妨碍他在手机上敲字。

倒是有张合照，仅有的一张。其余几张邱洁不满意，她主要不满意自己，当下便删除了。她慢慢地在手机里给他翻出来。她一点都不急。

照片背景是花果园湿地公园内一栋号称贵阳白宫的大楼。夜幕中，奶黄色的灯光勾出这个左右大致对称的建筑的轮廓，他和她脸上的相似与差别同样在这里一览无余。杨斌认为大楼更像布达拉宫，说白宫完全抬举了对方。去年他跟两位高中同学自驾川藏线，终点便是拉萨。这栋大楼是当地一个房地产商精心打造的私人寓所，但很多人把它作为网红景点来打卡。说起贵阳或贵州，没人想到会有这一出。

杨小宇在抻大一些照片的细节。他认真起来的样子还挺让邱洁安心。

“我想起来了。”邱洁晃了一下儿子的手腕。

“怎么了？”

“我为什么跟你提起这件事。”

从贵州回来，杨斌照例上班，时间依然相对松散。还有三年。还是一周至少三天在外应酬。在家的话，他通常坐到沙发固定的位置给自己泡茶。他买了大半个博古架的茶饼。放着电视新闻，不时查看手机里的股票，等着邱洁坐到他身边，或者喊他上桌吃饭。他应酬的次数已比几年前降很多，高血压让他冷静了不少。但还有牌桌和茶室。他有不少关系很铁的老同学，男男女女，他们爱玩一种叫拖拉机的扑克游戏，商量什么时候又去哪儿玩，自驾或者跟团，全都带上相机和镜头。那些同学偶尔会来杨斌家里做客，杨斌掌勺，邱洁帮厨，饭桌上谈话的角色也与此类似。邱洁觉得这样挺好，她已经过了吵吵闹闹的阶段，她自己，她和杨斌，莫不如此。

她也不怎么打麻将了。主要是麻友散了。其中有一对姑嫂，哪怕坐成上下家，她们依旧理直气壮，好像大伙不过是在过家家。所以输的时候，邱洁总有理由怀疑她们在搞串通。杨斌为此生过她的气，最多一晚上她输掉了两个月的工资。邱洁回过嘴，心里是泄气的。

稀里糊涂停掉的还有老乡会组织的气排球赛。也许是某一两次的争执，因为一个发球或者站位问题。人有时候就是容易小题大做，不管几岁，然后彼此渐行渐远，或是为了避免真的渐行渐远，他们不打算再在灯光球场见到对方。趁着场地经费结算，每周两场旨在健身的球赛走到了头。杨斌一家和另两户家庭组成的联队，曾获得某年赛事的冠军，小几百块的奖金拿去请客，远不及自己往出掏的，但没人因此就不在场上奋力拼杀。杨小宇当时也参赛了，他那时还在念书，他还会每条必回邱洁的短信。

现在，邱洁专心卖她的牛奶，通过手机布置一些新采购点，寻觅可能的经销人选，偶尔也会到茶楼跟人碰头。这算是以前单位介绍来的私活儿，每月因此多出几千块，勉强抵得上杨小宇的一只云吞。这笔钱放着，存给未来的自己或者杨小宇，反正邱洁已经没有输或赢的必要和地盘了。此外就是打扫卫生，她每天都把地板拖得亮亮堂堂，将所有的柜子和桌椅擦得异常光滑，还有收拾各类衣物，冬天的大衣得经常在好天拿出来洗晒。卫生间自然也是打理的重头，她有两个卫生间。在他们家，客人大可光脚走来走去，但没必要，被日头烤过的拖鞋齐齐整整摆在鞋柜上，邱洁总是这样有备无患。杨斌邀约的人马到家里来，没有不夸奖这份干净整齐的。他们的自愧不如，邱洁很受用。

除此便是一日三餐，杨斌并不总是下厨，他都不怎么在家吃饭。邱洁得自己想办法，寻思一个人的分量和膳食营养均衡。她要处理的事情比想象中要多、要细。很多公众号里推荐这个食物那个食物、这种吃法那种吃法，还有大量的禁忌和危害，它们不少互相矛盾，她全都宁可信其有，一并抄送给杨小宇。

日子就是这样。

直到那一夜，一行字出现在杨斌的手机里。

是在贵阳的表弟，他在微信里管姐夫要钱。杨斌跟邱洁提及时，似笑非笑，他有一点亢奋，也有一点无奈，甚至还有一点惊喜。

三千块，他只需要这么一点数目。表弟声称歌厅的糖果瓜子费等着结数，拜托姐夫救急。他还附了一张票据截图，表明所言非虚。

“他不跟我说，而是管你要。”邱洁同样似笑非笑。

当时杨斌账户上只有五百，他全部转了过去。然后，已经晚上将近九点，他跑去银行做了转账，把剩下的补齐。表弟说到账就还，半年之内。

“肯定要不回了。”邱洁说。

她帮杨斌把茶斟好，交到他胸前。

“帮一把吧。张得了嘴，肯定也不容易。”

“看看大老板。”邱洁说。从贵阳打道回府时，他们手上只有自己在购物点买的那些特产。很多情况其实早有苗头，只要愿意去想。

“一锤子买卖。”杨斌滑掉手机里表弟一连串的感恩和承诺，“这就是亲人。”

如此消磨了一个晚上，他们还过自己的日子。

邱洁母亲生日那天，夫妻俩开车回县城老家。饭后闲聊，得知邱洁的弟弟也借给了表弟三千。这笔钱是直接从银行走的，他们没有彼此的微信。大家都说要不回了。

“他拿准了你们这种心理。”弟媳拧过头，一边嗑瓜子一边念叨。她的碎碎念像是扬扬得意。

一家人随即谈起姨的一些事。邱洁回想她姨，她这唯一的小姨。印象里，姨总是神出鬼没，像一个游侠。她的岁数并不全写在脸上，这是一道减法。难得母亲话也很多，大家围着她的话题发散。那晚他们迟迟没有散场的意思。

没过两个月，疫情汹涌而至，它在整个星球迅速蔓延。一波又一波的疫情。杨斌看了很多新闻，有些充其量只是坊间小道消息。情势的发展暂时不会对他们现有的生活构成显著影响，就是杨斌不能总往外跑了。不往外跑，他的单反就像报废一样待在角落里。

表弟还会不时给杨斌和邱洁的朋友圈点赞，他一直熟练地掌握着这项功能。但某种意义上，他们都忘掉了远在贵州的表弟，不管是否有这些个赞。

“十分钟内，你们先唱着。”有些话邱洁一辈子不会这么说，“阴着呢，闭嘴吧！把包间号发我。”杨小宇把手机扣在桌上。他的屁股还稳稳地坐着。

“你就是闲不住。”邱洁本还想提一嘴杨斌的，“有什么歌值得这么唱？”

她离开座椅，把厨房的灯摁亮。先是打开冰箱门，随后在砧板前忙活着什么，不时有水流声和刀刃撞击在砧板上的声音。这是一个敞开式厨房。

“你忙吗？”杨小宇笑盈盈地投去自己的问句，“最近怎么样了，那个牛奶？”他可懂得斡旋和卖乖。

“一笔一笔，清清楚楚。”邱洁背对着儿子，“你妈永远是这样。”

“别是传销就行。”杨小宇呼噜噜吸走一口水。

“你太粗鲁了。”邱洁舔了舔嘴角，“退休不等于傻掉。就算是女人，现在的日子也不该得过且过。”

“你说表舅他想表达什么？”杨小宇直起身，伸了一个懒腰，“那种生活我不敢想。”

“但最有意思的事我还没讲到。”

邱洁回到餐桌前，手上多出一个盛满切成瓣状的血橙的不锈钢盘。盘子被她推到杨小宇一侧。她的手背爬满了细密的水珠。

“过了两年多，就在前天，你猜怎么着？”邱洁重新坐好，将儿子水杯里的水倒了一点在自己碗里，花生油结成的小圆圈漂散在水面。她抿了一小口。

“他居然把钱还给了你爸。一共三千一百八十八元，当是连本带息。”

杨小宇定在那儿。他本来可能要走向玄关，然后把挂在门背钩子上的口罩摘下。

“这真是太有趣了。”他笑起来，笑声非常欢快，“这个表舅啊。”

他跌坐下来。

“你爸给他回了一百六十八元的红包，并祝他生意兴隆。”邱洁因为儿子再度高涨的兴致而感到满足，“到底是亲戚。”

“生意兴隆。”杨小宇复述了一遍。

“现在，没什么比这还重要的。”

“会不会是……”

“每个人都好过一点吧。亲戚就是量力而行，朋友也是。我们这辈子真正愿意肝脑涂地的人没几个。”邱洁想起了她第一样担心的事，“我和你爸终究会老去的。”

儿子离开了餐桌。他指了指电视，连续剧已经热闹了好些时候。

“先吃几口，很甜的橙子。”

“我要撑死了。”

“水果有水果的肚子。”

大门关上的一刻，邱洁意识到她还从未听过儿子唱歌，她也没有听过杨斌唱歌。一首完整的歌，只冲着她来。但她不喜欢那种地方，她的生活也不劳驾什么旋律。她这么暗示自己，然后在盘子里挑出颜色最浅的一瓣。酸中带甜的果汁在口腔内迸射而出，她皱缩着眉头，开始回想上集讲到了哪里。

（《北京文学》2023年第10期）

暴雨过境

焦典

哎，你莫怕莫怕，下雨赶点跑回家，天塌下来么有妈妈。

说是说，这两天就会下雨，其实骗人。柳树絮子团团地在地上翻滚，风一吹，干干痒痒地往脸上打，好像是雪粒子，给人提早过个冬。不过云南很少下雪，雪粒子打在脸上究竟是哪样感觉，我也不太认得。

下个大坡就是，这一片的人都喊的“柳树街”，说完就笑，眯眯着眼，拿意味深长的眼神看着你。没河也没溪，还是就这么种两排柳树，紧紧地靠在窄窄的马路两边。路上是早上和傍晚能挤死人的铁皮皮车，两边柳树的枝，呼呼嚓嚓地搔弄车子顶棚，也就跟弄水一样，柳树大概只能这样安慰自己。

走半截，就在路口子那边，现出个美发转灯来。褪了色的红白蓝，一扭一扭地转进暗沉沉的屋里，转进焖着洋芋的铁锅里——

“咕咚”一声。

一根筷子戳起来咬一口，没耙呼，又丢回锅里去。

金孃把锅盖盖上，留一道缝透气，回头看见我，招呼一声：“理发噶？”

我点点头，坐在店里唯一的一把升降椅上。平时没什么人会来这里剪发，但椅子的红色皮垫还是磨损成蜘蛛网，隔着裤子薄薄的面料，干裂的皮面硌着大腿。没得人坐，灰坐在上面，一天一天的时间坐在上面，还是给它压烂了。我故意从裤袋里掏下手机，往边上挪了挪。椅子一直调得有点高，我的脚够不到地，两条腿就前后微微地摆。

翻抽屉，倒柜子，找出剪刀和理发围裙。盖着身前，问我：“今天洗个头？”我点点头。金孃说：“那得等一哈。”我说：“没得事。”

店里没有热水器，热水得烧。大开水壶接满水，一只手提，吃劲，面皮紧绷绷。挨到炉子时蹭了下，“叽咯”一声，咬得人牙齿根发酸。抱歉地笑笑，金孃抬起右手：“脱臼，坏了一次就好不了。”我细看金孃手腕，弯曲扬起，几道褶，表面无事。继续讲：“带小妹克[①]昆明看病，要占座，从窗户里递进去，喊里面的人拉着起。小妹手滑往下掉，赶忙伸手一把提溜住，吓得脑壳嗡嗡响。上车以后才觉着，手软得像根米线，活摇活甩的。”我说：“坐过的。每次脸贴在窗框上等我妈，都要很久。等得我以为我妈再也不会上车了，我就舔舔嘴，能尝到火车的味道，是咸的。”金孃说：“小妹只是每次都哭，我一上车就拽着我不放。”

水没烧开时很安静。我看着店外，好多家，差不多的，卷帘门拉起来，玻璃上贴几个红字，这么着，就算是开了个店。

① 方言，去。

巷子往里伸，不管采光，也无论什么阴面阳面，坐西朝东、坐东朝西、坐北朝南、坐南朝北，闹脾气一样，横七竖八，朝什么方位的都有。不管写“旅馆”，还是“发廊”，或者干脆高端点，立上“会所”的牌子，干着的，倒也是一样的生意，手板心下面按着的，是一样的皮肉。

正看着，遇着一男人匆匆忙忙的眼神。本来火急火燎往里钻，又想故作镇静，装作只是闲逛路过。我在心头喊，别来这点，滚去哪家都好。男人打眼往这儿一瞥，看见我端坐在美发椅上，坦坦然接受服务，眼睛瞪大半圈，脚下一打绊，后脚踩前脚滑了个哧溜。我故意笑他，大明大亮地笑，男人肥老鼠看见猫一样，往巷子更黑处钻了。

水开了，咕咕噜噜，响在耳边。金孃说：“来得了，妹妹。”没有洗头椅，照例提把小板凳，台子上放个盆，搪瓷的，里面还有朵落了叶子的牡丹。冷水兑热水，金孃说：“你摸哈，水个合适？”我说：“冷点热点都无所谓的。”我把低马尾解散开，跟着弓下腰，把头埋到盆里。金孃把我的头发往前一盖，四周就一下子黑了很多，只看得见我自己的头发，漂在水里，摇摇摆摆的，彼此缠一下，又很快散开。金孃叹口气：“这久头发掉得多？”我“嗯”一声，没继续讲别的，金孃也就不说话了。

金孃舀起一大勺水，缓缓地浇，沫子顺着头发，匀匀地褪下，一层水，一层沫，这样浇上几回，头皮也就新鲜起来。金孃说：“再洗一遍？”我没作声，就算是同意。洗发露掌心里揉开，指头叉进头发，顺着打转转，一圈、两圈、三圈……数不清几个，小圈变大圈，大圈又变小圈。

前面点够不到，金孃的身子往前压了压，两个乳房轻轻地压在我的肩上。很熟悉的味道，毛茸茸暖烘烘，想起是什么味道的时候，鼻子酸了一下。我抬起头，跟金孃讲：“我自己来好了。”金孃在我身后，好像愣了一下，然后讲：“好嘛。”

雨还没来，天气真的好干。剪完还没吹，面上已经干了一半。金孃讲：“自然晾干的好，电吹风吹多了枯得很。”然后抬起锅，说，“莫忙走嘛，吃两个噻。”有点急，说着就拿手去锅里捡，“嘶”地倒吸一口气，手指头尖尖上红一小块。金孃笑笑：“烫得很。”

啃洋芋，金孃坐在蓝色的塑料凳上，我还是坐在美发椅上。里屋没开灯，一点光没透进去，黑乎乎一片，我尽量不往里面看。蜂窝煤炉子的火渐渐小了，金孃把风口盖子打开，几圈小火苗就“呼”地一下子蹿好高，好像已经等得很不耐烦了，就等空气一来，一股脑儿把自己烧个干净。一吸鼻子，淡淡的焦味。照例，没来由地，干干的痛攀上身，有火，看不到，烧得皮肤要裂开。我忍住抖，望望外面：“辽阔山又着火了？”好像每年都会来几次，待着待着山上就冒起火来，等发现时，火已经漫得天高。不是抽烟，就是烧纸，最后都能抓到几个人。但我总觉得，没有那些违规害人的家伙，这火总还是会烧起来。金孃闻闻：“不是吧，怕是头发飘进炉子里了。之前年年火把节，我都要着燎掉几撮头发。你看我为哪样不留刘海？年年留，年年着燎掉，那些人疯起来没得谱。”说完又笑，拿手摸摸脑门，好像在摆弄自己那不存在的刘海。

金孃问我：“大家都还好？”我说：“还行吧，不晓得，过来这边以后门一关，大家不怎么见得到。晚上点灯的比以前少，好多人可能又回克了，或者去别的地方挣钱了。”金孃“哦”一声，我想了想，告诉她：“倒是有个好笑的事。那个老奶，我们都叫她地主婆的那个，屋头那么有钱，里面羊毛衫，再挂件扣子马甲，天天克人家家门口翻垃圾。她儿子嫌丢人，天天撵她。老奶杵个老龙头拐，笃笃笃，哪个也撵不着。往一号楼追，笃笃笃，二号楼屁股转出去。堵着里面，笃笃笃，大门敞开转到隔壁捡。后来被警察抓着，人家隔壁小区报警，说她日日踩点，是个老偷偷。”金孃讲：“老年人是节约，莫笑她。”我说：“那天路上正遇着，我就问她了。她说她就是喜欢这个，被抓、被撵、被人家骂嘈耐[①]，也比她一个人呆得屋头好。”金孃不眨眼睛，呆呆地看着前面，金孃说：“人搞来搞去，就是想能有人和自己一直说话。”

太阳渐渐老了，黄得昏昏的，暗暗的。照例，天一黑，柳树街就红火起来。金孃店里来个客，之前不来，这久总见到。斜斜地摆进来，腿细细的，支着个长身子，套件磨得发光的棕色灯芯绒夹克，下摆卷着边，翻出烂茸茸的里子。小时候，在学校里头，我们会笑穿灯芯绒的人，“人日浓[②]，难形容，日浓还穿灯芯绒，越穿越日浓。”我想起衣柜里那条黑色灯芯绒裤子，腿上突然一阵痒。伸手摸腿，悄悄地挠。一双黄眼珠子，落在我身上。在他开口之前，金孃把他拉进了里屋。

快得很，金孃这点，车子路上只开半截，十分钟就完事。我盯着蜂窝煤炉子，上面坐着的锅，烧太久了，水蒸气沿着锅边淌下来，刺、刺、刺，滴到蜂窝煤上。离我远得很，但不知为什么，那些热嘶嘶的水汽好像都喷到脸上来，密匝匝地扎着脸疼。我把一张二十元的纸币压在台子上，提腿，往外走。路两边的店都很空，只有灯管，或者灯管下的沙发上，再坐着个

① 云南方言，恶心，令人厌恶。

② 云南方言，形容人没本事，没出息，能力很差。

女人。金孃的店是唯一有美发椅的，有一把。所有店的里屋都是黑的，有的好像点着昏暗的灯，但还是黑的。寂静的黑是所有店的熟客，每晚都不会缺席。

我当然还记得那些，再小都记得，那种火的声音。先是“啪嗒”一声，又长又直的干蒿枝，表面腾小小的烟子。然后是“毕剥、毕剥、毕剥”的干裂声，漫山遍野捡回来的干蒿枝，晒干了好几个日头的干蒿枝，全部都着起来，捆了拿在手里，拿得到处耍。这天是初十五后的第九个晚上，不管老天的脸色是好是坏，都要过火把节。

那时候，我们还住在大浪。虽然挨着条沥青大马路，路牌上写的大大的“沪”字，意思也就是说，沿着这条路可以一直走到上海去。但上面的人不会有哪个走下来，他们只是开着车，飞快地来来往往。偶尔会滚落下来的，是石头。大浪靠着石头山，不高，一堆一堆地串起。灰黄里面杂着些绿，干巴巴的树和草，还是从硬邦邦的石头缝里冒出来。

离点大火把还有点时候，我妈会在屋子外头，烧一个草团，然后问我，烟子往哪边飘的？我说，往天上飘的啊。我妈又拍下我的脑壳，好好看得，往哪边飘的？我就盯着那团火看。

起先，什么也没有，火心深蓝，摇着晃着，渐渐显出形来。一条青黑石梯，爬山虎样，蜿蜒而上。那种沉寂，好像几百年无人问，只有青苔踩满脚印。本不想走，怕摔跤，弄破衣服，回家要挨骂。突然看见走出个人，青布上衣，尤显眼的，是那条光彩陆离百褶裙。老以前见过，那时大浪还有苏尼[1]，山羊皮绷个双面鼓，大小日子都打。不晓得为什么要这样做，只是

① 民间巫师，男女皆有，地位较毕摩稍低。

脚下不自觉跟上，在青石梯上急遽地爬。

明明往上，却越爬越往低处。沿山脊一路走低，至一含水山洼，“扑通”，跌入水中。惊慌爬起，浑身水淋淋，听见有小孩在水边大笑。抬眼一望，五官面容，颇为熟悉。鹅黄毛衣，红皮裤，扎眼又滑稽。小孩笑言，大憨包，这么点水也能淹着？正欲还嘴，听见一声鹰啸，清亮悠长，穿透耳膜。小孩说，赶点回家，妈妈要骂。说完沿石梯而下，不见踪影。失神一会儿，忽然想起那身配色滑稽的衣服，不正是自己幼时所有。穿去学校，被小朋友笑，番茄炒蛋。

顺石梯往下追，脚步愈发沉重。抬脚甩手，重有千斤。膝盖腰椎，酸涩不已。汗涔涔抹把额头，褶皱层层，皮肤已老得坑坑洼洼。两根头发落手心里，拿起一看，已半截银白。火把时间和空间都烧化了，黏糊糊混成一团。害怕再也回不去，大喊数声“妈妈”，空谷传响，无有回音。

忽传鼓声，噔、噔、噔，但不见人。循声而去，沿山周转，一尊石像，眼角挂泪。以往每逢新岁，我妈都带我以茶酒饭供奉路边石像，纸钱飘飘忽忽，贴在石像身上。念此，涌起很伤心的感觉，我想给它把眼泪擦掉，抬手，又闻鼓声，就在身后。回头，还是起先那人，急急地沿石梯往回走。抬脚直追，却忽略脚下石梯早已变换，石梯断裂，不复有路，我腿脚已老迈，根本刹不住，一瞬就要落下脚底万丈深渊。沉沉一坠，停于半空，那个人不晓得何时到了我的身后，一把把我拉住。抬头，是我妈妈的脸，眼角也挂着泪水。

我妈又拍一下我的脑壳，那青石梯就消失了。我妈问我：“烟子往哪边飘的？好好讲。”我恍然有隔世之感，愣在那里。我妈又喊我的名字，我就说：“烟子往地里飘的。”我妈说：

“活啦，烟子往地头飘，今年就要大丰收。以后不管哪个问你，你都要这么说。说吉祥的话，别个才会喜欢你。”我点点头：“晓得啦，啰里八嗦呢。”

听完我妈念叨，晚上点还要念。喊站得田边角角，挥得火把一起念：“过啊过，土司用大骟牛来过，富人用大骟羊来过，穷人用鸡来过，光棍用蛋来过，寡妇用荞粑辣子汤来过……”念完我二舅公还要唱《哭母调》，之前是我大舅公来唱，他是我们这几家里面年纪最大的。大舅公走了以后，就变成二舅公唱。唱得好难听，又嘶哑又伤心，像头干了一辈子活的老牛，临到最后，却要被主人家拿去卖掉，对着空无一物的天边哀嚎着，又怕被人听了打，只能压低声音，闷在喉咙里哭。我每年都听不到最后，中途就自己跑走掉，自己去隔壁山沟里偷果吃。站在山包包上，回头，整个大浪那边的天，已经被火把烧成一片紫。后来第一次遇着金孃的时候，天上的云，轱轱辘辘，也转成一团紫。山里城里，天倒是一般颜色。

沥青路，补了又补，开得快，屁股颠飞起。渐渐有人走下来，愈走愈多。那时我妈已走了些年，若不然，看到又要念，多说吉祥话，人家是客人嘛。终于喊集体搬迁，两项里选，要钱的多，要房子的少。争不过抢不赢，跟着搬迁到了城边边上。房子倒是好，给盖得整整齐齐的，码在新开发区。只是偶尔觉得，别人是群，自己是个，这种感觉很难讲，也不是难受，就是一点点酸酸的，像用舌头尖舔了舔柠檬。

一个人，谁也不亲近，骑得单车，穿过长长的柳树街。停车，想折一根称手的做个项圈。后面路人呵一句，公共的嘛，小心着罚款哟。手一下子缩回来，心“怦”地落到地上，滚一圈灰。那些理发店，不敢进。亮亮瓷砖面，三面墙透着敞亮，一排大架子，堆满瓶瓶罐罐。那么，就去旁边这里吧。小小的，黑黑的，藏在肥油油的柳树后面，“美发”的牌子也畏畏缩缩地躲起。

进门。金孃背对着门脸，蹲在地上煮菜。赘肉一圈肿胀，从腰际鼓出来。不合体红色短裤，露出随意的边，轻哼歌：“月亮公公，打发济公；济公买马，买匹小马；小马过沟，踩死泥鳅……观音洒水，洒出小鬼；小鬼磨面，磨成米线；米线嗦坡……”伴不放料清汤苦菜，一起在屋子里咕噜作响。似乎听过，仔细想，又不见踪影。我试着说：“理发。”金孃转过身来，看着我。我以为她没听清，又说了一遍：“理发。”金孃说：“理不成，现在忙不赢嘛。”我看着她的锅：“没得事，我等一哈。”

等好久，一片又一片慢慢夹，嚼葛根一样，翻来覆去嚼好久。等得我都饿了，肚子难堪地响。金孃望望我，轻轻地问：“也来点？”我摇摇头。终于招呼我坐在塑料凳子上，没得靠背，只能直挺挺地坐着。也没得围布，就拿一块毛巾塞一圈衣领。金孃找来把剪刀，慢慢地剪。金孃问我：“妹妹你也是大浪来的？”我说：“是的。”金孃说：“一听你讲话就听出来了，我也是大浪的。你现在住城头了？”我点点头。金孃就说：“我要的钱。”我抬头看看她：“为了开店吗？”金孃哑哑地笑了：“不是的，为了给小妹看病嗦。”剪得很仔细，拿块旧镜子，红色塑料包边，背面是穿泳衣的女模特，照着我的脑后，问：“咋个样？还阔以的嘛？”其实看不清，但我点点头：“剪得好呢。”

走前，金孃说：“这么大个城市，几十万人，我们两个竟然是一个地方来的，你说这是缘分不？”我说：“也许不是吧，这是人家把我们安排到这一片的嘛；而且几十万的城市不能喊大，要像北京、上海那样才叫大城市。”金孃就低下头，说：“是嘛，要是钱够的话，咋个也要带小妹去那些地方看看。”

有时候，本来不想理发，但鬼使神差地，还是转到了柳树街。

金孃老远喊：“妹妹，来。”不想让别人看到，我装作没听见，继续往前走。金孃继续喊，喊得更大声：“妹妹，妹妹，来。”

我走进店里，金孃问我：“吃饭了没得，妹妹？”我摇摇头，看着外面的街，正是晚高峰，车流像潮汐一样，一辆接一辆地踩着前面的脚后跟，喘个不停。金孃说：“天有点黑了。”说完去拉灯，塑料壳圆圆的，吊着长长的一根线，一拉，“噌”的一声，轻轻脆脆的，白炽灯的光铺了半个屋子。金孃笑着问我：“够亮不？”我点点头。金孃又把卷帘门拉上大半，只留着窄窄的几厘米，紫色的傍晚就从外面渗进来，给门缝了个蕾丝花边。金孃说：“一起吃饭，妹妹。”

四个塑料凳子拼起来，就是小桌。挨着依次是蓝，红，绿，黄，像个小魔方。金孃从锅里把菜抬出来，辣子鸡，糖醋白菜。金孃说：“都是自己做的，放心吃。”然后又端出碗红三剁，我看着忍不住笑出来。金孃问：“笑哪样？妹妹，个是嫌我太寒酸了？”我摇摇头：“没有，很丰盛了，大餐。”金孃更疑惑了：“那你笑哪样吗？”我告诉金孃：“我想起来小时候滑草。”“滑草？”“是啊，滑草，以前大浪总有那么一些小山坡，好像生来就是为了给人玩的，树也不长，光光滑滑，除了草就是软弱的野花。随便哪点捡一个轮胎，整个身子躺倒在里面，找个人背后一推，就‘唰’的一下冲下去。”我其实很胆小，从来不敢坐过山车，但我喜欢滑草，尤其傍晚，余晖尚未消散，镀满草茎。但地势高远，气温回落，“唰啦”，顺坡而下，大口吸几片凉风，沁凉无比。短短一瞬，卑微草茎的金色剪影，深蓝天幕，浩渺不可知，还有碎星，无可计数，都在眼前飞速而过。会忘了自己该站起来，只是躺着，额头细密一层汗，等月亮出来把自己晒干。金孃说：“听得起好危险。”“不危险，我妈说的，只要使劲仰头往天上看，一直往天上看，就不会翻。滑到手脚都软了，我才会回家。我妈问我干吗去了，我就说在学校背书。我妈真的会相信，就会给我做好多好多个菜，像今天这样，还说我老是得乖。”金孃听完也笑，说：“我家小妹小时候也和你一样淘。”我没有继续问金孃她女儿的事，她也没有说。金孃只是讲：“说了你莫笑，原来在大浪那点住的时候，我也还算是阔以。整了一个小饲养场，喂鸡、喂猪，养牛、养羊，每天中午十二点去给打药。我打药是喊口号，一二一，一二一，那些个猪就跟排队一样的，一串地过来……”

我放下筷子说：“我饱了。”金孃拉起卷帘门，紫色的夜淌进来。金孃说：“不嫌嘛就来吃饭，人多点吃饭香。”我点点头：“是啦。”走远两步，金孃又喊：“这两天要下雨，记得起伞。”

晚上久违地没有胃痛。自从我妈走后，常以零食和方便食品度日。半夜，胃里就戳把三角尺，用钝角那头使劲扎，背上汗涔涔，床单上印一个印子。开始，也有人喊，一起吃饭啊。有时早到，见轻声呼唤亲儿，鱼背上最嫩处，匿于碗底。我知趣，大家皆善良，但里面更多是礼貌，是体面，是要自己的幸福盈余出来了，才能拿瓷碗接一点，分给我。遇到过全心扑满的，一对江苏夫妻，无有子女，个体经营，一辆东风雪铁龙算最威风。衣食住行，从无亏欠。只是在我犯错后常叹气，设想如果不是我该如何。人面对自己的选择，好像总有犹疑，如果那，要是就，终不若命定的那般不容置喙。

睡至半夜，照例惊醒。回想起梦中的屋子，火光红晕晕地染在墙上、地上、天花板上，从四面八方燃起来，像极那日山火。火烘烤着我，快要把我烤干，我一直盯着火看。火里有大浪的石头山、小卖部，有市中心的万达广场、柳树街。火里幻化无端，好多人在里面生活。直到火变成一面镜子，照出了我自己的脸，我就会想起自己，想起我手里拿的那火把，然后从梦中醒来。

出门前，想起金嬢嘱咐，柜子里翻把伞，墨绿格子花纹，伞把上写“天堂”。伞也老，中棒发涩，撑开收起都颇费劲。真的下雨，只是不大，小丝小丝的，从天上洒下来。原来听大爹讲，在很久很久以前，连宇宙都是黑蒙蒙的一片，女仙男仙就造了七个太阳九个月亮。后来人被照得受不了了，就把它们射落了好多，剩下的一个跑去海里躲了起来。没得办法，三个小姑娘又去找太阳和月亮，找啊，找啊，找得头发都白了，变成老奶了，才把太阳月亮接回来。后来地上的人变得很坏很坏，甚至会伤害他们的母亲。天上的大神就下了七天七夜的暴雨，要把整个大地都淹没，让所有人都逃不脱惩罚。

“所以下暴雨就是老天爷要惩罚大家喽？”我问金嬢。金嬢说：“瞎鬼扯，下雨赶点回家是真的。赶点吃，莫凉了。”吃到半截，有人敲卷帘门。不搭理，还是敲，力气不大，但足够让铁皮“哗啦哗啦”响，听得人心烦。金嬢冲得外面喊一声：“找别家克。”消停一阵，又响起来，从敲到捶，有点不容分说的执拗。金孃拉起门，屋内的白炽灯光在那人脸上晃了几下，才聚焦起来。还是穿的那天的那件旧灯芯绒，脸和外套一样是暗褐色的。灯光直直打在眼睛上，眨也不眨，瞳孔像根针尖尖。要笑，脸皮扯不动，从嗓子管里挤出咯咯咯的哼唧。一咧嘴，牙龈退得快要没有，一点点红，挂着几颗森森的牙。这种人，吸粉吸过头，冰毒嘴，针尖眼，一眼就看出来。见得多了，小时候在大浪，记得很清楚，鼻子骨头塌，嗦哈嗦哈，成天淌清鼻涕，打个喷嚏裤子就湿一片，憋不住尿。吸到最亢奋的时候，自己拿针把上下嘴唇扎两排粗麻线，一扯，一口血沫子，带着两颗剥落的血牙。

金孃把我的碗拿过去，说："妹妹，下次再吃。"

那人盯着我，我不怕他，只是感觉像很多只脚的长虫爬在了脚面上，让我忍不住想甩两下脚。

金孃转身往里屋去了，又走到暗处里面，没给我打招呼，没喊我再来吃饭、记得带伞之类。

雨虽然小，但一直不歇，绵绵乎乎的，打在脸上。轻轻飘飘，叫人觉得这雨没有根，好像是长天上的蒲公英，一阵风来了，就给打散了。

外面转好久。那种长虫爬在脚面上的森森，一直跟起，和今天的雨一样，软绵绵地沾着。别个都说，这一片乱糟糟。吸粉的、按摩的、放钱的、卖假身份证的，个个都怕。自己慢慢走，才发现，他们是最安静的，只是像苔藓一样，在别个都看不到的暗处滋生着。坐在老荷花塘旁边，抽了根烟，塘子里暗绿色的水，嘟囔着发出口臭。坐不住，又去工地外面看了会儿建房子，下小雨，不会停工。黄帽子坐着云梯车，在钢架上表演猴子攀杆，有一瞬间，我觉得好像见到了在大浪的老乡，但他很快上到更高的地方，变作小小一个黄点。

看至无可看，只好回家。见众人围垃圾桶，说有人雨天路滑，跌死在旁。拨开人群，看见的是那件扣子马甲。两三把雨伞，撑开遮挡面部，露一空隙，我甩甩水，添一墨绿格纹。放伞时，低头一瞥，“地主婆”面色如旧，嘴角挂轻蔑微笑，似依旧笑言：我就喜欢这个，被抓，被撵，我就喜欢这个。分明记得，那些山，“地主婆”还未到婆的岁数，山顶乘凉，有人喊，儿子考上云大。从山顶一路往下冲，来不及想，脚该往何处踏，但双脚自己踩到落脚点，步步结实。许是故意，是自己的“就喜欢”；不然，这双脚，在嶙嶙巉岩上如履平地，今天为何会滑倒在细小的雨中？

我想跑起来，回去告诉金孃，“地主婆”的笃笃声再也不会响起。我也确实跑起来了，跑很久，一个又一个大坡，上上下下，脚掌摩擦着鞋面，辣得似火在烤。想到“地主婆”的脚，不平整的地方，水泥路竟真的没有山路好走，真是奇怪。左右一个人都没得，我听见雨丝飘进肺里，像毛线团一样，把肺部缠绕起来的窸窣声。然后我就摔倒了，仰躺着，看见雨丝慢慢地长胖，变成雨点，又变成雨滴，最后变成大大的雨珠子，砸到地上，一个一个小坑。

睁眼是四壁白墙，干净，叫人想起小时候弹了三遍的新被子。听见一个人簌簌地喘着气，是金孃，守着挺在旁边。外面医生喊：“家属，家属，赶点来拿药了。”金孃拿回药，提起开水壶，往纸杯里倒了杯水，递给我，我推开了：“纸杯脏。”金孃就起身，把水倒入走廊花盆。花会被烫死，但没说出来，只是心里那种没立场的埋怨，又多一分。金孃说：“我们是谈事。”我继续看那盆花，土里的根，大概已经坏死。金孃继续说，好像是自己讲给自己听："是我该他的。那时候我实在没得钱，没得法了，他帮我去找人借了高利贷。哪个能晓得，他们喊还钱那么快，说好半年，两个月就来催命。还不上，人家就找到他的家里头。小拇指被砍断了，大腿也着划了几刀，都不会死，那些人很有经验，知道哪些地方要人命，哪些只是让人受罪。他痛得耐不住，就骑得电摩托跑。跑到一片地头，在高速路边上，就被追上了。他们在他面前烧粉，吸几大口，就轻轻吹一下。他挨我说，那些粉，鼻子碰着很痒，但是闻起来有股柴火的香。他们要他吸，他打个大喷嚏，把粉都吹飞了。人家就再划他两刀，往他膀子上打了管药，跟他讲，这管药贵得很，用了就得给钱。之后就不担心了，他们晓得他再也逃不脱了，会一直一直给他们还钱，还到死。"

金孃又说一遍："他要我咋个都得，都是我该他的。"

医生从外面进来，对我讲："可以回克了，以后不要老晚八晚呢到处跑了，让你妈担心的嘛。"金孃起身："我去找医生给你接杯水。"再回来，抬一个透明塑料杯。金孃说："杯子是我自己的，水是医生办公室里的，干净。"我问她："你说你是我妈？"金孃说话的声音很小，好像空气很稀薄的样子："我怕人家不给你好好瞧。"我看着水杯，杯壁上挂满了蒸汽凝结的水珠，好像杯子里面刚下了一场大雨。不晓得为什么，我脑海里像放电影一样，播放那个灯芯绒男人的画面，看不清脸的人在他面前烧粉，咔嗒，咔嗒，打火机不停地冒出火苗，我盯着那个火苗里看，又看见了我自己的脸。我推开水杯，说："自己的杯子就更脏了。"

天天在预报，说了那么久，大暴雨终于下了。沉默的乌雨云从四面八方赶得来，扁扁地压在我们头上。威压按得胸口，闷得连气都喘不上来。雨大得没缝儿，纯粹是淌，一幕一幕地拉开。想打伞，挣着扯着，只撑开那一下，就舀起一瓢暴雨，浇得身上没有一片干处。还要再大些，整个地界涌起水雾，一浪一波，挣打在人脸上。

金孃的店子没开了。第一天去没开，第二天去没开，第三天的时候，柳树街被暴雨淹起来。

街，在大坡子下面，平日没得哪样，还躲个阴凉。雨水一多，成个大水洼。雨水井盖开着排水，人一走过，没看见，半个身子落井里头。年年说扩城市下水道，年年有人卡在井口，倒是没得哪样大事，年年也就挨过去。站得坡子上面往下望，柳树街已经淹得半死。平常看着还算体面的城市肚皮翻过来，把污糟全部都吐露。那些店子都把灯牌收了，里面的女人蹲在塑料凳子上，刷手机，吸烟，污水偶尔拍打过她们的脚面。

我问她们："金孃呢？"她们有的说"攒够钱走了"。有的问"哪个是金孃？我们这点有小姑娘老婆娘，就是没有金孃嗦"。还有一个讲"不见嘛就是出事了噻，这久闹事的多得很，不晓得都是从哪点钻出来的"，边说边吐口烟，薄薄的嘴唇，包不住烟雾。

第四天，来两辆警车，街子外面拉起黄色的带子。人爱看热闹，下大暴雨都挡不住，围一圈人。我踮脚往里看，什么都看不见。问旁边的人："这里咋个了？"他说："又出事了哇。""是哪个？""认不得，一个洗头妹嘛，脸和半个身子都毁掉了，鼻子嘴巴都烧化，认都认不到。听说是欠了人家的钱，被嚯[①]

①云南方言，哄骗。

到旅馆里面，等得睡着了，就在被子和脸上浇上酒精，用打火机点的。老板也是倒霉了，这回哪个还敢去？”他身边的人转过头来，笑他：“这些人还怕这个？前个月还不是，也是洗头妹，自己报警说有人理发不给钱，还打她。警察来了，扫眼就认得不对劲，一搜，洗发露瓶瓶里面装的都是开心水。就这条街子上的这些，又脏又蠢，有些脸上的褶子都跟砂皮一样，也是下得去嘴。”

我拍拍那人的肩膀，他扭头看着我，对着脸一拳，正中央，鼻血滑下来。转身，想快点跑，但水淹着膝盖，跑不动。那人来追我，也跑不动，我们两个像冬天山里的老狗熊一样，一步一拔腿，缓慢地挪。然后他累了，远远地骂了我一声，没再追了。我又挪蹭出去两个拐角，才敢笑，笑得鼻涕都流出来，笑得笑得又很想哭，哭起来鼻涕更多。

回到家，雨还是拼命地下，天都要下破，老天好像决定这辈子最后就下这么一场雨了。不能开窗，屋头闷得人脑袋痛，开抽屉的锁都费劲。一次两次，钥匙片总咬不住锁芯。不想再等，小锤两下砸烂，翻出银行储蓄卡。纪念款，面上一只小象，喷高高的水。按月发的，自己攒的，这么多年，都在里面。悉数取出，用黑色塑料袋裹几圈，旁人乍眼一看，以为是垃圾。

站在柳树的影子里等他。偶尔有车，涉水慢慢过，车灯打在我身上，闪闪烁烁的，如同一个闪亮而迅速的颤音。风把雨吹成疙瘩，吹到脸上，微微刺痛。今天水高一点，明天水低一点，等两天，终于看到人，还是灯芯绒外套，愈发的黑腻。出了柳树街，沿着路一直走，背上一黑色大包，左脚绊右脚，跌跌撞撞。我缓慢地跟着，慢提腿，轻落下，不让积水发出被冲破的哗声。沿途房子愈走愈矮，柔和的玻璃房渐渐隐没，露出粗粝的自建小砖楼，拙劣地模仿城市的整齐干净。

穿树林，踩一条小道进了辽阔山。下大暴雨，平日健身徒步，练功唱歌，熙熙攘攘，现在万径人踪灭。灯芯绒兜兜转转，有踩出来的黄土小路，偏不走，不断往枝叶蔓生、树木遮挡处钻。越来越稠密，收伞作杖，扒开拦路枝杈。树和雨都太浓了，抬头，只见寸光。终于停下，灯芯绒站着，点了根烟，咔嗒，防风打火机，火苗蓝莹莹的。然后他弓着身子，打开背包，把东西往外掏。我等了一会儿，等着暴雨，一颗颗，像石子，打在我八岁那年手里拿的火把上，刺刺啦啦，火就熄了。我拿出家里厨房的水果刀，抵在灯芯绒的脖颈后。塑料袋丢在他脚边，闷闷一响，我喊他："拿着钱，不要再找金孃。不够来问我，八年十年，我会还你。"

捡起钱，回头冲我笑笑。往前走几步，继续掏背包，拿出来，是一把铲子。我捏紧刀，准备搏杀，但他只是拎着铲子，在地上四处戳。找到一处，深挖入土，泥土被雨泡软，几下就挖出一个半大的坑。他问我："我埋这里，辽阔山管理员不会发现吧？"我没回答他，风里满是雨的声音，肥大的树片被雨按下，又不服气地抬起，沸水样鼓动。他讲："我认得我活不了两天了，那些公墓太贵了，我是买不起。买得起也不买，不划算，有那钱不如买点粉，少受点罪。"对着坑，用手比画，模仿插香，摆碗筷，敬酒。打火机按一下，咔嗒，装作烧纸，转头对我讲："风水好得很。"

随便找块石头坐下，他问我："你个是也觉得我这种人就该赶点死？"我摇摇头，想讲点什么，雨大颗大颗地砸在我脑袋上，让我想不出来。他打了打摆子，眼神散掉了，过了好久突然说：“你金孃真是好。那年我刚去你们大浪，躲得阴凉，几个人拿没熟的青花椒骗我，说是野果，辣得我眼泪直冒。他们在那点笑，你金孃屋头望见，提着撮箕出来就打。手脚不长，但打得那几个人吃跳脚米线，倒是有点像严咏春。”自己说着笑，“不该她的事，我常常克吵她，只是不想她把我忘了。她不能把我忘了，我一直记得她。山沟头住，哪个都呆呆木木，唯独她脑筋活，志气大，自己弄个养殖场，很有样。可惜，老天好像就会欺负好人。娃娃生病，厂子也不晓得咋个了，再也没开。”我说：“我知道。”灯芯绒看着我，瞳孔渐细。我说：“是个小女娃娃，拿得她的火把，翻过山包去玩。有一只乌骨羊，胡子尾巴都是黑的，站在大铁门的里面，就拿它长方形的瞳孔瞪女娃娃。那个羊的瞳孔，和你很像。女娃娃伸手想摸，被它用角狠狠地顶了回来。她就翻过铁门，用火把去烧羊的黑胡子。起先，火焰只有一点，豌豆粒那么大，后来越长越大，长得铺天盖地山崩地裂。女娃娃的妈妈来了，把她从大门上抛出去，自己就再也没出来。你说，火把大门的铁栏杆烧得那么烫，哪个都攀不住，女娃娃的妈妈又是咋个进去的呢？”灯芯绒没讲话，想抽烟，“咔嗒咔嗒”打几次，打火机打不着，呆呆想了一会儿，他说：“兴是我们年年都祭火，偶尔火也真的会显灵吧。”

天慢慢黑，像口老棺材，渐渐合上了盖。灯芯绒说：“走喽，雨太大，我要坐公交回克。”往山下走，一前一后。灯芯绒回头讲：“店子里经常看着你，从来不笑，小小年纪，看人看事那么沉重。”我说：“对不起。”他把头转回去：“哪个都怪不着。不好的人不好的事都要少讲，你们大浪，都爱讲吉祥话的嘛。”公交车远远地过来，雨大，看不清几路。但报站声闷闷的，滚作一团，撞开雨幕挤了过来。最后分别的时候，我就跟他说："祝你坐公交有个座位。"

电视里头讲，本次降水，是往年同期两倍以上，山洪、滑坡、泥石流，好多地方都遭了。不过雨带东移，影响云南的冷空气涡流已经过去了。我看得外面，雨确实停了，只是地上还有些积水。

还是选了块公墓，四四方方，深处刚够放一小盒子。金孃一边往地上倒酒，一边念："一喝长命富贵，二喝金玉满堂，三喝多子多孙，四喝四季发财，五喝五子登科，清吉平安，后代大发。"我学样子，也念："清吉平安，后代大发。"墓园不许点明火，三根香平摆碑上，算是上了香。

出园，我对金孃抨弹："这些老念词，人都走了，还惦记着让保佑自己发大财，听了气得又要坐起来。"金孃就拍下我的脑壳："莫乱说。"走两步，回头望望，金孃说："也是稀奇，吸粉的，竟然能攒下这些钱，样样妥当，还剩不少。可以盘个铺面，理发还是卖快餐？这久天天听你们说，麦当劳开来了，那些炸鸡腿，我也会炸的嘛。"我说："你魅力大嘍，随便做什么都得嘿，我就没人给我送钱。"金孃又拍下我的脑壳，悄悄抬手抹泪，痴望一会儿，转身往外走，再没回头。

不讲话，就和寂静做朋友，听得见手表咔嗒咔嗒，可靠地往前走。想起来，我又问金孃："你那只黑山羊好多钱？"金孃伸出四个指头，晃一晃。我有点惊讶："四千？"金孃说："你以为？我以前还是威风的。"我问她："你不恨我吗？"金孃说："我该恨你，但是我就是恨不起来。"我问她："为哪样？"金孃说："可能因为你坐在凳子上的时候，和小妹小时候一模一样，两条细细的小腿够不到地，在那点晃来晃去的。”我说：“其实你那天讲你养猪喊口号，我就知道你是谁了。”金孃说：“你那天第一次进门喊我理发，我就认得你是哪个了。”

走到外面，湿漉漉的地，阳光一洒，就清凉地流淌起来。

我跟金孃说：“过两天，我们回大浪转转吧。现在认不得哪样样子了，你还爬得动山不？”金孃说：“好啊，你介放心，以前在大浪，走弯弯绕的山路，可是哪个都走不过我。”

闭得眼睛，好像已经爬到山尖尖上。很高很高，信号都没得，我将敞亮地抱一下她，当山风不停地把我们穿透。

（《收获》2023 年第 4 期）